CAZADORES DE SOMBRAS

CIUDAD DE LOS ÁNGELES CAÍDOS

CAZADORES DE SOMBRAS

CIUDAD DE LOS ÁNGELES CAÍDOS

Cassandra Clare

Traducción de Isabel Murillo

Obra editada en colaboración con Editorial Planeta – España

Título original: *The Mortal Instruments. City Of Fallen Angels*

© 2011, Cassandra Clare LLC
Primera edición de Margaret K. McElderry Books, un sello
de la División Infantil de Simon & Schuster
© 2011, Isabel Murillo, de la traducción
Derechos de traducción cedidos a través de Barry Goldblatt Literary LLC
y Agencia Sandra Bruna
© 2011, Editorial Planeta, S.A. – Barcelona, España

Derechos reservados

© 2011, Editorial Planeta Mexicana, S.A. de C. V.
Bajo el sello editorial DESTINO M.R.
Avenida Presidente Masarik núm. 111, 2o. piso
Colonia Chapultepec Morales
C.P. 11570 México, D.F.
www.editorialplaneta.com.mx

Primera edición impresa en España: mayo de 2011
ISBN: 978-84-08-09957-4

Primera edición impresa en México: junio de 2011
ISBN: 978-607-07-0796-4

Impreso en los talleres de Litográfica Ingramex, S.A. de C.V.
Centeno núm. 162, colonia Granjas Esmeralda, México, D.F.
Impreso en México – *Printed in Mexico*

Para Josh
Sommes-nous les deux livres d'un même ouvrage?

Primera parte
Ángeles exterminadores

Existen enfermedades que caminan en la oscuridad; y existen ángeles exterminadores, que vuelan envueltos en los cortinajes de lo inmaterial y poseen una naturaleza carente de comunicación; a los que no vemos, pero cuya fuerza sentimos y bajo cuya espada sucumbimos.

JEREMY TAYLOR, *A Funeral Sermon*

1

EL MAESTRO

—Sólo un café, por favor.

La mesera enarcó sus cejas, dibujadas a lápiz.

—¿No se te antoja comer nada? —preguntó. Tenía un acento muy marcado, parecía defraudada.

Simon Lewis no podía reprocharle nada, pues seguramente aquella mujer esperaba una propina mejor de la que iba a obtener por una simple taza de café. Pero él no tenía la culpa de que los vampiros no comieran. A veces, cuando iba a un restaurante, pedía comida con la única intención de ofrecer una apariencia de normalidad, pero a última hora de un martes por la noche, con el Vesalka prácticamente vacío, le pareció que no valía la pena tomarse la molestia.

—Sólo el café.

Encogiéndose de hombros, la mesera recogió el menú plastificado y se fue a preparar el pedido. Simon se recostó en la dura silla de plástico y miró a su alrededor. El Vesalka, un restaurante situado en la esquina de la calle Nueve con la Segunda Avenida, era uno de sus lugares favoritos en el Lower East Side, un viejo restaurante de barrio empapelado con fotografías en blanco y negro, donde permitían que alguien se pasara el día entero sentado siempre y cuando fuera pidiendo un café cada media hora. Servían además la que había sido su sopa rusa de betabel preferida en una época que ahora le quedaba muy lejana.

Era mediados de octubre y acababan de instalar la decoración típica de Halloween, entre la que destacaba un tambaleante cartel que rezaba «¡Susto o sopa de betabel!» y un recortable de cartón que representaba a un vampiro llamado conde Blintzula. En otros tiempos, Simon y Clary habían encontrado de lo más graciosa aquella decoración festiva de baratillo, pero el conde, con sus colmillos falsos y su capa negra, ahora no le parecía para nada graciosa a Simon.

Simon miró por la ventana. Era una noche gélida y el viento levantaba las hojas que cubrían el suelo de la Segunda Avenida como si fueran puñados de confeti. Se fijó en una chica que pasaba por la calle, una chica con una gabardina ceñida por un cinturón y melena negra agitada por el viento. La gente volteaba a su paso para mirarla. En el pasado, Simon también se quedaba mirando a chicas como aquélla, preguntándose adónde irían o con quién habrían quedado de verse. Nunca era con chicos como él, eso lo sabía con certeza.

Excepto que aquélla sí. La campanilla de la puerta del restaurante sonó en el momento en que Isabelle Lightwood entraba. Sonrió al ver a Simon y se dirigió hacia él, despojándose de la gabardina y doblándola sobre el respaldo de la silla antes de tomar asiento. Debajo de la gabardina lucía lo que Clary calificaría como «uno de los conjuntos típicos de Isabelle»: un vestido corto y ceñido de terciopelo, medias de red y botas altas. En la parte superior de la bota izquierda llevaba un cuchillo escondido que sólo Simon podía ver; pero aun así, todos los presentes en el restaurante se quedaron mirando cómo tomaba asiento y se echaba el pelo hacia atrás. Isabelle llamaba la atención como un espectáculo de fuegos artificiales.

La bella Isabelle Lightwood. Cuando Simon la conoció, dio por sentado que una chica como aquélla nunca tendría tiempo para un tipo como él. Y acertó casi del todo. A Isabelle le gustaban los chicos que sus padres desaprobaban, y en su universo eso significaba habitantes del mundo subterráneo: hadas, hombres lobo y vampiros.

Que llevaran los dos últimos meses saliendo le sorprendía, por mucho que su relación se limitara a encuentros puntuales como aquél. Y aun así, no podía evitar preguntarse si estarían saliendo si él no se hubiera transformado en vampiro, si su vida no se hubiera visto alterada por completo.

Isabelle se retiró un mechón de pelo de la cara y lo recogió detrás de la oreja con una resplandeciente sonrisa.

—Estás guapo.

Simon observó su imagen reflejada en el cristal de la ventana del restaurante. La influencia de Isabelle se hacía evidente en los cambios que había experimentado su aspecto desde que empezaron a salir. Isabelle lo había obligado a abandonar las sudaderas con capucha para sustituirlas por chamarras de piel y a cambiar los tenis por botas de diseño. Que, por cierto, salían a trescientos dólares el par. Además, se había dejado el pelo largo y ahora le llegaba casi a los ojos y le cubría la frente, aunque ese peinado era más por necesidad que por Isabelle.

Clary se burlaba de su nueva imagen; aunque, a decir verdad, todo lo relacionado con la vida amorosa de Simon lindaba con lo cómico para Clary. Le costaba creer que estuviera saliendo en serio con Isabelle. Claro estaba que también le costaba creerse que estuviera saliendo a la vez, y con el mismo nivel de seriedad, con Maia Roberts, una amiga de ambos que resultó ser una chica lobo. Y la verdad era que tampoco entendía cómo Simon aún no le había contado nada a la una sobre la existencia de la otra.

Simon no sabía muy bien cómo había sucedido todo. A Maia le gustaba ir a su casa a jugar Xbox —en la comisaría de policía abandonada donde vivía la manada de seres lobo no tenían ninguna de aquellas cosas—, y no fue hasta su tercera o cuarta visita que ella se despidió de él con un beso. Simon se había quedado boquiabierto y había llamado en seguida a Clary para consultarle si debía explicarle lo sucedido a Isabelle. «Primero aclárate con respecto a lo que hay entre Isabelle y tú —le dijo—. Y después cuéntaselo.»

Pero resultó ser un mal consejo. Había transcurrido un mes y seguía sin estar seguro sobre lo que había entre Isabelle y él y, en consecuencia, no le había dicho nada. Y cuanto más tiempo pasaba, más complicado se le hacía tener que contárselo. Hasta el momento le había funcionado bien así. Isabelle y Maia no eran amigas y apenas coincidían. Pero por desgracia para él, la situación estaba a punto de cambiar. La madre de Clary y su eterno amigo, Luke, iban a casarse en cuestión de semanas, y tanto Isabelle como Maia estaban invitadas a la boda, un panorama que a Simon le resultaba más aterrador que la posibilidad de ser perseguido por las calles de Nueva York por una banda de furiosos cazadores de vampiros.

—¿Y bien? —dijo Isabelle, despertándolo de su ensueño—. ¿Por qué hemos quedado aquí y no en Taki's, donde podrías tomarte una copa de sangre?

Simon se encogió con desagrado ante el elevado volumen de la voz de Isabelle, que no era sutil en absoluto. Pero, por suerte, no la había oído nadie, ni siquiera la mesera que reapareció en aquel momento, depositó ruidosamente una taza de café delante de Simon, le echó un vistazo a Izzy y se fue sin preguntarle qué quería tomar.

—Me gusta este lugar —dijo él—. Clary y yo solíamos venir por aquí cuando ella iba a clase en Tisch. Tienen una sopa de betabel estupenda y buenos blinis, una especie de albóndigas dulces de queso, y además está abierto toda la noche.

Pero Isabelle no estaba escuchando nada de lo que le decía, sino que miraba más allá de donde estaba sentado Simon.

—¿Qué es eso?

Simon siguió la dirección de su mirada.

—Es el conde Blintzula.

—¿El conde Blintzula?

Simon se encogió de hombros.

—Es la decoración de Halloween. El conde Blintzula es un personaje infantil. Igual que el conde Chocula, o el vampiro de «Plaza Sésamo». —Sonrió al ver que la chica no sabía de qué le hablaba—. Sí, el que enseña a contar a los niños.

Isabelle movió la cabeza de un lado a otro.

—¿Me estás diciendo que hay un programa de televisión en el que sale un vampiro que enseña a contar a los niños?

—Lo entenderías si lo vieras —murmuró Simon.

—No, si la verdad es que, en realidad, tiene una base mitológica —dijo Isabelle, dispuesta a iniciar una disertación típica de una cazadora de sombras—. Hay leyendas que afirman que los vampiros están obsesionados por contarlo todo, y que si derramas un puñado de granos de arroz delante de ellos, se ven obligados a dejar lo que estén haciendo para ponerse a contarlos uno por uno. No es verdad, claro está, igual que todo ese asunto de los ajos. Pero los vampiros no tienen por qué andar por ahí dando clases a niños. Los vampiros son terroríficos.

—Gracias —dijo Simon—. Pero esto no es en serio, Isabelle. Es sólo un conde. Y le gusta contar. La cosa es más o menos así: «¿Qué ha comido hoy el conde, niños? Una galleta de chocolate, dos galletas de chocolate, tres galletas de chocolate...».

La puerta del restaurante se abrió y entró una ráfaga de aire frío, junto con un nuevo cliente. Isabelle se estremeció y se envolvió en su pañuelo negro de seda.

—No me parece muy realista que digamos.

—Y qué preferirías, algo como «¿Qué ha comido hoy el conde, niños? Un pobre aldeano, dos pobres aldeanos, tres pobres aldeanos...».

—Calla. —Isabelle se anudó finalmente el pañuelo al cuello, se inclinó hacia adelante y tomó a Simon por la muñeca. Sus enormes ojos oscuros cobraron vida de repente, esa vida que únicamente cobraban cuando cazaba demonios o estaba pensando en ello—. Mira hacia allí.

Simon siguió la dirección de su mirada. Había dos hombres de pie junto a la vitrina de los productos de repostería: pastelitos recubiertos de azúcar glas, bandejas repletas de *rugelach* y galletas danesas rellenas de crema. Pero ninguno de los dos parecía interesado en la comida. Eran bajitos y su aspecto resultaba tan lúgubre que daba la impresión de que sus pómulos sobresalían como cuchillos de aquellos lívidos rostros. Ambos tenían el pelo gris y fino, ojos de color gris claro e iban vestidos con sendos abrigos de color pizarrón, ceñidos con cinturón, que arrastraban hasta el suelo.

—¿Qué crees que son? —preguntó Isabelle.

Simon entornó los ojos para mirarlos. Y los dos hombres se quedaron mirándolo a su vez, con los ojos desprovistos de pestañas, un par de agujeros huecos.

—Parecen malvados gnomos de la pradera.

—Son subyugados humanos —dijo Isabelle entre dientes—. Pertenecen a un vampiro.

—¿Cuando dices «pertenecen» te refieres a...?

Isabelle emitió un bufido de impaciencia.

—Por el Ángel, no sabes nada de nada acerca de los de tu especie, ¿verdad? Ni siquiera sabes cómo se crea un vampiro.

—Me imagino que cuando una mamá vampiro y un papá vampiro se quieren...

Isabelle hizo una mueca.

—No te hagas, sabes de sobras que los vampiros no necesitan el sexo para reproducirse, pero apuesto lo que quieras a que no tienes ni idea de cómo funciona la cosa.

—Pues claro que lo sé —replicó Simon—. Soy vampiro porque bebí de la sangre de Raphael antes de morir. Si bebes su sangre y mueres te conviertes en vampiro.

—No exactamente —dijo Isabelle—. Eres vampiro porque bebiste de la sangre de Raphael, después te mordieron otros vampiros y luego moriste. En algún momento del proceso tienen que morderte.

—¿Por qué?

—La saliva de vampiro tiene... propiedades. Propiedades transformadoras.

14

—Qué asco —dijo Simon.

—No me vengas ahora con ascos. Aquí el que tiene la saliva mágica eres tú. Los vampiros se rodean de humanos y se alimentan de ellos cuando están escasos de sangre... como si fueran máquinas expendedoras andantes —comentó Izzy con repugnancia—. Cabría pensar que eso los debilitaría por falta de sangre, pero la saliva de vampiro tiene propiedades curativas: aumenta su concentración de glóbulos rojos, los hace más fuertes y más sanos y los ayuda a vivir más tiempo. De ahí que no sea ilegal que los vampiros se alimenten de humanos. En realidad, no les hacen daño. Aunque, claro está, de vez en cuando los vampiros deciden que se les antoja algo más que un simple tentempié, que quieren un subyugado... y es entonces cuando empiezan a alimentar a los humanos que muerden con pequeñas cantidades de sangre de vampiro, para mantenerlos dóciles, para que se sientan conectados a su amo. Los subyugados adoran a sus amos y les encanta servirlos. Su único deseo es estar a su lado. Como cuando tú estabas en el Dumont. Te sentías atraído hacia los vampiros cuya sangre habías consumido.

—Raphael... —dijo Simon; su tono de voz era sombrío—. Si quieres que te diga la verdad, ya no siento una necesidad apremiante de estar con él.

—No, eso desaparece cuando te conviertes totalmente en vampiro. Los que veneran a sus amos y son incapaces de desobedecerlos son los subyugados. ¿No lo entiendes? Cuando volviste al Dumont, el clan de Raphael te vació por completo y moriste, y fue entonces cuando te convertiste en vampiro. Pero de no haberte vaciado, de haberte dado más sangre de vampiro, habrías acabado convirtiéndote en un subyugado.

—Todo esto es muy interesante —dijo Simon—. Pero no explica por qué ésos siguen ahí parados mirándonos.

Isabelle les echó un vistazo.

—Te miran a ti. Tal vez sea porque su amo ha muerto y andan buscando a otro vampiro que quiera hacerse cargo de ellos. Podrías tener mascotas. —Sonrió.

—O —dijo Simon— tal vez hayan venido a comer unas papas fritas.

—Los humanos subyugados no comen. Viven de una mezcla de sangre de vampiro y sangre de animal. Eso los mantiene en un estado de vida aplazada. No son inmortales, pero envejecen muy lentamente.

—Lo que es una verdadera lástima —dijo Simon, observándolos— es que cuiden tan poco su aspecto.

Isabelle se enderezó en su asiento.

—Vienen hacia aquí. En seguida nos enteraremos de qué es lo que quieren.

Los subyugados humanos avanzaban como si se desplazaran sobre ruedas. Era como si no dieran pasos, como si se deslizaran sin hacer ruido. Cruzaron el restaurante en cuestión de segundos y cuando llegaron a la mesa donde estaba sentado Simon, Isabelle había extraído ya de su bota un afilado estilete. Lo depositó sobre la mesa, con la hoja brillando bajo la luz fluorescente del local. Era un cuchillo de sólida plata oscura, con cruces grabadas a fuego a ambos lados de la empuñadura. Las armas diseñadas para repeler vampiros solían lucir cruces, partiendo del supuesto, se imaginaba Simon, de que la mayoría de los vampiros eran cristianos. ¿Quién se habría imaginado que ser seguidor de una religión minoritaria podía resultar tan ventajoso?

—Ya se han acercado demasiado —dijo Isabelle cuando los dos subyugados se detuvieron junto a la mesa, con los dedos a escasos centímetros del cuchillo—. Díganos qué quieren, pareja.

—Cazadora de sombras —dijo la criatura de la izquierda hablando con un sibilante susurro—. No te conocíamos en esta situación.

Isabelle enarcó una de sus delicadas cejas.

—¿Y qué situación es ésta?

El segundo subyugado señaló a Simon con un dedo largo y grisáceo. La uña que lo remataba era afilada y amarillenta.

—Tenemos asuntos que tratar con el vampiro diurno.

—No, no es verdad —dijo Simon—. No tengo ni idea de quiénes son. No los había visto nunca.

—Yo soy Walker —dijo la primera criatura—. Y éste es Archer. Estamos al servicio del vampiro más poderoso de Nueva York. El jefe del clan más importante de Manhattan.

—Raphael Santiago —dijo Isabelle—. En cuyo caso deben saber ya que Simon no forma parte de ningún clan. Es un agente libre.

Walker esbozó una lívida sonrisa.

—Mi amo confiaba en que eso cambiara.

Simon miró a Isabelle a los ojos. Y ella se encogió de hombros.

—¿No les ha contado Raphael que desea mantenerse alejado del clan?

—Tal vez haya cambiado de opinión —sugirió Simon—. Ya sabes cómo es. De humor variable. Voluble.

—No sé. La verdad es que no lo he vuelto a ver desde aquella vez en que lo amenacé con matarlo con un candelabro. Y se lo tomó bien. Ni siquiera se encogió.

—Fantástico —dijo Simon. Los dos subyugados seguían mirándolo. Sus ojos eran de un color gris blanquecino, parecido al de la nieve sucia—. Si Raphael desea tenerme en el clan, es porque quiere algo de mí. Podrían empezar por explicarme de qué se trata.

—No estamos al corriente de los planes de nuestro amo —dijo Archer empleando un tono arrogante.

—Entonces nada —dijo Simon—. No pienso ir.

—Si no deseas acompañarnos, estamos autorizados a emplear la fuerza para obligarte —dijo Walker.

Fue como si el cuchillo cobrara vida y saltara hasta la mano de Isabelle; se había hecho con él sin apenas moverse. Se puso a juguetear con él.

—Yo no lo haría, de estar en su lugar.

Archer le enseñó los dientes.

—¿Desde cuándo los hijos del Ángel se han convertido en guar-

17

daespaldas de los habitantes del mundo subterráneo? Te imaginaba por encima de este tipo de negocios, Isabelle Lightwood.

—No soy su guardaespaldas —declaró Isabelle—. Soy su novia. Lo que me da derecho a darte una patada en el trasero si lo molestas. Así es como están las cosas.

¿Novia? Simon se quedó tan perplejo que la miró sorprendido, pero Isabelle seguía con la mirada fija en los dos subyugados; sus ojos echaban chispas. Por un lado, no recordaba que Isabelle se hubiera referido nunca a sí misma como su novia. Por otro, que aquello fuera lo que más le había sorprendido aquella noche, mucho más que ser convocado a una reunión por el vampiro más poderoso de Nueva York, era sintomático de lo extraña que se había vuelto su vida.

—Mi amo —dijo Walker, en lo que probablemente consideraba un tono de voz tranquilizador— tiene una propuesta que hacerle al vampiro diurno.

—Se llama Simon. Simon Lewis.

—Al señor Simon Lewis. Te prometo que, si te dignas acompañarnos y escuchar a mi amo, encontrarás una propuesta de lo más ventajosa. Juro por el honor de mi amo que no sufrirás daño alguno, vampiro diurno, y que si deseas rechazar la oferta de mi amo, serás libre de hacerlo.

«Mi amo, mi amo.» Walker pronunciaba aquellas palabras con una mezcla de adoración y pavor reverencial. Simon se estremeció por dentro. Debía de ser horrible estar vinculado a alguien de aquel modo y carecer de voluntad propia.

Isabelle estaba negando con la cabeza y le decía «no» moviendo sólo los labios. Probablemente tenía razón. Isabelle era una cazadora de sombras excelente. Llevaba desde los doce años cazando demonios y malvados habitantes del mundo subterráneo —malignos vampiros, hechiceros practicantes de la magia negra, hombres lobo que habían entrado en estado salvaje y eran capaces de comerse a cualquiera— y con toda seguridad era mejor en su trabajo que cualquier otro cazador de sombras de su edad, con la excepción de su hermano Jace. Y de Sebastian, pensó Simon, que era mejor incluso que ellos. Pero estaba muerto.

—De acuerdo —dijo—. Iré.

Isabelle abrió los ojos de par en par.

—¡Simon! —exclamó protestando.

Los dos subyugados se frotaron las manos, como los villanos de un cómic. Aunque, en realidad, no era el gesto en sí lo que resultaba espeluznante, sino que lo hubieran hecho simultáneamente y de la misma manera, como marionetas cuyas cuerdas han sido manipuladas para sincronizarlas.

—Excelente —dijo Archer.

Isabelle dejó caer el cuchillo sobre la mesa con un golpe seco y se inclinó hacia adelante, y el brillante pelo negro rozó la superficie.

—Simon —dijo en un apremiante susurro—. No seas estúpido. No tienes por qué ir con ellos. Raphael es un imbécil.

—Raphael es un vampiro superior —dijo Simon—. Su sangre me convirtió en vampiro. Es mi... comoquiera que lo llamen.

—Señor, creador, engendrador... Hay millones de nombres para eso —dijo Isabelle, restándole importancia—. Y tal vez sea cierto que fue su sangre lo que te convirtió en vampiro. Pero no fue eso lo que te convirtió en un vampiro diurno. —Sus miradas se cruzaron por encima de la mesa. «Fue Jace quien te convirtió en un vampiro diurno.» Pero jamás pensaba pronunciar aquello en voz alta; eran muy pocos los que conocían la verdad, la historia que había convertido a Jace en lo que era, y también a Simon como consecuencia de ello—. No tienes por qué hacer lo que él te dice.

—Por supuesto que no —dijo Simon, bajando la voz—. Pero si me niego a ir, ¿crees que Raphael dejará pasar este asunto? No, no lo hará. Seguirán viniendo a por mí. —Miró de reojo a los subyugados, que daban la impresión de estar de acuerdo con sus palabras, aunque tal vez no fueran más que imaginaciones suyas—. Me acosarán por todos lados. Cuando salga por ahí, en la escuela, en casa de Clary...

—¿Y qué? ¿Acaso no podría arreglárselas Clary? —Isabelle levantó las manos—. De acuerdo. Pero al menos déjame que vaya contigo.

—Eso sí que no —la interrumpió Archer—. Esto no es apto para cazadores de sombras. Es un asunto exclusivo de los Hijos de la Noche.

—Yo no...

—La Ley nos da derecho a solucionar nuestros asuntos en privado —declaró Walker con frialdad—. Con los de nuestra propia especie.

Simon se quedó mirándolos.

—Déjennos unos minutos, por favor —dijo—. Me gustaría hablar con Isabelle.

Se produjo un momento de silencio. La vida en el restaurante seguía su curso habitual. Acababa de finalizar la función en el cine que había una cuadra más abajo y empezaban las prisas de última hora, las meseras corriendo de un lado a otro, sirviendo humeantes platos de comida a la clientela; las parejas reían y charlaban en las mesas; los cocineros preparaban los pedidos detrás del mostrador. Nadie los estaba mirando a ellos ni se daba cuenta de que algo extraño sucedía. Simon se había acostumbrado ya a los hechizos, pero cuando estaba con Isabelle, seguía sin poder evitar sentirse a veces como si estuviera atrapado detrás de una pared invisible de cristal, apartado del resto de la humanidad y de sus quehaceres diarios.

—De acuerdo —dijo Walker, retirándose un poco—. Pero recuerda que a mi amo no le gusta que le hagan esperar.

Se situaron junto a la puerta, indiferentes a las ráfagas de aire frío que les azotaban cada vez que alguien entraba o salía, y allí permanecieron rígidos como estatuas. Simon se volvió hacia Isabelle.

—No pasará nada —dijo—. No me harán ningún daño. No pueden hacerme ningún daño. Raphael sabe lo de... —Hizo un gesto incómodo señalándose la frente—. Esto.

Isabelle extendió la mano y le retiró el pelo de la frente, con una caricia más aséptica que tierna. Frunció el ceño. Simon había observado la Marca en el espejo en innumerables ocasiones, para conocer bien su aspecto. Era como si alguien hubiera tomado un pincel fino y hubiera dibujado un trazo muy simple en su frente, justo por encima del espacio que quedaba entre los ojos. La forma se alteraba de vez en cuando, como las imágenes en movimiento que crean las nubes, pero siempre era nítida, negra y de apariencia peligrosa, como una señal de advertencia escrita en otro idioma.

—¿Funciona... de verdad? —preguntó Isabelle, casi en un susurro.

—Raphael cree que funciona —respondió Simon—. Y no tengo motivos para pensar que no vaya a ser así. —Le tomó la muñeca para apartarle la mano de la cara—. No pasará nada, Isabelle.

Ella suspiró.

—Mi experiencia me dice que esto no es una buena idea.

Simon le apretó la mano.

—Vamos. ¿Tú no sientes curiosidad por saber qué puede querer Raphael?

Isabelle le dio unos golpecitos cariñosos en la mano y se recostó en su asiento.

—Avísame en cuanto regreses. Llámame a mí antes que a nadie.

—Lo haré. —Simon se levantó y cerró el cierre de su chamarra—. Y hazme un favor, ¿quieres? Dos favores, de hecho.

Isabelle lo miró con reserva.

—¿Cuáles?

—Clary mencionó que esta noche iría al Instituto. Si por casualidad te tropiezas con ella, no le digas adónde he ido. Se preocuparía sin motivo.

Isabelle puso los ojos en blanco.

—Muy bien, de acuerdo. ¿Y el segundo favor?

Simon se inclinó y le dio un beso en la mejilla.

—Prueba la sopa de betabel antes de irte. Es estupenda.

Walker y Archer no eran precisamente los compañeros más habladores del mundo. Guiaron a Simon en silencio por las calles del Lower East Side, manteniéndose en todo momento varios pasos por delante de él con su curioso andar deslizante. Empezaba a ser tarde, pero las calles de la ciudad seguían llenas de gente que salía del trabajo y corría hacia su casa para cenar, cabizbajos, con el cuello del abrigo levantado para protegerse del gélido aire. En St. Mark's Place había tenderetes donde vendían de todo, desde calcetines baratos hasta bocetos a carboncillo de Nueva York, pasando por barritas de incienso. Las hojas crujían en el suelo como huesos secos. El ambiente olía al humo que desprendían los tubos de escape mezclado con el aroma de la madera de sándalo y, por debajo de eso, a humanidad: piel y sangre.

A Simon se le encogió el estómago. Solía guardar en su habitación unas cuantas botellas de sangre animal —había instalado un pequeño refrigerador en el fondo del clóset, en un lugar donde su madre no podía verlo— por si en algún momento sentía hambre. La sangre era asquerosa. Creía que acabaría acostumbrándose a ella, incluso que llegaría a gustarle, pero a pesar de que le servía para aplacar sus ataques de hambre, no tenía nada que ver con lo mucho que en su día había disfrutado del chocolate, los burritos vegetarianos o el helado de café. Aquello no dejaba de ser sangre.

Pero tener hambre era peor. Tener hambre significaba oler cosas que no deseaba oler: la sal de la piel, el aroma dulce y maduro de la sangre exudando de los poros de desconocidos. Todo aquello le hacía sentirse hambriento y tremendamente mal consigo mismo. Se encorvó, hundió los puños en los bolsillos de la chamarra e intentó respirar por la boca.

Al llegar a la Tercera Avenida giraron a la derecha y se detuvieron delante de un restaurante cuyo cartel decía: «CAFÉ DEL CLAUSTRO. JARDÍN ABIERTO TODO EL AÑO». Simon pestañeó al ver el cartel.

—¿Qué estamos haciendo aquí?

—Es el lugar de reunión que ha elegido nuestro amo —respondió Walker, sin alterarse.

—Vaya. —Simon estaba perplejo—. Creía que el estilo de Raphael era más bien de concertar reuniones en lo alto de una catedral no consagrada o en el interior de una cripta repleta de huesos. Nunca me lo imaginé como un tipo aficionado a frecuentar restaurantes de moda.

Los dos subyugados se quedaron mirándolo.

—¿Algún problema con eso, vampiro diurno? —preguntó Archer finalmente.

Simon tuvo la sensación de que acababa de recibir una oscura reprimenda.

—No, ningún problema.

El interior del restaurante era oscuro y una barra con encimera de mármol recorría una pared de un extremo al otro. Ni meseros ni personal de ningún tipo se acercó a ellos cuando atravesaron la sala en dirección a la puerta que había al fondo, ni cuando cruzaron dicha puerta para salir al jardín.

Muchos restaurantes de Nueva York tenían jardín, pero pocos permanecían abiertos a aquellas alturas del año. En este caso, se trataba de un patio de manzana rodeado de edificios. Las paredes estaban decoradas con pinturas murales de efecto *trompe l'oeil* que evocaban floridos jardines italianos. Los árboles, con el follaje otoñal rico en matices dorados y cobrizos, estaban adornados con ristras de luces blancas, mientras que los calentadores de exterior repartidas entre las mesas desprendían un resplandor rojizo. Una pequeña fuente situada en el centro del patio salpicaba melodiosamente su agua.

Había una única mesa ocupada, y no por Raphael. En la mesa, pegada al muro, había una mujer delgada tocada con un sombrero de ala ancha. Mientras Simon la observaba con perplejidad, la mujer levantó una mano para saludarlo. Simon se volvió para mirar a sus espaldas y, naturalmente, no vio a nadie más. Walker y Archer se habían puesto de nuevo en movimiento; confuso, Simon los siguió, atravesaron el patio y se detuvieron a escasa distancia de donde estaba sentada la mujer.

Walker la saludó con una profunda reverencia.

—Ama —dijo.

La mujer sonrió.

—Walker —dijo—. Y Archer. Muy bien. Gracias por traerme a Simon.

—Un momento —dijo Simon, mirando una y otra vez a la mujer y a los dos subyugados—. Tú no eres Raphael.

—Pues claro que no. —La mujer se quitó el sombrero. Se derramó sobre sus hombros una abundante melena de cabello rubio plateado, brillante bajo el resplandor de las luces de Navidad. Su rostro era pálido y ovalado, precioso, dominado por unos enormes ojos verde claro. Llevaba guantes largos de color negro, blusa negra de seda, falda de tubo y un pañuelo negro anudado al cuello. Resultaba imposible adivinar su edad... o la edad que debía de tener cuando se había convertido en vampira—. Soy Camille Belcourt. Encantada de conocerte.

Le tendió una mano enguantada.

—Me habían dicho que iba a reunirme con Raphael —dijo Simon, sin aceptar el saludo—. ¿Trabajas para él?

Camille Belcourt se echó a reír, una risa cantarina como la fuente.

—¡Naturalmente que no! Aunque hubo un tiempo en que él sí trabajaba para mí.

Y Simon recordó entonces. «Creía que el vampiro jefe era otro», le había dicho a Raphael en una ocasión, en Idris, hacía ya una eternidad.

«Camille no ha regresado aún con nosotros —le había replicado Raphael—. Yo ejerzo sus funciones en su lugar.»

—Eres el vampiro jefe —dijo Simon—. Del clan de Manhattan. —Se volvió hacia los subyugados—. Me han engañado. Me dijeron que iba a reunirme con Raphael.

—Te dijimos que ibas a reunirte con nuestro amo —dijo Walker.

Tenía los ojos enormes y vacíos, tan vacíos que Simon se preguntó si de verdad aquellos dos tipos habían pretendido engañarlo o simplemente estaban programados como robots para decir lo que su ama les había dicho que dijeran y eran incapaces de salirse del guión—. Y aquí la tienes.

—Así es. —Camille obsequió a sus subyugados con una resplandeciente sonrisa—. Y ahora váyanse, Walker, Archer. Tengo que hablar a solas con Simon. —Algo había en su forma de pronunciar aquellas palabras, tanto su nombre como la expresión «a solas», que fue para Simon como recibir una caricia furtiva.

Los subyugados se retiraron después de hacer una reverencia. Cuando Walker se volteó para marcharse, Simon vio de refilón una marca oscura en su cuello, con dos puntos más oscuros en su interior. Los puntos más oscuros eran pinchazos, rodeados por un colgajo de carne seca. Sintió un escalofrío.

—Por favor —dijo Camille, indicándole una silla a su lado—. Siéntate. ¿Quieres un poco de vino?

Incómodo, Simon tomó asiento en el borde de la dura silla metálica.

—La verdad es que no bebo.

—Claro —dijo ella, toda simpatía—. Eres un novato, ¿no? No te preocupes. Con el tiempo aprenderás a consumir vino y otras bebidas. Hay incluso algunos, entre los más ancianos de nuestra especie, capaces de consumir comida humana con escasos efectos adversos.

¿Escasos efectos adversos? La expresión no le gustó lo más mínimo a Simon.

—¿Va a llevarnos mucho tiempo este asunto? —preguntó, echándole un vistazo a su celular, que le decía que eran ya más de las diez y media—. Tengo que volver a casa.

«Porque mi madre está esperándome.» Aunque, a decir verdad, aquella mujer no tenía por qué enterarse de ese detalle.

—Has interrumpido mi cita con mi chica —dijo Simon—. Me pregunto qué es esto tan importante.

25

—Sigues viviendo con tu madre, ¿verdad? —dijo ella, dejando la copa en la mesa—. ¿No te parece curioso que un vampiro tan poderoso como tú se niegue a abandonar el hogar para sumarse a un clan?

—De modo que has interrumpido mi cita para burlarte de mí porque sigo viviendo en casa. ¿No podrías haber hecho eso una noche que no hubiera quedado con nadie? O sea, la mayoría de las noches.

—No me río de ti, Simon. —Se pasó la lengua por el labio inferior, como si saboreara el vino que acababa de beber—. Quiero saber por qué no has entrado a formar parte del clan de Raphael.

«Que es como decir tu clan, ¿no es eso?»

—Tuve la fuerte sensación de que Raphael no quería que entrara —replicó Simon—. Básicamente vino a decirme que me dejaría tranquilo si yo lo dejaba tranquilo. De modo que decidí dejarlo tranquilo.

—Lo has hecho. —Sus ojos verdes relucían.

—Nunca quise ser vampiro —dijo Simon, preguntándose por qué estaría contándole todo aquello a esa desconocida—. Quería llevar una vida normal. Cuando descubrí que me había convertido en un vampiro diurno, creí que podría seguir con la misma vida. O como mínimo, algo que se le asemejase. Puedo ir a la escuela, vivir en casa, ver a mi madre y a mi hermana...

—Siempre y cuando no comas delante de ellas —dijo Camille—. Siempre y cuando ocultes tu necesidad de sangre. Nunca te has alimentado de un humano, ¿verdad? Sólo consumes sangre de bolsa. Rancia. De animal. —Arrugó la nariz.

Simon pensó en Jace y alejó la idea de su cabeza.

—No, no lo he hecho nunca.

—Lo harás. Y en cuanto lo hagas, ya no podrás olvidarlo. —Se inclinó hacia adelante y su claro cabello le acarició la mano—. No puedes ocultarte esta verdad eternamente.

—¿Dime qué adolescente no miente a sus padres? —dijo Simon—. De todos modos, no entiendo qué te importa a ti todo eso. De hecho, sigo sin comprender qué hago aquí.

Camille volvió a inclinarse hacia adelante. Y al hacerlo, se abrió el escote de su blusa de seda negra. De haber seguido siendo humano, Simon se habría sonrojado.

—¿Me dejarás verla?

Simon notó que los ojos se le salían literalmente de las órbitas.

—¿Ver el qué?

Camille sonrió.

—La Marca, niño estúpido. La Marca del Errante.

Simon abrió la boca y la cerró acto seguido. «¿Cómo lo sabe?» Eran muy pocos los que conocían la existencia de la Marca que Clary le había hecho en Idris. Raphael le había indicado que era una cuestión de máximo secreto y como tal la había considerado Simon.

Pero la mirada de Camille era tremendamente verde y fija, y por algún motivo desconocido, Simon deseaba hacer lo que ella quería que hiciera. Su forma de mirarlo tenía algo que ver con ello, la musicalidad de su voz. Levantó la mano y se retiró el pelo para que pudiera examinarle la frente.

Camille abrió los ojos de par en par, separó los labios. Se acarició levemente el cuello, como queriendo verificar con ese gesto la cadencia de un pulso inexistente.

—Oh —dijo—. Eres afortunado, Simon. Muy afortunado.

—Es un maleficio —dijo él—. No una bendición. Lo sabes, ¿no es verdad?

Los ojos de ella centellearon.

—«Y Caín le dijo al Señor: mi culpa es demasiado grande para soportarla.» ¿Es más de lo que puedes soportar, Simon?

Simon se recostó en su asiento, dejando que el fleco volviera a su lugar.

—Puedo soportarlo.

—Pero no quieres. —Recorrió el borde de la copa con un dedo enguantado sin despegar los ojos de Simon—. ¿Y si yo pudiera ofrecerte un modo de sacar provecho de lo que tú consideras un maleficio?

«Diría que por fin estás llegando al motivo por el que me has hecho venir aquí, lo cual ya es algo.»

Y Simon dijo en voz alta:

—Te escucho.

—Has reconocido mi nombre en cuanto lo has oído, ¿verdad? —dijo Camille—. Raphael me mencionó en alguna ocasión, ¿no es así? —Tenía un acento muy débil, que Simon no conseguía ubicar.

—Dijo que eras la jefa del clan y que él ejercía tus funciones durante tu ausencia. Que actuaba en tu nombre... a modo de vicepresidente o algo por el estilo.

—Ah. —Se mordió con delicadeza el labio inferior—. Aunque, de hecho, eso no es del todo cierto. Me gustaría contarte la verdad, Simon. Me gustaría hacerte una oferta. Pero primero tienes que darme tu palabra con respecto a una cosa.

—¿Con respecto a qué?

—Con respecto a que todo lo que suceda aquí esta noche permanecerá en secreto. Nadie puede saberlo. Ni siquiera Clary, tu amiguita pelirroja. Ni ninguna de tus otras amigas. Ninguno de los Lightwood. Nadie.

Simon se recostó de nuevo en su asiento.

—¿Y si no quiero prometértelo?

—Entonces puedes irte, si así lo deseas —dijo ella—. Pero de hacerlo, nunca sabrás lo que deseo contarte. Y será una pérdida de la que te arrepentirás.

—Siento curiosidad —dijo Simon—. Pero no estoy seguro de que mi curiosidad sea realmente tan grande.

Una chispa de sorpresa y simpatía iluminó los ojos de Camille y tal vez incluso, pensó Simon, también de cierto respeto.

—Nada de lo que tengo que decirte los atañe a ellos. No afectará ni a su seguridad ni a su bienestar. El secretismo es para mi propia protección.

Simon la miró con recelo. ¿Estaría hablando en serio? Los vampiros no eran como las hadas, que no podían mentir. Pero tenía que reconocer que sentía curiosidad.

—De acuerdo. Te guardaré el secreto, a menos que piense que algo de lo que me cuentas podría poner en peligro a mis amigos. En ese caso, la cosa cambia, no habría trato.

La sonrisa de Camille era gélida; era evidente que no le gustaba que desconfiaran de ella.

—Muy bien —dijo—. Me imagino que, necesitando tu ayuda como la necesito, pocas alternativas me quedan. —Se inclinó hacia adelante, su esbelta mano jugueteaba con el pie de la copa de vino—. He estado liderando el clan de Manhattan, sin problema alguno, hasta hace muy poco. Teníamos unos cuarteles generales preciosos en un viejo edificio del Upper East Side anterior a la guerra, nada que ver con ese hotel que parece un nido de ratas donde Santiago tiene ahora encerrada a mi gente. Santiago (o Raphael, como tú lo llamas) era mi subcomandante. Mi compañero más fiel, o eso creía. Una noche descubrí que estaba asesinando humanos, que los conducía hasta un viejo hotel de la zona latina de Harlem y bebía su sangre por pura diversión. Dejaba sus huesos en el bote de la basura de fuera. Corría riesgos estúpidos, quebrantaba la Ley del Acuerdo. —Tomó un sorbo de vino—. Cuando decidí ponerle las cosas claras, comprendí que Santiago ya le había contado a todo el clan que yo era la asesina, que la transgresora era yo. Me había tendido una emboscada. Quería asesinarme para hacerse con el poder. Huí, acompañada únicamente por Walker y Archer a modo de guardaespaldas.

—¿Y durante todo este tiempo ha dicho que hacía las veces de jefe sólo hasta que tú regresaras?

Ella hizo una mueca.

—Santiago es un mentiroso redomado. Desea mi regreso, seguro... para asesinarme y hacerse de verdad con el poder del clan.

Simon no estaba muy seguro de lo que Camille deseaba oír. No estaba acostumbrado a ver a mujeres adultas mirándolo con los ojos llenos de lágrimas y contándole la historia de su vida.

—Lo siento —dijo por fin.

Ella se encogió de hombros, un gesto muy expresivo que lo llevó a preguntarse si quizá su acento era francés.

—Eso pertenece al pasado —dijo Camille—. He permanecido escondida en Londres todo este tiempo, buscando aliados, esperando el momento oportuno. Hasta que oí hablar de ti. —Levantó la mano—. No puedo explicarte cómo fue, juré guardar el secreto. Pero desde aquel momento supe que tú eras lo que había estado esperando.

—¿Qué es lo que yo era? ¿Qué soy, vamos?

Se inclinó hacia adelante y le acarició la mano.

—Raphael te teme, Simon, y así tiene que ser. Eres uno de los suyos, un vampiro, pero no puede hacerte daño ni matarte; no puede levantar un dedo contra ti sin que la ira de Dios caiga sobre su cabeza.

Se produjo un silencio. Simon oía sobre sus cabezas el zumbido eléctrico de las luces de Navidad, el agua salpicando en la fuente de piedra del centro del patio, el murmullo del sonido de la ciudad. Cuando habló, lo hizo en voz baja.

—Lo has dicho.

—¿El qué, Simon?

—Esa palabra. «La ira de...» —La palabra mordía y quemaba su boca, como siempre sucedía.

—Sí. «Dios.» —Retiró la mano, pero continuó mirándolo con calidez—. Nuestra especie tiene muchos secretos, y podría contarte y enseñarte muchos de ellos. Descubrirás que no estás condenado.

—Señora...

—Camille. Debes llamarme Camille.

—Sigo sin comprender qué quieres de mí.

—¿No lo ves? —Negó con la cabeza y su brillante melena bailó alrededor de su rostro—. Quiero que te unas a mí, Simon. Que te unas a mí contra Santiago. Irrumpiremos juntos en ese hotel plagado de ratas. En cuanto sus seguidores vean que estás conmigo, lo abandonarán y volverán a mí. Estoy segura de que debajo de ese miedo

30

que él les inspira, siguen siéndome fieles. En cuanto nos vean juntos, su miedo desaparecerá y volverán a nuestro lado. El hombre no puede luchar contra lo divino.

—No sé —dijo Simon—. En la Biblia, Jacob luchó contra un ángel y venció.

Camille lo miró levantando las cejas.

Simon se encogió de hombros.

—Soy de escuela hebrea.

—«Y Jacob le puso a aquel lugar el nombre de Peniel: porque he visto a Dios cara a cara.» Ya ves que no eres el único que conoce las Escrituras. —La seriedad de su mirada había desaparecido y estaba sonriéndole—. Tal vez no seas consciente de ello, vampiro diurno, pero mientras luzcas esa Marca, eres el brazo vengador del Cielo. Nadie puede enfrentarse a ti. Y, a buen seguro, ningún vampiro.

—¿Me tienes miedo? —preguntó Simon.

Se arrepintió casi al instante de su pregunta. Los ojos verdes de Camille se oscurecieron como nubarrones.

—¿Yo? ¿Miedo de ti? —Pero recobró en seguida la calma, su rostro se tranquilizó, su expresión se aplacó—. Por supuesto que no —dijo—. Eres un hombre inteligente. Estoy convencida de que entenderás la sabiduría de mi propuesta y te unirás a mí.

—¿Y en qué consiste exactamente tu propuesta? Me refiero a que entiendo la parte en la que nos toca enfrentarnos a Raphael. Y después de eso, ¿qué? Porque la verdad es que no odio a Raphael, ni quiero quitármelo de encima por el mero hecho de quitármelo de encima. Me deja tranquilo. Es lo que siempre he querido.

Camille unió las manos por delante de ella. En el dedo medio, por encima del tejido del guante, llevaba un anillo de plata con una piedra azul.

—Te parece que eso es lo que quieres, Simon. Crees que Raphael está haciéndote un favor dejándote tranquilo, como dices tú. Pero en realidad está exiliándote. En este momento crees que no necesitas a ninguno de los de tu especie. Te sientes satisfecho con tus amigos, humanos y cazadores de sombras. Te sientes satisfecho escondiendo botellas de sangre en tu habitación y mintiéndole a tu madre respecto a tu verdadera identidad.

—¿Cómo sabes...?

Continuó hablando, ignorándolo por completo.

—Pero ¿qué pasará de aquí a diez años, cuando supuestamente deberías tener veintiséis? ¿Y de aquí a veinte años? ¿O treinta? ¿Crees que nadie se dará cuenta de que ellos envejecen y cambian y tú no?

Simon no dijo nada. No quería reconocer que no había pensado en un futuro tan lejano. Que no quería pensar en un futuro tan lejano.

—Raphael te ha convencido de que los demás vampiros son como veneno para ti. Pero no tiene por qué ser así. La eternidad es demasiado larga como para pasarla solo, sin otros de tu misma especie. Sin otros que te comprendan. Eres amigo de los cazadores de sombras, pero nunca serás uno de ellos. Siempre serás distinto, un intruso. Pero puedes ser uno más de los nuestros. —Y cuando se inclinó otra vez hacia adelante, su anillo proyectó una luz blanca que taladró los ojos de Simon—. Poseemos miles de años de sabiduría que podríamos compartir contigo, Simon. Podrías aprender a guardar tu secreto; a comer y a beber, a pronunciar el nombre de Dios. Raphael te ha ocultado cruelmente esta información, te ha inducido incluso a creer que no existe. Pero existe. Y yo puedo ayudarte.

—Si yo te ayudo a ti antes —dijo Simon.

Camille sonrió, mostrando sus blancos y afilados dientes.

—Nos ayudaremos mutuamente.

Simon se echó hacia atrás. La silla de hierro era dura e incómoda y de pronto se sintió cansado. Bajó la vista hacia sus manos y vio que sus venas se habían oscurecido, que se abrían como arañas por encima de los nudillos. Necesitaba sangre. Necesitaba hablar con Clary. Necesitaba tiempo para pensar.

—Estás conmocionado —dijo ella—. Lo sé. Son muchas cosas

que digerir. Te concederé todo el tiempo que necesites para tomar una decisión a este respecto, y respecto a mí. Pero no disponemos de mucho tiempo, Simon. Mientras yo siga en esta ciudad, soy un peligro para Raphael y sus secuaces.

—¿Secuaces? —A pesar de todo, Simon esbozó una leve sonrisa. Camille se quedó perpleja.

—¿Sí?

—Es sólo que... «Secuaces» es como decir «malhechores» o «acólitos». —Ella siguió mirándolo sin entender nada. Simon suspiró—. Lo siento. Seguramente no has visto tantas películas malas como yo.

Camille frunció el ceño y apareció en él una finísima arruga.

—Me dijeron que eras un poco peculiar. Tal vez sea simplemente porque no conozco a muchos vampiros de tu generación. Pero me da la sensación de que estar con alguien tan... tan joven, será bueno para mí.

—Sangre nueva —dijo Simon.

Y al oír aquello, Camille sonrió.

—¿Estás dispuesto, entonces? ¿A aceptar mi oferta? ¿A empezar a trabajar juntos?

Simon levantó la vista hacia el cielo. Las ristras de luces blancas anulaban las estrellas.

—Mira —dijo—. Aprecio mucho tu oferta, de verdad. —«Mierda», pensó. Tenía que existir alguna manera de decir aquello sin parecer que estaba rechazando acompañar a una chica al baile de fin de curso. «En serio, me siento, muy adulado por tu propuesta, pero...» Camille, igual que sucedía con Raphael, hablaba con rigidez, con formalidad, como si fuera la protagonista de un cuento de hadas. Tal vez estaría bien intentar hacer lo mismo. De modo que dijo—: Necesito algo de tiempo para tomar mi decisión. Estoy seguro de que lo entiendes.

Ella le sonrió con delicadeza, mostrándole tan sólo la punta de los colmillos.

—Cinco días —dijo—. No más. —Extendió hacia él su mano en-

33

guantada. Algo brillaba en su interior. Era un pequeño vial de cristal, del tamaño de una muestra de perfume, aunque contenía un polvo de un color café indefinido—. Tierra de cementerio —le explicó—. Rompe esto y sabré con ello que me convocas. Si no me convocas en cinco días, enviaré a Walker para que le des tu respuesta.

—¿Y si la respuesta es no? —preguntó Simon.

—Me sentiré defraudada. Pero nos separaremos como amigos. —Apartó la copa de vino—. Adiós, Simon.

Simon se levantó. La silla emitió un chirriante sonido metálico al ser arrastrada por el suelo, un sonido excesivo. Tenía la impresión de que debía decir alguna cosa más, pero no sabía qué. Parecía, de todas maneras, que aquello era una despedida. Y decidió que prefería quedar como uno de esos siniestros vampiros modernos con malos modales que correr el riesgo de verse arrastrado de nuevo hacia la conversación. Por lo tanto, se fue sin decir nada más.

Cuando cruzó el restaurante, pasó junto a Walker y Archer, que estaban apoyados en la barra de madera, con los hombros encorvados debajo de los largos abrigos grises. Sintió la fuerza de sus miradas sobre él y se despidió de ellos moviendo los dedos de la mano, un gesto que oscilaba entre un saludo amistoso y una despedida vulgar. Archer le enseñó los dientes —dientes humanos normales y corrientes— y emprendió camino hacia el jardín, con Walker pisándole los talones. Simon observó que ocupaban dos sillas enfrente de Camille, que no levantó la vista hasta que estuvieron instalados. Las luces blancas que hasta aquel momento iluminaban el jardín se apagaron de repente —no de una en una, sino todas a la vez— y Simon se encontró mirando un desorientador espacio oscuro, como si alguien hubiera desconectado las estrellas. Cuando los meseros se dieron cuenta y salieron corriendo a solucionar el problema, inundando de nuevo el jardín con aquella luz clara, Camille y sus subyugados humanos habían desaparecido.

Simon abrió la puerta de su casa —una más de la larga hilera de casas idénticas con fachada de ladrillo que flanqueaban su manzana en Brooklyn— y la empujó un poco, forzando el oído.

Le había dicho a su madre que iba a ensayar con Eric y sus compañeros de grupo para una tocada que tenían el sábado. En otra época, su madre se habría limitado a creerle y allí habría terminado la cosa; Elaine Lewis siempre había sido una madre permisiva y jamás había impuesto toques de queda ni a Simon ni a su hermana, ni había insistido en que llegaran pronto a casa al salir de la escuela. Simon estaba acostumbrado a estar rondando por ahí hasta las tantas con Clary, a entrar en casa con su propia llave y a desplomarse en la cama a las dos de la mañana, una conducta que no había despertado excesivos comentarios por parte de su madre.

Pero la situación había cambiado. Había estado casi dos semanas en Idris, el país de origen de los cazadores de sombras. Se había esfumado de casa sin ofrecer excusas ni explicaciones. Había sido necesaria la intervención del brujo Magnus Bane para realizarle a la madre de Simon un hechizo de memoria, de tal modo que ella no recordaba en absoluto aquellos días de ausencia. O, como mínimo, no los recordaba de forma consciente. Porque su comportamiento había cambiado. Se mostraba recelosa, revoloteaba a su alrededor, lo observaba en todo momento, insistía en que estuviera de vuelta a casa a una determinada hora. La última vez que había regresado a casa después de estar con Maia, Simon había encontrado a Elaine en el recibidor, sentada en una silla de cara a la puerta, cruzada de brazos y con una expresión de rabia contenida.

Aquella noche oyó su respiración incluso antes de verla. Pero ahora sólo oía el débil sonido de la televisión de la sala. Debía de haber estado esperándolo levantada, viendo seguramente un maratón de aquellos dramas hospitalarios que tanto le gustaban. Simon cerró la puerta a sus espaldas y se apoyó en ella, intentando reunir la energía necesaria para mentir.

Resultaba muy duro no comer con la familia. Por suerte, su madre se iba temprano a trabajar y volvía tarde, y Rebecca, que estudiaba en la Universidad de Nueva Suéter y sólo aparecía de vez en cuando por casa para usar la lavadora, no andaba por allí lo suficiente como para haberse podido percatar de nada extraño. Cuando él se levantaba por la mañana, su madre ya se había ido, dejando en el mostrador de la cocina el desayuno y la comida que con tanto cariño le preparaba. Simon la tiraba luego en cualquier bote de basura que encontrara de camino a la escuela. Lo de la cena era más complicado. Las noches en las que coincidía con su madre, daba vueltas a la comida en el plato y después fingía que no tenía hambre o que quería llevarse la cena a su habitación para comer mientras estudiaba. Un par de veces se había obligado a comer para contentar a su madre, y después había pasado horas en el baño, sudando y vomitando hasta eliminarlo todo por completo de su organismo.

Odiaba tener que mentirle. Siempre había sentido un poco de lástima por Clary, por la tensa relación que mantenía con Jocelyn, la madre más sobreprotectora que había conocido. Pero ahora se habían cambiado los papeles. Desde la muerte de Valentine, Jocelyn había relajado su control sobre Clary hasta el punto de convertirse en una madre casi normal. Sin embargo ahora, cuando Simon estaba en casa, sentía en todo momento el peso de la mirada de su madre, como una acusación que la seguía a dondequiera que fuera.

Se enderezó, dejó caer la mochila de tela junto a la puerta y se encaminó al salón dispuesto a enfrentarse a lo que fuera. La televisión estaba encendida, el noticiero de fondo. Michael Garza, el presentador del canal local, informaba sobre una historia de interés humano: un bebé que habían encontrado abandonado en un callejón junto a un hospital del centro de la ciudad. Simon se quedó sorprendido; su madre odiaba los noticieros. Los encontraba deprimentes. Miró de reojo el sofá y la sorpresa se esfumó. Su madre se había quedado dormida, los lentes sobre la mesita, un vaso medio vacío en el suelo. Simon podía oler el contenido incluso desde aquella distancia, seguramente era whisky. Sintió una punzada de dolor. Su madre casi nunca bebía.

Simon entró en el dormitorio de su madre y regresó con una colcha de ganchillo. Su madre continuó durmiendo, con la respiración lenta y regular. Elaine Lewis era una mujer menuda como un pajarito, con una aureola de pelo rizado negro, pincelado de gris, que se negaba a teñir. Trabajaba durante el día para una organización medioambiental sin ánimo de lucro y casi siempre vestía prendas con motivos animales. Llevaba en aquel momento un vestido con un estampado de delfines y olas y un broche que en su día había sido un pez de verdad, bañado en resina. Mientras cubría a su madre con la colcha, a Simon le dio la impresión de que su ojo lacado le lanzaba una mirada acusadora.

Su madre se agitó entonces, apartando la cabeza.

—Simon —susurró—. Simon, ¿dónde estás?

Acongojado, Simon soltó la colcha y se incorporó. Tal vez debería despertarla para que supiera que estaba bien. Pero entonces empezarían las preguntas que no quería responder y vería aquella expresión de dolor en su rostro que no podía soportar. Dio media vuelta y se encaminó a su habitación.

Se dejó caer sobre la cama y, sin siquiera pensarlo, tomó el teléfono del buró y se dispuso a marcar el número de Clary. Pero se detuvo un instante y se quedó escuchando el tono de marcación. No podía contarle lo de Camille. Había prometido mantener en secreto la oferta de la vampira y, pese a que no creía estar en deuda con Camille, si algo había aprendido en el transcurso de los últimos meses, era que renegar de las promesas hechas a criaturas sobrenaturales no era en absoluto una buena idea. Pero deseaba escuchar la voz de Clary, igual que le sucedía siempre que tenía un mal día. Tal vez pudiera lamentarse con ella sobre su vida amorosa, un asunto que hacía reír a más no poder a Clary. Se acostó de nuevo en la cama, se acomodó sobre la almohada y marcó el número de Clary.

2

CAYENDO

—Así ¿qué? ¿Te has divertido esta noche con Isabelle? —Clary, con el teléfono pegado a la oreja, avanzaba con cuidado de una larga viga de equilibrio a otra. Las vigas de equilibrio estaban montadas a seis metros de altura, colgadas de las trabes de la buhardilla del Instituto, donde estaba instalada la sala de entrenamiento. El objetivo de aprender a caminar por las barras era dominar el sentido del equilibrio. Y Clary las odiaba. Su miedo a las alturas la ponía enferma, a pesar de que llevaba atada a la cintura una cuerda flexible que supuestamente le impediría estamparse contra el suelo en caso de que se produjese una caída—. ¿Le has contado ya lo de Maia?

Simon respondió con un débil sonido evasivo que Clary interpretó como un «no». Se oía música de fondo y se lo imaginó tendido en la cama, con el equipo de música a bajo volumen. Parecía agotado, ese agotamiento que calaba en los huesos y que daba a entender que su tono de voz frívolo no estaba en consonancia con su estado anímico. Al principio de la conversación, Clary le había preguntado varias veces si se encontraba bien, pero él se había limitado a restarle importancia a su preocupación.

Entonces ella le espetó:

—Estás jugando con fuego, Simon. Confío en que lo sepas.

—Pues no lo sé. ¿De verdad te parece tan importante? —La voz de Simon sonó entonces quejumbrosa—. En ningún momento he hablado ni con Isabelle ni con Maia acerca de la exclusividad de nuestra relación.

—Déjame decirte algo sobre las chicas en general. —Clary se sentó en la viga de equilibrio con las piernas colgando. Las ventanas en forma de media luna de la buhardilla estaban abiertas y entraba por ellas el gélido aire nocturno, enfriando su piel sudada. Siempre había pensado que los cazadores de sombras se entrenaban vestidos con su resistente equipo de cuero, pero resultó que lo empleaban únicamente para una formación posterior, cuando ya practicaban con armas. Para el entrenamiento que estaba realizando —ejercicios destinados a aumentar su flexibilidad, velocidad y sentido del equilibrio—, Clary iba vestida con una simple camiseta de tirantes y un pantalón con elástico en la cintura que le recordaba la vestimenta que se utiliza en los quirófanos—. Aunque no han hablado sobre exclusividad, se volverán locas si algún día llegan a descubrir que estás saliendo con otra a la que, además, ellas conocen, y no se lo has dicho. Es una regla básica para salir con chicas.

—¿Y por qué se supone que yo debería conocer esta regla?

—Porque todo el mundo la conoce.

—Creía que estabas de mi lado.

—¡Y estoy de tu lado!

—Y entonces ¿por qué no te muestras más comprensiva?

Clary cambió el teléfono de oreja y observó las sombras que se abrían por debajo de ella. ¿Dónde estaba Jace? Había ido a buscar otra cuerda y había dicho que volvía en cinco minutos. Si la sorprendía hablando por teléfono allá arriba la mataría, seguro. Jace supervisaba pocas veces su entrenamiento —lo hacían normalmente Maryse, Robert o alguno de los otros miembros del Cónclave de Nueva York hasta que encontraran un sustituto para el antiguo tutor del Instituto, Hodge—, pero cuando lo hacía, se lo tomaba muy en serio.

—Porque —respondió— tus problemas no son en realidad problemas. Estás saliendo a la vez con dos chicas guapas. Piénsalo bien. Eso son... problemas típicos de una estrella del rock.

—Tener los problemas típicos de una estrella del rock será probablemente lo más cerca que pueda estar nunca de ser una estrella del rock de verdad.

—Nadie te dijo que bautizaras a tu banda con el nombre de Molde Jugoso, amigo mío.

—Ahora nos llamamos Pelusa del Milenio —dijo Simon en tono de protesta.

—Mira, piénsatelo antes de la boda. Si ambas creen que van a asistir contigo a la boda y descubren que estás saliendo a la vez con las dos, te matarán. —Se levantó—. Y la boda de mi madre se arruinará y entonces será ella quien te mate a ti. De modo que morirás dos veces. Bueno, tres, ya que técnicamente...

—¡En ningún momento le he dicho a ninguna de las dos que vaya a ir a la boda con ellas! —La voz de Simon sonó presa del pánico.

—Ya, pero están esperando a que se lo digas. Las chicas tienen novio para eso. Para tener a alguien que las lleve a actos aburridos. —Clary avanzó hasta el extremo de la viga de equilibrio con la mirada fija en las sombras que la luz mágica proyectaba abajo. En el suelo había un antiguo círculo de entrenamiento pintado con gis; parecía una diana—. En cualquier caso, ahora tengo que saltar de esta horrible viga y muy posiblemente abocarme a una muerte atroz. Hablamos mañana.

—Recuerda que tengo ensayo con la banda a las dos. Nos vemos allí.

—Hasta entonces. —Colgó y se guardó el teléfono en el interior del brasier; la ropa de entrenamiento era tan ligera que no tenía bolsillos, ¿qué otra solución le quedaba?

—¿Tienes pensado quedarte toda la noche allá arriba? —Jace irrumpió en el centro de la diana y levantó la vista hacia ella. Iba vestido con el equipo de lucha, no con la ropa de entrenamiento que lle-

40

vaba Clary, y su cabello rubio destacaba en la negrura. Se había oscurecido levemente desde finales de verano y había adquirido un matiz de oro oscuro, algo que, en opinión de Clary, le quedaba incluso mejor. Se sentía absurdamente feliz de conocerlo ya lo bastante como para percatarse de aquellos sutiles cambios en su aspecto.

—Creía que ibas a subir —le gritó ella desde arriba—. ¿Cambio de planes?

—Es una larga historia —le respondió él, sonriente—. ¿Y bien? ¿Quieres practicar marometas?

Clary suspiró. Practicar marometas quería decir lanzarse al vacío desde la viga y utilizar la cuerda flexible para sujetarse mientras se apoyaba en las paredes para empujarse y dar marometas. Era el modo de aprender a dar vueltas sobre sí misma, lanzar patadas y esquivar golpes sin tener que preocuparse por la dureza del suelo y los moretones. Había visto cómo lo hacía Jace, que parecía un ángel cuando volaba por los aires, girando sobre sí mismo y revolviéndose con la preciosa elegancia de un bailarín clásico. Pero ella se retorcía como loca en cuanto veía que se acercaba al suelo, y el hecho de que en su cabeza supiera que no iba a impactar contra él, no servía de nada.

Empezaba a preguntarse si tenía alguna importancia que hubiera nacido cazadora de sombras; tal vez era demasiado tarde para convertirse en una más de ellos, en una que fuera plenamente operativa. O tal vez fuera que el don que había convertido a Jace y a ella en lo que eran estaba distribuido de forma desigual entre ellos, de tal modo que él se había quedado con todos los atributos físicos y ella con... bueno, con poca cosa.

—Vamos, Clary —dijo Jace—. Salta. —Clary cerró los ojos y saltó. Se sintió por un momento suspendida en el aire, libre de cualquier cosa. Pero acto seguido la gravedad se apoderó de ella y se precipitó hacia el suelo. Recogió por instinto brazos y piernas y mantuvo los ojos cerrados con fuerza. La cuerda se tensó y Clary rebotó y subió hacia arriba antes de volver a caer. No abrió los ojos hasta que la velocidad aminoró y se encontró balanceándose en el extremo de la cuerda, a un metro y medio por encima de Jace, que sonreía.

—Bien —dijo Jace—. Tan elegante como la caída de un copo de nieve.

—¿Grité? —preguntó ella con franca curiosidad—. Mientras caía, quiero decir.

Jace movió afirmativamente la cabeza.

—Por suerte no hay nadie en casa; cualquiera hubiera pensado que estaba asesinándote.

—¡Ja! Si ni siquiera puedes alcanzarme. —Lanzó una patada al aire y empezó a girar perezosamente en el mismo.

La mirada de Jace se iluminó.

—¿Quieres apostarte algo?

Clary conocía aquella expresión.

—No —respondió con rapidez—. Sea lo que sea lo que vayas a hacer...

Pero ya lo había hecho. Cuando Jace actuaba con velocidad, sus movimientos eran prácticamente invisibles. Clary vio que se llevaba la mano al cinturón y a continuación sólo vio el destello de alguna cosa. Y cuando la cuerda que tenía por encima de la cabeza se partió, oyó el sonido de un tejido rasgándose. Liberada y tan sorprendida que le resultaba imposible gritar, fue a parar directamente a los brazos de Jace. El peso echó a Jace hacia atrás y ambos cayeron sobre las colchonetas del suelo, Clary encima de él. Jace le sonrió.

—Esto estuvo mucho mejor —dijo—. Ni un solo grito.

—No he tenido oportunidad. —Estaba sin aliento, y no sólo por el impacto de la caída. Estar sentada a horcajadas encima de Jace, y sentir el cuerpo de él contra el suyo, le provocaba sequedad en la boca y aceleraba el ritmo de sus pulsaciones. Había pensado que su reacción física a él, las reacciones físicas del uno respecto al otro, se mitigarían a medida que fueran conociéndose, pero no era así. De hecho, la cosa iba a peor cuanto más tiempo pasaba con él... o a mejor, suponía, según cómo se mirara la cosa.

La estaba mirando con sus ojos de color oro oscuro; se preguntó si aquel tono se había intensificado desde su encuentro en Idris con Raziel, el Ángel, a orillas del lago Lyn. Pero no podía preguntárselo a nadie: aunque todo el mundo sabía que Valentine había invocado al Ángel, y que el Ángel había curado a Jace de las heridas que Valentine le había causado, sólo Clary y Jace sabían que Valentine había hecho algo más que simplemente herir a su hijo adoptivo. Había apuñalado a Jace en el corazón como parte de la ceremonia de invocación... lo había apuñalado y sujetado en sus brazos mientras moría. Por deseo de Clary, Raziel había devuelto a Jace de la muerte. La enormidad de todo ello seguía sorprendiendo a Clary y, se imaginaba ella, también a Jace. Habían acordado no contarle jamás a nadie que Jace había muerto, por breve que hubiera sido su muerte. Era su secreto.

Jace le retiró a Clary el pelo de la cara.

—Bromeo —dijo—. No lo haces tan mal. Lo conseguirás. Deberías haber visto las marometas que daba Alec al principio. Me parece que una vez se dio incluso un buen golpe en la cabeza.

—Seguro que sí —dijo Clary—. Pero por entonces no tendría más de once años. —Lo miró de reojo—. Me imagino que tú siempre has dominado a las mil maravillas estos temas.

—Es que yo ya nací maravilloso. —Le acarició la mejilla con la punta de los dedos, tan levemente que ella se estremeció. Clary no dijo nada; Jace hablaba en broma, pero en cierto sentido era cierto. Jace había nacido para ser lo que ahora era—. ¿Hasta qué hora puedes quedarte esta noche?

Ella le sonrió.

—¿Hemos acabado el entrenamiento?

—Me gustaría pensar que hemos terminado ya la parte obligatoria de la sesión. Aunque me gustaría practicar algunas cosas... —Se disponía a cambiar de posición cuando se abrió la puerta y entró Isabelle, con los altos tacones de sus botas martilleando el suelo de madera.

Al ver a Jace y a Clary acostados en el suelo, enarcó las cejas.

—Besuqueándose, por lo que veo. Se suponía que estaban en entrenamiento.

—Nadie ha dicho que pudieras entrar sin llamar, Iz. —Jace no se movió, sino que simplemente giró la cabeza para quedarse mirando a Isabelle con una expresión que era una mezcla de enojo y cariño. Clary, sin embargo, se levantó rápidamente y empezó a alisarse la ropa.

—Esto es la sala de entrenamiento. Es un espacio público. —Isabelle se estaba despojando de uno de sus guantes de terciopelo rojo—. Acabo de comprármelos en Trash and Vaudeville. De rebajas. ¿No les parecen preciosos? ¿No les gustaría tener un par? —Movió los dedos en dirección a ellos.

—No sé —respondió Jace—. Creo que no combinarían con mi atuendo.

Isabelle le dirigió una mueca.

—¿Ya se enteraron de lo del cazador de sombras que han encontrado muerto en Brooklyn? El cuerpo estaba destrozado, de modo que aún no saben de quién se trata. Me imagino que es allí adonde han ido papá y mamá.

—Sí —dijo Jace, sentándose—. Reunión de la Clave. Me crucé con ellos cuando salían.

—No me has comentado nada —dijo Clary—. ¿Es por eso que has tardado tanto en volver con la cuerda?

Jace asintió.

—Lo siento. No quería asustarte.

—Lo que quiere decir —añadió Isabelle— es que no quería arruinar esta atmósfera tan romántica. —Se mordió el labio—. Sólo espero que no se trate de ningún conocido.

—No lo creo. Dejaron el cuerpo en una fábrica abandonada... Llevaba varios días allí. De haberse tratado de algún conocido, nos habríamos percatado de su desaparición. —Jace se recogió el pelo detrás de las orejas. Miraba a Isabelle con cierta impaciencia, pensó Clary, como si le molestase que hubiera sacado aquel tema a relucir.

44

Le habría gustado que se lo hubiera comentado a ella nada más llegar, aunque con ello hubiera echado a perder el ambiente que reinaba entre los dos. Clary era consciente de que gran parte de lo que Jace hacía, gran parte de lo que todos ellos hacían, los ponía con frecuencia en contacto con la realidad de la muerte. Los Lightwood estaban aún, cada uno a su manera, llorando la desaparición de su hijo menor, Max, que había muerto simplemente por estar en el lugar inapropiado en el momento inadecuado. Resultaba extraño. Jace había aceptado sin chistar su decisión de dejar el Instituto y dedicarse a entrenar, pero evitaba comentar con ella los peligros que comportaba la vida de un cazador de sombras.

—Voy a vestirme —anunció, y se encaminó hacia la puerta que daba acceso al pequeño vestuario adjunto a la sala de entrenamiento. Era muy sencillo: paredes de madera clara, un espejo, una regadera y ganchos para la ropa. Junto a la puerta había un banco con un montón de toallas. Clary se dio un baño rápidamente y se vistió con su ropa de calle: medias, botas altas, una falda de mezclilla y un suéter nuevo de color rosa. Mirándose al espejo, se dio cuenta de que las medias tenían un agujero y de que su cabello pelirrojo mojado estaba enmarañado. Nunca tendría el aspecto perfecto y acicalado que lucía siempre Isabelle, pero a Jace no parecía importarle.

Cuando regresó a la sala de entrenamiento, Isabelle y Jace habían dejado de hablar sobre cazadores de sombras muertos para pasar a algo que, por lo que se veía, era aún más horripilante a ojos de Jace: que Isabelle saliera con Simon.

—No puedo creerme que te llevara a un restaurante de verdad. —Jace estaba ya de pie, recogiendo las colchonetas y el material de entrenamiento, mientras Isabelle permanecía apoyada a la pared jugando con sus guantes nuevos—. Me imaginaba que su concepto de cita pasaba por tenerte allí mirando cómo juega a *World of Warcraft* con los idiotas de sus amigos.

—Yo soy una más de entre los idiotas de sus amigos —apuntó Clary—. Gracias.

Jace le sonrió.

—En realidad no era un restaurante. Era más bien un bar. Y servían una sopa de color rosa que quería que probara —dijo Isabelle, pensativa—. Se mostró muy cariñoso.

En aquel momento, Clary se sintió culpable por no haberle contado lo de Maia.

—Me ha dicho que se divirtieron.

La mirada de Isabelle se trasladó rápidamente hacia ella. Su expresión era especial, como si estuviera ocultando alguna cosa, pero aquel matiz desapareció antes de que Clary pudiera estar del todo segura de haberlo visto.

—¿Has hablado con él?

—Sí, me llamó hace un momento. Sólo para ver cómo estaba. —Clary hizo un gesto de indiferencia.

—Entiendo —dijo Isabelle, cuya voz sonaba de pronto enérgica y fría—. Pues sí, como iba diciendo, se mostró muy cariñoso. Aunque tal vez un poco demasiado cariñoso. Puede acabar resultando pesado. —Guardó los guantes en el bolsillo—. De todas maneras, no es nada permanente. No es más que un ligue, por ahora.

El sentido de culpabilidad de Clary se esfumó.

—¿Han hablado sobre el tema de no salir con otros?

Isabelle se quedó horrorizada.

—¡Por supuesto que no! —Y a continuación bostezó, estirando los brazos por encima de la cabeza, con gesto felino—. Me voy a la cama. Nos vemos, tortolitos.

Y se fue, dejando a su paso una estela de perfume de jazmín.

Jace miró a Clary. Había empezado a aflojarse las hebillas de su equipo, que se cerraba en las muñecas y en la espalda, formando un escudo protector por encima de sus prendas.

—Supongo que tienes que volver a casa.

Ella asintió de mala gana. Conseguir que su madre accediera a que iniciara su formación como cazadora de sombras había generado de entrada una discusión larga y desagradable. Jocelyn se había mantenido en sus trece, argumentando que se había pasado la vida tratando de mantener a Clary alejada de la cultura de los cazadores de sombras, que consideraba, además de violenta, peligrosa, aislacionista y cruel. Clary le había explicado que la situación había cambiado desde que Jocelyn era joven y que, de todos modos, tenía que aprender a defenderse.

—Espero que no sea sólo por Jace —le había dicho finalmente Jocelyn—. Sé muy bien lo que es estar enamorada. Quieres estar allí donde está tu amor y hacer lo mismo que él hace, pero, Clary...

—Yo no soy tú —había replicado Clary, luchando por controlar su rabia—, los cazadores de sombras no son el Círculo, y Jace no es Valentine.

—Yo no he mencionado a Valentine.

—Pero es lo que estás pensando —había dicho Clary—. Por mucho que Valentine fuera quien criara a Jace, éste no se le parece en nada.

—Espero que así sea —había dicho Jocelyn en voz baja—. Por el bien de todos. —Y al final había cedido, aunque imponiendo algunas reglas.

Clary no viviría en el Instituto, sino con su madre en casa de Luke; Jocelyn recibiría informes semanales por parte de Maryse que le garantizaran que Clary estaba aprendiendo y no solamente, suponía Clary, comiéndose con los ojos a Jace el día entero, o haciendo lo que fuera que preocupara tanto a su madre. Y Clary no pasaría las noches en el Instituto, nunca jamás.

—Nada de dormir en casa del novio —había declarado con firmeza Jocelyn—. Y me da lo mismo que esa casa sea el Instituto. Ni hablar.

«Novio.» Seguía sorprendiéndole la mención de esa palabra. Durante mucho tiempo le había parecido completamente imposible que Jace pudiera llegar a ser su novio, que pudieran ser otra cosa que no fuera hermano y hermana, y enfrentarse a eso había resultado duro y terrible. No volver a verse más, habían decidido, habría sido mejor que aquello, y habría sido como morir. Pero después, por obra y gracia de un milagro, habían quedado libres. Habían transcurrido ya seis semanas y Clary no se había cansado aún de aquella palabra.

—Tengo que volver a casa —dijo—. Son casi las once y mi madre se pone histérica si sigo aquí pasadas las diez.

—De acuerdo. —Jace depositó en la bancada su equipo, o mejor dicho, la parte superior del mismo. Debajo llevaba una camiseta fina y Clary vislumbró las Marcas, como tinta difuminada bajo un papel mojado—. Te acompañaré hasta la puerta.

Atravesaron el silencioso Instituto. En aquel momento no había hospedado en el edificio ningún cazador de sombras procedente de otra ciudad, y con Hodge y Max desaparecidos para siempre, y Alec de viaje con Magnus, Clary tenía la sensación de que los Lightwood que quedaban allí eran como los ocupantes de un hotel prácticamente vacío. Le gustaría que los demás miembros del Cónclave frecuentaran más a menudo el lugar, pero se imaginaba que en aquellos momentos preferían concederles un poco de tiempo a los Lightwood. Tiempo para recordar a Max, y tiempo para olvidar.

—¿Has tenido últimamente noticias de Alec y de Magnus? —preguntó—. ¿Se lo están pasando bien?

—Eso parece. —Jace sacó su celular del bolsillo y se lo pasó a Clary—. Alec no para de enviarme fotos pesadas. Con comentarios del tipo: «Ojalá estuvieras aquí... pero no lo digo en serio».

—No te lo tomes a mal. Se supone que tienen que ser unas vacaciones románticas. —Fue pasando las fotografías guardadas en el teléfono de Jace sin parar de reír. Alec y Magnus delante de la Torre Eiffel, Alec con jeans, como siempre, y Magnus con un suéter de rayas marineras, pantalones de piel y la típica boina. En Florencia, en los jardines de Boboli, Alec de nuevo con sus jeans y Magnus con una capa veneciana que le quedaba enorme y sombrero de gondolero en la cabeza. Parecía el Fantasma de la Ópera. Delante del Prado, Magnus con una brillante chamarra cortita y botas de plataforma, con Alec en el fondo dándole de comer tranquilamente a una paloma.

—Te lo quito antes de que llegues a la parte de la India —dijo Jace, recuperando el teléfono—. Magnus envuelto en un sari. Hay cosas inolvidables.

Clary rió con ganas. Habían llegado al elevador, que abrió su estrepitosa puerta de reja después de que Jace pulsara el botón. Clary entró, con Jace pisándole los talones. En el instante en que el elevador empezó a bajar —Clary pensaba que jamás se acostumbraría al estremecedor bandazo que acompañaba el inicio del descenso—, Jace se acercó a Clary en la penumbra y la atrajo hacia él. Ella le acarició el torso, palpando la dura musculatura que ocultaba la camiseta, y el latido del corazón de Jace por debajo. El brillo de sus ojos destacaba a pesar de la tenue luz.

—Siento no poder quedarme —murmuró.

—No lo sientas. —El matiz quebrado de su voz la tomó por sorpresa—. Jocelyn no quiere que seas como yo. Y la comprendo.

—Jace —dijo ella, perpleja por la amargura de su voz—, ¿estás bien?

Pero en lugar de responderle, la besó, atrayéndola hacia él. La empujó contra la pared del elevador, con el metal del frío espejo pegándose a la espalda de ella, las manos de él rodeándole la cintura, buscando debajo del suéter. A ella le encantaba cómo la abrazaba. Con delicadeza, pero nunca con un exceso de suavidad que le hiciera sentir que controlaba la situación más que ella. Ninguno de los dos era capaz de controlar sus sentimientos, y a Clary le gustaba eso, le gustaba sentir el corazón de Jace palpitando con fuerza junto al suyo, le gustaba cómo murmuraba él pegado a su boca cuando ella le devolvía sus besos.

El elevador se detuvo con un traqueteo y a continuación la puerta se abrió. Clary contempló la nave vacía de la catedral, la luz trémula de una hilera de candelabros que recorría el pasillo central. Se abrazó a Jace, contenta de que la escasa luz del elevador le impidiera ver su cara ardiente reflejada en el espejo.

—Tal vez podría quedarme —susurró—. Sólo un poquito más.

Él no dijo nada. Clary notó la tensión en su cuerpo y también se tensó. Pero era algo más que la pura presión del deseo. Jace estaba temblando, su cuerpo entero se estremecía cuando enterró la cara en el hueco de su cuello.

—Jace —dijo ella.

Entonces él la soltó, de repente, y dio un paso atrás. Tenía las mejillas encendidas, los ojos enfebrecidos.

—No —dijo él—. No quiero darle a tu madre un motivo más para que me odie. Ya es bastante con que me considere casi la reencarnación de mi padre...

Se interrumpió antes de que Clary pudiera decirle: «Valentine no era tu padre». Jace se cuidaba habitualmente mucho de referirse a Valentine Morgenstern por su nombre, y si alguna vez mencionaba a Valentine, nunca lo hacía como «mi padre». Era un tema que no solían tocar y Clary nunca había reconocido ante Jace que lo que le preocupaba a su madre era que en el fondo fuera igual que Valentine, pues sabía que sólo sugerírselo le haría mucho daño. Clary hacía todo lo posible para mantenerlos separados.

Se alejó de ella antes de que pudiera impedírselo y abrió la puerta del elevador.

—Te quiero, Clary —dijo sin mirarla. Tenía la vista fija en la iglesia, en las hileras de velas encendidas, su brillo dorado reflejado en sus ojos—. Más de lo que nunca... —Se interrumpió—. Dios. Más de lo que probablemente debería. Lo sabes, ¿verdad?

Clary salió del elevador y se situó delante de Jace. Deseaba decirle miles de cosas, pero él ya había apartado la vista y pulsado el botón que devolvería el elevador a las plantas del Instituto. Empezó a protestar, pero el elevador se movía ya después de que las puertas se cerraran con su característico estrépito. Clary se quedó mirándolas por un instante; en su superficie había una imagen del Ángel, con las alas extendidas y los ojos mirando hacia arriba. El Ángel estaba pintado por todas partes.

La voz de Clary resonó en el espacio vacío.

—Yo también te quiero —dijo.

3

SIETE VECES

—¿Sabes lo que es tremendo? —dijo Eric, depositando sus baquetas—. Tener un vampiro en la banda. Es lo que nos llevará a la cima.

Kirk dejó a su vez el micrófono y puso los ojos en blanco. Eric hablaba siempre de llegar a la cima con el grupo y hasta el momento todo se había quedado en nada. Lo mejor que habían hecho era una tocada en la Knitting Factory... al que sólo habían asistido cuatro personas. Y una de ellas era la madre de Simon.

—Pues tú dime cómo si no tenemos permiso para contarle a nadie que es un vampiro.

—Una lástima —dijo Simon. Estaba sentado sobre uno de los altavoces, al lado de Clary, que estaba enfrascada enviándole un mensaje de texto a alguien, seguramente a Jace—. Aunque nadie te creería, de todos modos. Mira, aquí me tienes, a plena luz de día. —Levantó los brazos para señalar los rayos de sol que entraban a través de los agujeros del tejado del garage de Eric, su lugar de ensayo habitual.

—En cierto sentido, todo esto hace mella en nuestra credibilidad —dijo Matt, retirándose de los ojos un mechón pelirrojo y mirando a Simon con los ojos entrecerrados—. Tal vez si te pusieras unos colmillos falsos...

—No necesita colmillos falsos —dijo Clary malhumorada, dejando el teléfono—. Tiene colmillos de verdad. Ya los han visto.

Y era cierto. Simon había tenido que enseñar los colmillos cuando le dio la noticia a la banda. Al principio pensaron que había sufrido un golpe en la cabeza o una crisis nerviosa. Pero en cuanto les mostró los colmillos, quedaron convencidos. Eric había reconocido incluso que aquello no le sorprendía especialmente.

—Siempre he sabido que los vampiros existen, amigo —había dicho—. Si no, ¿cómo sería posible que haya gente conocida que siempre tenga la misma pinta, incluso cuando tienen, por ejemplo, cien años de edad, como David Bowie? Es porque son vampiros.

Simon había dicho basta y no les había contado que Clary e Isabelle eran cazadoras de sombras. No era él quien debía revelar su secreto. Y tampoco sabían que Maia era una chica lobo. Simplemente pensaban que Maia e Isabelle eran dos chavas guapas que inexplicablemente habían accedido a salir con Simon. Sus amigos lo achacaban a lo que Kirk denominaba su «embrujo de vampiro sexy». A Simon le daba igual lo que sus amigos pudieran decir, siempre y cuando no metieran la pata y le comentaran a Maia o a Isabelle la existencia de la otra. Hasta el momento había salido airoso invitándolas a las tocadas, y nunca habían coincidido.

—¿Y si enseñaras los colmillos en escena? —sugirió Eric—. Sólo una vez. Muéstraselos al público.

—Si lo hiciera, el líder del clan de vampiros de Nueva York los mataría a todos —dijo Clary—. Lo saben, ¿no? —Movió la cabeza en dirección a Simon—. No puedo creer que les hayas contado que eres un vampiro —añadió, bajando la voz para que sólo pudiera oírla Simon—. Son idiotas, por si no te habías dado cuenta.

—Son mis amigos —murmuró Simon.

—Son tus amigos, y son idiotas.

—Mi intención es que la gente que me quiere conozca la verdad sobre mí.

—¿Ah sí? —dijo Clary, algo seca—. ¿Y cuándo piensas contárselo a tu madre?

Pero antes de que a Simon le diera tiempo a responder, alguien llamó con fuerza a la puerta del garage, que se abrió un instante después, con la luz del sol otoñal inundando el interior del espacio. Simon levantó la vista, pestañeando. En realidad era un reflejo que le había quedado de cuando era humano. Ahora, sus ojos necesitaban tan sólo una décima de segundo para adaptarse a la oscuridad o a la luz.

En la entrada del garage había un chico; su silueta se perfilaba a contraluz. Tenía un papel en la mano, que miró con incertidumbre. A continuación, levantó la vista en dirección a los miembros de la banda.

—Hola —dijo—. ¿Es aquí donde ensaya el grupo Mancha Peligrosa?

—Ahora nos llamamos Lémur Dicótomo —dijo Eric, dando un paso al frente—. ¿Y tú quién eres?

—Me llamo Kyle —respondió el chico, agachándose para pasar por debajo de la puerta del garage. Cuando se enderezó, se echó hacia atrás el mechón de cabello castaño que le caía sobre los ojos y le entregó el papel a Eric—. He visto que andaban buscando un cantante.

—¡Oh! —exclamó Matt—. Ese anuncio lo publicamos hará cosa de un año. Lo había olvidado por completo.

—Sí —dijo Eric—. Por aquel entonces tocábamos otro tipo de cosas. Ahora prácticamente no hacemos nada vocal. ¿Tienes experiencia?

Kyle —Simon se fijó que era muy alto, aunque en absoluto flacucho— se encogió de hombros.

—La verdad es que no. Pero dicen que canto bien. —Tenía un acento lento y un poco arrastrado, más típico de los surfistas que de un sureño.

Los miembros de la banda se miraron dudando. Eric se rascó la oreja.

—¿Nos concedes un segundo?

—Por supuesto. —Kyle salió del garage e hizo descender la puerta a sus espaldas. Simon oyó que se ponía a silbar. Le pareció que era *She'll Be Comin' Round the Mountain*, aunque no sonaba del todo afinado.

—No sé —dijo Eric—. No estoy muy seguro de si alguien nuevo nos vendría bien ahora. Me refiero a que no podemos contarle lo del vampiro, ¿no creen?

—No —contestó Simon—. No pueden.

—Pues vaya —dijo Matt—. Es una lástima. Necesitamos un cantante. Kirk canta terrible. Lo digo sin ánimo de ofender, Kirk.

—Vete a la mierda —espetó Kirk—. Yo no canto terrible.

—Sí —dijo Eric—. Das lástima...

—*Pienso* —opinó Clary interrumpiéndolos y subiendo la voz—, que deberían hacerle una prueba.

Simon se quedó mirándola.

—¿Por qué?

—Porque está buenísimo —dijo Clary, sorprendiendo a Simon con el comentario. La verdad era que a él no le había llamado la atención en absoluto, aunque quizá no fuera el más indicado para juzgar la belleza masculina—. Y su banda necesita un poco de sex appeal.

—Gracias —dijo Simon—. Muchas gracias en nombre de todos.

Clary bufó con impaciencia.

—Sí, sí, todos son muy guapos. Sobre todo tú, Simon. —Le dio unos golpecitos cariñosos en la mano—. Pero Kyle está tremendo. Es lo único que digo. Mi opinión objetiva como mujer es que si incorporaran a Kyle a la banda, duplicarían su cifra de admiradoras femeninas.

—Lo que significa que tendríamos dos fans en vez de una sola —dijo Kirk.

—¿Y ésa quién es? —Matt sentía una curiosidad genuina.

—La amiga del primo pequeño de Eric. ¿Cómo se llama? Aquella que está loca por Simon. Viene a todas nuestras tocadas y le cuenta a todo el mundo que es su novia.

Simon puso mala cara.

—Tiene trece años.

—No es más que un resultado de tu embrujo de vampiro sexy —dijo Matt—. Eres irresistible para las mujeres.

—Por el amor de Dios —dijo Clary—. Eso del embrujo de vampiro sexy no existe. —Señaló a Eric—. Y no se te ocurra decir que Embrujo de Vampiro Sexy podría ser el nuevo nombre del grupo o te...

En aquel momento se abrió de nuevo la puerta del garage.

—¿Chicos? —Volvía a ser Kyle—. Miren, si no quieren hacerme una prueba, no pasa nada. Si han cambiado su sonido... basta con que me lo digan y me largo.

Eric ladeó la cabeza.

—Pasa. Te echaremos un vistazo.

Kyle entró en el garage. Simon se quedó mirándolo, intentando calibrar qué era lo que podía empujar a Clary a calificarlo de «guapo». Era alto, ancho de hombros y delgado, con pómulos marcados, pelo negro y largo que le cubría la frente y se rizaba a la altura del cuello y una piel morena que no había perdido aún el bronceado veraniego. Sus largas y espesas pestañas, que cubrían unos alucinantes ojos verde avellana, le hacían parecer una estrella de rock afeminada. Iba vestido con una camiseta ceñida de color verde y pantalón de mezclilla, y llevaba los brazos tatuados, no con Marcas, sino con tatuajes normales y corrientes. Era como si un pergamino escrito en su piel desapareciera en el interior de las mangas de la camiseta.

Simon se vio obligado a reconocerlo. No era horrendo.

—¿Saben qué? —dijo por fin Kirk, rompiendo el silencio—. Es verdad. Está muy bueno.

Kyle pestañeó y se volvió hacia Eric.

—¿Quieren que cante o no?

Eric desenganchó el micrófono del pie y se lo entregó.

—Adelante —dijo—. Pruébalo.

—No ha estado nada mal —dijo Clary—. Cuando sugerí lo de incluir a Kyle en el grupo lo decía en broma, pero la verdad es que sabe cantar.

Estaban andando por Kent Avenue, de camino a casa de Luke. El cielo se había oscurecido para pasar de azul a gris, preparándose para el crepúsculo, con las nubes pegadas a ambas orillas del East River. Clary recorría con su mano enguantada la valla con eslabones de cadena que los separaba del malecón de hormigón agrietado, haciendo vibrar el metal.

—Lo dices porque piensas que está bueno —dijo Simon.

Clary se rió y los característicos hoyuelos aparecieron en su cara.

—Tampoco es que esté tan bueno. No es precisamente el chavo más guapo que he visto en mi vida. —Que, imaginó Simon, debía de ser Jace, por mucho que Clary hubiera tenido el detalle de no mencionarlo—. Pero creo sinceramente que sería buena idea tenerlo en el grupo. Si Eric y los demás no pueden decirle que eres un vampiro, tampoco se lo dirán a nadie más. Y con un poco de suerte, dejarán correr esa idea estúpida. —Estaban a punto de llegar a casa de Luke; el edificio estaba al otro lado de la calle, las ventanas iluminadas contrastaban con la oscuridad incipiente. Clary se detuvo junto a un trozo roto de la valla—. ¿Te acuerdas cuando matamos aquí mismo a un puñado de demonios raum?

—Jace y tú mataron a unos cuantos demonios raum. Y yo casi vomito —recordó Simon, aunque tenía la cabeza en otra parte; estaba pensando en Camille, sentada enfrente de él en aquel jardín diciéndole: «Eres amigo de los cazadores de sombras, pero nunca serás uno de ellos. Siempre serás distinto, un intruso». Miró de reojo a Clary, preguntándose qué diría si le explicara la reunión que había mantenido con la vampira y la oferta que ésta le había hecho. Lo más probable era que se quedara horrorizada. El hecho de que a Simon no pudieran hacerle daño no había impedido que Clary dejara de preocuparse por su seguridad.

—Ahora ya no te asustarías —dijo ella en voz baja, como si estuviera leyéndole los pensamientos—. Ahora tienes la Marca. —Sin despegarse de la valla, se volteó para mirarlo—. ¿Se ha dado cuenta alguien de que tienes la Marca? ¿Te han hecho preguntas al respecto?

Simon negó con la cabeza.

—Me la tapa el pelo y, además, se ha borrado mucho. ¿Lo ves? —Se retiró el pelo de la frente.

Clary le tocó la frente y la Marca en forma curva allí trazada. Lo miró con tristeza, igual que aquel día en el Salón de los Acuerdos en Alacante, cuando inscribió en su piel el hechizo más antiguo del mundo.

—¿Te duele?

—No, para nada. —«Y Caín le dijo al Señor: Mi culpa es demasiado grande para soportarla»—. Ya sabes que no te culpo de nada, ¿verdad? Me salvaste la vida.

—Lo sé. —Tenía los ojos brillantes. Retiró la mano de la frente de Simon y se pasó el dorso del guante por la cara—. Maldita sea. Odio llorar.

—Pues será mejor que vayas acostumbrándote —dijo él. Y al ver que Clary abría los ojos como platos, añadió apresuradamente—: Lo digo por la boda. ¿Cuándo es? ¿El sábado que viene? Todo el mundo llora en las bodas.

Ella rió.

—¿Y qué tal están tu madre y Luke?

—Asquerosamente enamorados. Es horrible. Bueno, da lo mismo... —Le dio a Simon una palmadita en el hombro—. Tengo que entrar. ¿Nos vemos mañana?

Él se lo confirmó con un gesto afirmativo.

—Por supuesto. Hasta mañana.

Se quedó viéndola cruzar la calle y subir la escalera que daba acceso a la puerta principal de casa de Luke. «Mañana.» Se preguntó cuánto tiempo hacía que no pasaba varios días seguidos sin ver a Clary. Se preguntó qué debía de sentirse siendo un fugitivo y errando sobre la tierra, como Camille había dicho. Como Raphael había dicho. «La voz de la sangre de tu hermano me clama a mí desde la tierra.» Él no era Caín, que había matado a su hermano, pero el maleficio creía que lo era. Resultaba extraño estar siempre esperando perderlo todo, sin saber si acabaría sucediendo, o no.

La puerta se cerró detrás de Clary. Simon siguió bajando Kent Avenue en dirección a la parada de metro de Lorimer Street. Había oscurecido casi por completo, el cielo era ahora una espiral de gris y negro. Simon oyó el chirriar de unas llantas a su espalda, pero no se volteó. A pesar de las grietas y las alcantarillas, los coches circulaban por la calle como locos. No fue hasta que la camioneta azul se colocó a su altura y rechinó cuando se detuvo, que se volvió para mirar.

El conductor de la camioneta arrancó las llaves del contacto, parando en seco el motor, y abrió la puerta. Era un hombre, un hombre alto vestido con unos pants con capucha de color gris y tenis, la capucha bajada hasta tal punto que le ocultaba prácticamente toda la cara. Saltó del asiento del conductor y Simon vio que llevaba en la mano un cuchillo largo y reluciente.

Posteriormente, Simon pensaría que debería haber echado a correr. Era un vampiro y, por lo tanto, más rápido que cualquier humano. Podía dejar atrás a cualquiera. Debería haber echado a correr, pero lo tomó por sorpresa; se quedó inmóvil mientras el hombre, cuchillo en mano, se dirigía hacia él. El hombre dijo algo con un tono de voz grave y gutural, algo en un idioma que Simon no conocía.

Simon dio un paso atrás.

—Mira —dijo, llevándose la mano al bolsillo—. Te doy mi cartera...

El hombre arremetió contra Simon apuntando a su pecho con el cuchillo. Simon bajó la vista con incredulidad. Era como si todo sucediera a cámara lenta, como si el tiempo se prolongase. Vio el extremo del cuchillo pegado a su pecho, la punta rasgando el cuero de su chamarra... y después desviándose hacia un lado, como si alguien le hubiera agarrado la mano a su atacante y jalado de ella. El hombre gritó al verse lanzado por los aires como una marioneta. Simon miró frenéticamente a su alrededor, pues estaba seguro de que alguien tenía que haber visto u oído aquel alboroto, pero no apareció nadie. El hombre seguía gritando, retorciéndose como un loco, y entonces su sudadera se rasgó por delante, como si una mano invisible hubiera jalado de ella.

Simon se quedó horrorizado. El torso de aquel hombre estaba llenándose de heridas enormes. Su cabeza cayó hacia atrás y de su boca, como si fuera una fuente, empezó a brotar sangre. De pronto dejó de gritar... y cayó, como si la mano invisible lo hubiera soltado, liberándolo. Se estampó contra el suelo, haciéndose añicos como el cristal, rompiéndose en mil pedazos brillantes que inundaron la acera.

Simon cayó de rodillas. El cuchillo que pretendía matarlo estaba allí mismo, a su alcance. Era todo lo que quedaba de su atacante, salvo el montón de relucientes cristales que el viento ya había empezado a disipar. Tocó uno con cuidado.

Era sal. Se miró las manos. Estaba temblando. Sabía qué había pasado y por qué.

«Y el Señor le dijo: Quienquiera que matare a Caín, siete veces será castigado.»

Y aquello era siete veces un castigo.

Apenas consiguió llegar a la cuneta antes de doblegarse de dolor y empezar a vomitar sangre.

Simon supo que había calculado mal en el mismo momento en que abrió la puerta. Creía que su madre ya estaría dormida, pero resultó que no. Estaba despierta, sentada en un sillón de cara a la puerta, el teléfono en la mesita a su lado, y en seguida se fijó en que llevaba la chamarra manchada de sangre.

No gritó, para sorpresa suya, sino que se llevó la mano a la boca.

—Simon.

—No es sangre mía —dijo él en seguida—. Estábamos en casa de Eric y Matt ha tenido una hemorragia nasal...

—No quiero escucharlo. —Rara vez utilizaba aquel tono tan cortante; le recordó a Simon la manera de hablar de su madre durante los últimos meses de enfermedad de su padre, cuando la ansiedad cortaba su voz como un cuchillo—. No quiero escuchar más mentiras.

Simon dejó las llaves en la mesita que había al lado de la puerta.

—Mamá...

—No haces más que contarme mentiras. Estoy cansada del tema.

—Eso no es verdad —dijo él, sintiéndose fatal, consciente de que su madre estaba en lo cierto—. Pero en estos momentos están pasándome muchas cosas.

—Lo sé. —Su madre se levantó; siempre había sido una mujer delgada, pero ahora estaba en los huesos, y su pelo oscuro, del mismo color que el de él, con más canas que lo que él recordaba—. Ven conmigo, jovencito. Ahora.

Perplejo, Simon la siguió hacia la pequeña cocina decorada en luminosos tonos amarillos. Su madre se detuvo al entrar y señaló en dirección a la mesada.

—¿Te importaría explicarme esto?

Simon notó que se le quedaba la boca seca. Sobre la mesada, formadas como una fila de soldados de juguete, estaban las botellas de sangre que guardaba en el pequeño refrigerador que había instalado en el fondo del clóset. Una estaba medio vacía; las demás, llenas del todo, el líquido rojo del interior brillando como una acusación. Su madre había encontrado también las bolsas de sangre vacías que Simon había lavado y guardado en el interior de una bolsa de plástico para tirarlas a la basura. Y las había dejado también allá encima, a modo de grotesca decoración.

—Al principio pensé que era vino —dijo Elaine Lewis con voz temblorosa—. Después encontré las bolsas. De modo que abrí una de las botellas. Es sangre, ¿verdad?

Simon no dijo nada. Era como si se hubiera quedado sin voz.

—Últimamente te comportas de una forma muy rara —prosiguió su madre—. Estás fuera a todas horas, no comes, apenas duermes, tienes amigos que no conozco, de los que jamás he oído hablar. ¿Te crees que no noto cuando me mientes? Pues sí que lo noto, Simon. Pensaba que tal vez andabas metido en drogas.

Simon encontró por fin su voz.

—¿Y por eso has registrado mi habitación?

Su madre se sonrojó.

—¡Tenía que hacerlo! Pensaba... pensaba que si encontraba drogas, podría ayudarte, meterte en un programa de rehabilitación, pero ¿esto? —Gesticuló con energía en dirección a las botellas—. Ni siquiera sé qué pensar sobre esto. ¿Qué sucede, Simon? ¿Te has metido en algún tipo de secta?

Simon negó con la cabeza.

—Entonces, cuéntamelo —dijo su madre; sus labios temblaban—. Porque las únicas explicaciones que se me ocurren son horribles y asquerosas. Simon, por favor...

—Soy un vampiro —dijo Simon. No tenía ni idea de cómo lo había dicho, ni siquiera por qué. Pero ya estaba dicho. Las palabras se quedaron colgando en el aire como un gas venenoso.

La madre de Simon sintió que le fallaban las piernas y se derrumbó en una silla de la cocina.

—¿Qué has dicho? —dijo en un suspiro.

—Soy un vampiro —repitió Simon—. Hace cerca de dos meses que lo soy. Siento no habértelo contado antes. No tenía ni idea de cómo hacerlo.

La cara de Elaine Lewis se había quedado blanca como el papel.

—Los vampiros no existen, Simon.

—Sí, mamá —dijo—. Existen. Mira, yo no pedí ser un vampiro. Fui atacado. No me quedó otra elección. Lo cambiaría todo si estuviera en mis manos hacerlo. —Pensó en el folleto que Clary le había dado hacía ya tanto tiempo, aquel en el que hablaba sobre cómo contárselo a tus padres. Por aquel entonces le pareció una analogía graciosa; pero no lo era en absoluto.

—Crees que eres un vampiro —dijo aturdida la madre de Simon—. Crees que bebes sangre.

—Bebo sangre —dijo Simon—. Bebo sangre animal.

—Pero si eres vegetariano. —Su madre estaba a punto de echarse a llorar.

—Lo era. Pero ya no lo soy. No puedo serlo. Vivo de la sangre.
—Simon notaba una fuerte tensión en la garganta—. Nunca le he
hecho ningún daño a un humano. Nunca he bebido la sangre de nadie. Sigo siendo la misma persona. Sigo siendo yo.

Le daba la impresión de que su madre luchaba por controlarse.

—Y tus nuevos amigos... ¿son también vampiros?

Simon pensó en Isabelle, en Maia, en Jace. No podía hablarle a su
madre sobre cazadores de sombras y seres lobo. Era demasiado.

—No. Pero... saben que yo lo soy.

—¿Te... te han dado drogas? ¿Te han hecho algo? ¿Algo que te
produzca estas alucinaciones? —Parecía como si no hubiera oído su
respuesta.

—No, mamá; todo esto es real.

—No es real —musitó ella—. Tú crees que es real. Oh, Dios mío.
Simon. Lo siento mucho. Debería haberme dado cuenta. Conseguire-
mos ayuda. Encontraremos a alguien. Un médico. Da igual lo que
cueste...

—No puedo ir a un médico, mamá.

—Sí, claro que puedes. Necesitas que te ingresen en alguna parte.
En un hospital, tal vez...

Extendió el brazo hacia su madre.

—Intenta sentir mi pulso —le dijo.

Ella se quedó mirándolo, perpleja.

—¿Qué?

—Que intentes sentir mi pulso —dijo—. Ven. Si lo encuentras, estupendo. Iré contigo al hospital. De lo contrario, tendrás que
creerme.

La madre de Simon se secó las lágrimas y le tomó lentamente la
muñeca. Después de tanto tiempo cuidando de su esposo durante
su larga enfermedad, sabía tomar el pulso tan bien como cualquier
enfermera. Presionó el interior de la muñeca con el dedo índice y
esperó.

Simon observó el cambio en la expresión de la cara de su madre, de la tristeza y la contrariedad a la confusión, y después al terror. Elaine se levantó, le soltó la mano y se alejó de él. Sus ojos oscuros se abrieron como platos.

—¿Qué eres?

Simon sintió náuseas.

—Ya te lo he dicho. Soy un vampiro.

—Tú no eres mi hijo. Tú no eres Simon. —Estaba temblando—. ¿Qué tipo de ser viviente no tiene pulso? ¿Qué tipo de monstruo eres? ¿Qué le has hecho a mi hijo?

—Soy Simon... —Avanzó un paso hacia su madre.

Y su madre gritó. Nunca la había oído gritar de aquella manera, y no quería oírla gritar así nunca más. Fue un sonido horripilante.

—Apártate de mí. —Su voz se quebró—. No te acerques. —Y empezó a susurrar—: *Barukh ata Adonai sho'me'a t'fila...*

Estaba rezando, comprendió Simon, sintiendo una sacudida. Sentía tanto terror que estaba rezando para que se fuera, para que desapareciera. Y lo peor de todo era que él podía sentirlo. El nombre de Dios se tensó en su estómago y le provocaba un atroz dolor de garganta.

Pero su madre tenía todo el derecho del mundo a rezar. Él estaba maldito. No pertenecía a este mundo. ¿Qué tipo de ser viviente no tenía pulso?

—Mamá —musitó—. Para ya, mamá.

Ella se quedó mirándolo, con los ojos abiertos de par en par, y los labios sin parar de moverse.

—Mamá, no te enojes así. —Oyó su propia voz como si sonara a lo lejos, cálida y tranquilizadora, la voz de un desconocido. Habló mirando fijamente a su madre a los ojos, capturando la mirada de ella como el gato capturaría al ratón—. No ha pasado nada. Te quedaste dormida en el sillón de la sala. Tenías una pesadilla cuando llegué a casa y yo te decía que era un vampiro. Pero es una locura. Eso no podría pasar nunca.

Su madre había dejado de rezar. Pestañeó.

—Estoy soñando —repitió.

—Es una pesadilla —dijo Simon. Se acercó a ella y le pasó el brazo por encima del hombro. Ella no hizo ningún ademán de retirarse. Dejó caer la cabeza, como un niño agotado—. Sólo un sueño. Nunca encontraste nada en mi habitación. No ha pasado nada. Estabas durmiendo, eso es todo.

Le tomó la mano a su madre. Ella dejó que la guiara hacia la sala, donde la instaló en el sillón. Sonrió cuando Simon la cubrió con una manta y luego cerró los ojos.

Simon entró de nuevo en la cocina y de manera rápida y metódica metió las botellas y las bolsas de sangre en una bolsa de basura. La cerró con un nudo y la llevó a su habitación, donde cambió la chamarra manchada de sangre por otra y guardó rápidamente algunas cosas en un bolso. Apagó la luz y salió, cerrando la puerta a sus espaldas.

Cuando pasó por la sala, su madre ya se había dormido. Le acarició la mano.

—Estaré fuera unos días —susurró—. Pero no estarás preocupada. No esperarás mi regreso. Creerás que he ido a ver a Rebecca. No es necesario que llames. Todo va bien.

Retiró la mano. En la penumbra, su madre parecía a la vez más mayor y más joven de lo habitual. Acurrucada bajo la manta, era menuda como una niña, pero observó en su cara arrugas que no recordaba haber visto antes.

—Mamá —musitó.

Le acarició la mano y ella se removió. No quería despertarla, de modo que la soltó y avanzó sin hacer ruido hacia la puerta, tomando de paso las llaves que antes había dejado en la mesa.

En el Instituto reinaba el silencio. Últimamente siempre reinaba el silencio. Aquella noche, Jace había decidido dejar la ventana abierta para oír los sonidos del tráfico, el gemido ocasional de las sirenas de las ambulancias y el graznido de las bocinas que circulaban por

York Avenue. Podía oír cosas que los mundanos no podían oír, y aquellos sonidos se filtraban en la noche y penetraban sus sueños... la ráfaga de aire desplazada por la moto aerotransportada de un vampiro, la vibración de una fantasía alada, el aullido lejano de los lobos en noches de luna llena.

Ahora lucía en cuarto creciente y proyectaba luz suficiente como para poder leer acostado en la cama. Tenía la caja de plata de su padre abierta delante de él y estaba repasando su contenido. Allí seguía una de las estelas de su padre, y una daga de caza con empuñadura de plata con las iniciales SWH grabadas en ella y —lo que resultaba más interesante para Jace— un montón de cartas.

En el transcurso de las últimas seis semanas, se había impuesto la misión de intentar leer una carta cada noche para tratar de conocer al que fuera su padre biológico. Y poco a poco había empezado a emerger una imagen, la de un joven pensativo con padres exigentes que se había visto atraído hacia Valentine y el Círculo porque parecían ofrecerle la oportunidad de poder destacar en el mundo. Había seguido escribiéndole a Amatis incluso después de divorciarse, un hecho que ella nunca mencionó. En aquellas cartas quedaba patente su desencanto con respecto a Valentine y la repugnancia que le inspiraban las actividades del Círculo, aunque rara vez, si es que existía alguna, mencionaba a la madre de Jace, Céline. Tenía sentido —a Amatis no se le antojaba oír hablar de su sustituta—, pero aun así Jace no podía evitar odiar un poco a su padre por ello. Si no quería a la madre de Jace, ¿por qué se había casado con ella? Y si tanto odiaba al Círculo, ¿por qué no lo había abandonado? Valentine era un loco, pero como mínimo se había mantenido fiel a sus principios.

Y luego, claro está, Jace se sentía fatal por preferir a Valentine antes que a su padre de verdad. ¿Qué tipo de persona debía de ser por ello?

Una llamada a la puerta le despertó de aquel ejercicio de autorrecriminación. Se levantó para ir a abrir, esperando que fuera Isabelle que llegaba para pedirle alguna cosa o para quejarse de algo.

Pero no era Isabelle. Era Clary.

No iba vestida como siempre. Llevaba una camiseta de tirantes escotada de color negro, una blusa blanca abierta por encima y una falda corta, lo bastante corta como para mostrar las curvas de sus piernas hasta medio muslo. Se había recogido en trenzas su pelirrojo cabello, dejando algunos rizos sueltos que le caían por las sienes, como si en el exterior lloviera levemente. Le sonrió al verlo y arqueó las cejas. Eran cobrizas, igual que las delicadas pestañas que enmarcaban sus ojos verdes.

—¿No piensas dejarme entrar?

Jace miró hacia un lado y otro del pasillo. No había nadie, afortunadamente. Tomó a Clary por el brazo, la jaló hacia dentro y cerró la puerta. Se apoyó en el umbral a continuación y dijo:

—¿Qué haces aquí? ¿Va todo bien?

—Todo va bien. —Se quitó los zapatos y se sentó en la cama. La falda ascendió con aquel gesto, mostrando una mayor superficie de sus muslos. Jace estaba perdiendo la concentración—. Te echaba de menos. Y mi madre y Luke se han ido a dormir. No se darán cuenta de que he salido.

—No deberías estar aquí. —Aquellas palabras surgieron como una especie de gruñido. Odiaba tener que pronunciarlas, pero sabía que necesitaba decirlo, por razones que ella ni siquiera sabía. Y que esperaba que nunca llegara a saber.

—De acuerdo, si quieres que me vaya, me iré. —Se levantó. Sus ojos eran de un verde brillante. Dio un paso para acercarse a él—. Pero ya que he venido hasta aquí, por lo menos podrías darme un beso de despedida.

La atrajo hacia él y la besó. Había cosas que tenían que hacerse, aunque no fuera buena idea hacerlas. Ella se dobló entre sus brazos como delicada seda. Le acarició el pelo, deshaciéndole las trenzas hasta que la melena cayó sobre los hombros de Clary, como a él le gustaba. Recordó que la primera vez que la vio ya quiso hacerle aquello, y que había ignorado la ocurrencia por considerarla una locura. Ella era una mundana, una desconocida, y no tenía ningún sentido desearla. Y después la besó por primera vez, en el invernadero, y casi se volvió loco. Habían bajado allí y habían sido interrumpidos por Simon, y jamás en su vida había deseado con tantas ganas matar a alguien como en aquel momento deseó matar a Simon, por mucho que su cabeza supiera que el pobre Simon no había hecho nada malo. Pero lo que sentía no tenía nada que ver con el intelecto, y cuando se había imaginado a Clary abandonándolo por Simon, se había puesto enfermo y había sentido más miedo del que nunca pudiera haberle inspirado un demonio.

Y después Valentine les había explicado que eran hermano y hermana, y Jace se había dado cuenta de que existían cosas peores, cosas infinitamente peores, que el hecho de que Clary pudiera abandonarlo por otro: saber que la forma en que la amaba era cósmicamente errónea; que lo que le parecía la cosa más pura y más irreprochable de su vida se había mancillado sin remedio. Recordó que su padre le había dicho que cuando caían los ángeles, caían angustiados, porque habían visto en su día el rostro de Dios y jamás volverían a verlo. Y que había pensado que comprendía muy bien cómo podían llegar a sentirse.

Pero todo aquello no le había llevado a desearla menos; simplemente había convertido su deseo en tortura. A veces, la sombra de aquella tortura caía sobre sus recuerdos cuando la besaba, como estaba sucediendo en aquel momento, y le llevaba a abrazarla aún con más fuerza. Ella emitió un sonido de sorpresa, pero no protestó, ni siquiera cuando él la tomó en brazos para llevarla hasta su cama.

Se acostaron juntos sobre ella, arrugando algunas de las cartas. Jace apartó de un manotazo la caja para dejar espacio suficiente para los dos. El corazón le latía con fuerza contra sus costillas. Nunca antes habían estado juntos en la cama de aquella manera, realmente no. Había habido aquella noche en la habitación de ella en Idris, pero apenas se habían tocado. Jocelyn se encargaba de que nunca pasaran la noche juntos en casa de uno o del otro. Jace sospechaba que él no era muy del agrado de la madre de Clary, y no la culpaba por ello. De estar en su lugar, probablemente él habría pensado lo mismo.

—Te quiero —susurró Clary. Le había quitado la camisa y recorría con la punta de los dedos las cicatrices de la espalda de él y la cicatriz en forma de estrella de su hombro, gemela a la de ella, una reliquia del ángel cuya sangre ambos compartían—. No quiero perderte nunca.

Él deslizó la mano hacia abajo para deshacer el nudo de la blusa de ella. Su otra mano, apoyada en el colchón, tocó el frío metal del cuchillo de caza; debía de haberse caído en la cama junto con el resto del contenido de la caja.

—Eso no sucederá jamás.

Ella lo miró con ojos brillantes.

—¿Cómo puedes estar tan seguro?

Su mano apresó la empuñadura del cuchillo. La luz de la luna que entraba por la ventana iluminó el filo.

—Estoy seguro —dijo, e hizo descender el cuchillo. La hoja rasgó su carne como si fuera papel, y cuando la boca de ella se abrió para formar una sorprendida «O» y la sangre empapó el frontal de su blusa blanca, Jace pensó: «Dios mío, otra vez no».

Despertarse de la pesadilla fue como estamparse contra un escaparate. Sus cortantes fragmentos seguían taladrando a Jace incluso cuando consiguió liberarse, respirando con dificultad. Cayó de la cama, deseando instintivamente huir de aquello, y chocó contra el suelo de piedra con rodillas y manos. Por la ventana abierta entraba un aire helado, que le hacía temblar pero que le despejó por fin, llevándose con él los últimos vestigios del sueño.

Se miró las manos. Estaban limpias de sangre. La cama estaba hecha un lío, las sábanas y las mantas convertidas en un amasijo como resultado de las vueltas y más vueltas que había dado, pero la caja que contenía las pertenencias de su padre seguía en el buró, en el mismo lugar donde la había dejado antes de echarse a dormir.

Las primeras veces que había sufrido la pesadilla, se había despertado y vomitado. Ahora trataba de no comer antes de irse a dormir y su cuerpo se vengaba atormentándolo con espasmos de mareo y fiebre. Y uno de aquellos espasmos lo sacudió en aquel momento, se acurrucó y respiró con dificultad hasta que pasó.

Cuando hubo acabado, apoyó la frente en el frío suelo de piedra. El sudor empezaba a enfriarle el cuerpo, tenía la camisa pegada a la piel y se preguntó si aquellos sueños acabarían matándolo. Lo había intentado todo para acabar con ellos: pastillas y brebajes para dormir, runas de sueño y runas de paz y curación. Pero nada funcionaba. Los sueños devoraban su mente como veneno y no podía hacer nada para aplacarlos.

Incluso despierto, le resultaba difícil mirar a Clary. Ella siempre lo había comprendido mejor que nadie y no podía ni imaginarse qué pensaría si se enteraba del contenido de sus sueños. Se puso de costado en el suelo y miró la caja sobre el buró, iluminada por la luz de la luna. Y pensó en Valentine. Valentine, que había torturado y encarcelado a la única mujer a la que había amado, que había enseñado a su hijo —a sus hijos— que amar algo equivale a destruirlo para siempre.

Su cabeza daba vueltas sin parar mientras se repetía aquellas palabras para sus adentros, una y otra vez. Se habían convertido para él en una especie de cántico y, como sucede con cualquier cántico, las palabras habían empezado a perder su significado individual.

«No soy como Valentine. No quiero ser como él. No seré como él. No.»

Vio a Sebastian —Jonathan, en realidad—, su casi hermano, que le sonreía a través de una maraña de pelo blanco como la plata, con los negros ojos brillando con un júbilo despiadado. Y vio su cuchillo clavarse en Jonathan y liberarse, y el cuerpo de Jonathan caer rodando en dirección al río, y su sangre mezclándose con las malas hierbas y la vegetación de la orilla.

«No soy como Valentine.»

No sentía haber matado a Jonathan. De tener la oportunidad, volvería a hacerlo.

«No seré como él.»

Evidentemente, no era normal matar a alguien —y mucho menos, a tu hermano adoptivo— y no sentirlo en absoluto.

«No seré como él.»

Pero su padre le había enseñado que matar sin piedad era una virtud, y tal vez fuera cierto que no es posible olvidar lo que los padres te enseñan. Por mucho que quieras olvidarlo.

«No seré como él.»

Tal vez la gente no podía cambiar nunca.

«No.»

4

EL ARTE DE LOS OCHO MIEMBROS

«AQUÍ SE CONSAGRA EL ANHELO DE LOS GRANDES CORAZONES Y DE LAS COSAS NOBLES QUE SE ALZAN POR ENCIMA DE LA MAREA, LA PALABRA MÁGICA QUE INICIA A LA MARAVILLA ALADA, LA SABIDURÍA RECABADA QUE JAMÁS HA MUERTO.»

Eran las palabras grabadas sobre las puertas principales de la Biblioteca Pública de Brooklyn, en la Grand Army Plaza. Simon estaba sentado en la escalinata, contemplando la fachada. La inscripción resplandecía con su pesado dorado sobre la piedra, las palabras cobraban vida por un instante cuando los faros de los coches las iluminaban.

La biblioteca había sido uno de sus lugares favoritos cuando era pequeño. Por un lateral había una entrada aparte para niños que, durante muchos años, fue su punto de reunión con Clary cada sábado. Se hacían con un montón de libros y se iban al Jardín Botánico, que estaba justo al lado, y allí podían pasarse horas leyendo, tendidos en la hierba, y el sonido del tráfico era tan sólo un zumbido constante en la distancia.

No estaba seguro de cómo había ido a parar allí aquella noche. Había huido de su casa lo más rápido posible y se había dado cuenta en seguida de que no tenía adónde ir. No podía arriesgarse a ir a casa de Clary, pues se quedaría horrorizada al enterarse de lo que había hecho y querría que volviera a casa para solucionarlo. Eric y los demás chicos no entenderían nada. A Jace no le caía simpático y, además, no podía entrar en el Instituto. Era una iglesia, y la razón por la que los nefilim vivían allí era precisamente para evitar a criaturas como él. Al final había comprendido a quién podía acudir, pero la idea le resultaba tan desagradable que había tardado un buen rato en armarse de valor para hacerlo.

Oyó el sonido de la moto antes incluso de verla, el rugido del motor avanzando entre el tráfico fluido de Grand Army Plaza. La moto derrapó en el cruce y subió a la banqueta, retrocedió a continuación y se lanzó escalera arriba. Simon se hizo a un lado cuando el vehículo se plantó a su lado y Raphael soltó el manillar.

La moto se calló al instante. Las motos de los vampiros estaban impulsadas por espíritus demoníacos y respondían como mascotas a los deseos de sus propietarios. A Simon le resultaban espeluznantes.

—¿Querías verme, vampiro diurno? —Raphael, tan elegante como siempre, con saco negro y un pantalón de mezclilla de aspecto caro, desmontó y dejó la moto apoyada en la barandilla de la escalera de acceso a la biblioteca—. Será mejor que tengas un buen motivo —añadió—. Espero no haber venido hasta Brooklyn por nada. A Raphael Santiago no le gustan los barrios de extrarradio.

—Estupendo. Veo que empiezas a hablar de ti mismo en tercera persona. ¿No es eso un síntoma de megalomanía incipiente o algo así?

Raphael se encogió de hombros.

—O me cuentas lo que tengas que contarme, o me largo. De ti depende. —Miró su reloj—. Dispones de treinta segundos.

—Le he dicho a mi madre que soy un vampiro.

Raphael levantó las cejas. Eran muy finas y muy oscuras. En momentos más críticos, Simon había llegado a preguntarse si se las dibujaría a lápiz.

—¿Y qué ha pasado?

—Me ha dicho que era un monstruo y ha intentado rezar contra mí. —El recuerdo le provocó un regusto de sangre amarga en la garganta.

—¿Y después?

—Y después no estoy seguro del todo de lo que ha pasado. He empezado a hablarle con una voz extraña y tranquilizadora, le he dicho que nada de aquello había sucedido en realidad y que todo había sido un sueño.

—Y te ha creído.

—Me ha creído —confirmó Simon a regañadientes.

—Por supuesto —dijo Raphael—. Porque eres un vampiro. Tenemos ese poder. El encanto. La fascinación. El poder de la persuasión, podría llamarse. Puedes convencer a los humanos mundanos de casi todo. Si aprendes a utilizar tu habilidad como es debido.

—Pero yo no quería utilizarlo con ella. Es mi madre. ¿Existe algún modo de quitarle eso, algún modo de solucionarlo?

—¿Solucionarlo para que vuelva a odiarte? ¿Para que piense que eres un monstruo? Me parece una forma muy curiosa de solucionar un asunto.

—Me da lo mismo —replicó Simon—. ¿Hay algún modo?

—No —respondió alegremente Raphael—. No lo hay. Y conocerías ya todas estas respuestas de no haber desdeñado a tus semejantes como lo has hecho hasta ahora.

—Tienes razón. Ahora compórtate como si yo te hubiera rechazado. Como si no hubieras intentado matarme...

Raphael se encogió de hombros.

—Era cuestión de política. Nada personal. —Se recostó en la barandilla y se cruzó de brazos. Llevaba guantes negros de motociclista. Simon se vio obligado a reconocer que su aspecto era impresionante—. Dime, por favor, que no me has hecho venir hasta aquí para contarme toda esta historia tan aburrida sobre tu hermana.

—Mi madre —le corrigió Simon.

Raphael agitó la mano en un gesto que quería restarle importancia a su error.

—Da igual. Una de las mujeres de tu vida te ha rechazado. No será la última vez, te lo aseguro. ¿Y por qué me has molestado para contármelo?

—Quería saber si podía instalarme en el Dumont —dijo Simon, pronunciando la frase a toda velocidad para no poder retractarse de lo dicho. Le costaba creer lo que estaba pidiendo. Sus recuerdos del hotel de los vampiros eran recuerdos de sangre, terror y dolor. Pero era un lugar adonde ir, un lugar donde instalarse y donde nadie iría a buscarlo, con lo que no se vería obligado a volver a casa. Era un vampiro. Tener miedo de un hotel lleno de otros vampiros era una estupidez—. No tengo adónde ir.

A Raphael le brillaron los ojos.

—Ajá —dijo, con un tono triunfante que no le agradó mucho a Simon—. Veo que ahora quieres algo de mí.

—Eso imagino. Aunque me resulta espeluznante que eso te emocione tanto, Raphael.

Raphael resopló.

—Si te instalas en el Dumont, no te dirigirás a mí como Raphael, sino como Amo, Señor o Gran Líder.

Simon se armó de valor.

—¿Y Camille?

—¿A qué te refieres? —dijo Raphael.

—Siempre me contaste que en realidad no eras el jefe de los vampiros —dijo Simon sin alterarse—. Y cuando estuvimos en Idris me mencionaste a una mujer llamada Camille. Dijiste que aún no había regresado a Nueva York. Pero me imagino que, cuando lo haga, ella será la ama, o como quieras llamarlo.

La mirada de Raphael se oscureció.

—Me parece que tu línea de investigación no me gusta, vampiro diurno.

—Tengo derecho a saber cosas.

—No —dijo Raphael—. No lo tienes. Has acudido a mí preguntándome si puedes instalarte en mi hotel porque no tienes adónde ir. No porque quieras estar con los de tu especie. Nos rehúyes.

—Un hecho que, como ya te he mencionado, tiene que ver con aquella ocasión en la que intentaste matarme.

—El Dumont no es un centro de reinserción para vampiros reacios —prosiguió Raphael—. Vives entre humanos, te paseas a plena luz de día, tocas en un estúpido grupo... Sí, no te creas que no sé todo eso. No aceptas lo que en realidad eres, en ningún sentido. Y mientras eso siga así, no serás bienvenido en el Dumont.

Simon recordó cuando Camille le dijo: «En cuanto sus seguidores vean que estás conmigo, lo abandonarán y volverán a mí. Estoy segura de que debajo de ese miedo que él les inspira, siguen siéndome fieles. En cuanto nos vean juntos, su miedo desaparecerá y volverán a nuestro lado».

—¿Sabes? —dijo—. He tenido otras ofertas.

Raphael lo miró como si se hubiera vuelto loco.

—¿Ofertas de qué?

—Ofertas... simplemente —dijo Simon con voz débil.

—Eres malísimo en asuntos políticos, Simon Lewis. Te sugiero que no vuelvas a intentarlo.

—De acuerdo —dijo Simon—. Vine aquí para contarte algo y ahora no pienso hacerlo.

—Me imagino que además piensas tirar el regalo de cumpleaños que me habías comprado —dijo Raphael—. Una tragedia. —Se acercó a su moto y en cuanto pasó una pierna por encima del vehículo para sentarse en él, el motor cobró vida. Del tubo de escape empezaron a salir chispas rojas—. Si vuelves a importunarme, vampiro diurno, que sea por un motivo mejor. O no te lo perdonaré.

Y con eso, la moto salió disparada y empezó a volar. Simon echó la cabeza hacia atrás para ver cómo Raphael, igual que el ángel del que recibía su nombre, se enfilaba hacia el cielo dejando tras de sí una estela de fuego.

Clary se sentó con su bloc de dibujo sobre las rodillas y mordisqueó pensativa la punta del lápiz. Había dibujado a Jace docenas de veces —se imaginaba que era su versión de los comentarios sobre el novio que hacían la mayoría de las chicas en su diario íntimo—, pero nunca había conseguido captarlo bien del todo. Para empezar, resultaba casi imposible que se estuviera quieto, por lo que había pensado que ahora, mientras estaba dormido, sería el momento perfecto. Pero seguía sin quedarle como ella quería. No parecía él.

Con un suspiro de exasperación, tiró el bloc sobre la manta y dobló las rodillas, atrayéndolas hacia su cuerpo. Se quedó mirándolo. No esperaba que se quedara dormido. Habían ido a Central Park para comer y entrenar al aire libre aprovechando que aún hacía buen tiempo. Había hecho una de esas cosas. En la hierba, junto a la manta, había diversas cajas de la comida para llevar que habían comprado en Taki's. Jace había comido poco; había estado removiendo con desgana su caja de tallarines de ajonjolí y había acabado dejándola en la hierba y acostándose en la manta a contemplar el cielo. Clary se había quedado sentada observándolo, viendo cómo las nubes se reflejaban en sus ojos, fijándose en el perfil de los músculos de los brazos que mantenía cruzados detrás de la cabeza, en el fragmento de piel perfecta que quedaba al descubierto entre el extremo de su camiseta y el cinturón de sus jeans. Había deseado alargar el brazo y deslizar la mano por su vientre duro y plano; pero lo que había acabado haciendo, en cambio, había sido desviar la mirada y tomar su bloc. Cuando se había vuelto otra vez, lápiz en mano, él tenía los ojos cerrados y respiraba de forma suave y regular.

Iba ya por el tercer boceto y no había conseguido ni un dibujo que le satisficiera. Mirándolo, se preguntó por qué demonios no conseguiría dibujarlo. La luz era perfecta; la luminosidad suave y broncínea del mes de octubre depositaba un lustre dorado claro sobre su piel y su cabello, dorados ya de por sí. Sus párpados cerrados estaban rodeados de un tono más oscuro de oro que su pelo. Tenía una mano doblada sobre el pecho, la otra abierta a su lado. Dormido, su rostro aparecía relajado y vulnerable, más suave y menos anguloso que cuando estaba despierto. Tal vez fuera ése el problema. Era tan difícil verlo relajado y vulnerable, que se hacía complicado capturar sus contornos cuando lo estaba. Resultaba... desconocido.

Jace se movió en aquel preciso instante. Había empezado a emitir pequeños jadeos en su sueño, con los ojos corriendo de un lado a otro detrás de los párpados. Su mano se estremeció, se tensó sobre su pecho, y se sentó, tan de repente que casi tumbó a Clary al hacerlo. Abrió los ojos de golpe. Permaneció aturdido por un instante; se había quedado pasmosamente blanco.

—¿Jace? —Clary no logró esconder su sorpresa.

Él se quedó con los ojos centrados en ella; un segundo después la atraía hacia él sin el menor atisbo de su habitual delicadeza; la colocó sobre su regazo y la besó con pasión, con las manos enredándose entre el pelo de ella. Clary sintió el fuerte martilleo del corazón de Jace y se sonrojó. Estaban en un parque público y la gente estaría mirándolos, pensó.

—Caray —dijo él, retirándose, con una sonrisa en sus labios—. Lo siento. Supongo que no te lo esperabas.

—Ha sido una sorpresa agradable. —Su voz sonó grave y ronca incluso en sus propios oídos—. ¿Qué soñabas?

—Soñaba contigo. —Enrolló en un dedo un mechón del cabello de ella—. Siempre sueño contigo.

Sin despegarse de su regazo, las piernas entrelazadas con las de él, Clary dijo:

—¿Ah, sí? Pues parecía que tuvieras una pesadilla.

Jace ladeó la cabeza para mirarla.

—A veces sueño con que te has ido —dijo—. Sigo preguntándome cuándo te darás cuenta de que podrías estar mejor sin mí y me abandonarás.

Clary le acarició la cara con la punta de los dedos, deslizándolos con delicadeza por sus pómulos, hasta alcanzar la forma curva de su boca. Jace nunca decía cosas así a nadie, excepto a ella. Alec e Isabelle sabían, porque vivían con él y lo querían, que debajo de su armadura protectora de humor y fingida arrogancia, seguía sufriendo el dolor provocado por los hirientes fragmentos de los recuerdos de su infancia. Pero sólo con ella lo expresaba en voz alta. Clary negó con la cabeza; con el gesto, el pelo le cayó sobre la frente y se lo retiró con impaciencia.

—Me gustaría poder hablar como lo haces tú —dijo—. Todo lo que dices, las palabras que eliges... son perfectas. Siempre encuentras la cita adecuada, o la frase correcta para que yo pueda creer que me quieres. Si no puedo convencerte de que nunca te abandonaré...

Él le tomó la mano.

—Repítelo, simplemente.

—Nunca te abandonaré —dijo Clary.

—¿Pase lo que pase? ¿Haga lo que haga?

—Nunca dejaría de creer en ti —dijo—. Jamás. Lo que siento por ti... —Se atrancó—. Es lo más grande que he sentido en mi vida.

«Maldita sea», pensó. Sonaba de lo más estúpido. Pero Jace no era de la misma opinión; le sonrió con melancolía y dijo:

—*L'amor che move il sole e l'altre stelle.*

—¿Es latín?

—Italiano —dijo él—. Dante.

Clary le pasó el dedo por los labios y él se estremeció.

—No hablo italiano —dijo en voz baja.

—Significa —dijo él— que el amor es la fuerza más poderosa del mundo. Que el amor puede conseguir cualquier cosa.

Clary retiró la mano, dándose cuenta entonces de que él la miraba con los ojos entrecerrados. Unió las manos por detrás de la nuca de él, se inclinó y rozó sus labios, no con un beso, sino con una simple caricia. Fue suficiente. Notó el pulso de Jace acelerarse y él se inclinó hacia adelante, intentando robar un beso de su boca, pero ella negó con la cabeza, mientras su cabello los rodeaba como una cortina que los escondía de los ojos de todos los presentes en el parque.

—Si estás cansado, podríamos volver al Instituto —dijo ella en un susurro—. Tomar la siesta. No hemos dormido juntos en la misma cama desde... desde Idris.

Sus miradas se encontraron, y ella supo que los dos estaban recordando lo mismo. La clara luz filtrándose por la ventana de la pequeña habitación de invitados de Amatis, la desesperación de su voz. «Sólo quiero acostarme a tu lado y despertarme a tu lado, sólo una vez, aunque sólo sea una vez en mi vida.» Aquella noche entera, acostados el uno junto al otro, sólo sus manos tocándose. Desde aquella noche se habían tocado mucho más, pero nunca habían pasado la noche juntos. Jace sabía que Clary estaba ofreciéndole algo más que una siesta en una de las habitaciones vacías del Instituto. Y ella estaba segura de que Jace podía leerlo en sus ojos, aunque ella no estuviera del todo segura de cuánto estaba ofreciéndole. Pero no importaba. Jace nunca le pediría nada que ella no quisiera darle.

—Quiero. —La pasión que vio en sus ojos, el matiz ronco de su voz, le decían que Jace no mentía—. Pero... no podemos. —La tomó con firmeza por las muñecas y las hizo descender, sujetando sus manos entre ellos, formando una barrera.

Clary abrió los ojos de par en par.

—¿Por qué no?

Jace respiró hondo.

—Hemos venido aquí para entrenar, y deberíamos hacerlo. Si pasamos dándonos el lote todo el tiempo que deberíamos estar entrenando, acabarán por no permitirme que te entrene.

—¿Y no se suponía, de todos modos, que iban a contratar a alguien para que se dedicase a tiempo completo a mi formación?

—Sí —respondió él, incorporándose y jalándola para que se levantara—, y me preocupa que si tomas la costumbre de enredarte con tus instructores, acabes también metiéndote con él.

—No seas sexista. Tal vez me encuentren una instructora.

—En ese caso, tienes mi permiso para meterte con ella, siempre y cuando pueda mirar.

—Estupendo. —Clary sonrió, agachándose para doblar la manta

que habían llevado para sentarse—. Lo único que te preocupa es que contraten un instructor masculino y esté más bueno que tú.

Jace enarcó las cejas.

—¿Más bueno que yo?

—Podría pasar —dijo Clary—. En teoría, ya sabes.

—En teoría, el planeta podría partirse ahora mismo por la mitad, dejándome a mí a un lado y a ti en el otro, separados trágicamente y para siempre, pero eso tampoco me preocupa. Hay cosas —dijo Jace, con su típica sonrisa torcida— que son demasiado improbables como para andar comiéndose la cabeza por ellas.

Le tendió la mano; ella se la tomó y juntos cruzaron el césped y se encaminaron hacia una arboleda situada al final del East Meadow que sólo los cazadores de sombras parecían conocer. Clary sospechaba que estaba encantada, ya que Jace y ella entrenaban a menudo allí y nadie los había interrumpido nunca, a excepción de Isabelle o de Maryse.

En otoño, Central Park era un bullicio de color. Los árboles que rodeaban el prado lucían sus colores más intensos y envolvían el verde con abrasadores matices dorados, rojos, cobrizos y anaranjados. Hacía un día precioso para dar un paseo romántico por el parque y besarse en uno de sus puentes de piedra. Pero eso no iba a suceder. Era evidente que, por lo que a Jace se refería, el parque era una extensión al aire libre de la sala de entrenamiento del Instituto y que estaban allí para que Clary realizara diversos ejercicios que tenían que ver con conocimiento del entorno, técnicas de huida y evasión, y matar cosas con las manos.

En condiciones normales, le habría apasionado la idea de aprender a matar cosas con las manos. Pero seguía estando preocupada por Jace, por muy frívolas que fueran sus bromas. No dormía bien y le daba la impresión de que evitaba encontrarse a solas con ella excepto para las sesiones de entrenamiento. No podía quitarse de encima la fastidiosa sensación de que algo iba mal. Si al menos existiera una runa que le obligara a decirle lo que en realidad sentía. Pero jamás se le ocurriría crear una runa así, se recordó rápidamente. No sería ético utilizar su poder para intentar controlar a otra persona. Y además, desde que había creado en Idris la runa de alianza, su poder se había quedado aparentemente aletargado. No sentía ninguna necesidad de dibujar antiguas runas, ni había tenido visiones de nuevas runas que poder crear. Maryse le había comentado que en cuanto su formación estuviera ya en marcha, intentarían buscar un especialista en runas para que le diera clases particulares, pero hasta el momento nada de aquello se había materializado. Ni le importaba mucho, la verdad. Tenía que confesar que no estaba muy segura de si le importaría que su poder desapareciese para siempre.

—Habrá ocasiones en las que te tropezarás con un demonio y no dispondrás de armas de combate —estaba diciéndole Jace mientras paseaban por debajo de una hilera de árboles cargados de hojas cuyos colores pasaban por toda la gama de verdes hasta alcanzar un resplandeciente tono dorado—. Si eso te sucede, que no cunda el pánico. Tienes que recordar que el arma eres tú. En teoría, cuando hayas terminado tu formación, deberías ser capaz de abrir un boquete en una pared de una patada y de noquear a un alce con un simple puñetazo.

—Jamás le daría un puñetazo a un alce —dijo Clary—. Están en peligro de extinción.

Jace esbozó una leve sonrisa y se volvió para mirarla. Habían llegado al claro de la arboleda, una pequeña área despejada rodeada de árboles. En los troncos de los árboles había runas talladas, lo que lo señalaba como lugar de los cazadores de sombras.

—Existe un antiguo estilo de lucha que se conoce como Muay Thai —dijo Jace—. ¿Has oído hablar de él?

Clary negó con la cabeza. El sol brillaba con fuerza y casi tenía calor con los pants y la sudadera. Jace se quitó la chamarra y volteó hacia ella, flexionando sus esbeltas manos de pianista. Con la luz otoñal, sus ojos adquirían un color oro intenso. Marcas de velocidad, agilidad y fuerza se veían en sus brazos, desde las muñecas hasta sus prominentes bíceps, para desaparecer bajo las mangas de la camiseta. Clary se preguntó por qué se habría tomado la molestia de marcarse de aquella manera, como si ella fuera un enemigo al que tener en cuenta.

—He oído el rumor de que el nuevo instructor que llegará la semana que viene es maestro de Muay Thai —dijo él—. Y de sambo, lethwei, tomoi, krav maga, jujitsu y otra cosa cuyo nombre francamente no recuerdo pero que se trata de matar a la gente con palos pequeños o algo por el estilo. Lo que quiero decir es que él o ella no estará acostumbrado a trabajar con alguien de tu edad y con tan poca experiencia, de modo que pienso que si te enseño algunos puntos básicos, se mostrará más generoso contigo. —Le puso las manos en las caderas—. Y ahora, ponte de cara a mí.

Clary hizo lo que le pedía. Situados el uno frente al otro, la cabeza de ella le llegaba a la barbilla de él. Dejó descansar las manos en los bíceps de Jace.

—El Muay Thai se conoce como «el arte de los ocho miembros». Y ello es debido a que como elementos de ataque no sólo utilizas los puños y los pies, sino también las rodillas y los codos. Primero se trata de inmovilizar a tu oponente y después, de golpearlo con todos y cada uno de tus elèmentos de ataque hasta tumbarlo.

—¿Y eso funciona con los demonios? —preguntó Clary, levantando las cejas.

—Con los menores sí. —Jace se acercó a ella—. Y muy bien. Extiende ahora el brazo y agárrame por la nuca.

Hacer lo que acababa de ordenarle era imposible si no se ponía de puntillas. No por primera vez, Clary maldijo para sus adentros el hecho de ser tan bajita.

—Ahora levanta la otra mano y repite el movimiento, de tal modo que tus manos se entrelacen por detrás de mi cuello.

Lo hizo. La nuca de Jace estaba caliente por efecto del sol y su suave cabello le hacía cosquillas en los dedos. Con el cuerpo del uno pegado al otro, Clary sentía el anillo que llevaba colgado de una cadena al cuello presionando entre ellos como un guijarro prisionero entre dos manos.

—En un combate de verdad, tendrías que moverte mucho más rápido —dijo Jace. A menos que fuesen imaginaciones de Clary, diría que su voz había sonado algo insegura—. Tenerme tomado así te sirve para hacer palanca. Ahora utilizarás esa palanca para jalar hacia adelante y darles inercia a los golpes que des hacia arriba con la rodilla...

—Caramba, caramba —dijo una voz fría y con un tono que daba a entender que se lo estaba pasando en grande—. ¿Sólo seis semanas y ya andan peleando? Con qué rapidez se esfuma el amor entre los mortales.

Clary soltó a Jace y dio media vuelta, aunque ya sabía quién era. La reina de la corte seelie apareció bajo la sombra de dos árboles. De no haber sabido Clary que estaba allí, se preguntó si la habría detectado, aun incluso con la Visión. La reina iba vestida con un traje largo, verde como la hierba, y su cabello, que le caía por encima de los hombros, era del color de una hoja seca. Era tan bella y tan temible como una estación moribunda. Clary nunca había confiado en ella.

—¿Qué hacen aquí? —Fue Jace quien habló, entrecerrando los ojos—. Este lugar pertenece a los cazadores de sombras.

—Y yo tengo noticias de interés para los cazadores de sombras. —Cuando la reina dio un elegante paso al frente, los rayos de sol se filtraron entre los árboles e iluminaron la diadema de frutos del bosque dorados que llevaba en la cabeza. Clary se preguntaba a veces si la reina planificaba con tiempo sus dramáticas apariciones y, en caso de hacerlo, cómo lo haría—. Se ha producido otra muerte.

—¿Qué tipo de muerte?

—Otro de los suyos. Un nefilim muerto. —La verdad fue que la reina lo anunció con cierto deleite—. Han encontrado el cuerpo bajo el Oak Bridge al amanecer. Como saben, el parque es dominio mío. Un asesinato humano no es de mi incumbencia, pero no parece una muerte de origen mundano. Han llevado el cadáver a la corte para que lo examinen mis forenses. Y han dictaminado que el mortal fallecido es uno de los suyos.

Clary miró en seguida a Jace, recordando la noticia sobre la muerte de otro cazador de sombras que habían recibido hacía tan sólo dos días. Adivinó que Jace estaba pensando lo mismo que ella; se había quedado pálido.

—¿Dónde está el cuerpo? —preguntó.

—¿Te preocupa mi hospitalidad? Está esperando en mi corte, y les garantizo que le proporcionaremos todo el respeto que le ofreceríamos a un cazador de sombras vivo. Ahora que uno de los míos tiene un lugar en el Consejo al lado de los suyos, no pueden dudar ya de nuestra buena fe.

—Como siempre, la buena fe y milady van de la mano. —El sarcasmo de la voz de Jace era evidente, pero la reina se limitó a sonreír. Le gustaba Jace, Clary siempre lo había pensado, de ese modo con el que a las hadas les gustaban las cosas bonitas por el simple hecho de ser bonitas. Por otro lado, ella sabía que no era del agrado de la reina, y el sentimiento era mutuo—. ¿Y por qué nos dan el mensaje a nosotros y no a Maryse? La costumbre obliga a...

—Oh, las costumbres. —La reina renegó de las costumbres con un gesto—. Ustedes estaban aquí. Me ha parecido más oportuno.

Jace volvió a mirarla entrecerrando los ojos y abrió su celular. Con un gesto le indicó a Clary que se quedara donde estaba y se alejó un poco de allí. Clary le oyó que decía «¿Maryse?» cuando le respondieron al teléfono, pero luego su voz quedó amortiguada por los gritos de los terrenos de juego colindantes.

Con una sensación de pavor frío, volvió a mirar a la reina. No había visto a la Dama de la corte de seelie desde su última noche en Idris, y en aquella ocasión no podía decirse que Clary se hubiese mostrado precisamente educada con ella. Dudaba que la reina hubiese olvidado aquello o la hubiera perdonado por ello. «¿De verdad rechazarías un favor de la reina de la corte de seelie?»

—Me han dicho que Meliorn ha conseguido un escaño en el Consejo —dijo Clary—. Debe de estar satisfecha.

—Lo estoy. —La reina la miró, divertida—. Me siento cumplidamente encantada.

—Entonces —dijo Clary—, ¿nada de rencores?

La sonrisa de la reina se volvió gélida en las comisuras de su boca, como la escarcha que cubría la orilla del estanque.

—Supongo que te refieres a mi oferta, que tan groseramente rechazaste —dijo—. Como bien sabes, mi objetivo se cumplió de todos modos; la que salió perdiendo, y me imagino que la mayoría estaría de acuerdo conmigo, fuiste tú.

—Yo no quería aquel trato. —Clary intentó, sin conseguirlo, que su voz no sonara cortante—. La gente no puede hacer siempre lo que usted quiera.

—No pretendas echarme un sermón, niña. —La reina siguió con la mirada a Jace, que deambulaba bajo los árboles, teléfono en mano—. Es bello —dijo—. Entiendo por qué lo amas. Pero ¿te has preguntado alguna vez qué es lo que le atrae a él de ti?

Clary no respondió; le pareció que no tenía nada que decir.

—Los une la sangre del Cielo —dijo la reina—. La sangre llama a la sangre, y eso corre por debajo de la piel. Pero amor y sangre no son la misma cosa.

—Acertijos —dijo Clary enojada—. ¿De verdad quieres decir alguna cosa cuando hablas así?

—Él está unido a ti —dijo la reina—. Pero ¿te ama?

Clary notó que se le retorcían las manos. Deseaba poder probar con la reina alguno de los nuevos golpes de ataque que había aprendido, pero sabía que no era en absoluto una buena idea.

—Sí.

—¿Y te desea? Porque amor y deseo no siempre van unidos.

—Eso no es de su incumbencia —replicó Clary escuetamente, pero se dio cuenta de que la reina le clavaba los ojos como si fueran agujas.

—Tú lo quieres como nunca has querido a nadie. Pero ¿siente él lo mismo? —La suave voz de la reina era inexorable—. Él podría tener todo aquello o a todo aquel que le plazca. ¿No te preguntas por qué te ha elegido a ti? ¿No te preguntas si se arrepiente de ello? ¿Ha cambiado con respecto a ti?

Clary notó las lágrimas escociéndole en los ojos.

—No, no ha cambiado. —Pero pensó en la cara de Jace en el elevador la otra noche, y en cómo le había dicho que se marchara a su casa cuando ella le ofreció quedarse.

—Me dijiste que no deseabas llegar a un pacto conmigo, porque nada había que yo pudiera aportarte. Dijiste que no había nada en este mundo que quisieras. —La reina tenía los ojos brillantes—. ¿Sigues pensando lo mismo cuando te imaginas la vida sin él?

«¿Por qué me hace esto?», deseaba gritar Clary, pero no dijo nada porque vio que la reina de las hadas miraba más allá de donde ella estaba, y acto seguido sonrió y dijo:

—Sécate las lágrimas porque ya vuelve. No le hará ningún bien verte llorar.

Clary se frotó apresuradamente los ojos con el dorso de la mano y se volvió. Jace se acercaba a ellas, con mala cara.

—Maryse y Robert ya van hacia los Tribunales —dijo—. ¿Dónde está la reina?

Clary se quedó mirándolo, sorprendida.

—Está aquí... —empezó a decir, pero al volverse se interrumpió. Jace tenía razón. La reina se había ido y únicamente un remolino de hojas a los pies de Clary indicaba el lugar donde se había posado.

Simon, con su chamarra acolchada bajo la cabeza a modo de almohada, estaba acostado contemplando el tejado plagado de agujeros del garage de Eric, embargado por una sensación de nefasta fatalidad. Tenía a sus pies la mochila, el teléfono pegado a la oreja. En aquel momento, la familiaridad de la voz de Clary en el otro lado de la línea era lo único que le impedía derrumbarse por completo.

—Lo siento mucho, Simon. —Adivinó que estaba en algún lugar de la ciudad por el sonido del tráfico amortiguando su voz—. ¿De verdad estás en el garage de Eric? ¿Lo sabe él?

—No —respondió Simon—. En este momento no hay nadie en casa y yo tenía la llave del garage. Me ha parecido un buen lugar. ¿Y tú dónde estás, por cierto?

—En la ciudad. —Para los habitantes de Brooklyn, Manhattan sería siempre «la ciudad». No existía otra metrópolis—. Estaba entrenando con Jace, pero él ha tenido que volver al Instituto para no sé qué asunto de la Clave. Voy de camino a casa de Luke. —Se oyó el claxonazo de un coche—. ¿Quieres venir a casa? Podrías dormir en el sofá de Luke.

Simon dudó. Tenía buenos recuerdos de la casa de Luke. Desde que conocía a Clary, Luke siempre había vivido en una vivienda destartalada pero simpática que ocupaba el piso superior de la librería. Clary tenía una llave, y ella y Simon habían pasado allí horas agradables leyendo los libros que «tomaban prestados» de la tienda o viendo películas antiguas en la tele.

Pero las cosas habían cambiado mucho.

—A lo mejor mi madre podría hablar con tu madre —dijo Clary, preocupada por el silencio de Simon—. Hacerle comprender.

—¿Hacerle comprender que soy un vampiro? Clary, creo que ya lo entiende, de un modo siniestro. Pero eso no significa que vaya a aceptarlo o que esté de acuerdo con ello.

—Pero tampoco puedes seguir haciendo que lo olvide, Simon —dijo Clary—. Esa solución no te funcionará eternamente.

—¿Por qué no? —Sabía que estaba mostrándose irrazonable, pero acostado en el duro suelo, rodeado de olor a gasolina y del susurro de las arañas paseándose por sus telas en los rincones del garage, sintiéndose más solo que nunca, la razón le parecía algo tremendamente remoto.

—Porque de lo contrario tu relación con ella no sería más que una mentira. Nunca podrías volver a casa...

—¿Por qué no? —preguntó, interrumpiéndola con severidad—. Forma parte de la maldición, ¿verdad? «Fugitivo y errante serás.»

A pesar de los ruidos del tráfico y del sonido de las conversaciones de la gente que tenía a su alrededor, Simon oyó que Clary respiraba hondo.

—¿Piensas que eso tendría que contárselo también? —dijo—. ¿Que me señalaste con la Marca de Caín? ¿Que soy, básicamente, una maldición andante? ¿Crees que va a querer eso en su casa?

Los sonidos de fondo se acallaron; Clary debía de haberse refugiado en el umbral de una casa. Se dio cuenta de que contenía las lágrimas cuando le dijo:

—Lo siento mucho, Simon. Sabes que lo siento...

—No es culpa tuya. —De repente se sentía extremadamente agotado. «Estupendo, primero aterrorizas a tu madre y luego haces llorar a tu mejor amiga. Un día de bandera para ti, Simon.»—. Mira, es evidente que en estos momentos no debería andar mezclándome con gente. Voy a quedarme aquí y ya me encontraré con Eric cuando vuelva a su casa.

Clary emitió un sonido parecido a una risa entre tantas lágrimas.

—¿Acaso Eric no cuenta como gente?

—Te mantendré informada —dijo Simon, dudoso—. Te llamo mañana, ¿de acuerdo?

—Nos vemos mañana. Prometiste acompañarme a probarme vestidos, ¿lo recuerdas?

—Caray —dijo—, eso es que debo de quererte de verdad.

—Lo sé —dijo ella—. Y yo también te quiero.

Simon apagó el teléfono y se recostó en el suelo, con el aparato pegado a su pecho. Resultaba gracioso, pensó. Ahora podía decirle a Clary «Te quiero» después de haber estado años luchando por pronunciar esas palabras y ser incapaz de que salieran de su boca. Y ahora que ya no tenían la misma intención, resultaba fácil.

A veces se preguntaba qué habría ocurrido de no haber existido nunca un Jace Wayland. Si Clary nunca hubiera descubierto que era una cazadora de sombras. Pero alejó aquel pensamiento de su cabeza, no tenía sentido continuar por aquel camino. El pasado no podía cambiarse. Sólo le quedaba seguir adelante. Aunque no tenía ni idea de qué implicaba seguir adelante. No podía quedarse para siempre en el garage de Eric. Incluso con su actual estado de humor, reconocía que aquél era un lugar miserable. No tenía frío —de hecho, ya no sentía ni el frío ni el calor—, pero el suelo estaba duro y estaba costándole conciliar el sueño. Ojalá pudiera embotar sus sentidos. El sonido del tráfico le impedía descansar, igual que el desagradable tufo a gasolina. Pero lo que más le corroía era la preocupación por lo que hacer a continuación.

Había tirado la mayor parte de sus reservas de sangre y llevaba el resto en su mochila; tenía suficiente para unos cuantos días más, pero después tendría problemas. Eric, dondequiera que estuviera, dejaría a Simon quedarse en su casa, pero aquella solución acabaría con una llamada de los padres de Eric a la madre de Simon. Y teniendo en cuenta que su madre lo creía con su hermana, aquello no le haría ningún bien.

Días, pensó. Ésa era la cantidad de tiempo de la que disponía. Antes de quedarse sin sangre, antes de que su madre empezara a preguntarse dónde estaba y llamase a Rebecca para interesarse por él. Antes de que su madre empezara a recordar. Ahora era un vampiro. Supuestamente, la eternidad era suya. Pero disponía sólo de días.

Había ido con mucho cuidado. Había intentado con todas sus fuerzas seguir con lo que consideraba una vida normal: escuela, amigos, su casa, su habitación. Había sido mucha tensión, pero la vida era eso. Las demás opciones le parecían tan desapacibles y solitarias que no soportaba siquiera planteárselas. La voz de Camille resonó entonces en su cabeza. «Pero ¿qué pasará de aquí a diez años, cuando supuestamente deberías tener veintiséis? ¿Y de aquí a veinte años?

¿O treinta? ¿Crees que nadie se dará cuenta de que ellos envejecen y cambian y tú no?»

La situación que se había creado, la que con tanto cuidado había esculpido tomando como modelo su antigua vida, nunca habría podido ser permanente, pensó en aquel momento con una sensación de ahogo en el pecho. Nunca hubiera funcionado. Se había aferrado a sombras y recuerdos. Volvió a pensar en Camille, en su oferta. Ahora le sonaba mucho mejor que antes. La oferta de una comunidad, por mucho que no fuera la comunidad que él hubiera deseado. Disponía únicamente de un día más antes de que ella reclamara su respuesta. ¿Y qué le diría? Hasta aquel momento había creído saberlo, pero ya no estaba tan seguro.

Un sonido rechinante lo despertó de su ensueño. La puerta del garage empezaba a levantarse y la luz iluminó el oscuro interior. Simon se incorporó, con el cuerpo de pronto en pleno estado de alerta.

—¿Eric?

—No. Soy yo, Kyle.

—¿Kyle? —dijo Simon sin entender nada, antes de empezar a recordar: el chico al que habían decidido incorporar como cantante solista. A punto estuvo Simon de dejarse caer de nuevo al suelo—. Oh, sí. Pero los chicos no están, si esperabas ensayar...

—No hay problema. No es por eso que he venido. —Kyle entró en el garage, pestañeando por la oscuridad, con las manos hundidas en los bolsillos traseros de sus jeans—. Tú eres... comoquiera que te llames, el bajista, ¿no es eso?

Simon se levantó, sacudiéndose el polvo de la ropa.

—Soy Simon.

Kyle miró a su alrededor, frunciendo el ceño con perplejidad.

—Creo que ayer me olvidé aquí mis llaves. Las he buscado por todas partes. Mira, aquí están. —Se agachó detrás de la batería y salió de allí un segundo después, blandiendo triunfante un manojo de llaves. Iba vestido más o menos como el día anterior, con una camiseta azul debajo de una chamarra de cuero y una medalla dorada de algún santo colgada al cuello, con el pelo oscuro enredado—. Y bien —dijo Kyle, apoyándose en uno de los altavoces—. ¿Estabas durmiendo aquí? ¿En el suelo?

Simon movió afirmativamente la cabeza.

—Me han echado de casa. —No era exactamente cierto, pero fue lo único que se le ocurrió.

Kyle asintió, comprendiéndolo.

—¿Tu madre te ha descubierto la hierba? Eso molesta.

—No, para nada... nada de hierba. —Simon se encogió de hombros—. Tenemos diferentes opiniones respecto a mi estilo de vida.

—¿Se ha enterado de lo de tus dos novias? —Kyle sonrió. Era guapo, había que reconocerlo, pero a diferencia de Jace, que sabía perfectamente lo guapo que era, Kyle daba la impresión de no haberse peinado en un montón de semanas. Su aspecto recordaba el de un cachorrillo simpático, y eso lo hacía atractivo—. Me lo contó Kirk. Mejor para ti, tío. Yo... yo tampoco vivo en casa —siguió Kyle—. Me marché hará cosa de dos años. —Se cruzó de brazos e inclinó la cabeza. Bajó la voz—. No he hablado con mis padres desde entonces. Me arreglo bien solo, pero... te entiendo.

—Esos tatuajes —dijo Simon, tocándose los brazos—. ¿Qué significan?

Kyle extendió los brazos.

—*Shaantih shaantih shaantih* —dijo—. Son mantras de las Upanishads. Sánscrito. Oraciones por la paz.

En condiciones normales, a Simon le habría parecido pretencioso tatuarse en sánscrito. Pero ahora ya no.

—*Shalom* —dijo.

Kyle pestañeó.

—¿Qué?

—Significa paz —dijo Simon—. En hebreo. Se me ha ocurrido que sonaba similar.

Kyle se quedó mirándolo. Daba la impresión de que estaba deliberando. Dijo por fin:

91

—Tal vez te parezca una locura...

Simon se puso rígido.

—Pues no sé. Mi definición de locura se ha vuelto bastante flexible en el transcurso de los últimos meses.

—... pero tengo un departamento. En Alphabet City. Y mi compañero acaba de dejarlo. Tiene dos habitaciones, podrías acoplarte en la suya. Tiene una cama y todo lo necesario.

Simon dudó. Por un lado, no conocía en absoluto a Kyle, y trasladarse a vivir al departamento de un perfecto desconocido le parecía una maniobra estúpida y de proporciones épicas. A pesar de sus tatuajes pacifistas, Kyle podía ser un asesino en serie. Por otro lado, como no conocía en absoluto a Kyle, nadie lo buscaría allí. ¿Y qué pasaría si Kyle resultara ser un asesino en serie?, pensó con amargura. Sería peor para Kyle que para él, igual que lo había sido para aquel atracador la otra noche.

—¿Sabes? —dijo—. Me parece que voy a tomarte la palabra, si te parece bien.

Kyle asintió.

—Si quieres venir a la ciudad conmigo, tengo la camioneta estacionada ahí fuera.

Simon se agachó para recoger su mochila y se la colgó del hombro. Guardó el celular en el bolsillo y abrió las manos, para indicar con el gesto que ya estaba listo.

—Cuando quieras.

5

EL INFIERNO LLAMA AL INFIERNO

El departamento de Kyle resultó ser una sorpresa agradable. Simon esperaba un sucio depa sin elevador en un edificio de la Avenida D, con cucarachas subiendo por las paredes y una cama construida con un colchón de espuma y cartones de leche. Pero en realidad, el departamento de Kyle era una aseada casita de dos habitaciones con una pequeña sala, un montón de estanterías y las paredes llenas de fotografías de famosas playas de surfistas. Y aunque Kyle cultivaba algunas plantas de marihuana en la escalera de incendios... no podía tenerse todo en esta vida.

La habitación de Simon era como una caja vacía. Quienquiera que la ocupara antes no había dejado nada en ella excepto un futón. Tenía las paredes desnudas, el suelo también estaba desnudo y había una única ventana a través de la cual Simon vio el cartel luminoso del restaurante chino de la acera de enfrente.

—¿Te gusta? —preguntó Kyle desde el umbral de la puerta, sus ojos verdes muy abiertos y amistosos.

—Es estupenda —respondió Simon sinceramente—. Justo lo que necesitaba.

El objeto más caro del departamento era el televisor de pantalla plana de la sala. Se dejaron caer en el sofá y se entretuvieron mirando programas malos mientras el sol se ponía en el exterior. Kyle era un buen tipo, decidió Simon. No se metía en sus asuntos, no era curioso, no formulaba preguntas. No le había pedido nada a cambio de la habitación. Era simplemente un tipo simpático. Simon se preguntó si habría olvidado ya cómo eran los seres humanos normales y corrientes.

Después de que Kyle se marchara a trabajar en un turno de noche, Simon entró en su habitación, se dejó caer en el colchón y se quedó escuchando el tráfico que circulaba por la Avenida B.

Había estado obsesionado con imágenes de la cara de su madre desde que se había ido: cómo lo había mirado con miedo y odio, como si fuera un intruso en su casa. Aun sin necesidad de respirar, pensar en aquello seguía causándole una sensación de opresión en el pecho. Pero ahora...

De pequeño siempre le había gustado viajar, porque visitar un lugar nuevo equivalía a estar lejos de todos sus problemas. Y ahora, incluso allí, con sólo un río separándolo de Brooklyn, los recuerdos que habían estado corroyéndole como el ácido —la muerte del atracador, la reacción de su madre a la verdad de su condición— parecían confusos y remotos.

Tal vez el secreto fuera ése, pensó. Moverse sin parar. Como un tiburón. Ir a donde nadie pueda encontrarte. «Fugitivo y errante serás en la tierra.»

Pero eso sólo funcionaba si no te importaba dejar atrás a nadie.

Aquella noche durmió a rachas. A pesar de ser un vampiro diurno, su necesidad natural era dormir de día, y estuvo combatiendo inquietud y pesadillas antes de despertarse tarde con los rayos de sol entrando por la ventana. Después de vestirse con ropa limpia de su mochila, salió de la habitación y encontró a Kyle en la cocina, friendo huevos con tocino en una sartén de teflón.

—Hola, compañero de depa —dijo Kyle, saludándolo alegremente—. ¿Quieres desayunar?

Ver comida le provocó náuseas a Simon.

—No, gracias. Tomaré sólo café. —Se echó a uno de los taburetes, que estaba algo torcido.

Kyle empujó hacia él un tazón descascarillado.

—El desayuno es la comida más importante del día, hermano. Aunque sea casi mediodía.

Simon puso las manos alrededor del tazón y notó el calor penetrando su fría piel. Buscó algún tema de conversación, algo que no tuviera que ver con lo poco que comía.

—No te lo pregunté ayer: ¿Cómo te ganas la vida?

Kyle tomó un trocito de tocino de la sartén y le dio un mordisco. Simon se fijó en que la medalla dorada que llevaba colgada al cuello tenía una cenefa de hojas y las palabras «*Beati bellicosi*». *Beati*, sabía Simon, era una palabra que tenía algo que ver con los santos; Kyle debía de ser católico.

—Mensajero en bicicleta —dijo, masticando—. Es increíble. Voy por toda la ciudad, lo veo todo, hablo con todo el mundo. Mucho mejor que la escuela.

—¿Dejaste los estudios?

—Acabé la secundaria. Prefiero la escuela de la vida. —A Simon le hubiera sonado ridículo si no fuera porque Kyle dijo lo de «escuela de la vida» igual que decía cualquier otra cosa, con total sinceridad—. ¿Y tú? ¿Algún plan?

«Oh, ya sabes. Vagar por la tierra, sembrando la muerte y la destrucción entre inocentes. Tal vez beber un poco de sangre de vez en cuando. Vivir eternamente, aunque sin divertirme jamás. Sólo lo normal.»

—En estos momentos funciono sobre la marcha.

—¿Te refieres a que no quieres ser músico? —preguntó Kyle.

Para el alivio de Simon, su celular sonó antes de que tuviera que responder aquella pregunta. Hurgó en su bolsillo y miró la pantalla. Era Maia.

—Hola —dijo saludándola—. ¿Qué tal?

—¿Piensas ir esta tarde con Clary a la prueba del vestido? —le preguntó; su voz chisporroteaba en el otro extremo de la línea. Lo más probable era que llamara desde los cuarteles generales de su manada en Chinatown, donde la cobertura no era precisamente estupenda—. Me explicó que te había pedido que la acompañaras.

—¿Qué? Oh, sí. Sí. Allí estaré. —Clary le había pedido a Simon que la acompañara a la prueba de su vestido de dama de honor, para así después ir juntos a comprar cómics y sentirse, según sus propias palabras, «un poco menos niña cursi emperifollada».

—Pues me apunto. Tengo que darle a Luke un mensaje para la manada y, además, me da la impresión de que hace siglos que no te veo.

—Lo sé. Y lo siento de verdad...

—No pasa nada —dijo ella—. Pero tendrás que decirme qué piensas ponerte para ir a la boda, porque de lo contrario no combinaremos en lo más mínimo.

Colgó, dejando a Simon mirando el teléfono. Clary tenía razón. El día de la boda sería el Día-D, y estaba deplorablemente poco preparado para la batalla.

—¿Una de tus novias? —preguntó Kyle con curiosidad—. La pelirroja del garage, ¿era una de ellas? Era muy mona.

—No. Ésa es Clary; es mi mejor amiga. —Simon se guardó el celular en el bolsillo—. Y tiene novio. Ella sí que tiene novio, de los de verdad. La bomba nuclear de los novios. Créeme.

Kyle sonrió.

—Sólo preguntaba. —Dejó la sartén del tocino, vacía, en el fregadero—. ¿Y cómo son tus dos chicas?

—Son muy, muy... distintas. —En ciertos aspectos, pensó Simon, eran polos opuestos. Maia era tranquila y asentada; Isabelle vivía las emociones al máximo. Maia era una luz firme y regular en la oscuridad; Isabelle era una estrella reluciente que giraba sin cesar en el vacío—. Las dos son estupendas. Guapas e inteligentes...

—¿Y no se conocen? —Kyle se apoyó en la mesada—. ¿En absoluto?

96

Simon se encontró dando explicaciones: cómo después de su regreso de Idris (aunque sin mencionar el nombre del lugar), las dos habían empezado a llamarlo porque querían salir con él. Y que él había salido con ambas porque las dos le gustaban. Y que sin querer había iniciado un romance con las dos, y que nunca encontraba el momento de explicarle a la una que se estaba viendo con la otra. Y que la cosa había ido creciendo como una bola de nieve y ahora ahí estaba él, sin querer hacerle daño a ninguna, pero sin saber tampoco cómo continuar.

—Pues si quieres mi opinión —dijo Kyle, volviéndose para tirar al fregadero lo que le quedaba de café—, tendrías que elegir a una de las dos y dejar de hacer el perro. Que conste que no es más que mi opinión.

Como estaba de espaldas a él, Simon no podía verle la cara y se preguntó por un segundo si Kyle estaría enojado de verdad. Su voz sonaba extrañamente seria. Pero cuando Kyle volteó, su expresión era tan sincera y amigable como siempre. Simon pensó que serían imaginaciones suyas.

—Lo sé —dijo—. Tienes razón. —Miró en dirección a su habitación—. ¿Estás seguro de que te va bien que me instale aquí? Puedo largarme cuando quieras...

—Me va bien. Quédate todo el tiempo que necesites. —Kyle abrió un cajón de la cocina y hurgó en su interior hasta que encontró lo que andaba buscando: un juego de llaves sujeto con una liga—. Un juego para ti. Eres totalmente bienvenido, ¿entendido? Tengo que ir a trabajar, pero puedes quedarte por aquí si quieres. Juega al Halo o haz lo que se te antoja. ¿Estarás aquí cuando vuelva?

Simon se encogió de hombros.

—Seguramente no. Tengo que ir a las tres a esa prueba del vestido.

—Estupendo —dijo Kyle, echándose al hombro una mochila y dirigiéndose a la puerta—. Diles que te confeccionen algo en rojo. Es tu color.

—Y bien —dijo Clary, saliendo del probador—. ¿Qué opinas?

Giró sobre sí misma para ver qué tal. Simon, que mantenía el equilibrio en una de las incómodas sillas blancas de Karyn's, la tienda especializada en vestidos de novia, cambió de postura, hizo una mueca y dijo:

—Estás bien.

Estaba más que bien. Clary era la única dama de honor de su madre y gracias a ello había podido elegir el vestido que más le gustara. Había seleccionado uno muy sencillo, de seda color oro con tirantes finos que encajaba a la perfección con su cuerpo menudo. La única joya que luciría sería el anillo de los Morgenstern, colgado al cuello mediante una cadenita. La cadena, de plata y muy sencilla, resaltaba la forma de su clavícula y la curvatura de su cuello.

Hacía tan sólo unos meses, ver a Clary vestida para una boda habría conjurado en Simon una mezcla de sentimientos: oscura desesperación —Clary nunca lo amaría— y una excitación tremenda —o tal vez sí, si conseguía reunir el valor suficiente para declararle sus sentimientos—. Ahora, sólo lo hacía sentirse un poco nostálgico.

—¿Bien? —repitió Clary—. ¿Eso es todo? ¡No lo puedo creer! —Se volvió hacia Maia—. ¿Qué opinas tú?

Maia había dejado correr las incómodas sillas y estaba sentada en el suelo, con la espalda apoyada en una pared decorada con tiaras y largos velos de tul. Tenía la consola de video de Simon apoyada en una rodilla y estaba prácticamente absorta en su partida de Grand Theft Auto.

—A mí no me preguntes —dijo—. Odio los vestidos. Si pudiera, acudiría a la boda con jeans.

Y era cierto. Simon rara vez había visto a Maia con otra cosa que no fuera una combinación de jeans y camiseta. En este sentido, era todo lo contrario a Isabelle, que iba con vestido y tacones incluso en los momentos más inadecuados. (Aunque desde que la viera quitarse de encima a un demonio vermis con el tacón de aguja de una bota, ya no le preocupaba tanto ese tema.)

Sonó entonces la campanilla de la puerta del establecimiento y entró Jocelyn, seguida de Luke. Ambos llegaban con humeantes tazas de café y Jocelyn miraba a Luke, con las mejillas sonrosadas y los ojos brillantes. Simon recordó que Clary había comentado que estaban asquerosamente enamorados. Él no lo encontraba asqueroso, aunque a buen seguro se debía a que no eran sus padres. Se les veía muy felices y él lo encontraba encantador.

Jocelyn abrió los ojos de par en par al ver a Clary.

—¡Cariño, estás preciosa!

—¡Claro, qué vas a decir tú! Eres mi madre —dijo Clary, sonriendo de todos modos—. ¿Es eso un café solo por casualidad?

—Sí. Considéralo un detalle para decirte que sentimos llegar tarde —dijo Luke, entregándole la taza—. Nos liamos. Los temas del catering... —Saludó con un ademán a Simon y Maia—. Hola, chicos.

Maia inclinó la cabeza. Luke era el jefe de la manada de lobos de la ciudad, de la que Maia era miembro. Pese a que él había dejado atrás la costumbre de que lo llamasen «Amo» o «Señor», Maia seguía mostrándose respetuosa en su presencia.

—Te traigo un mensaje de la manada —dijo Maia, dejando a un lado la consola de video—. Tienen algunas preguntas sobre la fiesta de la Fundición...

Mientras Maia y Luke se enfrascaban en una conversación sobre la fiesta que la manada de lobos celebraría en honor del matrimonio de su lobo principal, la propietaria de la tienda de vestidos de novia, una mujer alta que se había dedicado a leer revistas detrás del mostrador mientras los adolescentes charlaban, se percató de que la gente que de verdad iba a pagar por los vestidos acababa de llegar y corrió a saludarlos.

—Acabo de recibir el vestido y tiene un aspecto maravilloso —dijo efusivamente, tomando a la madre de Clary por el brazo y guiándola hacia la trastienda—. Venga a probárselo. —Y viendo que Luke iba tras ellos, lo apuntó con un dedo amenazador—. Usted se queda aquí.

Luke, al ver a su prometida desaparecer a través de unas puertas basculantes blancas decoradas con motivos de campanas de boda, se quedó perplejo.

—Los mundanos piensan que el novio no debe ver el vestido de la novia antes de la ceremonia —le recordó Clary—. Da mala suerte. Seguramente le parece extraño que hayas venido a la prueba.

—Pero Jocelyn quería mi opinión... —Luke se interrumpió y movió la cabeza hacia un lado y el otro—. La verdad es que las costumbres de los mundanos son de lo más peculiares. —Se dejó caer en una silla e hizo una mueca de dolor cuando se le clavó en la espalda una de las rosetas de su ornamentación—. ¡Ay!

—¿Y las bodas de los cazadores de sombras? —preguntó Maia con curiosidad—. ¿Tienen también sus propias costumbres?

—Sí —respondió Luke—, pero la nuestra no será la típica ceremonia de los cazadores de sombras. En éstas no se plantea la situación en que uno de los contrayentes no sea un cazador de sombras.

—¿De verdad? —Maia estaba sorprendida—. No lo sabía.

—En la ceremonia de matrimonio de los cazadores de sombras se trazan runas permanentes en el cuerpo de los contrayentes —dijo Luke. Mantenía un tono de voz sosegado, pero su mirada era triste—. Runas de amor y compromiso. Pero es evidente que los que no son cazadores de sombras no pueden llevar las runas del Ángel, por lo que Jocelyn y yo nos intercambiaremos anillos.

—¡Qué fastidio! —declaró Maia.

Luke sonrió ante el comentario.

—No tanto. Casarme con Jocelyn es lo que siempre quise y las particularidades de la ceremonia en sí me dan lo mismo. Además, los tiempos cambian. Los nuevos miembros del Consejo han hecho muchos progresos para convencer a la Clave de que tolere este tipo de...

—¡Clary! —Era Jocelyn desde la trastienda—. ¿Puedes venir un segundo?

—¡Un segundo! —gritó Clary, apurando su café—. Voy volando. Me da la impresión de que tenemos que solventar una urgencia de vestimenta.

—Buena suerte. —Maia se levantó y le devolvió la consola a Simon antes de agacharse para darle un beso en la mejilla—. Tengo que irme. He quedado con unos amigos en La Luna del Cazador.

Olía agradablemente a vainilla. Pero bajo aquel olor, como siempre, Simon olió el aroma salino de la sangre, mezclado con ese ácido matiz tan peculiar a limón de los seres lobo. La sangre de los subterráneos olía distinta según su especie: las hadas olían a flores muertas; los brujos, a cerillo quemado, y los vampiros, a metal.

En una ocasión, Clary le había preguntado a qué olían los cazadores de sombras.

—A la luz del sol —le había respondido.

—Nos vemos, chico. —Maia se enderezó, le alborotó un poco el pelo a Simon y se fue. Cuando la puerta se cerró a sus espaldas, Clary taladró a Simon con la mirada.

—Debes solucionar tu vida amorosa antes del sábado —dijo—. Hablo en serio, Simon. Si no se lo dices tú a ellas, lo haré yo.

Luke los miró con perplejidad.

—¿Decirle a quién qué?

Clary movió la cabeza en dirección a Simon.

—Estás jugando con fuego, Lewis. —Y después de esa declaración, dio media vuelta y echó a andar, levantándose la falda de seda. A Simon le hizo gracia ver que debajo del vestido seguía con sus zapatillas deportivas de color verde.

—Es evidente—dijo Luke— que aquí pasa algo de lo que no estoy al corriente.

Simon lo miró.

—A veces pienso que es el lema de mi vida.

Luke enarcó las cejas.

—¿Ha pasado algo?

Simon se quedó dudando. No podía contarle a Luke los detalles de su vida amorosa, pues Luke y Maia pertenecían a la misma manada y los integrantes de las manadas de seres lobo guardaban entre ellos una fidelidad mayor aún que la de los miembros de las bandas callejeras. Sería poner a Luke en una posición muy incómoda. Aunque la verdad era que Luke podía ser también un recurso. Como líder de la manada de lobos de Manhattan tenía acceso a todo tipo de información y conocía a la perfección la política de los subterráneos.

—¿Has oído hablar de una vampira llamada Camille?

Luke emitió un prolongado silbido.

—Sé quién es. Lo que me sorprende es que tú lo sepas también.

—Es la jefa del clan de los vampiros de Nueva York. Algo sé sobre ellos —dijo Simon, con cierta rigidez.

—No lo sabía. Creía que querías vivir como un humano en la medida de lo posible. —La voz de Luke no traslucía enjuiciamiento, sólo curiosidad—. Cuando el anterior líder me pasó el mando de la manada de la ciudad, Camille había delegado en Raphael. No creo que nadie supiera exactamente adónde se marchó después. Pero me parece que es más bien una leyenda. Una vampira extraordinariamente antigua, por lo que tengo entendido. Famosa por su crueldad y su ingenio. Podría darle incluso un buen baño a la comunidad de las hadas.

—¿La has visto alguna vez?

Luke negó con la cabeza.

—Creo que no. ¿A qué viene tanta curiosidad?

—Raphael la mencionó —respondió Simon con cierta vaguedad.

Luke arrugó la frente.

—¿Has visto a Raphael últimamente?

Pero antes de que a Simon le diera tiempo a responder, sonó de nuevo la campanilla de la puerta y, para sorpresa de Simon, apareció Jace. Clary no había mencionado que fuera a acudir allí.

De hecho, se dio cuenta entonces, Clary no había mencionado mucho a Jace en los últimos tiempos.

Jace miró a Luke primero, y a continuación a Simon. Dio la impresión de que le sorprendía un poco encontrarlos allí, aunque no era fácil asegurarlo. Pese a que Simon se imaginaba que cuando estaba a solas con Clary, Jace le ofrecía una gama completa de expresiones faciales, la cara que ponía siempre que estaba con gente era de una inexpresividad terrible.

—Parece —le había comentado en una ocasión a Isabelle— como si estuviera pensando alguna cosa, pero que si fueras a preguntarle qué, te atizaría un puñetazo en la cara.

—Pues no le preguntes —le había dicho Isabelle, como si pensara que Simon decía una ridiculez—. Nadie ha dicho que tengan que ser amigos.

—¿Está Clary por aquí? —preguntó Jace, cerrando la puerta. Se le veía cansado. Tenía ojeras y, a pesar de que el aire de otoño era fresco, ni siquiera se había molestado en ponerse una chamarra. El frío ya no afectaba a Simon, pero ver a Jace con sus jeans y una camiseta térmica le produjo casi un escalofrío.

—Está ayudando a Jocelyn —le explicó Luke—. Pero puedes esperar aquí con nosotros.

Jace observó inquieto las paredes cargadas de velos, abanicos, tiaras y colas de vestidos de novia con perlas cultivadas incrustadas.

—Todo es... tan blanco.

—Pues claro que es blanco —dijo Simon—. Son cosas para bodas.

—Para los cazadores de sombras, el blanco es el color de los funerales —explicó Luke—. Pero para los mundanos, Jace, es el color de las bodas. Las novias visten de blanco para simbolizar su pureza.

—Creía que Jocelyn había dicho que su vestido no sería blanco —apuntó Simon.

—Bueno —dijo Jace—, supongo que eso ya es agua pasada.

Luke se atragantó con el café. Pero antes de que pudiera decir —o hacer— nada, Clary apareció de nuevo. Se había recogido el pelo con unos pasadores de brillantitos, dejando algunos rizos sueltos alrededor de su rostro.

—No sé —estaba diciendo mientras se acercaba a ellos—. Karyn se ha ocupado de mí y me ha arreglado el pelo, pero no tengo muy claro lo de estos pasadores...

Se interrumpió en cuanto vio a Jace. Su expresión dejó claro que tampoco ella lo esperaba. Abrió la boca, sorprendida, pero no dijo nada. Jace, por su lado, se había quedado mirándola, y por una vez en su vida Simon fue capaz de leer como un libro abierto la expresión de la cara de Jace. Era como si el mundo entero hubiera desaparecido, excepto Clary y él; la miraba con un anhelo y un deseo tan descarado que incluso incomodó a Simon, que tenía la sensación de haber interrumpido un momento de intimidad entre ellos.

Jace tosió para aclararse la garganta.

—Estás preciosa.

—Jace. —Clary estaba perpleja—. ¿Va todo bien? Tenía entendido que no podías venir debido a la reunión del Cónclave.

—Es verdad —dijo Luke—. Me he enterado de lo del cuerpo del cazador de sombras que encontraron en el parque. ¿Hay alguna novedad?

Jace negó con la cabeza, sin dejar de mirar a Clary.

—No. No es miembro del Cónclave de Nueva York, pero está todavía pendiente de identificación. De hecho, no han identificado ninguno de los cuerpos. Los Hermanos Silenciosos están ahora examinándolos.

—Eso está bien. Los Hermanos averiguarán quiénes son —dijo Luke.

Jace no contestó nada. Seguía mirando a Clary, y era una mirada extrañísima, pensó Simon, la mirada que dedicarías al ser amado que nunca, jamás, podría llegar a ser tuyo. Se imaginaba que Jace pudo sentirse en su día así respecto a Clary, pero ¿ahora?

—¿Jace? —dijo Clary, avanzando un paso hacia él.

Jace apartó la mirada.

—La chamarra que te presté ayer en el parque —dijo él—. ¿La tienes aún?

Más perpleja si cabe, Clary señaló en dirección al respaldo de la silla donde estaba colgada la prenda en cuestión, una chamarra de gamuza café de lo más normal.

—Está allí. Pensaba llevártela después de...

—De acuerdo —dijo Jace, tomándola e introduciendo rápidamente los brazos en las mangas, como si de repente tuviera prisa—, ya no tendrás que hacerlo.

—Jace —dijo Luke, con su característico tono de voz sosegado—, después iremos a cenar a Park Slope. Nos encantaría que nos acompañaras.

—No puedo —replicó Jace, subiéndose el cierre—. Esta tarde tengo entrenamiento. Será mejor que vaya yendo.

—¿Entrenamiento? —repitió Clary—. Pero si ya entrenamos ayer.

—Hay quien tiene que entrenar a diario, Clary. —Jace no lo dijo enojado, pero sí con cierta dureza, y Clary se sonrojó—. Nos vemos luego —añadió sin mirarla y se encaminó casi corriendo hacia la puerta.

Cuando se cerró a sus espaldas, Clary se arrancó enojada los pasadores del pelo, que cayó en suaves ondas sobre sus hombros.

—Clary —dijo Luke cariñosamente. Se levantó—. Pero ¿qué haces?

—Mi pelo. —Se arrancó el último pasador, con fuerza. Tenía los ojos brillantes y Simon adivinó que estaba haciendo esfuerzos por no llorar—. No quiero llevarlo así. Parezco una niña tonta.

—No, en absoluto. —Luke le tomó los pasadores y los depositó sobre una de las mesitas auxiliares blancas—. Mira, las bodas ponen nerviosos a los hombres. No le des importancia.

—De acuerdo. —Clary intentó sonreír. A punto estuvo de conseguirlo, pero Simon sabía que no creía lo que acababa de decirle Luke. Y no la culpaba por ello. Después de la mirada que acababa de ver en la cara de Jace, Simon tampoco le creería.

A lo lejos, la iluminación del restaurante de la Quinta Avenida recordaba una estrella destacando sobre los matices azulados del crepúsculo. Simon caminaba por la avenida al lado de Clary; Jocelyn y Luke iban unos pasos por delante de ellos. Olvidado ya el vestido, Clary volvía a ir con sus habituales pantalones de mezclilla y se había abrigado con una gruesa bufanda blanca. De vez en cuando, se llevaba la mano al cuello para juguetear con el anillo que llevaba colgado de la cadenita, un gesto nervioso del que, como Simon sabía, ni siquiera era consciente.

A la salida de la tienda, Simon le había preguntado qué le pasaba a Jace, pero ella no le había respondido. Había eludido el tema y le había empezado a formular preguntas, sobre cómo estaba, sobre si había hablado ya con su madre y sobre cómo llevaba lo de estar instalado en el garage de Eric. Cuando le explicó que había empezado a compartir piso con Kyle, se quedó sorprendida.

—Pero si apenas lo conoces —dijo—. Podría ser un asesino en serie.

—Eso mismo pensé yo. Inspeccioné todo el departamento, y si tiene por algún lado un depósito lleno de armas, no lo he visto aún. De todas maneras, me parece un tipo bastante sincero.

—¿Y cómo es el departamento?

—Está muy bien para estar en Alphabet City. Tendrías que pasar luego a verlo.

—Esta noche no —dijo Clary, un poco ausente. Volvía a juguetear con el anillo—. ¿Qué te parece mañana?

«¿Vas a ir a ver a Jace?», pensó Simon, pero no insistió en el tema. Si Clary no quería hablar al respecto, no pensaba obligarla.

—Ya hemos llegado. —Le abrió la puerta del restaurante y les sorprendió una oleada de cálido aroma a *souvlaki*.

Encontraron sitio en un reservado junto a una de las pantallas planas de televisión que llenaban las paredes. Se apretujaron en él mientras Jocelyn y Luke charlaban animados y sin parar sobre sus planes de boda. Al parecer, los miembros de la manada de Luke se habían sentido insultados por no haber sido invitados a la ceremonia —aun teniendo en cuenta que la lista de invitados era minúscula— e insistían en llevar a cabo su propia celebración en una fábrica reconvertida de Queens. Clary escuchaba, sin decir nada; llegó la mesera y les entregó unas cartas forradas con un plástico tan duro que podrían servir perfectamente a modo de armas. Simon dejó la suya sobre la mesa y miró por la ventana. En la acera de enfrente había un gimnasio y a través del cristal se veía a la gente haciendo ejercicio en el interior, en las cintas de correr, con los brazos balanceándose de un lado a otro y los audífonos pegados a las orejas. «Tanto correr para no llegar a ningún lado —pensó—. La historia de mi vida.»

Intentó alejar sus pensamientos de aquellos rincones oscuros y casi lo consiguió. Estaba ante una de las escenas más frecuentes de su vida: un rincón tranquilo en un restaurante, él con Clary y su familia. Luke siempre había sido como de la familia, incluso antes de estar a punto de casarse con la madre de Clary. Simon tendría que haberse sentido como en casa. Intentó forzar una sonrisa, cuando se dio cuenta de que la madre de Clary acababa de preguntarle algo y él ni la había oído. Los sentados a la mesa lo miraban con expectación.

—Lo siento —dijo—. No... ¿Qué has dicho?

Jocelyn esbozó una paciente sonrisa.

—Clary me ha contado que tienen un nuevo miembro en el grupo.

Simon sabía que se lo preguntaba por simple educación. Educación tal y como la entendían los padres cuando fingían tomarse en serio las aficiones de sus hijos. Con todo y con eso, la madre de Clary había asistido a alguna de sus actuaciones, aunque fuera sólo para llenar un poco el local. Se preocupaba por él; siempre lo había hecho. En los escondrijos más oscuros y recónditos de su mente, Simon sospechaba que Jocelyn siempre había comprendido sus sentimientos hacia Clary y se preguntó si no habría preferido que su hija se hubiese decantado por otro, por alguien a quien pudiera controlar. Sabía que Jace no era del todo de su agrado. Quedaba patente incluso en su manera de pronunciar su nombre.

—Sí —dijo—. Kyle. Es un tipo un poco raro, pero superagradable. —Invitado por Luke a ampliar el asunto de las rarezas de Kyle, Simon les explicó cosas sobre el departamento de Kyle, obviando el detalle de que ahora era también su departamento, sobre su trabajo como mensajero en bicicleta y sobre la gracia que le había hecho descubrir que en el buzón de correos de su casa sólo ponía «Kyle», sin apellido, como si fuera tan famoso como Cher o Madonna—. Y cultiva plantas raras en el balcón —añadió—. No es maría... lo he comprobado. Son unas plantas con hojas plateadas...

Luke frunció el ceño, pero antes de que le diera tiempo a decir nada, reapareció la mesera con una enorme cafetera plateada. Era joven, con el cabello decolorado recogido en dos trenzas. Cuando se inclinó para llenar la taza de Simon, una de las trenzas le rozó a él el brazo. Olió su sudor, y por debajo, su sangre. Sangre humana, el aroma más dulce del mundo. Sintió una tensión en el estómago que empezaba a resultarle familiar. Y una sensación gélida se apoderó de él. Estaba hambriento y lo único que tenía en casa de Kyle era sangre a temperatura ambiente que ya empezaba a separarse del plasma, una perspectiva nauseabunda, incluso para un vampiro.

«Nunca te has alimentado de un humano, ¿verdad? Lo harás. Y en cuanto lo hagas, ya no podrás olvidarlo.»

Cerró los ojos. Cuando volvió a abrirlos, la mesera se había ido y Clary lo miraba con curiosidad desde el otro lado de la mesa.

—¿Va todo bien?

—Sí. —Tomó la taza de café. Temblaba. Por encima de ellos, la televisión seguía emitiendo el noticiario de la noche.

—Qué asco —dijo Clary, mirando la pantalla—. ¿Lo están oyendo?

Simon siguió su mirada. El reportero mostraba la expresión que los reporteros solían mostrar cuando informaban sobre algo especialmente lúgubre.

«Esta mañana ha sido encontrado un bebé abandonado en un callejón adjunto al hospital Beth Israel —decía—. Se trata de un recién nacido de raza blanca, sano y de tres kilos de peso. Fue descubierto atado a una sillita de bebé para coche detrás de un contenedor de basura —continuó el reportero—. Lo más perturbador del caso es la nota escrita a mano que ha sido hallada debajo de la mantita que cubría al niño suplicando a las autoridades hospitalarias que le realizaran la eutanasia al pequeño porque "no tengo fuerzas para hacerlo yo misma". La policía informa que es probable que la madre del bebé sea una vagabunda o una mujer mentalmente perturbada y afirma disponer ya de "pistas prometedoras". Se ruega a quien pueda tener información sobre el bebé, se dirija al teléfono de urgencias de la policía...»

—Es horrible —dijo Clary, apartando la vista de la pantalla y estremeciéndose—. No puedo entender cómo hay gente capaz de tirar a sus hijos como si fueran basura...

—Jocelyn —dijo Luke, con la voz ronca de preocupación. Simon miró en dirección a la madre de Clary. Estaba blanca como el papel y daba la impresión de que estaba a punto de vomitar. Retiró el plato que tenía delante, se levantó de la mesa y corrió hacia el baño. Al cabo de un instante, Luke dejó su servilleta en la mesa y corrió tras ella.

—Oh, mierda. —Clary se llevó la mano a la boca—. No puedo creer que haya dicho lo que acabo de decir. Soy una imbécil.

Simon no entendía nada.

—¿Qué pasa?

Clary se hundió en su asiento.

—Mi madre pensaba en Sebastian —dijo—. Quiero decir Jonathan. Mi hermano. Supongo que lo recuerdas.

Hablaba en tono sarcástico. Ninguno de ellos olvidaría jamás a Sebastian, cuyo verdadero nombre era Jonathan, que había asesinado a Hodge y a Max, y ayudado a Valentine a casi ganar una guerra que habría significado la destrucción de todos los cazadores de sombras. Jonathan, con sus abrasadores ojos negros y su sonrisa afilada como un cuchillo. Jonathan, cuya sangre sabía como ácido de batería la vez que Simon lo mordió. Y no se arrepentía de ello.

—Pero tu madre no lo abandonó —dijo Simon—. Se empeñó en criarlo aun sabiendo que en su interior había algo horrible y malvado.

—Pero lo odiaba —dijo Clary—. No creo que lo haya superado

nunca. Imagínate odiar a tu propio bebé. Antes, cada año, el día del cumpleaños del niño, sacaba una caja donde guardaba todas sus cosas de bebé y lloraba. Creo que lloraba por el hijo que habría tenido... si Valentine no hubiera hecho lo que hizo.

—Y tú habrías tenido un hermano —dijo Simon—. Uno de verdad. No un psicópata asesino.

A punto de echarse a llorar, Clary apartó el plato.

—Me encuentro mal —dijo—. ¿Sabes como cuando tienes hambre pero eres incapaz de comer?

Simon lanzó una mirada a la mesera del pelo decolorado; estaba apoyada en la barra del restaurante.

—Sí —dijo—. Lo sé.

Luke acabó regresando a la mesa, pero sólo para decirles a Clary y a Simon que iba a acompañar a Jocelyn a casa. Les dejó algo de dinero, que ellos utilizaron para pagar la cuenta antes de salir del restaurante y dirigirse a Galaxy Comics, en la Séptima Avenida. Pero ni el uno ni el otro consiguieron concentrarse lo suficiente como para disfrutarlo, de modo que se separaron con la promesa de volver a verse al día siguiente.

Simon se adentró en la ciudad con la capucha cubriéndole la cabeza y su iPod retumbando en sus oídos. La música siempre había sido su manera de aislarse de todo. Cuando llegó a la Segunda Avenida y continuó Houston abajo, había empezado a lloviznar y tenía un nudo en el estómago.

Tomó entonces First Street, que estaba prácticamente desierta, una franja de oscuridad entre las potentes luces de la Primera Avenida y la Avenida A. Cómo seguía con el iPod en marcha, no los oyó acercarse por detrás hasta que los tuvo casi encima. El primer indicio de que algo iba mal fue la visión de una sombra proyectada en la acera, superponiéndose a la suya. Y a aquélla se le sumó otra sombra, ésta a su otro lado. Se volteó...

Y vio que tenía a dos hombres detrás. Ambos iban vestidos exactamente igual que el atracador que lo había atacado la otra noche: pants grises con capucha ocultándoles la cara. Estaban tan pegados a él que podían tocarlo sin el menor problema.

Simon saltó hacia atrás, con una potencia que lo dejó sorprendido. Su fuerza de vampiro era tan reciente, que todavía seguía conmocionándolo. Cuando, un instante después, se encontró colgado en el pórtico de entrada de una de aquellas típicas casas de arenisca rojiza, a unos metros de distancia de los atracadores, se quedó tan asombrado de verse allí que no pudo ni moverse.

Los atracadores avanzaron hacia él. Hablaban el mismo idioma gutural que el primer atracador que, Simon empezaba a sospechar, nunca fue en realidad un atracador. Los atracadores, por lo que sabía, no trabajaban en bandas, y era poco probable que el primer atacante tuviera amigos criminales que hubieran decidido vengarse de la muerte de su compañero. Estaba claro que aquello era otra cosa.

Llegaron a la entrada, atrapándolo en la escalera. Simon se arrancó de las orejas los audífonos del iPod y levantó rápidamente los brazos.

—Miren —dijo—, no sé qué es esto, pero será mejor que me dejéis tranquilo.

Los atracadores se limitaron a mirarlo. O, como mínimo, Simon se imaginó que estarían mirándolo. Bajo la sombra de sus capuchas resultaba imposible verles la cara.

—Tengo la sensación de que alguien los ha enviado por mí —dijo— . Pero es una misión suicida. En serio. No sé lo que les pagan, pero no es suficiente.

Una de las figuras vestidas de pants se echó a reír. La otra había hundido la mano en el bolsillo y había sacado algo. Algo que relucía en negro bajo la luz de las farolas.

Una arma.

—Oh —dijo Simon—. No lo hagas, de verdad te lo digo. Y no bromeo. —Dio un paso atrás, ascendiendo un peldaño. Tal vez si conseguía alcanzar la altura necesaria, podría saltar por encima de ellos, o entre ellos. Cualquier cosa antes que permitir que lo atacaran. No se veía capaz de enfrentarse a lo que podía significar aquello. Otra vez no.

El hombre levantó el arma. Se oyó el clic del gatillo.

Simon se mordió el labio. El pánico había provocado la aparición de sus colmillos. Una punzada de dolor recorrió su cuerpo.

—No...

Cayó del cielo un objeto oscuro. Al principio, Simon pensó que era algo que se había precipitado desde las ventanas de arriba, un aparato de aire acondicionado que se había desprendido o alguien tan perezoso que tiraba la basura a la calle desde su departamento. Pero lo que cayó era una persona... una persona cayendo con puntería, objetivo y elegancia. La persona aterrizó encima del atracador, aplastándolo contra el suelo. La pistola se desprendió de su mano y el hombre gritó, un sonido tenue y agudo.

El segundo atacante se agachó para recoger el arma. Y antes de que a Simon le diera tiempo a reaccionar, el tipo había apuntado y apretado el gatillo. La boca de la pistola se iluminó con el resplandor de una chispa.

Y la pistola estalló. Estalló y el atracador explotó con ella, a tanta velocidad que ni siquiera pudo gritar. Buscaba una muerte rápida para Simon, y lo que recibió a cambio fue una muerte más rápida si cabe. Se hizo añicos como el cristal, como los colores de un caleidoscopio. La explosión fue amortiguada —el simple sonido del aire desplazado por el cuerpo— y después no se oyó nada más, excepto una leve llovizna de sal cayendo como lluvia sólida sobre la acera.

A Simon se le nubló la vista y se derrumbó en la escalera. Sentía un potente zumbido en los oídos y notó entonces que alguien lo agarraba por las muñecas y lo zarandeaba.

—¡Simon! ¡Simon!

Levantó la vista. La persona que lo sujetaba y lo zarandeaba era Jace. No iba con su equipo de lucha, sino todavía con jeans y con la chamarra que le había recogido antes a Clary. Estaba despeinado, y sus prendas y su cara manchadas con suciedad y hollín. Tenía el pelo mojado por la lluvia.

—¿Qué demonios ha sido eso? —le preguntó Jace.

Simon miró hacia un lado y otro de la calle. Seguía desierta. El asfalto brillaba, negro, mojado y vacío. El otro atacante había desaparecido.

—Tú —dijo, todavía un poco aturdido—. Tú has saltado contra los atracadores...

—No eran atracadores. Estaban siguiéndote desde que saliste del metro. Alguien los envió. —Jace hablaba con completa seguridad.

—¿Y el otro? —preguntó Simon—. ¿Qué ha sido de él?

—Se ha esfumado. —Jace chasqueó los dedos—. Ha visto lo que le ha pasado a su amigo y ha desaparecido. No sé qué eran exactamente. No eran demonios, pero tampoco humanos del todo.

—Sí, eso ya me lo he imaginado, gracias.

Jace lo miró fijamente.

—Eso... lo que le ha pasado al atracador, has sido tú, ¿verdad? Tu Marca. —Le señaló la frente—. La vi ardiendo en color blanco antes de que ese tipo... se disolviera.

Simon no dijo nada.

—He visto muchas cosas —dijo Jace. Pero, para variar, no había sarcasmo en su voz, ni burla—. Pero jamás había visto nada igual.

—Yo no lo he hecho —dijo Simon en voz baja—. Yo no he hecho nada.

—No has tenido por qué hacerlo tú —dijo Jace. Sus ojos dorados destacaban brillantes en su rostro cubierto de hollín—. «Porque escrito está: mía es la venganza. Yo pagaré, dice el Señor.»

6

DESPIERTEN A LOS MUERTOS

La habitación de Jace estaba tan aseada como siempre: la cama perfectamente hecha, los libros de las estanterías dispuestos en orden alfabético, notas y libros de texto cuidadosamente apilados sobre el escritorio. Incluso las armas, apoyadas contra la pared, estaban ordenadas por tamaño, desde un sable imponente hasta un pequeño conjunto de dagas.

Clary, en el umbral de la puerta, contuvo un suspiro. La pulcritud estaba muy bien. Se había acostumbrado ya a ella. Era, siempre había pensado, el modo que tenía Jace de controlar los elementos de una vida que, de lo contrario, estaría dominada por el caos. Había vivido tanto tiempo sin saber quién —o incluso qué— era en realidad, que no podía tomarse a mal que dispusiera en meticuloso orden alfabético su colección de poesía.

Pero podía tomarse a mal —y se lo tomaba a mal— el hecho de que él no estuviera allí. Si al salir de la tienda de vestidos de novia no había regresado a casa, ¿adónde había ido? Una sensación de irrealidad se apoderó de ella a medida que observaba la habitación. Era imposible que aquello estuviera pasando, o eso creía. Sabía de qué se trataba lo de las rupturas porque había oído a otras chicas quejarse al respecto. Primero la separación, el rechazo gradual a devolver las notas o las llamadas. Los mensajes vagos diciendo que nada iba mal, que su pareja sólo quería un poco más de espacio personal. Después el discurso de «No eres tú, soy yo». Y finalmente las lágrimas.

Nunca había pensado que nada de todo aquello pudiera aplicarse a ella y a Jace. Lo suyo no era normal, ni estaba sujeto a las reglas normales de las relaciones y las rupturas. Se pertenecían por completo el uno al otro, y siempre sería así, y eso era todo.

Pero ¿y si todo el mundo pensaba lo mismo? ¿Hasta el momento en que caían en la cuenta de que eran iguales que los demás y todo lo que creían real se hacía añicos?

Un resplandor plateado llamó su atención. Era la caja que Amatis le había entregado a Jace, decorada con su delicado dibujo con motivos de aves. Clary sabía que Jace había estado examinando su contenido, leyendo poco a poco las cartas, repasando notas y fotografías. No le había comentado mucho al respecto y ella tampoco había querido preguntar. Sabía que los sentimientos que albergaba hacia su padre biológico eran algo con lo que sólo él mismo tendría que hacer las paces.

Pero se sintió atraída hacia la caja. Recordó a Jace en Idris, sentado en la escalinata de acceso al Salón de los Acuerdos, con la caja en su regazo. «Si pudiera dejar de amarte», le había dicho. Acarició la tapa de la caja y sus dedos localizaron el cierre, que se abrió sin dificultad. En su interior había papeles, fotografías antiguas. Sacó una y se quedó mirándola, fascinada. En la fotografía aparecían dos personas, una mujer y un hombre jóvenes. Reconoció de inmediato a la mujer como la hermana de Luke, Amatis. La chica contemplaba al joven irradiando la luz del primer amor. El chico era guapo, alto y rubio, aunque sus ojos eran azules, no dorados, y sus facciones, menos angulosas que las de Jace... pero aun así, saber quién era —el padre de Jace— le produjo a Clary un nudo en el estómago.

Dejó rápidamente la fotografía de Stephen Herondale y estuvo a punto de cortarse el dedo con la hoja de un fino cuchillo de caza que estaba cruzado en el interior de la caja. Su empuñadura estaba decorada con motivos de aves. La hoja estaba manchada de óxido, o de lo que parecía óxido. No debieron de limpiarla bien. Cerró en seguida la caja y se fue; un sentimiento de culpa pesaba sobre sus hombros.

Había pensado en dejar una nota, pero, después de decidir que sería mejor esperar a poder hablar con Jace en persona, cerró la puerta y recorrió el pasillo hasta llegar al elevador. Antes había llamado a la puerta de la habitación de Isabelle, pero al parecer tampoco ella estaba en casa. Incluso las antorchas de luz mágica de los pasillos parecían alumbrar menos de lo habitual. Tremendamente deprimida, Clary fue a pulsar el botón del elevador, y se dio cuenta entonces de que estaba iluminado. Alguien subía al Instituto desde la planta baja.

«Jace», pensó de inmediato, y su pulso se aceleró. Pero, naturalmente, no podía ser él. Sería Izzy, o Maryse, o...

—¿Luke? —dijo sorprendida en cuanto se abrió la puerta del elevador—. ¿Qué haces aquí?

—Lo mismo podría preguntarte yo. —Salió del elevador y cerró la puerta a sus espaldas. Llevaba una chamarra de franela forrada de borrego que Jocelyn había estado intentando que tirara desde que empezaron a salir. Estaba bien, pensaba Clary, que Luke no cambiara prácticamente en nada, pasara lo que pasara en su vida. Le gustaba lo que le gustaba, y eso era todo. Aunque fuera aquella vieja chamarra de aspecto andrajoso—. Pero creo que ya sé la respuesta. ¿Está por aquí?

—¿Jace? No. —Clary se encogió de hombros, tratando de no revelar su preocupación—. No pasa nada. Ya nos veremos mañana.

Luke dudó un momento.

—Clary...

—Lucian. —La gélida voz que se oyó a sus espaldas pertenecía a Maryse—. Gracias por venir tan rápidamente.

Luke se volvió para saludarla.

—Maryse.

Maryse Lightwood acababa de aparecer en el umbral de la puer-

116

ta, con la mano apoyada en el marco. Llevaba guantes, unos guantes de color gris claro a conjunto con su traje sastre gris. Clary se preguntó si Maryse tendría jeans. Nunca había visto a la madre de Isabelle y de Alec vestida con otra cosa que no fueran trajes sastre o ropa formal.

Clary notó que se le subían los colores. A Maryse no parecían importarle sus idas y venidas, aunque en realidad Maryse nunca había reconocido la relación de Clary con Jace. Resultaba difícil culparla de ello. Maryse estaba tratando aún de superar la muerte de Max, que se había producido hacía únicamente seis semanas, y lo estaba haciendo sola, mientras Robert Lightwood seguía en Idris. Tenía en la cabeza cosas más importantes que la vida amorosa de Jace.

—Yo ya me iba —dijo Clary.

—Te acompañaré a casa en coche cuando haya acabado aquí —dijo Luke, posando la mano en su hombro—. Maryse, ¿algún problema si Clary se queda con nosotros mientras hablamos? Porque preferiría que se esperara.

Maryse negó con la cabeza.

—Ningún problema, supongo. —Suspiró, pasándose las manos por el cabello—. Créeme, no quería en absoluto molestarte. Sé que en una semana te casas... Felicidades, por cierto. No sé si te había felicitado ya.

—No lo habías hecho —dijo Luke—, y te lo agradezco. Muchas gracias.

—Sólo seis semanas. —Maryse esbozó una débil sonrisa—. Un noviazgo fugaz.

La mano de Luke se tensó sobre el hombro de Clary, la única muestra de su desazón.

—Me imagino que no me has hecho venir hasta aquí para felicitarme por mi compromiso, ¿verdad?

Maryse negó con la cabeza. Parecía muy cansada, pensó Clary, y su pelo negro, recogido en un chongo alto, mostraba matices grises que nunca antes le había visto.

—No. Supongo que te has enterado de lo de los cuerpos que han encontrado a lo largo de la última semana, ¿verdad?

—Los de los cazadores de sombras muertos, sí.

—Esta noche hemos encontrado otro. En el interior de un contenedor de basura cerca de Columbus Park. El territorio de tu manada.

Luke enarcó las cejas.

—Sí, pero los demás...

—El primer cuerpo fue encontrado en Greenpoint. Territorio de los brujos. El segundo flotando en un estanque de Central Park. Dominio de los brujos clarividentes. Ahora en el territorio de los lobos. —Miró fijamente a Luke—. ¿Qué te hace pensar todo esto?

—Que alguien que no está muy satisfecho con los nuevos Acuerdos intenta fomentar la discordia entre los subterráneos —respondió Luke—. Te aseguro que mi manada no ha tenido nada que ver con esto. No sé quién anda detrás del tema, pero es indignante, si quieres conocer mi opinión. Confío en que la Clave lo solucione y termine con ello.

—Y hay más —dijo Maryse—. Ya hemos identificado los dos primeros cadáveres. Ha llevado su tiempo, pues el primero estaba tan quemado que resultaba casi imposible reconocerlo y el segundo estaba en avanzado estado de descomposición. ¿Adivinas quiénes eran?

—Maryse...

—Anson Pangborn —dijo ella— y Charles Freeman. De los cuales, debería destacar, no habíamos oído hablar desde la muerte de Valentine...

—Pero es imposible —la interrumpió Clary—. Luke mató a Pangborn en agosto... en casa de Renwick.

—Mató a Emil Pangborn —dijo Maryse—. Anson era el hermano menor de Emil. Ambos estaban juntos en el Círculo.

—Igual que Freeman —dijo Luke—. ¿Así que alguien anda matando no sólo a cazadores de sombras, sino además a antiguos miembros del Círculo? ¿Y abandona sus cuerpos en territorio de los subterráneos? —Movió la cabeza de un lado a otro—. Es como si alguien estuviera tratando de reorganizar a algunos de los... miembros más recalcitrantes de la Clave. Para que se replanteen los nuevos Acuerdos, quizá. Deberíamos haberlo previsto.

—Me imagino —dijo Maryse—. Ya me he reunido con la reina seelie y le he enviado un mensaje a Magnus. Dondequiera que esté. —Puso los ojos en blanco; de un modo sorprendente, Maryse y Robert habían aceptado con mucha elegancia la relación de Alec con Magnus, pero Clary sabía que Maryse, al menos, no se la tomaba muy en serio—. Sólo pensaba que tal vez... —Suspiró—. Estoy agotada últimamente. Tengo la sensación de que ni siquiera soy capaz de pensar. Confiaba en que tuvieras alguna idea acerca de quién podría ser el autor de todo esto, alguna idea que no se me haya ocurrido aún a mí.

Luke negó con la cabeza.

—Alguien que le guarde rencor al nuevo sistema. Pero podría tratarse de cualquiera. Me imagino que en los cuerpos no se ha encontrado ningún tipo de pista...

Maryse suspiró.

—Nada concluyente. Ojalá los muertos pudieran hablar, ¿verdad, Lucian?

Fue como si Maryse hubiera levantado una mano y corrido una cortina delante de la visión de Clary; todo se volvió oscuro, excepto un único símbolo, que destacó como un cartel luminoso en un negro cielo nocturno.

Por lo que parecía, su poder no había desaparecido.

—Y si... —dijo lentamente, levantando la vista para mirar a Maryse—. ¿Y si pudieran hacerlo?

Mientras se miraba en el espejo del baño del pequeño departamento de Kyle, Simon no pudo evitar preguntarse de dónde había salido aquel rollo de que los vampiros no podían verse reflejados en los espejos. Él se veía a la perfección en la superficie abombada: pelo

119

castaño alborotado, grandes ojos cafés, piel blanca y sin cicatrices. Se había limpiado la sangre del corte en el labio, aunque la herida había cicatrizado ya por completo.

Sabía, objetivamente, que convertirse en vampiro lo había hecho más atractivo. Isabelle le había explicado que sus movimientos se habían vuelto elegantes y que eso hacía que lo que antes parecía despeinado, resultara ahora atractivamente desgreñado, como si acabara de salir de la cama. «De la cama de otra», había destacado ella, un detalle que, Simon le dijo, ya había entendido, gracias.

Pero cuando él se miraba no veía nada en absoluto de todo aquello. La transparente blancura de su piel le disgustaba, como había sucedido siempre, igual que las venitas oscuras que se formaban como arañas en sus sienes, una consecuencia más de no haber comido. Se veía extraño y distinto a sí mismo. Tal vez el rollo ese de que cuando te convertías en vampiro no podías verte en el espejo no fuera más que una vana ilusión. Tal vez fuera simplemente que dejabas de reconocer el reflejo que tenías enfrente.

Una vez aseado, volvió a la sala de estar, donde Jace estaba acostado en el sofá leyendo un maltrecho ejemplar de *El señor de los anillos* que pertenecía a Kyle. Lo dejó en la mesita en cuanto entró Simon. Volvía a tener el pelo mojado, como si se hubiera acercado al fregadero de la cocina para lavarse la cara.

—Entiendo que te guste estar aquí —dijo, moviendo el brazo para hacer un gesto con el que abarcar la colección de pósters de películas y libros de ciencia ficción de Kyle—. Se ve una fina capa de estupidez cubriéndolo todo.

—Gracias, te lo agradezco. —Simon le lanzó una mirada a Jace. De cerca, bajo la luz intensa del foco pelón del techo, Jace parecía... enfermo. Las ojeras que Simon había visto bajo sus ojos eran mucho más pronunciadas y tenía la piel tirante sobre los huesos. Observó además que le temblaba un poco la mano cuando se apartó el pelo de la frente, en un gesto típico de él.

Simon sacudió la cabeza como si con ello pretendiera despejar sus ideas. ¿Desde cuándo conocía tan bien a Jace como para identificar qué gestos eran típicos de él? No eran precisamente amigos.

—Tienes una pinta horrible —dijo.

Jace pestañeó.

—Me parece un momento curioso para iniciar un concurso de insultos, pero si insistes, seguramente se me ocurrirá algo mejor.

—No, lo digo en serio. No tienes buen aspecto.

—Y esto me lo dice un tipo que tiene el sex-appeal de un pingüino. Mira, soy consciente de que tal vez sientes celos porque el Señor no te trató con la mano de escultor con la que me trató a mí, pero eso no es motivo para que...

—No pretendo insultarte —le espetó Simon—. Te lo digo en serio: pareces enfermo. ¿Cuánto hace que no comes nada?

Jace se quedó pensativo.

—¿Desde ayer?

—¿Estás seguro?

Jace se encogió de hombros.

—Bueno, no lo juraría sobre un montón de Biblias, pero creo que fue ayer.

Simon había inspeccionado el contenido del refrigerador de Kyle cuando examinó el departamento y había poca cosa que ver. En el refrigerador sólo había una lima seca, algunas latas de refresco, carne de ternera picada e, inexplicablemente, un único Pop Tart. Tomó las llaves que había dejado encima del mostrador de la cocina.

—Vamos —dijo—. En la esquina hay un supermercado. Iremos a comprar comida.

Jace puso cara de ir a llevarle la contraria, pero se encogió de hombros.

—De acuerdo —dijo, con ese tono que emplea aquel a quien no le importa adónde ir o adónde lo lleven—. Vámonos.

Ya en la escalera exterior, Simon cerró la puerta con las llaves a las que aún estaba acostumbrándose, mientras Jace examinaba la lista de nombres en los timbres de los distintos departamentos.

—Ése es el tuyo, ¿no? —preguntó, señalando el 3A—. ¿Cómo es que sólo pone «Kyle»? ¿Acaso no tiene apellido?

—Kyle quiere ser una estrella de rock —dijo Simon, bajando ya la escalera—. Creo que le gusta eso de darse a conocer sólo con el nombre. Como Rihanna.

Jace lo siguió, encorvando un poco la espalda para protegerse del viento, aunque no hizo el menor movimiento para subirse el cierre de la chamarra de gamuza que le había tomado a Clary.

—No sé de qué me hablas.

—Seguro que no.

Cuando doblaron la esquina de la Avenida B, Simon miró a Jace de reojo.

—Cuéntame —dijo—. ¿Estabas siguiéndome? ¿O ha sido sólo una coincidencia asombrosa que estuvieras por casualidad en el tejado del edificio justo al lado de donde fui atacado?

Jace se detuvo en la esquina, a la espera de que cambiara el semáforo. Por lo que se veía, incluso los cazadores de sombras estaban obligados a obedecer las leyes de tráfico.

—Estaba siguiéndote.

—¿Y ahora viene cuando me cuentas que estás secretamente enamorado de mí? El encanto del vampiro ataca de nuevo.

—Eso del encanto del vampiro no existe —dijo Jace, repitiendo de forma turbadora el anterior comentario de Clary—. Y estaba siguiendo a Clary, pero se metió en un taxi y no puedo seguir los taxis. De modo que di media vuelta y te seguí a ti. Por hacer algo.

—¿Que estabas siguiendo a Clary? —repitió Simon—. Voy a darte un buen consejo: a las chicas no les gusta que las persigan.

—Se había dejado el teléfono en el bolsillo de mi chamarra —replicó Jace, dando golpecitos al lado derecho de la prenda, donde, supuestamente, seguía el teléfono—. Pensé que si averiguaba adónde iba, podría dejárselo para que lo encontrara.

—O —dijo Simon— podías haberla llamado a casa y decirle que tenías su teléfono y ella habría venido a recogerlo.

Jace no dijo nada. El semáforo se puso verde y cruzaron la calle en dirección al supermercado. Aún estaba abierto. Los supermercados de Manhattan no cerraban nunca, pensó Simon, un buen cambio con respecto a Brooklyn. Manhattan era un buen lugar para un vampiro. Podía hacer las compras por la noche y nadie lo miraba mal.

—Estás evitando a Clary —comentó Simon—. Me imagino que no querrás explicarme por qué.

—No, no quiero —dijo Jace—. Considérate afortunado por haber estado siguiéndote, pues de lo contrario...

—¿De lo contrario, qué? ¿Otro atracador muerto? —Simon captó la amargura de su propia voz—. Ya viste lo que pasó.

—Sí. Y vi tu mirada en ese momento. —El tono de voz de Jace se mantenía neutral—. No era la primera vez que te pasaba, ¿verdad?

Simon se encontró explicándole a Jace lo de la figura en pants que lo había atacado en Williamsburg y cómo había dado por sentado que se trataba de un simple atracador.

—Una vez muerto, se convirtió en sal —dijo para finalizar—. Igual que el segundo tipo. Supongo que será algo bíblico. Columnas de sal. Como la esposa de Lot.

Habían llegado al supermercado; Jace empujó la puerta para abrirla y Simon lo siguió, después de agarrar un carrito plateado de la hilera que había junto a la puerta. Lo empujó por uno de los pasillos y Jace siguió sus pasos, perdido en sus pensamientos.

—Me imagino que la pregunta a formular es la siguiente —dijo Jace—: ¿Tienes idea de quién podría querer matarte?

Simon se encogió de hombros. Ver tanta comida le provocaba náuseas y recordaba lo hambriento que estaba, aunque nada de lo que vendían allí saciaría su hambre.

—Quizá Raphael. Parece que me odia. Y ya me quería muerto antes de...

—No es Raphael —dijo Jace.

—¿Cómo puedes estar tan seguro?

—Porque Raphael sabe lo de tu Marca y no sería tan estúpido

como para atacarte directamente de esa manera. Sabe muy bien lo que sucedería. Quienquiera que te vaya detrás, es alguien que te conoce lo bastante como para saber dónde puedes estar, pero que desconoce la existencia de la Marca.

—De ser así, podría ser cualquiera.

—Exactamente —dijo Jace, y sonrió. Por un momento, casi volvió a ser él.

Simon movió la cabeza de lado a lado.

—Oye, tú, ¿sabes qué quieres comer o simplemente esperas que siga empujando el carrito por los pasillos porque te divierte?

—Eso por un lado —dijo Jace—, y por el otro, es que no conozco muy bien lo que venden en las tiendas de alimentación de los mundanos. Normalmente cocina Maryse o pedimos comida hecha. —Se encogió de hombros y tomó al azar una pieza de fruta—. ¿Esto qué es?

—Un mango. —Simon se quedó mirando a Jace. A veces era como si los cazadores de sombras fueran de otro planeta.

—Me parece que nunca había visto una cosa de éstas sin cortar —reflexionó Jace—. Me gustan los mangos.

Simon tomó el mango y lo puso en el carrito.

—Estupendo. ¿Qué más quieres?

Jace se lo pensó un momento.

—Sopa de tomate —dijo por fin.

—¿Sopa de tomate? ¿Quieres sopa de tomate y un mango para cenar?

Jace hizo un gesto de indiferencia.

—La verdad es que la comida me trae sin cuidado.

—De acuerdo. Lo que tú quieras. Espérame aquí. Vuelvo en seguida.

«Cazadores de sombras», remugó Simon para sus adentros mientras daba la vuelta a la esquina del pasillo de las latas de sopa. Eran como una estrafalaria amalgama de millonarios, gente que nunca tenía que pensar en la parte material de la vida —como hacer la compra o utilizar las máquinas expendedoras de boletos de metro— y soldados además, con una autodisciplina rígida y un entrenamiento constante. Tal vez les resultara más fácil ir por la vida con orejeras, pensó mientras elegía una lata de sopa de la estantería. Tal vez les fuera más útil concentrarse única y exclusivamente en la imagen global, que, cuando su trabajo consistía en tratar de mantener al mundo libre del mal, era una imagen global de tamaño considerable.

De regreso al pasillo donde había dejado a Jace, empezando casi a sentirse comprensivo con su situación, se detuvo en seco. Jace estaba apoyado en el carrito, jugando con algo entre sus manos. De lejos, Simon no podía distinguir qué era, pero tampoco podía acercarse más porque dos adolescentes le bloqueaban el paso, paradas en medio del pasillo riendo y cuchicheando entre ellas como suelen hacer las chicas. Evidentemente, se habían vestido para parecer mayores de veintiún años, con tacones altos, minifalda, sujetadores con relleno y sin chamarras que las protegieran del frío.

Olían a lápiz de labios. A lápiz de labios, polvos de talco y sangre.

Naturalmente, a pesar de que hablaban bajito, él podía oírlas a la perfección. Estaban hablando de Jace, de lo bueno que estaba, retándose entre ellas a acercarse a hablar con él. Y comentaban acerca de su pelo y también sus abdominales, aunque Simon no lograra entender cómo podían verle los abdominales a través de la camiseta. «Mierda —pensó—. Esto es ridículo.» Estaba a punto de pedirles que lo dejaran pasar, cuando una de ellas, la más alta y con el pelo más oscuro de las dos, echó a andar en dirección a Jace, tambaleándose ligeramente sobre sus tacones de plataforma. Jace levantó la vista al notar que se le acercaban y la miró con cautela. De repente, Simon cayó presa del pánico al imaginarse que tal vez Jace la confundía con una vampira o algún tipo de subterráneo y sacaba allá mismo alguno de sus cuchillos serafines y acababan los dos arrestados.

Pero no tendría que haberse preocupado. Jace acababa de levantar una ceja. La chica le dijo algo, casi sin aliento; él se encogió de hombros con un gesto de indiferencia; ella le puso algo en la mano y

125

salió corriendo de nuevo hacia su amiga. Salieron tambaleándose del establecimiento, riendo como tontas.

Simon se acercó a Jace y dejó la lata de sopa en el carrito.

—¿De qué se trataba todo esto?

—Creo —respondió Jace— que me ha preguntado si podía tocar mi mango.

—¿Te ha dicho eso?

Jace se encogió de hombros.

—Sí, y después me ha dado su teléfono. —Con expresión de indiferencia, le enseñó a Simon el papel y lo tiró al carrito—. ¿Nos vamos ya?

—No pensarás llamarla, ¿verdad?

Jace lo miró como si se hubiera vuelto loco.

—Olvida lo que te he dicho —dijo Simon—. Siempre te pasan cosas de éstas, ¿no? ¿Que las chicas te aborden así?

—Sólo cuando no estoy hechizado.

—Sí, porque entonces las chicas no te ven, ya que eres invisible. —Simon movió la cabeza—. Eres una amenaza pública. No deberían dejarte salir solo.

—Los celos son una emoción muy fea, Lewis. —Jace esbozó aquella sonrisa torcida que en condiciones normales habría provocado en Simon el deseo de pegarle. Pero no esta vez. Acababa de ver el objeto con el que estaba jugando Jace, y al que seguía dando vueltas entre sus dedos como si fuera algo precioso, peligroso, o ambas cosas a la vez. Era el teléfono de Clary.

—Sigo sin estar seguro de que sea buena idea —dijo Luke.

Clary, con los brazos cruzados sobre su pecho para resguardarse del frío de la Ciudad Silenciosa, lo miró de reojo.

—Tal vez deberías haber dicho eso antes de venir hasta aquí.

—Estoy seguro de haberlo dicho. Varias veces. —La voz de Luke resonó en los pilares de piedra que se elevaban por encima de sus cabezas, entrelistados con ristras de piedras semipreciosas: ónice negro, jade verde, cornalina rosa y lapislázuli. Las antorchas sujetas a los pilares desprendían luz mágica de color plata, iluminando los mausoleos que flanqueaban las paredes con una claridad blanca que resultaba casi dolorosa de mirar.

La Ciudad Silenciosa había cambiado muy poco desde la última vez que Clary había estado en ella. Seguía resultándole ajena y extraña, aunque ahora las runas que se extendían por los suelos en forma de espirales y dibujos cincelados incitaban su mente con indicios de sus significados en lugar de resultarle totalmente incomprensibles. Después de llegar allí, Maryse había dejado a Clary y a Luke en aquella cámara de recepción, pues prefería conferenciar a solas con los Hermanos Silenciosos. Nada garantizaba que fueran a permitir que los tres vieran los cuerpos, le había advertido Maryse a Clary. Los muertos nefilim caían dentro de la competencia de los guardianes de la Ciudad de Hueso y nadie más tenía jurisdicción sobre ellos.

Aunque pocos guardianes quedaban. Valentine los había matado a casi todos durante su búsqueda de la Espada Mortal, dejando sólo con vida a los pocos que no se encontraban en la Ciudad Silenciosa en aquel momento. Desde entonces, se habían sumado nuevos miembros a la orden, pero Clary dudaba de que en el mundo quedaran más de diez o quince Hermanos Silenciosos.

El discordante chasqueo de los tacones de Maryse sobre el suelo de piedra les avisó de su regreso antes de que ella hiciera su aparición; un togado Hermano Silencioso seguía su estela.

—Están aquí —dijo, como si Clary y Luke no estuvieran en el mismo lugar exacto donde los había dejado—. Éste es el hermano Zachariah. Hermano Zachariah, ésta es la chica de la que te he hablado.

El Hermano Silencioso se retiró levemente la capucha de la cara. Clary reprimió una expresión de sorpresa. Su aspecto no recordaba el del hermano Jeremiah, que tenía los ojos huecos y la boca cosida.

El hermano Zachariah tenía los ojos cerrados y sus altos pómulos marcados con la cicatriz de una única runa negra. Pero no tenía la boca cosida y tampoco le pareció que llevara la cabeza afeitada. Aunque, con la capucha, resultaba difícil discernir si lo que veía eran sombras o pelo oscuro.

Sintió que su voz alcanzaba su mente.

«¿Crees de verdad que puedes hacer esto, hija de Valentine?»

Clary notó que se le subían los colores. Odiaba que le recordaran de quién era hija.

—Estoy seguro de que sus logros ya han llegado a tus oídos —dijo Luke—. Su runa de alianza nos ayudó a finalizar la Guerra Mortal.

El hermano Zachariah se levantó la capucha para que le ocultara la cara.

«Vengan conmigo al Ossuarium.»

Clary miró a Luke, esperando ver en él un gesto de asentimiento y apoyo, pero tenía la mirada fija al frente y jugueteaba con sus lentes como solía hacer siempre que se sentía ansioso. Con un suspiro, Clary echó a andar detrás de Maryse y del hermano Zachariah. El hermano avanzaba tan silencioso como la niebla, mientras que los tacones de Maryse sonaban como disparos sobre el suelo de mármol. Clary se preguntó si el gusto de Isabelle por el calzado imposible tendría un origen genético.

Realizaron un sinuoso recorrido entre los pilares y pasaron por la gigantesca plaza de las Estrellas Parlantes, donde los Hermanos Silenciosos le habían explicado en su día a Clary la relación que ésta tenía con Magnus Bane. Más allá había un portal abovedado con un par de enormes puertas de hierro. Sus superficies estaban decoradas con runas grabadas al fuego que Clary reconoció como runas de paz y muerte. Encima de las puertas había una inscripción en latín que le hizo desear haber pensado en tomar apuntes. Iba deplorablemente retrasada en latín para ser una cazadora de sombras; en su mayoría, lo hablaban como si fuera su segundo idioma.

Taceant Colloquia. Effugiat risus. Hic locus est ubi mors gaudet succu-rrere vitae.

—«Que la conversación se detenga. Que la risa cese» —leyó en voz alta Luke—. «Éste es el lugar donde los muertos disfrutan ense-ñando a los vivos.»

El hermano Zachariah apoyó una mano en la puerta.

«El fallecido asesinado más recientemente está listo para ustedes. ¿Están preparados?»

Clary tragó saliva, preguntándose en qué se habría metido.

—Estoy preparada.

Se abrieron las puertas y entraron en fila. En el interior había una sala grande y sin ventanas con paredes de impecable mármol blanco. Eran muros uniformes, a excepción de los ganchos de los que colga-ban instrumentos de disección plateados: relucientes escalpelos, ob-jetos que parecían martillos, serruchos para cortar huesos, y separa-dores de costillas. Y en las estanterías había utensilios más peculiares si cabe: herramientas que parecían sacacorchos gigantescos, hojas de papel de lija y frascos con líquidos de todos los colores, entre los cuales destacaba uno verdusco etiquetado como «ácido» y que pare-cía hervir a borbotones.

En el centro de la estancia había una hilera de mesas altas de már-mol. En su mayoría estaban vacías. Pero tres de ellas estaban ocupa-das, y sobre dos de estas tres Clary vio una forma humana cubierta por una sábana blanca. En la tercera mesa había otro cuerpo, con la sábana bajada justo por debajo de las costillas. Desnudo de cintura para arriba, se veía un cuerpo claramente masculino y, casi con la misma claridad, se veía que era un cazador de sombras. La piel páli-da del cadáver estaba totalmente cubierta de Marcas. Siguiendo la costumbre de los cazadores de sombras, los ojos del hombre estaban vendados con seda blanca.

Clary tragó saliva para reprimir la sensación de náuseas y se acercó al cadáver. Luke la acompañó, posándole una protectora mano en el hombro; Maryse se colocó delante de ellos, observándolo todo con sus curiosos ojos azules, del mismo color que los de Alec.

Clary extrajo del bolsillo su estela. La frialdad del mármol traspasó el tejido de su camisa cuando se inclinó sobre el muerto. De cerca, empezó a observar detalles: tenía el cabello pelirrojo cobrizo y era como si una enorme garra le hubiese cortado la garganta a tiras.

El hermano Zachariah extendió el brazo y retiró la seda que cubría los ojos del muerto. Estaban cerrados.

«Puedes empezar.»

Clary respiró hondo y acercó la punta de la estela a la piel del brazo del cazador de sombras muerto. Recordó, con la misma claridad que recordaba las letras de su nombre, la runa que había visualizado antes, en la entrada del Instituto. Empezó a dibujar.

De la punta de su estela surgieron en espiral las líneas negras de la Marca, como siempre... aunque notaba la mano pesada, la estela arrastrándose, como si estuviera escribiendo sobre barro en lugar de sobre piel. Era como si el utensilio se sintiera confuso, como si se moviera a veloces saltos sobre la superficie de la piel muerta, buscando el espíritu vivo del cazador de sombras que ya no estaba allí. Mientras dibujaba, a Clary se le revolvió el estómago, y cuando terminó y retiró la estela, estaba sudando y mareada.

Pasó un largo rato sin que nada sucediera. Entonces, con una brusquedad terrible, el cazador de sombras muerto abrió de repente los ojos. Eran azules, el blanco salpicado por puntos rojos de sangre.

Maryse sofocó un grito. Era evidente que en ningún momento había creído que la runa fuera a funcionar.

—Por el Ángel.

El muerto emitió un sonido de respiración parecido a un traqueteo, el sonido que emitiría alguien que intentara respirar con el cuello cortado. La piel rasgada de su cuello vibró como las agallas de un pez. Levantó el pecho y su boca se abrió para decir:

—Duele.

Luke maldijo para sus adentros y miró a Zachariah, pero el Hermano Silencioso se mostraba impasible.

Maryse se acercó más a la mesa, con la mirada de pronto afilada, casi predatoria.

—Cazador de sombras —dijo—. ¿Quién eres? Exijo saber tu nombre.

La cabeza del hombre se agitó de un lado al otro. Levantó las manos y las dejó caer, convulsionándose.

—El dolor... Haz que pare el dolor.

A Clary casi se le cayó la estela de la mano. Aquello era mucho más atroz de lo que se había imaginado. Miró a Luke, que se alejaba de la mesa, horrorizado.

—Cazador de sombras. —El tono de Maryse era imperioso—. ¿Quién te hizo esto?

—Por favor...

Luke daba vueltas por la sala, de espaldas a Clary. Por lo que parecía, estaba buscando algo entre las herramientas de los Hermanos Silenciosos. Clary se quedó helada cuando vio la mano enguantada de gris de Maryse salir disparada hacia el hombro del cadáver y clavarle los dedos.

—¡En nombre del Ángel, te ordeno que me respondas!

El cazador de sombras emitió un sonido ahogado.

—Subterráneo... vampiro...

—¿Qué vampiro? —preguntó Maryse.

—Camille. La vieja... —Sus palabras se interrumpieron cuando la boca del muerto derramó una gota de sangre negra coagulada.

Maryse se quedó sin aliento y retiró en seguida la mano. Y en aquel momento reapareció Luke, con el frasco de líquido ácido verde que Clary había visto antes. Con un único gesto, levantó el tapón y derramó el ácido por encima de la Marca del brazo del cadáver, erradicándola por completo. El cadáver emitió un solo grito cuando la carne chisporroteó y volvió a derrumbarse sobre la mesa, con la mirada fija y mirando lo que quiera que fuese que le había animado durante aquel breve período, evidentemente finalizado.

Luke depositó el frasco vacío sobre la mesa.

—Maryse —dijo con un matiz de reproche—. No es así como tratamos a nuestros muertos.

Maryse estaba pálida, y sus mejillas salpicadas de rojo.

—Tenemos un nombre. Tal vez podamos evitar más muertes.

—Hay cosas peores que la muerte. —Luke extendió la mano hacia Clary, sin mirarla—. Ven, Clary. Creo que es hora de marcharnos.

—¿De verdad que no se te ocurre nadie más que pueda querer matarte? —preguntó Jace, y no por primera vez. Habían repasado la lista varias veces y Simon empezaba a cansarse de que le formulara sin cesar la misma pregunta. Eso sin mencionar que sospechaba que Jace no le prestaba mucha atención. Después de haberse comido la sopa que Simon le había comprado —fría, tal como iba en la lata, con una cuchara, algo que Simon no podía evitar pensar que debía de resultar asqueroso—, estaba apoyado en la ventana, la cortina un poco corrida para poder ver el tráfico de la Avenida B y las ventanas iluminadas de los departamentos de la calle de enfrente. Simon podía ver cómo la gente cenaba, miraba la televisión y charlaba sentada a la mesa. Cosas normales que hacía la gente normal. Le hacía sentirse extrañamente vacío.

—A diferencia de lo que pasa contigo —dijo Simon—, no hay mucha gente a la que yo no le caiga bien.

Jace ignoró el comentario.

—Creo que me estás ocultando algo.

Simon suspiró. No había querido decir nada sobre la oferta de Camille, pero en vista de que alguien estaba intentando matarlo, por poco efectivo que fuera, tal vez el secreto no fuera tan prioritario. Le explicó, pues, lo sucedido en su reunión con la mujer vampiro y entonces Jace sí lo observó con atención.

Cuando hubo terminado, Jace dijo:

—Interesante, pero tampoco es probable que sea ella quien intenta matarte. Para empezar, conoce la existencia de tu Marca. Y no estoy seguro de que fuera a gustarle mucho que la descubrieran quebrantando los Acuerdos de esta manera. Cuando los subterráneos llegan a esas edades, normalmente saben cómo mantenerse alejados de cualquier problema. —Dejó la lata de sopa—. Podríamos volver a salir —sugirió—. Veamos si intentan atacarte una tercera vez. Si pudiéramos capturar a uno de ellos, tal vez...

—No —dijo Simon—. ¿Por qué siempre andas tratando de que te maten?

—Es mi trabajo.

—Es un riesgo implícito en tu trabajo. O lo es al menos para la mayoría de los cazadores de sombras. Pero para ti es como si fuera el objetivo.

Jace hizo un gesto de indiferencia.

—Mi padre siempre decía... —Se interrumpió; su expresión se endureció—. Lo siento, quería decir Valentine. Por el Ángel. Cada vez que me refiero a él de este modo, tengo la sensación de estar traicionando a mi verdadero padre.

Simon, muy a pesar suyo, sintió lástima de Jace.

—Veamos, ¿durante cuánto tiempo has creído que era tu padre? ¿Dieciséis años? Eso no desaparece en un día. Y tienes que tener en cuenta que nunca conociste al que fue tu verdadero padre. Que además está muerto. Por lo tanto, no lo traicionas para nada. Considérate, simplemente, como alguien que durante un tiempo ha tenido dos padres.

—No se pueden tener dos padres.

—Claro que sí —dijo Simon—. ¿Quién dice que no se pueda? Te compraremos un libro de esos que venden para los niños. *Timmy tiene dos papás*. Aunque no creo que tengan ninguno titulado *Timmy tiene dos papás y uno de ellos era malo*. Esa parte tendrás que solucionarla tú solito.

Jace puso los ojos en blanco.

—Fascinante —dijo—. Conoces las palabras, sabes que están todas en inglés, pero cuando las unes para que formen frases, no tienen ningún sentido. —Jaló ligeramente de la cortina de la ventana—. No pretendía que lo entendieras.

—Mi padre está muerto —dijo Simon.

Jace se volvió hacia él.

—¿Qué?

—Ya me imaginaba que no lo sabías —dijo Simon—. Y sé que no ibas a preguntármelo, igual que también sé que no estás especialmente interesado en nada que tenga que ver conmigo. Pero sí. Mi padre está muerto. Ya ves, tenemos algo en común. —Agotado de repente, se recostó en el sofá. Se sentía enfermo, mareado y cansado, un agotamiento profundo que le calaba en los huesos. Jace, por otro lado, parecía poseído por una energía inagotable que a Simon le resultaba un poco inquietante. Tampoco le había resultado fácil verle comer aquella sopa de tomate. Le recordaba demasiado a la sangre como para sentirse cómodo.

Jace se quedó mirándolo.

—¿Cuánto tiempo hace que tú no... comes? Tienes mal aspecto.

Simon suspiró. No tenía otra opción, después de insistir tanto en que Jace comiera algo.

—Espera —dijo—. En seguida vuelvo.

Se levantó del sofá, entró en su habitación y tomó la última botella de sangre que le quedaba y que guardaba bajo la cama. Intentó no mirarla... la sangre separada del plasma daba asco. Agitó con fuerza la botella mientras volvía a la sala, donde Jace seguía mirando por la ventana.

Apoyado en la mesada de la cocina, Simon le quitó el tapón a la botella de sangre y le dio un trago. En condiciones normales, nunca bebía esa cosa delante de la gente, pero en ese caso se trataba de Jace, y le daba absolutamente igual lo que Jace opinara. Además, Jace ya le había visto beber sangre en otras ocasiones. Por suerte, Kyle no estaba en casa. Habría sido complicado explicarle aquello a su nuevo compañero de depa. A nadie le gustaba un tipo que guardaba sangre en el refrigerador.

En aquel momento lo miraban dos Jace: uno, el Jace de verdad; el otro, su reflejo en el cristal de la ventana.

—No puedes saltarte comidas, ¿lo sabías?

Simon se encogió de hombros.

—Ya estoy comiendo.

—Sí —dijo Jace—, pero eres un vampiro. Para ti, la sangre no es como comida. La sangre es... sangre.

—Muy ilustrativo. —Simon se dejó caer en el sillón que había delante de la televisión; aunque en su día debió de estar tapizado con un terciopelo dorado claro, el tejido había acabado adquiriendo un sucio tono grisáceo—. ¿Sueles tener más pensamientos profundos de este estilo? ¿La sangre es sangre? ¿Una tostadora es una tostadora? ¿Un Cubo Gelatinoso es un Cubo Gelatinoso?

Jace hizo un gesto de indiferencia.

—Está bien. Ignora mi consejo. Ya te arrepentirás de ello.

Pero antes de que Simon pudiera replicar, oyó que se abría la puerta de entrada. Fulminó a Jace con la mirada.

—Es mi compañero de piso, Kyle. Compórtate.

Jace le lanzó una sonrisa encantadora.

—Yo siempre me comporto.

Simon no tuvo oportunidad de responderle como le habría gustado, pues un segundo después, Kyle entraba en la sala, entusiasmado y lleno de energía.

—Hoy he estado dando vueltas por toda la ciudad —dijo—. Casi me pierdo, pero ya sabes lo que dicen. Bronx arriba, Battery abajo... —Miró a Jace, dándose cuenta con retraso de que había alguien más allí—. Oh, hola. No sabía que estabas con un amigo. —Le tendió la mano—. Me llamo Kyle.

Jace no respondió de igual manera. Sorprendiendo a Simon, Jace se había quedado completamente rígido, con los ojos amarillo claro entrecerrándose, y el cuerpo entero exhibiendo aquel estado de vigilia de los cazadores de sombras que conseguía transformarlo de un adolescente normal en algo completamente distinto.

—Interesante —dijo—. ¿Sabes? Simon no me había mencionado que su nuevo compañero de piso fuera un hombre lobo.

Clary y Luke realizaron en silencio el viaje de regreso a Brooklyn en coche. Clary miraba por la ventanilla y veía Chinatown pasar de largo, y después el puente de Williamsburg alumbrado como una cadena de diamantes destacando sobre el cielo nocturno. A lo lejos, por encima de las aguas negras del río, se veía Renwick's, iluminado como siempre. Daba la impresión de estar de nuevo en ruinas, ventanas oscuras y vacías como los huecos de los ojos en una calavera. La voz del cazador de sombras muerto susurraba en su cabeza:

«El dolor... Haz que pare el dolor».

Se estremeció y jaló de la chamarra que llevaba sobre los hombros para cubrirse un poco más. Luke la miró de reojo, pero no dijo nada. No fue hasta que detuvo el vehículo delante de su casa y apagó el motor, que se volvió hacia ella y le dijo:

—Clary. Lo que acabas de hacer...

—Ha estado mal —dijo ella—. Sé que ha estado mal. Yo también estaba allí. —Se restregó la cara con la manga de la chamarra—. Adelante, échame la bronca.

Luke miró por la ventanilla.

—No pienso echarte ninguna bronca. No sabías lo que iba a pasar. Oye, yo también creía que funcionaría. No te habría acompañado de no haberlo creído.

Clary sabía que aquellas palabras deberían hacerle sentirse mejor, pero no fue así.

—Si no le hubieras echado ácido a la runa...

—Pero lo hice.

—Ni siquiera sabía que podía hacerse. Destruir una runa de ese modo.

—Si consigues desfigurarla lo suficiente, puedes llegar a minimizar o destruir su poder. A veces, en el transcurso de una batalla, el enemigo intenta quemar o rebanar la piel del cazador de sombras para privarlo del poder de sus runas —dijo Luke, sin prestar mucha atención a sus propias palabras.

Clary notó que le temblaban los labios y cerró la boca con fuerza para detener el temblor. A veces olvidaba los aspectos más angustiosos de la vida del cazador de sombras: «Esta vida de cicatrices y muerte», como Hodge había dicho en una ocasión.

—No volveré a hacerlo —dijo.

—¿Qué es lo que no volverás a hacer? ¿Crear esa runa en particular? No me cabe la menor duda de que no volverás a hacerlo, pero no estoy seguro de que eso solucione el problema. —Luke tamborileó con los dedos sobre el volante—. Posees un talento, Clary. Un talento enorme. Pero no tienes la menor idea de lo que ese talento significa. Careces por completo de formación. No sabes casi nada sobre la historia de las runas, ni sobre lo que han significado para los nefilim a lo largo de los siglos. Eres incapaz de diferenciar una runa concebida para el bien de otra concebida para el mal.

—Pues estabas bien contento por dejarme utilizar mi poder cuando creé la runa de alianza —dijo ella enfadada—. Entonces no me dijiste que no creara runas.

—No estoy diciéndote que no puedas utilizar tu poder. De hecho, creo que el problema es más bien que rara vez lo empleas. No se trata tampoco de que uses tu poder para cambiarte el color del esmalte de uñas o para que llegue el metro cuando a ti te convenga. Hay que utilizarlo tan sólo en estos ocasionales momentos de vida o muerte.

—Las runas sólo vienen a mí en esos momentos.

—A lo mejor es así porque nadie te ha enseñado aún cómo funciona tu poder. Piensa en Magnus: su poder es una parte más de él. Tú ves el tuyo como algo ajeno a ti. Como algo que te sucede. Pero no es así. Es una herramienta y tienes que aprender a utilizarla.

—Jace me dijo que Maryse quiere contratar a un experto en runas para que trabaje conmigo, pero parece que todavía no lo ha encontrado.

—Sí —dijo Luke—. Me imagino que Maryse tiene otras cosas en la cabeza. —Sacó la llave del contacto y permaneció un momento en silencio—. Perder un hijo del modo en que perdió a Max... —dijo—. Me cuesta imaginármelo. Tendría que perdonar su conducta. Si a ti te pasara algo, yo...

Se interrumpió.

—Tengo ganas de que Robert regrese ya de Idris —dijo Clary—. No entiendo por qué tiene que pasar todo este trago ella sola. Debe de ser horrible.

—Muchos matrimonios se rompen después de la muerte de un hijo. La pareja no puede evitar echarse la culpa de lo sucedido, o echarle la culpa a uno de los dos. Me imagino que la ausencia de Robert se debe precisamente a que necesita espacio, o a que Maryse lo necesita.

—Pero ellos se quieren —dijo Clary, atónita—. ¿No es eso el amor? ¿Estar allí para apoyar a tu pareja, pase lo que pase?

Luke miró en dirección al río, a las aguas oscuras que avanzaban lentamente bajo la luz de la luna otoñal.

—A veces, Clary —dijo—, el amor no es suficiente.

7

PRAETOR LUPUS

La botella se deslizó entre las manos de Simon y cayó al suelo, haciéndose añicos y proyectando fragmentos en todas direcciones.

—¿Que Kyle es un hombre lobo?

—Por supuesto que es un hombre lobo, retrasado —dijo Jace. Miró entonces a Kyle—. ¿No es cierto?

Kyle no dijo nada. La expresión jovial y relajada se había esfumado de su rostro. Sus ojos verdes parecían duros y planos como el cristal.

—¿Quién me lo pregunta?

Jace se apartó de la ventana. No había nada abiertamente hostil en su conducta, pero su imagen daba a entender una clara amenaza. Tenía los brazos colgando en sus costados, pero Simon recordó otras ocasiones en las que había visto a Jace entrar de manera explosiva en acción sin que sucediera aparentemente nada entre pensamiento y respuesta.

—Jace Lightwood —respondió—. Del Instituto Lightwood. ¿A qué manada has prestado juramento?

—¡Dios! —exclamó Kyle—. ¿Eres un cazador de sombras? —Miró a Simon—. Aquella pelirroja tan mona que estaba contigo en el garage... también es cazadora de sombras, ¿verdad?

Simon, completamente desprevenido, asintió con la cabeza.

—Hay quien piensa que los cazadores de sombras no son más que un mito. Como las momias y los genios —dijo Kyle, sonriéndole a Jace—. ¿Puedes conceder deseos?

El hecho de que Kyle acabara de calificar de «mona» a Clary no sirvió precisamente para que se granjeara la simpatía de Jace, cuyo rostro se había tensado de manera alarmante.

—Eso depende —dijo—. ¿Deseas un puñetazo en la cara?

—Tranquilo, tranquilo —dijo Kyle—. Y yo que pensaba que últimamente estaban superentusiasmados por los Acuerdos...

—Los Acuerdos implican a vampiros y licántropos con alianzas claras —lo interrumpió Jace—. Dime a qué manada has prestado juramento o, de lo contrario, tendré que asumir que eres un mal bicho.

—De acuerdo, ya basta —dijo Simon—. Ustedes dos, dejen ya de actuar como si estuvieran a punto de pegarse. —Miró a Kyle—. Tendrías que haberme dicho que eras un hombre lobo.

—Vaya, no me había percatado de que tú me hayas contado que eres un vampiro. Tal vez pensara que no era asunto tuyo.

Simon experimentó una sacudida de pura sorpresa.

—¿Qué? —Bajó la vista hacia los cristales rotos y la sangre esparcida en el suelo—. Yo no... no...

—No te molestes —dijo Jace, sin alterarse—. Puede intuir que eres un vampiro. Igual que tú podrás intuir a los hombres lobo y a otros subterráneos cuando tengas un poco más de práctica. Lo sabe desde que te conoció. ¿Me equivoco? —Miró a Kyle, fijando la vista en sus gélidos ojos verdes. Kyle no dijo nada—. Y, por cierto, lo que cultiva en el balcón... es uva lupina. Ahora ya lo sabes.

Simon se cruzó de brazos y miró a Kyle.

—¿Qué demonios es todo esto? ¿Algún tipo de emboscada? ¿Por qué me pediste que viniera a vivir contigo? Los hombres lobo odian a los vampiros.

—Yo no —dijo Kyle—. Aunque a los de su especie no les tengo mucho cariño. —Señaló a Jace—. Se creen mejores que todos los demás.

—No —dijo Jace—. Yo me creo mejor que todos los demás. Una opinión respaldada por evidencias suficientes.

Kyle miró a Simon.

—¿Habla siempre así?

—Sí.

—¿Existe alguna cosa capaz de cerrarle la boca? Aparte de mandarlo a la mierda de una paliza, claro está.

Jace se apartó de la ventana.

—Me encantaría que lo intentaras.

Simon se interpuso entre ellos.

—No pienso permitir que se peleen.

—¿Y qué piensas hacer si...? Oh. —La mirada de Jace se fijó en la frente de Simon y sonrió a regañadientes—. ¿De modo que me amenazas con convertirme en algo que poder echarles a las palomitas si no hago lo que me ordenas?

Kyle estaba perplejo.

—¿Qué dices...?

—Simplemente pienso que ustedes dos deberían hablar —lo interrumpió Simon—. Kyle es un hombre lobo. Yo soy un vampiro. Y tú tampoco puede decirse que seas exactamente el vecinito de al lado —añadió, dirigiéndose a Jace—. Propongo comprender qué sucede y continuar a partir de ahí.

—Tu idiotez no conoce límites —dijo Jace, pero se sentó en el alféizar de la ventana y se cruzó de brazos. Kyle tomó también asiento, en el sofá. No paraban de mirarse. Pero permanecían quietos, pensó Simon. Todo un avance.

—Muy bien —dijo Kyle—. Soy un hombre lobo que no forma parte de ninguna manada, pero tengo una alianza. ¿Han oído hablar del *Praetor Lupus*?

—He oído hablar del lupus —dijo Simon—. ¿No es una enfermedad de algún tipo?

Jace le lanzó una mirada fulminante.

—*Lupus* significa lobo —le explicó—. Y los pretorianos eran una

141

unidad de élite de la milicia romana. Por lo que me imagino que la traducción debe de ser algo así como «guardianes lobo». —Hizo un gesto de indiferencia—. Los he oído mencionar alguna vez, pero son una organización bastante secreta.

—¿Y acaso no lo son los cazadores de sombras? —dijo Kyle.

—Tenemos buenas razones para que así sea.

—Y nosotros también. —Kyle se inclinó hacia adelante. Los múscu- los de sus brazos se flexionaron al apuntalar los codos sobre sus rodi- llas—. Existen dos tipos de seres lobos —explicó—. Los que nacen seres lobo, hijos de seres lobo, y los que se infectan de licantropía a través de un mordisco. —Simon lo miró sorprendido. Nunca habría pensado que Kyle, aquel remolón mensajero en bicicleta, conociera la palabra «lican- tropía», y mucho menos que supiera pronunciarla. Pero aquél era un Kyle muy distinto: centrado, resuelto y directo—. Para los que lo somos como consecuencia de un mordisco, los primeros años son clave. El li- naje de demonios que causa la licantropía provoca un montón de cam- bios más: oleadas de agresividad incontrolable, incapacidad de contro- lar la rabia, cólera suicida y desesperación. La manada puede ser de ayuda en este sentido, pero muchos de los infectados no tienen la suer- te de vivir en el seno de una manada. Viven por su propia cuenta, tra- tando de gestionar como pueden todos estos asuntos tan abrumadores para ellos, y muchos se vuelven violentos, contra los demás o contra ellos mismos. El índice de suicidios es muy elevado, igual que el índice de violencia doméstica. —Miró a Simon—. Lo mismo sucede con los vampiros, excepto que puede ser incluso peor. Un novato huérfano no tiene literalmente ni idea de lo que le ha sucedido. Sin orientación, no sabe cómo alimentarse como es debido, ni siquiera cómo mantenerse a salvo de la luz del sol. Y ahí es donde aparecemos nosotros.

—¿Para hacer qué? —preguntó Simon.

—Realizamos un seguimiento de los subterráneos «huérfanos», de los vampiros y seres lobo que acaban de convertirse y no saben todavía lo que son. A veces incluso de brujos, muchos de los cuales pasan años sin darse cuenta de que lo son. Nosotros intervenimos, intentamos incluirlos en una manada o en un clan, tratamos de ayudarlos a controlar sus poderes.

—Buenos samaritanos, eso es lo que son. —A Jace le brillaban los ojos.

—Sí, lo somos. —Kyle intentaba mantener su tono de voz neutral—. Intervenimos antes de que el nuevo subterráneo se vuelva violento y se haga daño a sí mismo o dañe a otros seres. Sé perfectamente lo que me habría pasado de no haber sido por la Guardia. He hecho cosas malas. Malas de verdad.

—¿Malas hasta qué punto? —preguntó Jace—. ¿Malas por ilegales?

—Cállate, Jace —dijo Simon—. Estás fuera de servicio, ¿entendido? Deja de ser un cazador de sombras por un segundo. —Se volvió hacia Kyle—. ¿Y cómo acabaste presentándote a una audición para mi banda de mierda?

—No había caído en la cuenta de que sabías que era una banda de mierda.

—Limítate a responder a mi pregunta.

—Recibimos noticias de la existencia de un nuevo vampiro, un vampiro diurno que vivía por su cuenta, no en el seno de un clan. Tu secreto no es tan secreto como crees. Los vampiros novatos sin un clan que los ayude pueden resultar muy peligrosos. Me enviaron para vigilarte.

—¿Lo que quieres decir, por lo tanto —dijo Simon—, es no sólo que no quieres que me vaya a vivir a otro sitio ahora que sé que eres un hombre lobo, sino que además no piensas dejar que me largue?

—Correcto —dijo Kyle—. Es decir, puedes irte a otra parte, pero yo iré contigo.

—No es necesario —dijo Jace—. Yo puedo vigilar perfectamente a Simon, gracias. Es mi subterráneo neófito, del que tengo que burlarme y mangonear, no el tuyo.

—¡Cierren el pico! —gritó Simon—. Los dos. Ninguno de ustedes estaba presente cuando alguien intentó matarme hoy mismo...

—Estaba yo —dijo Jace—. Lo sabes.

Los ojos de Kyle brillaban como los ojos de un lobo en la oscuridad de la noche.

—¿Que alguien ha intentado matarte? ¿Qué ha pasado?

Las miradas de Simon y de Jace se encontraron. Y entre ellos acordaron en silencio no mencionar nada sobre la Marca de Caín.

—Hace dos días, y también hoy, unos tipos en pants grises me siguieron y me atacaron.

—¿Humanos?

—No estamos seguros.

—¿Y no tienes ni idea de lo que quieren de ti?

—Me quieren muerto, eso está claro —dijo Simon—. Más allá de eso, la verdad es que no lo sé, no.

—Tenemos algunas pistas —dijo Jace—. Aún hemos de investigarlos.

Kyle movió la cabeza de un lado a otro.

—De acuerdo. Acabaré descubriendo lo que quiera que sea que no me están contando. —Se levantó—. Y ahora, estoy derrotado. Me voy a dormir. Te veo por la mañana —le dijo a Simon—. Y tú —le dijo a Jace—, me imagino que ya te veré por aquí. Eres el primer cazador de sombras que conozco.

—Pues es una pena —dijo Jace—, ya que todos los que conozcas a partir de ahora serán para ti una decepción terrible.

Kyle puso los ojos en blanco y se fue, cerrando de un portazo la puerta de su habitación.

Simon miró a Jace.

—No piensas volver al Instituto —dijo—, ¿verdad?

Jace negó con la cabeza.

—Necesitas protección. Quién sabe cuándo intentarán matarte otra vez.

—Eso que te ha dado ahora por evitar a Clary ha tomado realmente un giro inesperado, ¿eh? —dijo Simon, levantándose—. ¿Piensas volver algún día a casa?

Jace se quedó mirándolo.

—¿Y tú?

Simon entró en la cocina, tomó una escoba y barrió los cristales de la botella rota. Era la última que le quedaba. Tiró los fragmentos en la basura, pasó por delante de Jace y se fue a su pequeña habitación, donde se quitó la chamarra y los zapatos y se dejó caer en el colchón.

Jace entró en la habitación un segundo después. Miró a su alrededor enarcando las cejas, con expresión divertida.

—Vaya ambiente has creado aquí. Minimalista. Me gusta.

Simon se puso de lado y miró con incredulidad a Jace.

—Dime, por favor, que no estás pensando en instalarte en mi habitación.

Jace se encaramó al alféizar de la ventana y lo miró desde allí.

—Me parece que no has entendido bien lo del guardaespaldas, ¿verdad?

—No pensaba siquiera que yo te gustara tanto —dijo Simon—. ¿Tiene todo esto algo que ver con eso que dicen de mantener a tus amigos cerca y a tus enemigos más cerca aún?

—Creía que se trataba de mantener a tus amigos cerca para tener a alguien que te acompañe en el coche cuando vayas a casa de tu enemigo a mearte en su buzón.

—Estoy casi seguro de que no es así. Y eso de protegerme es menos conmovedor que espeluznante, para que lo sepas. Estoy bien. Ya has visto lo que sucede cuando alguien intenta hacerme daño.

—Sí, ya lo he visto —dijo Jace—. Pero la persona que intenta matarte acabará averiguando lo de la Marca de Caín. Y cuando llegue ese momento, lo dejará correr o buscará otra forma de acabar contigo. —Se apoyó en la ventana—. Y es por eso que estoy aquí.

A pesar de su exasperación, Simon no conseguía encontrar fallos en su argumento o, como mínimo, fallos lo bastante grandes como para preocuparse por ellos. Se puso bocabajo y se tapó la cara. Y en pocos minutos se quedó dormido.

«Tenía mucha sed. Estaba caminando por el desierto, por arenas ardientes, pisando huesos que se estaban blanqueando bajo el sol. Nunca había sentido tanta sed. Cuando tragó saliva, fue como si tuviera la boca llena de arena, la garganta revestida de cuchillos.»

El agudo zumbido del celular despertó a Simon. Se puso boca arriba y jaló cansado de su chamarra. Cuando consiguió sacar el teléfono del bolsillo, ya había dejado de sonar.

Miró quién le había llamado. Era Luke.

«Mierda. Seguro que mi madre ha llamado a casa de Clary buscándome», pensó, incorporándose. Tenía la cabeza confusa y adormilada, y tardó un momento en recordar que cuando se había quedado dormido, no estaba solo en su habitación.

Miró rápidamente hacia la ventana. Jace seguía allí, pero estaba dormido... Sentado, con la cabeza apoyada en el cristal de la ventana. La clara luz azul del amanecer se filtraba a través de él. Se le veía muy joven, pensó Simon. No había ni rastro de su expresión burlona, ni actitud defensiva, ni sarcasmo. Casi podía llegar a imaginarse lo que Clary veía en él.

Estaba claro que no se tomaba muy en serio sus deberes de guardaespaldas, pero eso había sido evidente desde el principio. Simon se preguntó, y no por primera vez, qué demonios pasaba entre Clary y Jace.

Volvió a sonar el teléfono. Se levantó de un brinco, salió a la sala de estar y respondió justo antes de que la llamada saltara de nuevo al buzón de voz.

—¿Luke?

—Siento despertarte, Simon. —Luke se mostró indefectiblemente educado, como siempre.

—Estaba despierto de todos modos —dijo Simon mintiendo.

—Necesito verte. Nos vemos en Washington Square Park en media hora —dijo Luke—. Junto a la fuente.

Simon se alarmó de verdad.

—¿Va todo bien? ¿Está bien Clary?

—Está bien. No tiene que ver con ella. —Se oyó un sonido de fondo. Simon se imaginó que Luke estaba poniendo en marcha su camioneta—. Nos vemos en el parque. Y ven solo.

Colgó.

El sonido de la camioneta de Luke abandonando el camino de acceso a la casa despertó a Clary de sus inquietantes sueños. Se sentó con una mueca de dolor. La cadena que llevaba colgada al cuello se le había enredado con el pelo y se la pasó por la cabeza, liberándola con cuidado de aquel enredo.

Dejó caer el anillo en la palma de su mano, y la cadena lo siguió, arremolinándose a su alrededor. Fue como si el pequeño aro de plata, con su motivo decorativo de estrellas, le guiñara el ojo con burla. Recordó el día que Jace se lo había dado, envuelto en la nota que había dejado cuando partió en busca de Jonathan. «A pesar de todo, no soporto la idea de que este anillo se pierda para siempre, igual que no soporto la idea de abandonarte para siempre.»

De aquello hacía casi dos meses. Estaba segura de que él la amaba, tan segura que ni la reina de la corte de seelie había sido capaz de tentarla. ¿Cómo podía querer otra cosa, teniendo a Jace?

Aunque tal vez tener por completo a alguien fuera imposible. Tal vez, por mucho que ames a una persona, ésta puede deslizarse entre tus dedos como el agua sin que tú puedas evitarlo. Entendía por qué la gente hablaba de corazones «rotos»; en aquel momento, tenía la sensación de que el suyo estaba hecho de cristal rajado y que sus fragmentos eran como diminutos cuchillos que se clavaban en su pecho al respirar. «Imagínate tu vida sin él», le había dicho la reina seelie...

Sonó el teléfono, y por un instante Clary se sintió aliviada al pensar que algo, lo que fuera, interrumpía momentáneamente su desgracia. Pero luego pensó: «Jace». A lo mejor no podía contactar con ella a través del celular y por eso la llamaba a casa. Dejó el anillo en la mesita y descolgó el auricular. Estaba a punto de decir algo, cuando se dio cuenta de que su madre ya había respondido al teléfono.

—¿Diga? —La voz de su madre sonaba ansiosa, y sorprendentemente despierta para ser tan temprano.

La voz que respondió era desconocida, con un débil acento.

—Soy Catarina, del hospital Beth Israel. Quería hablar con Jocelyn.

Clary se quedó helada. ¿El hospital? ¿Habría pasado alguna cosa, tal vez a Luke? Había arrancado a una velocidad de vértigo...

—Soy Jocelyn. —Su madre no parecía asustada, sino más bien como si hubiera estado esperando la llamada—. Gracias por devolverme tan pronto la llamada.

—No hay de qué. Me he alegrado mucho de saber de ti. No es muy frecuente que la gente se recupere de un maleficio como el que tú sufriste. —Claro, pensó Clary. Su madre había sido ingresada en estado de coma en el Beth Israel como consecuencia de la pócima que había ingerido para impedir que Valentine la interrogara—. Y cualquier amiga de Magnus Bane es también amiga mía.

Jocelyn habló entonces en un tono tenso:

—¿Has comprendido lo que decía en mi mensaje? ¿Sabes por qué te llamaba?

—Querías información sobre el niño —dijo la mujer del otro lado de la línea. Clary sabía que debería colgar, pero no podía hacerlo. ¿Qué niño? ¿Qué pasaba allí?—. El que abandonaron.

La voz de Jocelyn sonó entrecortada:

—S-sí. Pensé que...

—Siento comunicártelo, pero ha muerto. Murió anoche.

Jocelyn se quedó un instante en silencio. Clary percibió la conmoción de su madre al otro lado del teléfono.

—¿Muerto? ¿Cómo?

—No lo entiendo muy bien ni yo misma. El sacerdote vino anoche para bautizar al pequeño y...

—Oh, Dios mío. —A Jocelyn le temblaba la voz—. ¿Puedo... podría, por favor, ir a ver el cuerpo?

Se produjo un prolongado silencio. Al final, dijo la enfermera:

—No estoy segura. El cuerpo está ya en la morgue, esperando el traslado a las dependencias del forense.

—Catarina, creo que sé lo que le sucedió al niño. —Jocelyn habló casi sin aliento—. Y de poder confirmarlo, tal vez podría evitar un nuevo caso.

—Jocelyn...

—Llego en seguida —dijo la madre de Clary, y colgó el teléfono. Clary se quedó mirando el auricular con ojos vidriosos antes de colgar también. Se levantó, se cepilló el pelo, se puso unos jeans y un suéter y salió de su habitación justo a tiempo de alcanzar a su madre en la sala, garabateando una nota en la libretita que había junto al teléfono. Levantó la vista al ver entrar a Clary y adoptó una expresión de culpabilidad.

—Me iba corriendo —dijo—. Han salido algunos temas de última hora relacionados con la boda y...

—No te molestes en mentirme —dijo Clary sin más preámbulos—. He estado escuchando por el teléfono y sé exactamente adónde vas.

Jocelyn se quedó blanca. Dejó poco a poco la pluma sobre la mesa.

—Clary...

—Tienes que dejar de intentar protegerme —dijo Clary—. Estoy segura de que tampoco le mencionaste nada a Luke sobre tu llamada al hospital.

Jocelyn se echó el pelo hacia atrás con nerviosismo.

—Me pareció injusto de cara a él. Con la boda al caer y todo...

—Sí. La boda. Tienes una boda. ¿Y por qué? Porque ustedes se casarán. ¿No crees que ya va siendo hora de que empieces a confiar en Luke? ¿Y a confiar en mí?

—Confío en ti —dijo Jocelyn en voz baja.

—En ese caso, no te importará que te acompañe al hospital.

—Clary, no creo que...

—Sé lo que piensas. Piensas que es lo mismo que le pasó a Sebas-

149

tian... quiero decir, a Jonathan. Piensas que tal vez hay alguien por ahí haciendo a los bebés lo mismo que Valentine le hizo a mi hermano.

A Jocelyn le tembló la voz al replicar:

—Valentine ha muerto. Pero en el Círculo había gente que nunca llegó a ser capturada.

«Y nunca encontraron el cuerpo de Jonathan.» A Clary no le gustaba en absoluto pensar en aquel tema. Además, Isabelle estaba presente y siempre había declarado con firmeza que Jace le había partido la espalda a Jonathan con una daga y que Jonathan había muerto como resultado de ello. Se había metido en el agua para verificarlo, había dicho. No había pulso, ni latidos.

—Mamá —dijo Clary—. Era mi hermano. Tengo derecho a acompañarte.

Jocelyn asintió muy lentamente.

—Tienes razón. Supongo que sí. —Tomó la bolsa que tenía colgada en una percha junto a la puerta—. Vamos entonces, y lleva el abrigo. Han dicho en la tele que es muy probable que llueva.

Washington Square Park estaba prácticamente desierto a aquellas horas de la mañana. El aire era fresco y limpio, las hojas cubrían el suelo con una mullida alfombra de rojos, dorados y verdes oscuros. Simon las apartó a patadas al pasar por debajo del arco de piedra que daba acceso al extremo sur del parque.

Había poca gente: un par de vagabundos durmiendo en sendos bancos, envueltos en sacos de dormir o mantas raídas, y algunos tipos vestidos con el uniforme verde de los basureros vaciando papeleras. Había también un hombre empujando un carrito, vendiendo donas, café y *bagels* cortados en rebanadas. Y en medio del parque, al lado de la grandiosa fuente circular, estaba Luke. Llevaba un cortavientos de color verde con cierre y saludó a Simon con la mano en cuanto lo vio llegar.

Simon le respondió de igual manera, con cierta indecisión. No estaba seguro aún de si había algún problema. La expresión de Luke, que Simon apreció con más detalle a medida que fue acercándose, no hizo más que intensificar su presentimiento. Luke parecía cansado y tremendamente estresado. Miraba a Simon con expresión preocupada.

—Simon —dijo—. Gracias por venir.

—De nada. —Simon no tenía frío, pero igualmente mantuvo las manos hundidas en el fondo de los bolsillos de su chamarra, sólo por hacer algo con ellas—. ¿Qué es lo que va mal?

—No he dicho que algo vaya mal.

—No me sacarías de la cama en pleno amanecer de no ir algo mal —apuntó Simon—. Si no es cosa de Clary, entonces...

—Ayer, en la tienda de vestidos de novia —dijo Luke— me preguntaste por alguien. Por Camille.

De entre los árboles salió volando una bandada de aves, graznando. Simon recordó entonces una cancioncilla sobre las urracas que su madre solía cantarle. Era para aprender a contar, y decía: «Una para el dolor, dos para la alegría, tres para una boda, cuatro para un nacimiento; cinco para la plata, seis para el oro, siete para un secreto jamás contado».

—Sí —dijo Simon. Ya había perdido la cuenta de cuántas aves había. Siete, creía. Un secreto jamás contado. Fuera el que fuera.

—Estás al corriente de que en el transcurso de la semana pasada han encontrado a varios cazadores de sombras asesinados en la ciudad —dijo Luke—, ¿no?

Simon asintió lentamente. Tenía un mal presentimiento sobre hacia dónde iba el tema.

—Parece que la responsable podría ser Camille —dijo Luke—. No pude evitar recordar que tú me preguntaste por ella. Oír la mención de su nombre dos veces en el mismo día, después de años sin haber oído hablar de ella... me parece una curiosa coincidencia.

—Las coincidencias existen.

—De vez en cuando —dijo Luke—, pero no suelen ser la respuesta más probable. Esta noche, Maryse piensa convocar a Raphael para interrogarlo acerca del papel de Camille en estos asesinatos. Si sale a relucir que tú sabías alguna cosa relacionada con Camille, que has tenido contacto con ella, no quiero que te tome por sorpresa, Simon.

—En ese caso seríamos dos. —A Simon volvía a retumbarle la cabeza. ¿Sería normal que los vampiros tuvieran dolor de cabeza? No recordaba la última vez que había sufrido uno, antes de los acontecimientos de los últimos días—. Vi a Camille —dijo—. Hace cuatro días. Creía que me había convocado Raphael, pero resultó ser ella. Me ofreció un trato. Si trabajaba para ella, me convertiría en el segundo vampiro más importante de la ciudad.

—¿Y por qué quería que trabajaras para ella? —preguntó Luke con un tono de voz neutral.

—Sabe lo de mi Marca —respondió Simon—. Me explicó que Raphael la había traicionado y que podría utilizarme para recuperar el control del clan. Me dio la sensación de que no sentía precisamente un cariño muy especial hacia Raphael.

—Todo esto es muy curioso —dijo Luke—. Según mis informaciones, hará cosa de un año Camille tomó una baja indefinida de su puesto como directora del clan y nombró a Raphael su sucesor temporal. Si lo eligió para ejercer de jefe en su lugar, ¿por qué querría sublevarse contra él?

Simon se encogió de hombros.

—No tengo ni idea. Te estoy contando simplemente lo que ella me dijo.

—¿Por qué no nos lo comentaste, Simon? —preguntó Luke en voz baja.

—Me dijo que no lo hiciera. —Simon se dio cuenta de que aquello sonaba como una auténtica estupidez—. Nunca había conocido a un vampiro como ella —añadió—. Sólo conozco a Raphael y a los que viven en el Dumont. Resulta difícil explicar cómo era. Deseaba creerme todo lo que me decía. Deseaba hacer todo lo que ella me pedía que hiciera. Deseaba satisfacerla aun sabiendo que estaba jugando conmigo.

El hombre con el carrito de los cafés y las donas volvió a pasar por su lado. Luke le compró un café y una *bagel* y se sentó en la fuente. Simon se sentó a su lado.

—El hombre que me dio el nombre de Camille la calificó de «antigua» —dijo Luke—. Por lo que tengo entendido, es uno de los vampiros más antiguos de este mundo. Me imagino que es capaz de hacer sentir pequeño a cualquiera.

—Me hizo sentirme como un bichito —dijo Simon—. Me prometió que si en cinco días decidía que no quería trabajar para ella, no volvería a molestarme nunca. De modo que le dije que lo pensaría.

—¿Y lo has hecho? ¿Te lo has pensado?

—Si se dedica a matar cazadores de sombras, no quiero tener nada que ver con ella —dijo Simon—. Eso te lo digo desde ya.

—Estoy seguro de que Maryse se sentirá aliviada en cuanto oiga esto.

—Ahora no te pongas sarcástico.

—No es mi intención —dijo Luke, muy serio. Era en momentos como ése, que Simon podía dejar de lado sus recuerdos de Luke (casi un padrastro para Clary, el tipo que siempre rondaba por allí, el que en todo momento estaba dispuesto a acompañarte en coche a casa al salir de la escuela, o a prestarte unos pesos para comprar un libro o una entrada para el cine) y recordar que Luke lideraba la manada de lobos más importante de la ciudad, que era alguien a quien, en momentos críticos, la Clave entera se había sentado a escuchar—. Olvidas quién eres, Simon. Olvidas el poder que posees.

—Ojalá pudiera olvidarlo —dijo Simon con amargura—. Ojalá que se esfumara por completo si hiciera uso de él.

Luke movió la cabeza de un lado a otro.

—El poder es como un imán. Atrae a los que lo desean. Camille es una de ellos, pero habrá más. Hemos tenido suerte, en cierto sentido, de que haya tardado tanto tiempo. —Miró a Simon—. ¿Crees que si vuelve a convocarte podrás ponerte en contacto conmigo, o con la Clave, para decirnos dónde encontrarla?

—Sí —respondió Simon—. Me dio una forma de entrar en contacto con ella. Pero no se trata precisamente de que vaya a aparecer si soplo un silbato mágico. La otra vez que quiso hablar conmigo, hizo que sus secuaces me agarraran por sorpresa y me condujeran a ella. Por lo tanto, no va a funcionar que pongas gente a mi alrededor mientras intento contactar con ella. Tendrás a sus subyugados, pero no la tendrás a ella.

—Humm. —Luke reflexionó—. Tendremos que pensar en algo inteligente.

—Pues mejor que pienses rápido. Dijo que me daba cinco días, lo que significa que mañana estará esperando algún tipo de señal por mi parte.

—Me lo imagino —dijo Luke—. De hecho, cuento con ello.

Simon abrió con cautela la puerta de entrada del departamento de Kyle.

—¡Hola! —gritó al entrar en el recibidor y mientras colgaba la chamarra—. ¿Hay alguien en casa?

No hubo respuesta, pero Simon oyó en la sala de estar los conocidos sonidos, *zap-bang-crash*, de un videojuego. Se encaminó hacia allí, portando como ofrenda de paz una bolsa blanca llena de *bagels* que había comprado en Bagel Zone, en la Avenida A.

—Les he traído desayuno...

Se interrumpió. No estaba seguro de lo que podía esperarse después de que sus autonombrados guardaespaldas se hubieran dado cuenta de que había salido del departamento sin que se enteraran de ello. Se imaginaba una recepción con frases del tipo: «Vuélvelo a intentar y te mataremos». Pero jamás se le habría pasado por la cabeza encontrarse a Kyle y a Jace sentados en el sofá, codo con codo, y comportándose como los mejores amigos del mundo ante los ojos de

154

cualquiera. Kyle tenía en las manos el mando del videojuego y Jace estaba inclinado hacia adelante, con los codos apoyados en las rodillas, observando con atención el desarrollo del juego. Ni se dieron cuenta de que Simon acababa de entrar.

—Ese tipo de la esquina mira hacia el otro lado —comentó Jace, señalando la pantalla del televisor—. Si le atizas una patada de rueca, lo mandarás al carajo.

—En este juego no se pueden dar patadas. Sólo puedo disparar. ¿Lo ves? —Kyle machacó algunas teclas.

—Vaya estupidez. —Jace levantó la cabeza y fue entonces cuando vio a Simon—. Veo que estás de vuelta de tu reunión del desayuno —dijo, sin que su tono de voz fuera precisamente de bienvenida—. Seguro que te crees muy listo por haberte escapado como lo has hecho.

—Medianamente listo —reconoció Simon—. Una especie de cruce entre el George Clooney de *Ocean's Eleven* y esos tipos de *Los cazadores de mitos*, aunque más guapo.

—No sabes lo que me alegro de no tener ni idea de esas tonterías que hablas —dijo Jace—. Me llena de una profunda sensación de paz y bienestar.

Kyle dejó el mando y la pantalla se quedó congelada en un primer plano en el que se veía una arma gigantesca con extremo afilado.

—Tomaré un *bagel*.

Simon le lanzó uno y Kyle se fue a la cocina, que estaba separada de la sala mediante una barra larga, para tostar y untar con mantequilla su desayuno. Jace miró la bolsa blanca e hizo un gesto de rechazo con la mano.

—No, gracias.

Simon se sentó en la mesita.

—Tendrías que comer algo.

—Mira quién habla.

—En estos momentos no tengo sangre —dijo Simon—. A menos que te ofrezcas voluntario.

—No, gracias. Ya hemos ido por ese camino y creo que será mejor que sigamos sólo como amigos. —El tono de Jace era casi tan sarcástico como siempre, pero mirándolo de cerca, Simon se dio cuenta de lo pálido que estaba y de que sus ojos estaban envueltos en sombras grisáceas. Los huesos de su cara sobresalían mucho más que antes.

—De verdad —dijo Simon, empujando la bolsa por encima de la mesita hacia donde estaba sentado Jace—. Deberías comer algo. No bromeo.

Jace miró la bolsa de comida y puso mala cara. Tenía los párpados azulados de agotamiento.

—Sólo de pensarlo me entran náuseas, si te soy sincero.

—Anoche te quedaste dormido —dijo Simon—. Cuando supuestamente tenías que vigilarme. Sé que esto de ejercer de guardaespaldas es casi como un chiste para ti, pero aun así... ¿Cuánto tiempo hacía que no dormías?

—¿Toda la noche seguida? —Jace se puso a pensar—. Dos semanas. Quizá tres.

Simon se quedó boquiabierto.

—¿Por qué? ¿Qué te pasa?

Jace le regaló una sonrisa fantasmagórica.

—«Podría estar encerrado en una cáscara de nuez y sentirme un rey del espacio infinito, de no ser por las pesadillas que sufro.»

—Ésa la conozco. *Hamlet*. ¿Quieres con esto decirme que no puedes dormir porque tienes pesadillas?

—Vampiro —dijo Jace, con una sensación de cansada certidumbre—, no tienes ni idea.

—Ya estoy aquí. —Kyle dio la vuelta a la barra y se dejó caer en el áspero sillón—. ¿Qué sucede?

—Me he reunido con Luke —dijo Simon, y les explicó lo sucedido al no ver motivos para escondérselo. Obvió mencionar que Camille lo quería no sólo porque era un vampiro diurno, sino también por la Marca de Caín. Kyle movió afirmativamente la cabeza en cuanto hubo terminado.

156

—Luke Garroway. Es el jefe de la manada de la ciudad. He oído hablar de él. Es un pez gordo.

—Su verdadero apellido no es Garroway —dijo Jace—. Había sido cazador de sombras.

—Es verdad. También lo había oído comentar. Y ha jugado un papel decisivo en todo el tema de los nuevos Acuerdos. —Kyle miró a Simon—. Caray, conoces a gente importante.

—Conocer a gente importante implica tener muchos problemas —dijo Simon—. Camille, por ejemplo.

—En cuanto Luke le cuente a Maryse lo que sucede, la Clave se ocupará de ella —dijo Jace—. Existen protocolos para tratar a los subterráneos malvados. —Al oír aquello, Kyle lo miró de refilón, pero Jace no se dio cuenta—. Ya te he dicho que no creo que sea ella la que intenta matarte. Sabe lo de... —Jace se calló—. Sabe que no le conviene.

—Y además, quiere utilizarte —dijo Kyle.

—Buen punto —dijo Jace—. No hay por qué eliminar un recurso valioso.

Simon se quedó mirándolos y sacudió la cabeza.

—¿Desde cuándo son tan amigos? Anoche no paraban de proclamar «¡Soy el guerrero más poderoso!», «¡No, el guerrero más poderoso soy yo!». Y hoy los encuentro jugando a *Halo* y apoyándose el uno al otro con buenas ideas.

—Nos hemos dado cuenta de que tenemos algo en común —dijo Jace—. Nos fastidias a los dos.

—He tenido una idea en este sentido —dijo Simon—. Aunque me parece que a ninguno de los dos va a gustarle.

Kyle levantó las cejas.

—Suéltala.

—El problema de que estén vigilándome todo el tiempo —dijo Simon— es que si lo hacen, los que intentan matarme no volverán a intentarlo, y si no vuelven a intentarlo, no sabremos quiénes son, y además, tendrán que vigilarme constantemente. Y me imagino que tienen otras cosas que hacer. Bueno —añadió mirando a Jace—, posiblemente tú no.

—¿Y? —dijo Kyle—. ¿Qué sugieres?

—Que les tendamos una trampa. Para que vuelvan a atacar. Que intentemos capturar a uno de ellos y averigüemos quién los envía.

—Que yo recuerde —dijo Jace—, yo ya te propuse esa idea y no te gustó mucho.

—Estaba cansado —replicó Simon—. Pero lo he estado pensando. Y hasta el momento, por la experiencia que he tenido con malhechores, no se largan simplemente porque los ignores. Siguen acechándote de distintas maneras. Por lo tanto, o consigo que esos tipos vengan a mí, o me pasaré la vida esperando que vuelvan a atacarme.

—Me apunto —dijo Jace, aunque Kyle parecía aún dubitativo—. ¿De modo que quieres salir por ahí y empezar a dar vueltas hasta que vuelvan a aparecer?

—He pensado que se lo pondré fácil. Apareceré en algún sitio donde cualquiera pueda imaginarse que voy a ir.

—¿Te refieres a...? —dijo Kyle.

Simon señaló el cartel que había pegado en el refrigerador. «PELUSA DEL MILENIO, 16 DE OCTUBRE, ALTO BAR, BROOKLYN, 21 HORAS.»

—Me refiero a la actuación. ¿Por qué no? —El dolor de cabeza seguía ahí, en toda su plenitud; lo ignoró, tratando de no pensar en lo agotado que se sentía o en cómo se las arreglaría para tocar. Tenía que conseguir más sangre. Tenía que hacerlo.

A Jace le brillaban los ojos.

—¿Sabes? Es muy buena idea, vampiro.

—¿Quieres que te ataquen en el escenario? —preguntó Kyle.

—Sería un espectáculo emocionante —dijo Simon, más fanfarrón de lo que en realidad se sentía. La idea de ser atacado otra vez era casi más de lo que podía soportar, por mucho que no temiera por su seguridad. No sabía si sería capaz de soportar de nuevo ver la Marca de Caín realizando su trabajo.

Jace negó con la cabeza.

—No atacan en público. Esperarán hasta después de la actuación. Y nosotros estaremos allí para ocuparnos de ellos.

Kyle negó con la cabeza.

—No sé...

Siguieron discutiendo el tema, Jace y Simon en un bando y Kyle en el otro. Simon se sentía un poco culpable. Si Kyle conociera lo de la Marca, resultaría mucho más fácil convencerlo. Pero acabó claudicando bajo la presión y accediendo a regañadientes a lo que él continuaba considerando «un plan estúpido».

—Pero —dijo al final, poniéndose en pie y sacudiéndose las migas de la camiseta—, lo hago únicamente porque me doy cuenta de que lo harán de todos modos, esté yo de acuerdo o no. Por lo tanto, prefiero acompañarlos. —Miró a Simon—. ¿Quién habría pensado que protegerte iba a ser tan complicado?

—Podría habértelo dicho yo —comentó Jace, cuando Kyle se puso la chamarra y se dirigió a la puerta. Tenía que ir a trabajar, les había explicado. Al parecer, trabajaba de verdad como mensajero en bicicleta; los *Praetor Lupus*, por muy de poca madre que sonara su nombre, no pagaban nada bien. Se cerró la puerta y Jace se volvió hacia Simon—. La actuación es a las nueve, ¿no? ¿Qué hacemos durante el resto del día?

—¿Nosotros? —Simon lo miró con incredulidad—. ¿No piensas volver nunca a casa?

—¿Qué pasa? ¿Ya te has aburrido de mi compañía?

—Deja que te pregunte una cosa —dijo Simon—. ¿Te resulta fascinante estar conmigo?

—¿Qué ha sido eso? —dijo Jace—. Lo siento, creo que me he quedado dormido un momento. Vamos, continúa con eso tan cautivador que estabas diciendo.

—Basta ya —dijo Simon—. Deja por un momento de ser sarcástico. No comes, no duermes. ¿Y sabes quién tampoco lo hace? Clary. No sé lo que está pasando entre ustedes dos, porque, francamente, ella no me ha comentado nada. Me imagino que tampoco quiere hablar del tema. Pero es evidente que están peleados. Y si piensas cortar con ella...

—¿Cortar con ella? —Jace se quedó mirándolo fijamente—. ¿Estás loco?

—Si sigues evitándola —dijo Simon—, será ella la que cortará contigo.

Jace se levantó. Su estado de relajación había desaparecido, era todo tensión, como un gato al acecho. Se acercó a la ventana e, inquieto, empezó a juguetear con la tela de la cortina; la luz de última hora de la mañana penetró por la abertura, aclarando el color de sus ojos.

—Tengo motivos para hacer lo que hago —dijo por fin.

—Fenomenal —dijo Simon—. ¿Los conoce Clary?

Jace no dijo nada.

—Lo único que hace ella es quererte y confiar en ti —dijo Simon—. Se lo debes...

—Hay cosas más importantes que la honestidad —dijo Jace—. ¿Crees que me gusta hacerle daño? ¿Crees que me gusta saber que estoy haciéndola enojar, haciendo incluso tal vez que me odie? ¿Por qué crees que estoy aquí? —Miró a Simon con una especie de rabia muy poco prometedora—. No puedo estar con ella —dijo—. Y si no puedo estar con ella, me da lo mismo dónde estoy. Puedo estar contigo, porque si al menos ella se entera de que intento protegerte, se sentirá feliz.

—De modo que intentas hacerla feliz aun a pesar de que el motivo por el que, de entrada, se siente infeliz eres tú —dijo Simon, empleando un tono poco amable—. Parece una contradicción, ¿no?

—El amor es una contradicción —dijo Jace, y se volvió hacia la ventana.

8

UN PASEO POR LA OSCURIDAD

Clary había olvidado lo mucho que odiaba el olor a hospital hasta que cruzó las puertas del Beth Israel. A estéril, a metal, a café rancio, y sin la cantidad suficiente de lejía como para ocultar el hedor a enfermedad y desgracia. El recuerdo de la enfermedad de su madre, yaciendo inconsciente e inmóvil en su nido de tubos y cables, le golpeó como un bofetón en la cara y tomó aire, intentando no impregnarse de aquel ambiente.

—¿Te encuentras bien? —Jocelyn se bajó la capucha de su abrigo y miró a Clary; sus ojos verdes parecían ansiosos.

Clary asintió, encorvando los hombros dentro de la chamarra, y miró a su alrededor. En el vestíbulo reinaba la frialdad del mármol, el metal y el plástico. Había un mostrador de información muy grande detrás del cual revoloteaban varias mujeres, probablemente enfermeras; diversos carteles indicaban el camino hacia la UCI, Rayos X, Oncología quirúrgica, Pediatría, etcétera. Estaba segura de poder encontrar, incluso dormida, el camino hasta la cafetería; le había llevado a Luke desde allí tantísimas tazas de café tibio, que podría llenar con ellas el depósito entero de Central Park.

—Disculpen. —Era una enfermera delgada que empujaba a un anciano en silla de ruedas y que las adelantaba, atropellándole casi los pies a Clary. Clary se la quedó mirando... Había habido algo... un resplandor...

—No mires, Clary —dijo Jocelyn en voz baja. Rodeó a Clary por los hombros y ambas giraron hasta quedarse de cara a las puertas que daban acceso a la sala de espera del laboratorio de extracciones de sangre. En los cristales oscuros de las puertas, Clary vio reflejada la imagen de ella y de su madre juntas. Aunque su madre aún le sacaba una cabeza, eran *iguales*, o eso creía. En el pasado, siempre había restado importancia a los comentarios de la gente en este sentido. Jocelyn era guapa, y ella no. Pero la forma de sus ojos y su boca era la misma, y de igual modo compartían el pelo rojo, los ojos verdes y las manos finas. Clary se preguntaba por qué sería que había sacado tan poco de Valentine, mientras que su hermano guardaba un gran parecido con su padre. Su hermano tenía el pelo claro de su padre y sus sobrecogedores ojos oscuros. Aunque quizá, pensó, observándose con más detalle, veía también un poco de Valentine en el perfil terco de su propia mandíbula...

—Jocelyn. —Ambas voltearon a la vez. Tenían enfrente a la enfermera que antes empujaba al anciano con silla de ruedas. Era delgada, juvenil, de piel oscura y ojos oscuros... y entonces, mientras Clary la miraba, el *glamour* se esfumó. Seguía siendo una mujer delgada y de aspecto juvenil, pero ahora su piel tenía un tono azulado oscuro y su pelo, recogido en un chongo en la nuca, era blanco como la nieve. El azul de su piel contrastaba de forma asombrosa con el uniforme de color rosa claro.

—Chis —dijo Jocelyn—. Te presento a Catarina Loss. Me cuidó cuando estuve ingresada aquí. También es amiga de Magnus.

—Eres una bruja. —Las palabras salieron de la boca de Clary sin que pudiera evitarlo.

—Shhh. —La bruja estaba horrorizada. Le lanzó una dura mirada a Jocelyn—. No recuerdo que mencionaras que ibas a venir con tu hija. No es más que una niña.

—Clarissa sabe comportarse. —Jocelyn miró muy seria a Clary—. ¿Verdad?

Clary asintió. Había conocido a otros brujos, además de Magnus, en la batalla de Idris. Todos los brujos poseían alguna característica que los distinguía como no humanos, como era el caso de los ojos de gato de Magnus. Otros tenían alas, pies palmeados o espolones. Pero tener la piel completamente azul era algo difícil de esconder con lentes de contacto o ropa grande. Catarina Loss debía de necesitar echarse a diario un *glamour* para salir a la calle, sobre todo teniendo en cuenta que trabajaba en un hospital de mundanos.

La bruja señaló con un dedo los elevadores.

—Vamos. Vengan conmigo. Hagámoslo rápido.

Clary y Jocelyn corrieron tras ella hacia el grupo de ascensores y entraron en el primero que abrió sus puertas. En cuanto las puertas se cerraron a sus espaldas con un silbido, Catarina pulsó el botón marcado simplemente con una «M». En la plancha metálica había una muesca que indicaba que a la planta M sólo podía accederse mediante una llave especial, pero cuando Catarina tocó el botón, su dedo desprendió una chispa azul y el botón se iluminó. El elevador empezó a descender.

Catarina habló moviendo la cabeza de un lado a otro:

—De no ser amiga de Magnus Bane, Jocelyn Fairchild...

—Fray —dijo Jocelyn—. Ahora me hago llamar Jocelyn Fray.

—¿Se acabaron para ti los apellidos de cazadores de sombras? —Catarina esbozó una sonrisa socarrona; sus labios resultaban excepcionalmente rojos en contraste con el azul de su piel—. ¿Y tú, pequeña? ¿Vas a ser cazadora de sombras como tu papá?

Clary intentó disimular su enojo.

—No —dijo—. Voy a ser cazadora de sombras, pero no voy a ser como mi padre. Y me llamo Clarissa, aunque puede llamarme Clary.

El elevador se detuvo y se abrieron las puertas. La bruja posó sus azules ojos en Clary por un instante.

—Oh, ya sé cómo te llamas —dijo—. Clarissa Morgenstern. La niña que detuvo una gran guerra.

—Eso imagino. —Clary salió del elevador detrás de Catarina; su madre les pisaba los talones—. ¿Y usted dónde estaba? No recuerdo haberla visto.

—Catarina estaba aquí —dijo Jocelyn, casi sin aliento para poder seguir su paso. Estaban caminando por un pasillo sin ningún rasgo distintivo; no había ventanas ni puertas. Las paredes estaban pintadas de un verde claro nauseabundo—. Ayudó a Magnus a utilizar el Libro de lo Blanco para despertarme. Después, cuando él regresó a Idris, se quedó custodiándolo.

—¿Custodiando el libro?

—Es un libro muy importante —dijo Catarina; sus zapatos de suela de hule se pegaban al suelo mientras seguía avanzando.

—Creía que lo que era muy importante era la guerra —murmuró Clary, casi para sus adentros.

Llegaron por fin a una puerta que tenía un cuadrado de cristal esmerilado y la palabra «Morgue» pintada en grandes letras de color negro. Catarina se volteó después de posar la mano en el picaporte, con expresión divertida, y miró a Clary.

—En un momento muy temprano de mi vida, descubrí que tenía un don para la curación —dijo—. Es el tipo de magia que practico. Es por eso que trabajo aquí, en este hospital, a cambio de un sueldo asqueroso, y hago lo que puedo para curar a mundanos que se echarían a gritar si conociesen mi auténtico aspecto. Podría hacerme rica vendiendo mis habilidades a los cazadores de sombras y a los mundanos tontos que creen saber lo que es la magia, pero no pienso hacerlo. Trabajo aquí. Por lo tanto, mi pequeña pelirroja, no te pongas difícil conmigo. No eres mejor que yo por el simple hecho de ser famosa.

Clary notó que le ardían las mejillas. Nunca se había considerado famosa.

—Tiene usted razón —dijo—. Lo siento.

Los ojos azules de la bruja se trasladaron a Jocelyn, que estaba blanca y tensa.

—¿Estás lista?

Jocelyn asintió y miró a Clary, que asintió a su vez. Catarina empujó la puerta y la siguieron hacia el interior del depósito de cadáveres.

Lo primero que le chocó a Clary fue el frío que hacía allí. La sala estaba helada y se subió rápidamente el cierre de la chamarra. Lo segundo fue el olor, el hedor acre de los productos de limpieza sobreponiéndose al aroma dulzón de la descomposición. Los fluorescentes del techo proyectaban una luz amarillenta. En el centro de la sala había dos mesas de disección, grandes y vacías; había además un fregadero y una mesa metálica con una báscula para pesar órganos. Una de las paredes estaba recubierta por una hilera de compartimentos de acero inoxidable, como las cajas de seguridad de un banco, pero mucho más grandes. Catarina atravesó la sala y se acercó a uno de ellos, puso la mano en la empuñadura y jaló de ella; se deslizó sobre unas ruedecillas. En el interior, sobre una camilla metálica, yacía el cuerpo de un recién nacido.

Jocelyn emitió un leve sonido gutural. Y un instante después corrió al lado de Catarina; Clary la siguió más despacio. Ya había visto cadáveres en otras ocasiones: había visto el cadáver de Max Lightwood, y lo conocía. Tenía sólo nueve años. Pero un bebé...

Jocelyn se llevó la mano a la boca. Sus ojos, grandes y oscuros, estaban fijos en el cuerpo del niño. Clary bajó la vista. La primera impresión era la de un bebé, varón, normal y corriente. Tenía los diez dedos de los pies y de las manos. Pero observándolo con más detalle —observando como lo haría si quisiera ver más allá de un *glamour*—, vio que los dedos de las manos del niño no eran dedos, sino garras, curvadas hacia dentro y muy afiladas. El niño tenía la piel gris y sus ojos, abiertos y con la mirada fija, eran completamente negros, no sólo el iris, sino también la parte en teoría blanca.

Jocelyn susurró:

—Jonathan tenía los ojos así cuando nació: como dos túneles negros. Luego cambiaron, para parecer más humanos, pero recuerdo...

Y estremeciéndose, se volteó y salió corriendo de la sala; la puerta del depósito de cadáveres se cerró a sus espaldas.

165

Clary miró a Catarina, que se mostraba impasible.

—¿No dijeron nada los médicos? —preguntó—. De los ojos... y de esas manos...

Catarina negó con la cabeza.

—Ellos no ven lo que nosotros no queremos que vean —dijo con un gesto de indiferencia—. Estamos ante algún tipo de magia que no he visto con frecuencia. Magia demoníaca. Un mal asunto. —Sacó algo del bolsillo. Era un pedazo de tela en el interior de una bolsa de plástico con cierre hermético—. Es un retal de la tela en la que venía envuelto cuando lo trajeron. Apesta también a magia demoníaca. Dáselo a tu madre. Dile que se lo enseñe a los Hermanos Silenciosos para ver si ellos pueden sacar alguna conclusión. Hay que averiguar quién lo hizo.

Clary lo tomó, aturdida. Y cuando los dedos de su mano se cerraron en torno a la bolsa, surgió una runa ante sus ojos: una matriz de líneas y espirales, el susurro de una imagen que desapareció en el instante en que deslizó la bolsa en el bolsillo de su chamarra.

Pero el corazón le latía con fuerza.

«Esto no irá todavía a los Hermanos Silenciosos —pensó—. No hasta que vea qué puede hacer esa runa con ello.»

—¿Hablarás con Magnus? —le preguntó Catarina—. Cuéntale que le he enseñado a tu madre lo que quería ver.

Clary asintió de manera mecánica. De pronto lo único que deseaba era salir de allí, salir de aquella sala con luz amarilla, alejarse del olor a muerte y de aquel diminuto cuerpo profanado que yacía inmóvil sobre la camilla. Pensó en su madre, en que cada año, cuando se cumplía la fecha del nacimiento de Jonathan, sacaba aquella caja y lloraba contemplando su mechón de pelo, lloraba por el hijo que debería haber tenido y que fue sustituido por una cosa como aquélla.

«No creo que fuera precisamente esto lo que quería ver —pensó Clary—. Creo que esperaba que esto fuera imposible.»

—Por supuesto —fue en cambio lo que dijo—. Se lo diré.

El Alto Bar era el típico antro de jazz situado bajo el paso elevado de la línea de tren que enlazaba Brooklyn con Queens, en Greenpoint. Pero los jueves por la noche estaba abierto para gente de cualquier edad, y Eric era amigo del propietario. Ése era el motivo por el que la banda de Simon podía tocar allí prácticamente todos los jueves que se les antojara, por mucho que fueran cambiando el nombre del grupo y no consiguieran atraer a mucho público.

Kyle y los demás miembros del grupo habían subido ya al escenario y estaban montando el equipo y verificando los últimos detalles. Simon había accedido a quedarse entre bambalinas hasta que empezara el concierto, aliviando con su decisión el estrés que sufría Kyle. En aquel momento, Simon asomaba la nariz entre la polvorienta cortina de terciopelo del telón, tratando de ver un poco qué pasaba fuera.

El interior del bar lucía la que en su día fuera una decoración a lo último, con el techo y las paredes recubiertas de contrachapado de metal plateado, un recordatorio de la antigua taberna clandestina que había sido, y un cristal esmerilado con motivos *art deco* detrás de la barra. Aunque estaba mucho más cochambroso ahora que cuando lo inauguraron: las paredes se encontraban llenas de manchas de humo que no se iban de ninguna manera, y el suelo estaba cubierto de aserrín, aglomerado en zonas como resultado del derramamiento de cerveza y de otras cosas peores.

Hay que decir, en el lado positivo, que las mesas que flanqueaban las paredes estaban prácticamente llenas. Simon vio a Isabelle sentada sola a una mesa, con un vestido corto de una tela plateada que parecía metálica y recordaba una cota de malla, y sus botas de pisotear demonios. Con la ayuda de palillos plateados, se había recogido el pelo en un chongo suelto. Simon sabía que aquellos palillos estaban afiladísimos y eran capaces de rasgar el metal e incluso el hueso. Llevaba los labios pintados de rojo, un tono que le recordaba la sangre fresca.

«Domínate —se dijo Simon—. Deja ya de pensar en sangre.»

Había otras mesas ocupadas por amigos de los diversos miembros de la banda. Blythe y Kate, novias respectivamente de Kirk y de Matt, se habían sentado juntas a una mesa y compartían un plato de nachos de aspecto ceniciento. Eric tenía diversas novias repartidas en distintas mesas de la sala, y la mayoría de sus amigos de la escuela estaban también presentes, haciendo que el local se viera así mucho más lleno. Sentada en un rincón, sola en una mesa, estaba Maureen, la única fan de Simon, una chica rubia y menuda con aspecto de niña abandonada que decía tener dieciséis años, pero que parecía que tuviera doce. Simon se imaginaba que tendría unos catorce. Cuando le vio asomar la cabeza por detrás del telón, la niña lo saludó con la mano y le sonrió con entusiasmo.

Simon escondió la cabeza como una tortuga y cerró en seguida la cortina.

—Oye, tú —dijo Jace, que estaba sentado encima de un altavoz, mirando su celular—. ¿Quieres ver una foto de Alec y de Magnus en Berlín?

—La verdad es que no —respondió Simon.

—Magnus lleva esos pantalones de piel típicos que se llaman *lederhosen*.

—Aun así, no, gracias.

Jace se guardó el teléfono en el bolsillo y miró a Simon, confuso.

—¿Estás bien?

—Sí —dijo Simon, pero no lo estaba. Se sentía mareado, con náuseas y tenso, algo que achacaba a la presión y a la preocupación por lo que pudiera suceder aquella noche. Y tampoco ayudaba en nada el hecho de que no hubiera comido; tendría que enfrentarse tarde o temprano a su situación. Le habría gustado que Clary hubiera acudido, pero sabía que no podía. Tenía no sé qué asunto relacionado con el pastel de la boda y ya le había dicho hacía días que no podría asistir. Se lo había comentado a Jace antes de llegar. Y Jace se había mostrado tristemente aliviado por un lado, y decepcionado por el otro, todo a la vez, algo impresionante.

—Atención, atención —dijo Kyle, asomando la cabeza por la cortina—. Estamos a punto de empezar. —Miró a Simon—. ¿Estás seguro de lo que vamos a hacer?

Simon miró primero a Kyle y luego a Jace.

—¿Sabían que van juntos?

Ambos se miraron, primero a ellos mismos y a continuación el uno al otro. Los dos iban vestidos con pantalón de mezclilla y camiseta negra de manga larga. Jace jaló de su camiseta con cierto sentido del ridículo.

—Se la he pedido prestada a Kyle. La otra estaba un poco asquerosa.

—¿Ahora se intercambian hasta la ropa? Eso es lo que hacen los mejores amigos.

—¿Te sientes marginado? —dijo Kyle—. Si quieres te presto también una camiseta negra.

Simon no declaró lo evidente, que era que nada que le fuera bien de talla a Kyle o a Jace podía encajar en su flacucho cuerpo.

—Siempre y cuando cada uno lleve sus propios pantalones...

—Veo que llego en un momento fascinante de la conversación. —Eric asomó la cabeza por la cortina—. Vamos. Es hora de empezar.

Cuando Kyle y Simon se encaminaron al escenario, Jace se levantó. Debajo de su camiseta prestada, Simon vislumbró el filo brillante de una daga.

—Si te parten una pierna allá arriba —dijo Jace con una sonrisa maliciosa—, yo iré corriendo a partir unas cuantas más.

Supuestamente, Raphael tenía que llegar al anochecer, pero les hizo esperar casi tres horas antes de que su Proyección apareciera en la biblioteca del Instituto.

«Política de vampiros», pensó Luke escuetamente. El jefe del clan de vampiros de Nueva York acudía, si debía hacerlo, cuando los cazadores de sombras lo llamaban; pero sin que lo convocaran, y sin puntualidad. Luke había matado el tiempo durante las últimas horas repasando varios libros de la biblioteca; Maryse no tenía ganas de hablar y había estado prácticamente todo el tiempo mirando por la ventana, bebiendo vino tinto en una copa de cristal tallado y distrayéndose observando el ir y venir del tráfico por York Avenue.

Maryse volteó en cuanto apareció Raphael, como un gis blanco dibujando su trazo en la oscuridad. Primero se hizo visible la palidez de su cara y de sus manos, y después la oscuridad de sus ropajes y su cabello. Finalmente apareció, completo, una Proyección de aspecto sólido. Vio que Maryse corría hacia él y dijo:

—¿Me has llamado, cazadora de sombras? —Se volteó entonces, repasando a Luke con la mirada—. Veo que te acompaña el lobo humano. ¿He sido convocado para una especie de Consejo?

—No exactamente. —Maryse dejó la copa sobre una mesa—. ¿Te has enterado de las recientes muertes, Raphael? ¿De los cadáveres de cazadores de sombras que han sido encontrados?

Raphael enarcó sus expresivas cejas.

—Sí. Pero no le di importancia. Es un asunto que no tiene nada que ver con mi clan.

—Encontraron un cuerpo en territorio de los brujos, otro en territorio de los lobos y otro en territorio de las hadas —dijo Luke—. Me imagino que ustedes serán los siguientes. Parece un claro intento de fomentar la discordia entre los subterráneos. Estoy aquí de buena fe, para demostrarte que no creo que seas el responsable, Raphael.

—Qué alivio —dijo Raphael, pero sus ojos eran oscuros y estaban en pleno estado de alerta—. ¿Acaso algo sugiere que pudiera serlo?

—Uno de los muertos logró decirnos quién lo atacó —dijo Maryse con cautela—. Antes de... morir... nos comunicó que la persona responsable era Camille.

—Camille. —La voz de Raphael sonó cautelosa, pero su expresión, antes de reconducirla a la impasibilidad, fue de efímera conmoción—. Eso es imposible.

—¿Por qué es imposible, Raphael? —preguntó Luke—. Es la jefa de tu clan. Es muy poderosa y la fama de crueldad la precede. Y por lo que parece ha desaparecido. No se desplazó a Idris para combatir a tu lado en la guerra. Nunca mostró su conformidad con los nuevos Acuerdos. Ningún cazador de sombras la ha visto ni ha oído hablar de ella desde hace meses... hasta ahora.

Raphael no dijo nada.

—Aquí pasa algo —dijo Maryse—. Queríamos darte la oportunidad de que te explicaras antes de mencionarle a la Clave la implicación de Camille. Es una muestra de buena fe por nuestra parte.

—Sí —dijo Raphael—. Sí, veo que es una muestra.

—Raphael —dijo Luke, con amabilidad—. No tienes por qué protegerla. Si la aprecias...

—¿Apreciarla? —Raphael se volvió y escupió, por mucha Proyección que fuera, más por el espectáculo que por otra cosa—. La odio. La desprecio. Cada noche, cuando me levanto, deseo su muerte.

—Oh —dijo Maryse con delicadeza—. En este caso, quizá...

—Nos lideró durante años —dijo Raphael—. Era la jefa del clan cuando me convertí en vampiro, y de eso hace ya cincuenta años. Venía de Londres. Era una desconocida en la ciudad, pero lo bastante cruel como para escalar hasta el puesto de jefe del clan de Manhattan en cuestión de pocos meses. El año pasado me convertí en su segundo de a bordo. Después, hará cuestión de meses, descubrí que había estado matando a humanos. Matándolos por pura diversión, y bebiendo su sangre. Quebrantando la Ley. Sucede a veces. Los vampiros se vuelven malvados y no se puede hacer nada para detenerlos. Pero que le suceda eso a un jefe de clan... cuando supuestamente tienen que ser los mejores. —Permanecía inmóvil, con los oscuros ojos introspectivos, perdido en sus recuerdos—. No somos como los lobos, esos salvajes. Nosotros no matamos a nuestro líder para sustituirlo por otro. Para un vampiro, levantar la mano contra otro vampiro es el peor de los crímenes, por mucho que ese vampiro haya quebrantado la Ley. Y Camille tiene muchos aliados, muchos seguidores. No podía correr el riesgo de acabar con ella. Lo que hice, en cambio, fue abordarla y decirle que tenía que abandonarnos, marcharse, porque de lo contrario yo pensaba acudir a la Clave. No quería hacerlo, claro está, porque sabía que si se descubría todo, sería la perdición para el clan. Desconfiarían de nosotros, nos investigarían. Nos veríamos avergonzados y humillados delante de otros clanes.

Maryse emitió un bufido de impaciencia.

—Hay cosas más importantes que la deshonra.

—Cuando eres vampiro, puede significar la diferencia entre la vida y la muerte. —Raphael bajó la voz—. Aposté porque me veía capaz de hacerlo, y lo hizo. Accedió a marcharse. La mandé lejos, pero dejó atrás un enigma. Yo no podía ocupar su puesto, porque ella no había abdicado. Y tampoco podía explicar su partida sin revelar por qué lo había hecho. Tuve que plantearlo como una ausencia prolongada, una necesidad de viajar. La inquietud viajera es bastante común entre los de nuestra especie; aparece de vez en cuando. Cuando puedes vivir eternamente, permanecer siempre en un mismo lugar puede acabar convirtiéndose en una cárcel después de muchos años.

—¿Y cuánto tiempo creías que podrías mantener ese engaño? —preguntó Luke.

—El máximo posible —respondió Raphael—. Hasta ahora, por lo que parece. —Apartó la vista y miró hacia la ventana, contemplando la brillante noche a través de ella.

Luke se apoyó en una de las estanterías. Le pareció gracioso cuando se fijó que había elegido apoyarse precisamente en la sección dedicada a los cambiantes, llena de libros sobre seres lobo, naga, kitsunes y selkies.

—Te interesará saber que ella anda contando más o menos la misma historia sobre ti —dijo, evitando mencionar a quién se lo había contado.

—Tenía entendido que se había marchado de la ciudad.

—Tal vez lo hiciera, pero ha regresado —dijo Maryse—. Y por lo que parece, la sangre humana ya no basta para satisfacerla.

—No sé qué decirles —dijo Raphael—. Yo intentaba proteger a mi clan. Si la Ley decide castigarme, aceptaré el castigo.

—No estamos interesados en castigarte, Raphael —dijo Luke—. No, a menos que te niegues a cooperar.

Raphael se volvió hacia ellos, con los ojos encendidos.

—¿Cooperar en qué?

—Nos gustaría capturar a Camille. Viva —dijo Maryse—. Queremos interrogarla. Necesitamos saber por qué anda matando a cazadores de sombras... y a esos cazadores de sombras en particular.

—Si de verdad esperan conseguirlo, confío en que hayan urdido un plan muy inteligente. —Raphael empleó un tono que era una mezcla de diversión y burla—. Camille es astuta incluso para los nuestros, y eso que somos tremendamente astutos.

—Tengo un plan —dijo Luke—. Tiene que ver con el vampiro diurno, Simon Lewis.

Raphael hizo una mueca.

—No me gusta ese chico —dijo—. Preferiría no formar parte de un plan que se basa en su implicación.

—Bien —dijo Luke—, no es tan malo para ti.

«Estúpida —pensó Clary—. Eres una estúpida por no haber tomado un paraguas.»

La llovizna que le había anunciado su madre por la mañana se había convertido ya en un buen aguacero cuando llegó al Alto Bar de Lorimer Street. Se abrió pasó entre el montón de gente que estaba fumando en la acera y se sumergió agradecida en el calor seco del interior del bar.

La Pelusa del Milenio estaba ya en el escenario, los chicos divertidísimos con sus instrumentos, Kyle, delante de ellos, gruñéndole de forma sexy al micrófono. Clary experimentó un instante de satisfacción. Era en gran parte gracias a ella que habían contratado a Kyle y la verdad era que lo hacía bien.

Miró a su alrededor, esperando ver a Maia o a Isabelle. Sabía que las dos no coincidirían, pues Simon ya se cuidaba de invitarlas alternando las actuaciones. Su mirada fue a parar a una figura delgada de pelo negro, y se acercó a aquella mesa para detenerse a medio camino. No era Isabelle, sino una mujer mucho mayor, con los ojos fuertemente perfilados en negro. Iba vestida con un traje sastre y leía un periódico, haciendo caso omiso a la música.

—¡Clary! ¡Aquí! —Clary volteó y vio a la auténtica Isabelle, sentada a una mesa próxima al escenario. Llevaba un vestido que brillaba como un faro plateado; Clary se dirigió hacia allí y se acomodó en la silla situada delante de Izzy—. Por lo que veo, te ha agarrado la lluvia —observó Isabelle.

Clary se retiró el pelo mojado de la cara con una sonrisa compungida.

—Cuando apuestas contra la Madre Naturaleza, siempre acabas perdiendo.

Isabelle levantó sus oscuras cejas.

—Creí que no ibas a venir esta noche. Simon ha dicho que tenías que ocuparte de no sé qué asunto de la boda. —Por lo que Clary sabía, a Isabelle no le impresionaban las bodas ni la parafernalia relacionada con el amor romántico.

—Mi madre no se encuentra bien —dijo Clary—. Y ha decidido cambiar la cita.

Era verdad, hasta cierto punto. Cuando llegaron a casa después de su visita al hospital, Jocelyn había ido directamente a su habitación y había cerrado la puerta. Clary, impotente y frustrada, la había oído llorar desde el otro lado de la puerta, pero su madre se había negado a dejarla pasar o a hablar sobre el tema. Al final, Luke había llegado a casa y Clary, agradecida, lo había dejado encargado de velar por su madre. Después, había estado dando vueltas por la ciudad antes de acudir a la actuación del grupo de Simon. Siempre intentaba acudir a sus tocadas y, además, pensaba que hablar con él le serviría para sentirse mejor.

—Vaya. —Isabelle no hizo más preguntas. A veces, su ausencia total de interés por los problemas de los demás era casi un alivio—. Estoy segura de que Simon se alegrará de que hayas venido.

Clary echó un vistazo al escenario.

—¿Qué tal ha ido la actuación hasta ahora?

—Bien. —Isabelle estaba masticando el popote de su bebida, pensativa—. Ese nuevo cantante que tienen está buenísimo. ¿Está soltero? Me encantaría cabalgarlo por la ciudad como un poni malo, muy malo...

—¡Isabelle!

—¿Qué pasa? —Isabelle la miró con un gesto de indiferencia—. Da lo mismo. Simon y yo no mantenemos una relación exclusiva. Ya te lo dije.

Había que reconocer, pensó Clary, que Simon no tenía dónde agarrarse en cuanto a esa situación en concreto. Pero seguía siendo su amigo. Estaba a punto de decir algo en su defensa cuando volvió a mirar de reojo hacia el escenario, y algo le llamó la atención. Una figura conocida que salía de la puerta del escenario. Lo habría reconocido en cualquier parte, en cualquier momento, por oscura que estuviera la sala o por muy inesperado que fuera verlo.

Jace. Iba vestido como un mundano: jeans, una camiseta negra ceñida que dejaba entrever el movimiento de los músculos de sus hombros y su espalda. Su pelo brillaba bajo el resplandor de los focos del escenario. Miradas disimuladas se fijaron en él cuando se acercó a la pared para apoyarse en ella. Y allí se quedó, observando con detenimiento la sala. Clary notó que el corazón empezaba a latirle con fuerza. Era como si hiciera una eternidad que no lo veía, aunque sabía que no había pasado más de un día. Pero aun así, al verlo le dio la impresión de estar mirando a alguien lejano, un desconocido. ¿Qué hacía allí? ¡Si Simon no le gustaba en absoluto! Nunca jamás había asistido a un concierto de su grupo.

—¡Clary! —La voz de Isabelle sonó acusadora. Clary volteó y se dio cuenta de que había golpeado sin querer el vaso de Isabelle y había mojado con agua el precioso vestido plateado de la chica.

Isabelle, tomando una servilleta, le lanzó una misteriosa mirada.

—Habla con él —le dijo—. Te mueres por hacerlo.

—Lo siento —dijo Clary.

Isabelle hizo un gesto, como queriendo ahuyentarla.

—Ve.

Clary se levantó y alisó su ropa. De haber sabido que Jace iba a estar allí, se habría puesto algo distinto a unas medias rojas, unas botas y un vestido *vintage* de Betsey Johnson que había encontrado colgado en un clóset trastero de casa de Luke. En su día pensó que los botones verdes en forma de flor que recorrían la parte delantera del vestido de arriba abajo eran lindísimos, pero en aquel momento se sentía simplemente menos arreglada y sofisticada que Isabelle.

Se abrió paso por la pista, que estaba ahora llena de gente bailando o tomando cerveza y moviéndose al ritmo de la música. No pudo evitar recordar la primera vez que vio a Jace. Había sido en una discoteca: lo había visto cruzando la pista, se había fijado en su pelo brillante y en la postura arrogante de sus hombros. Lo había encontrado guapo, pero en absoluto del estilo de chico que a ella le gustaba. No era el tipo de chico con el que saldría, había pensado. Existía como algo aparte de ese mundo.

Jace no se dio cuenta de su presencia hasta que la tuvo casi delante. De cerca, Clary se fijó en que parecía cansado, como si llevara días sin dormir. Tenía la cara tensa de agotamiento, los huesos afilados bajo la piel. Estaba apoyado en la pared, los dedos engarzados en la hebilla del cinturón y sus ojos de color oro claro en estado de alerta.

—Jace —dijo ella.

Jace tuvo un sobresalto y se volvió para mirarla. Por un momento, su mirada se iluminó como siempre que la veía, y ella sintió en su pecho una oleada de esperanza.

Pero casi al instante, aquella luz se apagó y el poco color que le quedaba se esfumó de su cara.

—Creía... Simon ha dicho que no vendrías.

Clary sintió náuseas y extendió el brazo para sujetarse a la pared.

—¿De modo que has venido porque pensabas que no me encontrarías aquí?

Él negó con la cabeza.

—Yo...

—¿Tenías pensado volver a hablarme? —Clary se dio cuenta de que alzaba la voz, y con un tremendo esfuerzo se obligó a bajar de nuevo el volumen. Notaba las manos tensas en los costados, las uñas clavándosele en las palmas—. Si piensas cortar, lo mínimo que podrías hacer es decírmelo, no limitarte a no dirigirme más la palabra para que yo solita me haga a la idea.

—¿Por qué todo el mundo no para de preguntarme si voy a cortar contigo? Primero Simon, y ahora...

—¿Que has hablado con Simon sobre nosotros? —Clary negó con la cabeza—. ¿Por qué? ¿Por qué no lo hablas conmigo?

—Porque no puedo hablar contigo —dijo Jace—. No puedo hablar contigo, no puedo estar contigo, ni siquiera puedo mirarte.

Clary tomó aire; fue como respirar ácido de batería.

—¿Qué?

Jace se había dado cuenta de lo que acababa de decir y cayó en un atónito silencio. Por un momento, se limitaron a mirarse. Y después, Clary dio media vuelta y desapareció entre el gentío, abriéndose paso a codazos entre la multitud, sin ver nada y con el único propósito de llegar a la puerta lo más rápidamente posible.

—Y ahora —gritó Eric al micrófono—, vamos a interpretar una nueva canción, un tema que acabamos de componer. Está dedicado a mi novia. Llevamos saliendo tres semanas y, bueno... nuestro amor es verdadero. Vamos a estar juntos eternamente, pequeña. Se titula: *Voy a darte como a la batería.*

Hubo risas y aplausos del público y la música empezó a sonar, aunque Simon no estaba seguro del todo de si Eric era consciente de que creían que bromeaba, cuando no era así. Eric siempre se enamoraba perdidamente de cualquier chica con la que empezaba a salir, y siempre les escribía también una canción. En condiciones normales, a Simon le hubiera dado lo mismo un bis, pero esta vez confiaba en terminar después de la canción anterior. Se encontraba peor que nunca: mareado, pegajoso y empapado de sudor, con un sabor metálico en la boca, como a sangre pasada.

La música explotaba a su alrededor, era como si le clavaran uñas en los tímpanos. Sus dedos se deslizaban sobre las cuerdas mientras tocaba, y vio que Kyle lo miraba con perplejidad. Se obligó a centrarse, a concentrarse, pero era como tratar de poner en marcha un coche sin batería. En su cabeza había un sonido rechinante y vacío, pero no saltaba la chispa.

Observó el local, buscando —sin saber muy bien por qué— a Isabelle, pero lo único que veía era un mar de caras blancas vueltas hacia él, y recordó su primera noche en el Dumont y las caras de los vampiros mirándolo, como flores de papel blanco desplegándose sobre un oscuro vacío. Sintió una oleada de náuseas descontrolada, dolorosa. Se tambaleó hacia atrás, y sus manos se desprendieron de la guitarra. Era como si el suelo bajo sus pies no cesara de moverse. Los demás miembros de la banda, atrapados por la música, no se daban cuenta de nada. Simon se pasó la correa de la guitarra por el hombro para quitársela y pasó junto a Matt en dirección a la cortina del fondo del escenario, desapareciendo justo a tiempo de poder caer de rodillas y tener una arcada.

No salió nada. Sentía un enorme vacío en el estómago. Se incorporó y se apoyó en la pared, acercándose las heladas manos a la cara. Llevaba semanas sin sentir ni frío ni calor, pero en aquel momento era como si tuviera fiebre... y miedo. ¿Qué le pasaba?

Recordó a Jace diciéndole: «Eres un vampiro. Para ti, la sangre no es como comida. La sangre es... sangre». ¿Sería el no haber comido el origen de todo aquello? No tenía hambre, ni siquiera sed, en realidad. Pero se sentía enfermo como si se estuviera muriendo. Tal vez lo habían envenenado. ¿Y si la Marca de Caín no lo protegía contra ese tipo de cosas?

Avanzó poco a poco hacia la salida de incendios que daba a la calle de la parte de atrás del local. Quizá el aire fresco lo ayudara a aclararse un poco las ideas. Quizá era simplemente cuestión de agotamiento y nervios.

—¿Simon? —dijo una vocecita, como el gorjeo de un pájaro. Bajó la vista con pavor y vio a Maureen, que le llegaba a la altura del codo. De cerca, parecía aún más diminuta: huesecillos de pajarito y abundante melena rubia que asomaba por debajo de un sombrerito rosa de lana. Llevaba unos guantes largos a rayas, con todos los colores del arco iris, y una camiseta blanca de manga corta estampada con un personaje de la serie de dibujos animados *Tarta de Fresa*. Simon refunfuñó para sus adentros.

—No es buen momento, de verdad —dijo.

—Sólo quiero hacerte una fotografía con la cámara del celular —dijo ella, recogiéndose con nerviosismo el pelo detrás de las orejas—. Para poder enseñársela a mis amigas, ¿te parece bien?

—De acuerdo. —El corazón le latía con fuerza. Aquello era ridículo. Las fans no le sobraban, precisamente. Maureen era, en el sentido más literal, la única fan del grupo, que él supiera, y era además, amiga de la prima de Eric. No podía permitirse ignorarla—. Adelante. Hazla.

Levantó ella el teléfono y pulsó la tecla, pero a continuación hizo una mueca.

—¿Una de los dos juntos? —Se colocó rápidamente a su lado, presionándose contra él. Olía a lápiz de labios de fresa y, por debajo de eso, olía a sudor salado y al aroma más salado si cabe de la sangre humana. La chiquilla lo miró, sujetando en alto el teléfono con la mano que le quedaba libre, y sonrió. Tenía los dientes de arriba separados, y una vena azul en el cuello. Que latía cuando respiraba.

—Sonríe —dijo Maureen.

Simon sintió sendas sacudidas de dolor cuando sus colmillos

asomaron, clavándosele en el labio. Escuchó el grito sofocado de Maureen y el teléfono salió volando cuando la agarró y la hizo girar hacia él para hundirle los caninos en el cuello.

La sangre explotó en su boca, un sabor sin igual. Era como si le hubiera faltado el aire y estuviera respirando por fin, inhalando gigantescas boqueadas de oxígeno frío y puro. Maureen se debatía entre sus brazos y lo empujaba para liberarse, pero él apenas se daba cuenta. Ni siquiera se dio cuenta cuando se quedó flácida, con el peso de su cabeza arrastrándolo hacia el suelo hasta quedarse él encima de ella, sujetándola por los hombros, apretándola y soltándola mientras seguía bebiendo.

«Nunca te has alimentado de un humano, ¿verdad? —le había dicho Camille—. Lo harás. Y en cuanto lo hagas, ya no podrás olvidarlo.»

9

DEL FUEGO HACIA EL FUEGO

Clary llegó a la puerta y emergió al ambiente lluvioso de la noche. Llovía ahora a raudales y se quedó empapada al instante. Sofocada entre la lluvia y las lágrimas, pasó corriendo por delante de la conocida camioneta amarilla de Eric; la lluvia se deslizaba desde su techo hacia la alcantarilla, y estaba a punto de cruzar la calle con el semáforo en rojo cuando una mano la agarró y la obligó a voltearse.

Era Jace. Estaba tan empapado como ella, con la lluvia pegándole el pelo a la cabeza y emplastándole la camiseta al cuerpo como si fuese pintura negra.

—Clary, ¿no has oído que te llamaba?

—Suéltame. —Le temblaba la voz.

—No. No hasta que hables conmigo. —Jace miró a su alrededor, a un lado y a otro de la calle, que estaba desierta, las gotas de lluvia estallaban contra el negro asfalto como plantas de floración rápida—. Vamos.

Sin soltarla del brazo, la arrastró para rodear la camioneta y adentrarse en un callejón colindante con el Alto Bar. Las ventanas que se elevaban por encima de sus cabezas filtraban el sonido amortiguado de la música que seguía sonando en el interior del local. El callejón tenía las paredes de ladrillo y era a todas luces un vertedero de trastos y restos de equipos de música. El suelo estaba lleno de amplificadores rotos y altavoces viejos, junto con jarras de cerveza hechas añicos y colillas de cigarrillo.

Clary consiguió liberarse de la garra de Jace y volteó hacia él.

—Si piensas pedirme disculpas, no te molestes. —Se apartó el pelo mojado de la cara—. No quiero oírlas.

—Iba a explicarte que estaba intentando ayudar a Simon —dijo, las gotas de lluvia resbalando desde sus pestañas hacia las mejillas como si fueran lágrimas—. He estado con él durante los últimos...

—¿Y no podías contármelo? ¿No podías mandarme un SMS de una sola línea diciéndome dónde estabas? Oh, espera. No podías, porque aún tienes mi maldito teléfono. Dámelo.

En silencio, Jace lo buscó en el bolsillo de sus jeans y se lo entregó. Estaba intacto. Clary lo guardó en la mochila antes de que la lluvia lo estropeara. Jace la observó todo el rato, con la misma expresión que tendría si ella acabara de pegarle un bofetón. Y aquello hizo rabiar aún más a Clary. ¿Qué derecho tenía él de sentirse herido?

—Creo —dijo Jace lentamente— que pensaba que lo más próximo a estar contigo era estar con Simon. Cuidar de él. Tuve la estúpida idea de que si te dabas cuenta de que lo hacía por ti, me perdonarías...

La rabia de Clary afloró a la superficie, una marejada encendida e imparable.

—¡Ni siquiera sé qué se supone que tengo que perdonarte! —vociferó—. ¿Se supone que tengo que perdonarte por haber dejado de quererme? Porque si eso es lo que quieres, Jace Lightwood, tú sigue a lo tuyo y... —Retrocedió un paso, sin mirar, y estuvo a punto de tropezar con un altavoz abandonado. Cuando extendió la mano para mantener el equilibrio, le cayó la mochila al suelo, pero Jace ya estaba allí. Se adelantó para sujetar a Clary y siguió avanzando, hasta que la espalda de ella chocó con la pared del callejón y él la tuvo entre sus brazos y empezó a besarla con pasión.

Clary sabía que tenía que impedírselo; su cabeza le decía que era lo más sensato, pero el resto de su cuerpo ignoraba en aquel instante cualquier atisbo de sensatez. Era imposible mientras Jace la besaba como si creyera que iría al infierno por ello, pero valía la pena.

Clavó los dedos en los hombros de él, en el tejido empapado de su camiseta, palpando la resistente musculatura que había debajo, y le devolvió los besos con la desesperación acumulada durante aquellos últimos días cuando desconocía el paradero de Jace o en qué estaría pensando, sintiendo que parte de su corazón había sido arrancado de su pecho y no podía ni respirar. Clavó los dedos con más fuerza, notó que él hacía una mueca de dolor, y no le importó.

—Dime —dijo ella pegada a su boca, entre beso y beso—. Dime qué pasa... Oh. —Sofocó un grito cuando él la rodeó por la cintura y la levantó para colocarla encima del altavoz roto, dejándola casi a su misma altura. Entonces él puso las manos a ambos lados de su cara y se inclinó hacia adelante, de modo que sus cuerpos llegaron casi a tocarse... pero no del todo. Aquello resultaba exasperante. Clary percibía el calor enfebrecido que desprendía el cuerpo de él; aún tenía las manos posadas en sus hombros, pero no era suficiente. Deseaba que la abrazase con fuerza—. ¿Por... por qué? —jadeó—. ¿Por qué no puedes hablar conmigo? ¿Por qué no puedes mirarme?

Él bajó la cabeza para mirarla a la cara. Sus ojos, rodeados por pestañas oscurecidas por la lluvia, eran imposiblemente dorados.

—Porque te quiero.

Clary ya no podía más. Separó las manos de sus hombros, clavó los dedos en los pasadores del cinturón del pantalón de Jace y lo atrajo hacia ella. Él le dejó hacer sin oponer resistencia, con las manos apoyadas contra la pared, doblando el cuerpo contra el de ella hasta que estuvieron encajados por todas partes —pecho, caderas, piernas— como las piezas de un rompecabezas. Deslizó las manos hasta su cintura y la besó, un beso prolongado y lento que le hizo estremecerse.

Ella se apartó.

—Eso no tiene sentido...

—Ni esto —dijo él con un abandono desesperante—, pero no me

importa. Estoy harto de fingir que puedo vivir sin ti. ¿No lo entiendes? ¿No entiendes que está matándome?

Clary se quedó mirándolo. Veía que hablaba en serio, lo veía en sus ojos, que conocía tan bien como los suyos, en las oscuras ojeras, en el pulso que latía en su garganta. Su deseo de respuestas luchaba contra la parte más primaria de su cerebro, y perdió.

—Bésame, entonces —dijo, y presionó su boca contra la de ella, mientras sus corazones latían al unísono a través de las finas capas de tejido que los separaban. Y ella se dejó arrastrar por la sensación de sus besos; de la lluvia por todas partes, en la boca, en las pestañas; de dejar que sus manos se deslizasen libremente por el tejido empapado y arrugado de su vestido, que la lluvia había afinado y pegado a su cuerpo. Era casi como tener sus manos sobre su piel desnuda, su pecho, su cintura, su vientre; cuando llegaron al dobladillo del vestido, le acarició con fuerza los muslos, presionándola contra la pared, mientras ella le rodeaba la cintura con las piernas.

Jace emitió un sonido de sorpresa, desde lo más profundo de su garganta, y clavó los dedos en el fino tejido de las medias. Se rompieron, como cabía esperar, y sus dedos mojados se encontraron de pronto sobre la piel desnuda de sus piernas. Para no ser menos, ella deslizó las manos por debajo de la camisa empapada de él y dejó que sus dedos exploraran libremente: la piel tensa y caliente que cubría sus costillas, las crestas de su abdomen, las cicatrices de su espalda, el ángulo de sus caderas por encima de la cintura de sus jeans. Era un territorio inexplorado para ella, y él se volvía loco: gemía suavemente junto a su boca, besándola cada vez con más pasión, como si nunca tuviera suficiente, nunca suficiente...

De pronto, en los oídos de Clary explotó un horrendo sonido metálico que hizo pedazos su sueño de besos y lluvia. Con un grito, apartó a Jace, con tanta fuerza que él la soltó y ella se tambaleó encima del altavoz hasta aterrizar en el suelo con cierto desequilibrio. Se arregló apresuradamente el vestido, con el corazón aporreándole las costillas como un ariete; se sentía mareada.

—Maldita sea. —Isabelle estaba en la entrada del callejón, su mojado pelo negro parecía una capa sobre sus hombros. Apartó de un puntapié una lata de refresco que se cruzaba en su camino y echó chispas por los ojos—. Oh, por el amor de Dios —dijo—. No puedo creer esto de ustedes dos. ¿Por qué? ¿Qué tienen de malo los dormitorios? ¿Y la privacidad?

Clary miró a Jace. Estaba empapado, el agua chorreaba por todo su cuerpo, su pelo rubio pegado a la cabeza, casi plateado bajo el débil resplandor de las lejanas farolas. A Clary le entraron ganas de acariciarlo de nuevo con sólo mirarlo, con Isabelle o sin Isabelle, era un deseo que resultaba casi doloroso. Jace miraba fijamente a Izzy con la expresión típica de alguien a quien acaban de despertar de repente de un sueño: perplejidad, rabia y conciencia de la realidad.

—Buscaba a Simon —dijo Isabelle, poniéndose a la defensiva al ver la cara de Jace—. Se ha marchado corriendo del escenario y no tengo ni idea de adónde ha ido. —Clary se dio cuenta entonces de que la música había cesado y que no lo había percibido—. Da lo mismo, lo que está claro es que no anda por aquí. Ustedes vuelvan a lo suyo. Qué sentido tiene desgastar una pared de ladrillo en perfecto estado cuando tienes a alguien a quien arrojar contra ella, es lo que yo siempre digo. —Y se marchó de allí, para entrar de nuevo en el bar.

Clary miró a Jace. En cualquier otro momento, el mal humor de Isabelle les habría hecho morirse de risa, pero la expresión de Jace era seria, y Clary supo de inmediato que lo que pudiera estar pasando entre ellos —lo que quiera que fuera que había florecido en aquella momentánea pérdida del control— se había esfumado. Notaba en la boca sabor de sangre, y no estaba segura de si era porque ella se había mordido el labio o era él quien se lo había hecho.

—Jace... —Dio un paso hacia él.

—No —dijo, con la voz muy ronca—. No puedo.

Y se fue, corriendo con aquella velocidad de la que sólo él era capaz, una figura desdibujada en la distancia que desapareció antes de que ella pudiera tomar aire para llamarlo de nuevo.

—¡Simon!

Aquella voz rabiosa explotó en los oídos de Simon. Habría soltado a Maureen en aquel momento —o, como mínimo, eso fue lo que se dijo que haría—, pero no tuvo oportunidad. Unas manos fortísimas lo agarraron por los brazos, arrancándolo de ella. Kyle, blanco como el papel, desgreñado y sudoroso después de la actuación que acababan de terminar, era quien lo había jalado.

—Qué demonios, Simon. Qué demonios...

—Yo no quería —dijo Simon, jadeando. Su voz sonaba poco clara incluso para sus propios oídos; seguía con los colmillos fuera y aún no había aprendido a hablar con aquellas jodidas cosas. En el suelo, más allá de Kyle, vio a Maureen acurrucada, terriblemente inmóvil—. Ha sucedido sin que...

—Te lo dije. Te lo dije. —Kyle subió la voz y empujó a Simon, con fuerza. Simon le devolvió el empujón, con la frente ardiente, como si una mano invisible hubiera levantado a Kyle para proyectarlo contra la pared que tenía detrás. Chocó contra ella y cayó, aterrizando en el suelo como si fuera un lobo, a cuatro patas. Se incorporó como pudo y miró fijamente a Simon—. Por Dios, Simon...

Pero Simon estaba arrodillado al lado de Maureen, palpándole frenéticamente el cuello en busca de pulso. Cuando notó la vibración bajo sus dedos, débil pero regular, estuvo a punto de echarse a llorar de alivio.

—Apártate de ella —dijo Kyle con voz tensa, acercándose a Simon—. Levántate y vete.

Simon se incorporó a regañadientes y se quedó mirando a Kyle, de pie sobre el cuerpo inmóvil de Maureen. Entre las cortinas que daban al escenario se filtraba un rayo de luz; oyó a los miembros del grupo, charlando entre ellos, empezando a desmontarlo ya todo. En cualquier momento aparecerían por allí.

—Eso que acabas de hacer —dijo Kyle—. ¿Me has... empujado? No he visto que te movieras.

—Yo no quería —volvió a decir Simon, acongojado. Tenía la sensación de que hacía días que no decía otra cosa.

Kyle movió la cabeza de un lado a otro, su pelo acompañaba el gesto.

—Vete de aquí. Espera en la camioneta. Ya me ocupo yo de ella. —Se agachó y tomó a Maureen en brazos. Era minúscula en comparación con el volumen de Kyle, parecía una muñeca. Miró fijamente a Simon y le dijo—: Vete. Y espero de verdad que te sientas horriblemente mal.

Simon se fue. Se dirigió a la salida de incendios y abrió la puerta. No saltó ninguna alarma; la alarma llevaba meses sin funcionar. La puerta se cerró de un portazo a sus espaldas y todo su cuerpo se echó a temblar. No le quedó más remedio que apoyarse en la pared exterior del edificio para no caer.

La parte trasera del club daba a una calle estrecha flanqueada por almacenes de diverso tipo. En la acera de enfrente había un solar cerrado con una valla metálica completamente combada. Las malas hierbas crecían en abundancia entre las grietas del pavimento. Seguía lloviendo a cántaros, el agua empapaba la basura que cubría el suelo, la corriente empujaba las latas vacías de cerveza hacia las alcantarillas llenas a rebosar.

Pero Simon pensó que era lo más bello que había visto en su vida. Era como si la noche hubiera explotado con una luz prismática. La valla metálica estaba hecha con resplandeciente alambre plateado, las gotas de lluvia convertidas en lágrimas de platino. La hierba que asomaba entre el resquebrajado asfalto eran flecos de fuego dorado.

«Espero de verdad que te sientas horriblemente mal», le había dicho Kyle. Pero aquello era mucho peor. Se sentía fantásticamente, vivo como jamás se había sentido. Oleadas de energía recorrían su cuerpo como una corriente eléctrica. El dolor de cabeza y de estómago había desaparecido. Podría haber corrido veinte mil kilómetros.

Era horroroso.

—Hola, ¿te encuentras bien? —Le hablaba una voz educada, simpática; Simon se volvió y vio a una mujer vestida con una gabardina larga de color negro y un paraguas amarillo abierto sobre su cabeza. Con su recién adquirida visión prismática, parecía un girasol resplandeciente. La mujer era guapa —aunque, la verdad, en aquel momento todo le parecía precioso—, con una brillante melena negra y los labios pintados de rojo. Le pareció recordar haberla visto durante la actuación del grupo ocupando una de las mesas.

Asintió, prácticamente incapaz de hablar. Si incluso los desconocidos se le acercaban interesándose por su estado, era que debía de tener un aspecto de lo más traumatizado.

—Tal vez te hayas dado un golpe aquí, en la cabeza —dijo la mujer, señalándole la frente—. La magulladura es considerable. ¿De verdad no quieres que llame a nadie para que venga a por ti?

Simon corrió a taparse la frente con el pelo, para ocultar la Marca.

—Estoy bien. No es nada.

—De acuerdo. Si tú lo dices... —Parecía dudosa. Introdujo la mano en el bolsillo de la gabardina, extrajo una tarjeta y se la entregó a Simon. Había un nombre: Satrina Kendall. Y debajo del nombre, un cargo, «PROMOTORA DE GRUPOS», escrito en versalitas, un teléfono y una dirección—. Soy yo —dijo—. Me ha gustado lo que has hecho. Si te interesa algo a mayor escala, contáctame.

Y con eso, dio media vuelta y se marchó contoneándose, dejando a Simon mirando cómo se iba. Estaba resultando una noche de lo más extraña, se dijo Simon.

Moviendo la cabeza —un gesto con el que hizo volar gotas de lluvia en todas direcciones—, avanzó chapoteando hacia la esquina donde estaba estacionada la camioneta. La puerta del bar estaba abierta y la gente continuaba saliendo. Todo seguía pareciéndole inusualmente brillante, pero la visión prismática empezaba a desvanecerse. La escena que tenía delante le resultaba normal: el bar vaciándose, las puertas laterales abiertas y Mark, Kirk y varios de sus

188

amigos cargando la camioneta por la puerta trasera. Cuando Simon se acercó un poco más, vio que Isabelle estaba apoyada en la camioneta, con el tacón de la bota apuntalado en el magullado lateral del vehículo. Podría estar ayudando a desmontarlo todo, claro está —Isabelle era más fuerte que cualquiera de los miembros del grupo, con la posible excepción de Kyle—, pero era evidente que no pensaba tomarse la molestia. Simon no hubiera esperado otra cosa de ella.

Isabelle levantó la vista al percibir que Simon se acercaba. La lluvia apuntaba a una tregua, pero era evidente que llevaba bastante tiempo allí fuera; su pelo era una tupida cortina mojada cubriéndole la espalda.

—Hola —dijo apartándose de la camioneta y acercándose a él—. ¿Dónde te habías metido? Has salido corriendo del escenario y...

—Sí —dijo Simon—. No me encontraba muy bien. Lo siento.

—Espero que estés mejor. —Le abrazó y le sonrió. Simon experimentó una profunda sensación de alivio al ver que no sentía necesidad de morderla. Y acto seguido se sintió culpable al recordar por qué.

—¿Has visto a Jace por algún lado? —preguntó.

Isabelle puso los ojos en blanco.

—Me he tropezado con Clary y él, estaban besuqueándose —respondió—. Aunque ya se habrán ido, espero... a casa. Creo que necesitaban de verdad una cama.

—Creía que Clary no vendría —dijo Simon, aunque tampoco era tan extraño; se imaginó que la cita para el pastel de bodas se habría cancelado, o algo por el estilo. Ni siquiera había tenido la energía necesaria para molestarse por el pesado guardaespaldas que Jace había resultado ser. Tampoco era que creyera que Jace fuera a tomarse tan en serio su seguridad personal. Simplemente confiaba en que Jace y Clary hubieran solucionado su problema, fuera el que fuera.

—Da igual —dijo Isabelle sonriendo—. Ya que estamos solos, ¿te quieres ir a algún lado y...?

Una voz —una voz muy conocida— resonó entre las sombras justo debajo de la farola más próxima.

—¿Simon?

«Oh, no, ahora no. Justo ahora no.»

Se volvió lentamente. El brazo de Isabelle seguía rodeándole la cintura, pero Simon sabía que no seguiría mucho tiempo así. No, si la persona que acababa de hablar era quien creía que era.

Y lo era.

—¿Maia? —dijo.

Maia estaba ya bajo la luz de la farola, mirándolo, con una expresión de incredulidad en su rostro. Su pelo, normalmente rizado, estaba pegado a la cabeza por la lluvia, sus ojos ambarinos abiertos de par en par, sus jeans y su chamarra de mezclilla empapados. Llevaba en la mano izquierda un papel enrollado.

Simon se dio cuenta de que los miembros del grupo habían ralentizado sus movimientos y contemplaban la escena como tontos.

—¿Simon? —dijo Maia, mirándolo—. ¿Qué sucede? Me dijiste que hoy se te complicaba. Pero esta mañana, alguien ha pasado este papel por debajo de la puerta de mi casa. —Desenrolló el papel para mostrárselo, y Simon lo reconoció al instante como uno de los folletos que anunciaba el concierto que el grupo iba a dar aquella noche.

Isabelle iba mirando a Simon y a Maia, comprendiendo poco a poco lo que pasaba.

—Espera un momento —dijo—. ¿Ustedes dos están saliendo?

Maia levantó la barbilla.

—¿Y ustedes?

—Sí —respondió Isabelle—. Hace ya unas semanas.

Maia entrecerró los ojos.

—Nosotros también. Salimos desde septiembre.

—No puedo creerlo —dijo Isabelle. Y parecía de verdad que no podía—. ¿Simon? —Se volvió hacia él, con las manos en las caderas—. ¿Puedes explicarte?

Los miembros del grupo, que por fin habían guardado en la camioneta todo el equipo —la batería desmontada en el asiento de atrás y las guitarras y los bajos en la zona de la cajuela—, remoloneaban junto a la puerta trasera del vehículo, observando descaradamente la escena. Eric formó una especie de megáfono con las manos.

—Señoras, señoras —entonó—. No es necesario pelearse. Ya tenemos bastante con Simon.

Isabelle volteó y le lanzó a Eric una mirada tan terrible que el chico se calló al instante. A continuación, la puerta trasera de la camioneta se cerró con estrépito y el vehículo se puso en marcha. «Traidores», pensó Simon, aunque para ser justo, lo más probable era que sus amigos pensaran que iba a volver a casa en el coche de Kyle, que estaba estacionado en la otra esquina. Suponiendo, claro estaba, que viviera lo suficiente para contarlo.

—No puedo creerlo, Simon —dijo Maia. Había adoptado la misma posición que Isabelle, con las manos en las caderas—. ¿Qué te pensabas? ¿Que podías mentirme así?

—Yo no he mentido —protestó Simon—. ¡En ningún momento dijimos que la nuestra fuera una relación exclusiva! —Se volvió hacia Isabelle—. ¡Ni nosotros! Y sé que también ustedes salen con más gente...

—No con gente que tú conozcas —dijo Isabelle con vehemencia—. No con amigos tuyos. ¿Cómo te sentirías si te enterases de que estoy saliendo con Eric?

—Me quedaría pasmado, la verdad —dijo Simon—. No es para nada tu tipo.

—No es eso, Simon. —Maia se había acercado a Isabelle y las dos lo miraban, como una pared inamovible de rabia femenina. El bar ya estaba vacío y, exceptuando ellos tres, la calle se había quedado desierta. Simon se preguntó por sus posibilidades si salía corriendo de allí, y llegó a la conclusión de que no eran demasiado alentadoras. Los seres lobo eran rápidos, e Isabelle era una cazadora de vampiros fenomenal.

—Lo siento de verdad —dijo Simon. La euforia provocada por la sangre que había bebido empezaba a debilitarse, por suerte. El vértigo abrumador iba en descenso, pero sentía más pánico. Y para empeorar las cosas, su cabeza seguía volviendo a Maureen, y a lo que le había hecho, y a sí se encontraría bien. «Por favor, que se reponga.»—. Debería haberles dicho. Es sólo que... la verdad es que me gustan las dos, y no quería herir los sentimientos de ninguna.

Y en el mismo momento de pronunciar aquellas palabras, se dio cuenta de que eran una estupidez. Un imbécil más excusándose por su comportamiento imbécil. Simon nunca se había considerado una persona así. Era un buen tipo, el típico chico que pasa desapercibido, al que ignoran el chico malo sexy y el artista torturado. Al que ignora el tipo que sólo piensa en sí mismo y al que le da lo mismo salir con dos chicas a la vez, sin que por ello esté mintiendo exactamente acerca de lo que hace, aunque tampoco contándoles la verdad a las dos.

—Caray —dijo, básicamente para sus adentros—. Soy un cabronazo enorme.

—Ésa es seguramente la primera verdad que dices desde que he llegado —dijo Maia.

—Amén —dijo Isabelle—. Aunque si me lo preguntas, es poca cosa, demasiado tarde...

En aquel momento, se abrió la puerta lateral del bar y salió alguien a la calle. Era Kyle. Simon experimentó una oleada de alivio. Kyle estaba serio, pero no tan serio como Simon se imaginaba que estaría de haberle sucedido algo terrible a Maureen.

Empezó a bajar la escalera hacia ellos. Apenas caían ya cuatro gotas. Maia e Isabelle estaban de espaldas a él, taladrando a Simon con una mirada de rabia afilada como un rayo láser.

—Me imagino que no esperarás que ninguna de las dos vuelva a dirigirte la palabra —dijo Isabelle—. Y pienso tener una charla con Clary... una charla muy, pero que muy seria, sobre las amistades que frecuenta.

—Kyle —dijo Simon, incapaz de ocultar el alivio cuando vio que Kyle estaba ya a la distancia suficiente como para escucharlo—. Maureen... ¿está...?

No sabía cómo preguntar lo que quería preguntar sin que Maia e

Isabelle se enteraran de lo sucedido, pero dio lo mismo, pues no consiguió articular el resto de la frase. Maia e Isabelle dieron media vuelta; Isabelle enojada y Maia sorprendida, preguntándose quién sería Kyle.

Pero en cuanto Maia pudo ver bien a Kyle, le cambió la cara; abrió los ojos de par en par, se quedó blanca. Y Kyle, a su vez, se quedó mirándola con la expresión de quien acaba de despertarse de una pesadilla y descubre que es real y aún continúa. Movió la boca, articulando las palabras, pero incapaz de emitir ningún sonido.

—Caramba —dijo Isabelle, mirándolos a los dos—. ¿Se... conocen?

Maia abrió la boca. Seguía mirando fijamente a Kyle. A Simon apenas le dio tiempo de pensar que a él jamás lo había mirado con aquella intensidad, antes de que ella susurrara «Jordan» y se abalanzara sobre Kyle con sus afiladas garras y las hundiera en el cuello del chico.

Segunda parte
Por cada vida

Nada es gratis. Tenemos que pagar por todo. Si una cosa da beneficio, tenemos que pagar por otra. Por cada vida, una muerte. Incluso por tu música, que tanto hemos escuchado, hemos tenido que pagar también. Pagaste tu música con tu esposa. El infierno se siente ya satisfecho.

TED HUGHES, *The Tiger's Bones*

10

232 RIVERSIDE DRIVE

Simon estaba sentado en el sillón de la sala de estar de Kyle con la mirada fija en la imagen congelada de la televisión situada en una esquina de la estancia. La pantalla estaba en pausa en una pantalla del juego al que Kyle había estado jugando con Jace. En la imagen se veía un túnel subterráneo de aspecto frío y húmedo con una montaña de cadáveres apilados y varios charcos de sangre, todo ello con un aspecto tremendamente realista. Resultaba perturbador, pero Simon no tenía ni la energía ni las ganas para molestarse en apagarla. Las imágenes que llevaban dando vueltas en su cabeza toda la noche eran aún peores.

La luz que entraba en la sala por las ventanas había ido cobrando fuerza y había pasado de la acuosa luminosidad del amanecer al claro resplandor de primera hora de la mañana sin que Simon se percatara apenas de ello. Seguía viendo el cuerpo inerte de Maureen en el suelo, su pelo rubio manchado de sangre. Su avanzar tambaleante en plena noche, la sangre de la chica cantando en sus venas. Y después a Maia abalanzándose sobre Kyle, arremetiendo contra él con sus garras. Kyle se había quedado acostado en el suelo, sin siquiera levantar una mano para defenderse. Probablemente habría dejado que lo matara de no haber interferido Isabelle, apartándola de

197

él y aplastándola contra el suelo, sujetándola allí hasta que su rabia se transformó en lágrimas. Simon había intentado acercarse a ella, pero Isabelle se lo había impedido con una mirada furiosa, abrazando a la otra chica, levantando la mano para indicarle que no se acercara.

—Vete de aquí —le había dicho—. Y llévatelo contigo. No sé qué le habrá hecho, pero debe de haber sido malo de verdad.

Y lo era. Simon conocía aquel nombre, Jordan. Había salido a relucir en una ocasión, cuando él le había preguntado cómo se había convertido en chica lobo. Había sido su ex novio, le había contado. Había sido un ataque salvaje y despiadado, y después de aquello él había huido, abandonándola a merced de las consecuencias.

Y se llamaba Jordan.

Por eso Kyle sólo tenía un nombre en el timbre de la puerta. Porque era su apellido. Su nombre completo tenía que ser Jordan Kyle, había comprendido Simon finalmente. Había sido un estúpido, increíblemente estúpido, por no haberse dado cuenta antes. Una razón más para odiarse en aquel momento.

Kyle —o más bien dicho, Jordan— era un hombre lobo; se curaba con rapidez. Cuando Simon lo incorporó, sin excesiva delicadeza, y lo condujo hacia el coche, los zarpazos profundos que había sufrido en el cuello y bajo los harapos de su camisa ya habían cicatrizado. Simon le había tomado las llaves y habían regresado a Manhattan casi en silencio, Jordan sentado prácticamente inmóvil en el asiento del acompañante, con la mirada fija en sus manos ensangrentadas.

—Maureen está bien —había dicho por fin mientras cruzaban el puente de Williamsburg—. Tenía peor aspecto de lo que ha sido en realidad. Aún no eres muy bueno alimentándote de humanos, por eso ha perdido poca sangre. La he subido a un taxi. No recuerda nada. Piensa que se ha desmayado delante de ti, y se siente abochornada por ello.

Simon sabía que debía darle las gracias a Jordan, pero no tenía fuerzas para ello.

—Eres Jordan —dijo—. El antiguo novio de Maia. El que la convirtió en chica lobo.

Estaban ya en Kenmare; Simon giró en dirección norte por la calle Bowery, con sus fonduchas y sus tiendas de iluminación.

—Sí —dijo Jordan por fin—. Kyle es mi apellido. Empecé a utilizarlo como nombre cuando me uní a los *Praetor*.

—Te habría matado de habérselo permitido Isabelle.

—Tiene todo el derecho a matarme si así lo desea —dijo Jordan, y se quedó en silencio. No dijo nada más, pues Simon ya estaba estacionado y subieron en seguida a casa. Se había metido en su habitación sin despojarse de la chamarra ensangrentada y había cerrado de un portazo.

Simon había guardado sus cosas en la mochila y estaba a punto de abandonar el departamento, cuando lo inundaron las dudas. No estaba seguro de por qué, ni siquiera ahora, pero en lugar de marcharse, había dejado caer la bolsa al suelo, junto a la puerta, y se había sentado en aquel sillón, donde había permanecido la noche entera.

Le habría gustado poder llamar a Clary, pero era demasiado temprano y, además, Isabelle le había dicho que ella y Jace se habían marchado juntos, y la idea de interrumpirles un momento especial no le resultaba en absoluto atractiva. Se preguntó cómo estaría su madre. Si lo hubiera visto la pasada noche, con Maureen, habría pensado que, efectivamente, era el monstruo que lo había acusado de ser.

Tal vez lo era.

Vio en aquel momento que se abría la puerta de la habitación de Jordan y que éste hacía su aparición. Iba descalzo, con la misma ropa del día anterior. Las cicatrices del cuello se habían convertido en simples líneas rojizas. Miró a Simon. Sus ojos verdes, normalmente tan brillantes y alegres, estaban rodeados de oscuras ojeras.

—Creía que te irías —dijo.

—Iba a hacerlo —dijo Simon—. Pero después pensé que tenía que darte la oportunidad de explicarte.

—No hay nada que explicar. —Jordan entró en la cocina y hurgó en el interior de un cajón hasta que encontró un filtro para la cafetera—. Sea lo que sea lo que Maia te haya contado de mí, estoy seguro de que es cierto.

—Dijo que le pegaste —le explicó Simon.

Jordan, en la cocina, se quedó muy quieto. Bajó la vista hacia el filtro como si ya no estuviera seguro de para qué lo quería.

—Dijo que estuvieron saliendo varios meses y que todo era estupendo —prosiguió Simon—. Que después te volviste violento y celoso. Y que cuando te llamó la atención al respecto, le pegaste. Ella cortó contigo y una noche, cuando regresaba a su casa, algo la atacó y estuvo a punto de matarla. Y tú... tú desapareciste de la ciudad. Sin disculparte de nada, sin dar explicaciones.

Jordan dejó el filtro en la mesada.

—¿Cómo llegó hasta aquí? ¿Cómo dio con la manada de Luke Garroway?

Simon movió la cabeza.

—Tomó un tren hacia Nueva York y los localizó. Maia es una superviviente. Nunca permitió que lo que le hiciste la hundiera. Mucha gente habría sucumbido.

—¿Te has quedado para esto? —preguntó Jordan—. ¿Para decirme que soy un cabrón? Porque eso ya lo sé.

—Me he quedado —dijo Simon— por lo que hice yo anoche. Si me hubiera enterado de todo esto antes de ayer, me habría marchado. Pero después de lo que le hice a Maureen... —Se mordió el labio—. Creía poder controlar lo que me pasaba y no es así, y le hice daño a una chica que no se lo merecía. Es por eso por lo que me he quedado.

—Porque si yo no soy un monstruo, tú tampoco eres un monstruo.

—Porque quiero saber qué tengo que hacer a partir de ahora, y tal vez tú puedas decírmelo. —Simon se inclinó hacia adelante—. Porque te has comportado conmigo como una buena persona desde que te conozco. En ningún momento te he visto comportarte de forma mezquina o enojarte. Y luego pensé en lo de la Guardia de los Lobos, y en que me contaste que te habías unido a ellos porque habías hecho cosas malas. Y pensé que tal vez lo de Maia fuera esa cosa mala que habías hecho y que estás tratando compensar.

—Fue eso —dijo Jordan—. Es por Maia.

Clary estaba sentada detrás del escritorio que tenía en la habitación de invitados de casa de Luke, con el trozo de tela que había tomado del depósito de cadáveres del Beth Israel extendido delante de ella. Había colocado unos lápices a cada lado de la tela para mantenerla estirada y estaba mirándola fijamente, estela en mano, tratando de recordar la runa que se le había aparecido en el hospital.

Concentrarse era complicado. No podía dejar de pensar en Jace, en la noche anterior. Adónde habría ido. En por qué se sentía tan infeliz. Hasta que lo vio anoche, no se había dado cuenta de que se sentía tan mal como ella, y aquello le había partido el corazón. Deseaba llamarlo, pero se había reprimido de hacerlo ya varias veces desde que había llegado a casa. Si en algún momento Jace tenía intención de explicarle su problema, lo haría sin necesidad de que ella se lo preguntara. Lo conocía lo bastante bien como para saberlo.

Cerró los ojos e intentó obligarse a dibujar la runa. No era una runa de su invención, eso lo sabía seguro. Era una runa que ya existía, aunque no sabía con certeza si la había visto en el Libro Gris. Su forma le daba a entender menos una interpretación que una relación, un deseo de mostrar la forma de algo oculto bajo su superficie, de tener que retirar lentamente el polvo que la cubría para poder leer la inscripción que escondía debajo...

La estela tembló entre sus dedos y abrió los ojos para descubrir, sorprendida, que había conseguido trazar un pequeño dibujo en un extremo de la tela. Parecía casi una mancha, con raros fragmentos proyectándose en todas direcciones. Clary frunció el ceño y se preguntó si estaría perdiendo sus habilidades. Pero entonces el tejido empezó a relucir, como ese brillo neblinoso que produce el calor al desprenderse del asfalto ardiente. Y se quedó boquiabierta cuando vio unas palabras desplegarse sobre la tela, como si una mano invisible estuviera escribiéndolas:

«Propiedad de la iglesia de Talto. 232 Riverside Drive.»

La recorrió un murmullo de excitación. Era una pista, una pista de verdad. Y la había encontrado ella sola, sin la ayuda de nadie.

232 Riverside Drive. Aquello caía por el Upper West Side, le parecía, por los alrededores de Riverside Park, en el otro extremo de Nueva York. No muy lejos. La iglesia de Talto. Clary dejó la estela con expresión preocupada. Fuera lo que fuera, sonaba a malas noticias. Arrastró la silla hasta la vieja computadora de sobremesa de Luke y entró en Internet. La verdad fue que no le sorprendió que la búsqueda de «Iglesia de Talto» no produjera resultados entendibles. Lo que había aparecido escrito en una esquina de la tela debía de estar en purgático, o cthoniano, o en cualquier otro idioma demoníaco.

De una cosa estaba segura: fuera lo que fuera la iglesia de Talto, era secreta, y probablemente mala. Si estaba involucrada en convertir a bebés humanos en cosas con garras en lugar de manos, no podía ser una religión de verdad. Clary se preguntó si la madre que había tirado al bebé en el contenedor de basura próximo al hospital sería miembro de esa iglesia y si antes de que naciera su hijo sabría en qué se había metido.

Cuando tomó el teléfono, sentía frío en todo el cuerpo. Se detuvo con el aparato en la mano. Había estado a punto de llamar a su madre, pero no podía llamar a Jocelyn y contarle aquello. Jocelyn había dejado de llorar y había accedido por fin a salir, con Luke, a mirar anillos. Y a pesar de que Clary consideraba a su madre lo bastante fuerte como para afrontar la verdad que resultara de todo aquello, sabía sin la menor duda que tendría problemas con la Clave por haber llevado tan lejos su investigación sin informarlos.

Luke. Pero Luke estaba con su madre. No podía llamarlo.

Maryse, quizá. Pero la simple idea de llamarla le resultaba extraña e intimidatoria. Además, Clary sabía —sin querer casi reconocer que era un factor a tener en cuenta— que si dejaba que la Clave se hiciera cargo del asunto, ella quedaría completamente apartada del juego. Quedaría al margen de un misterio que parecía tremendamente personal. Eso sin mencionar que sería como traicionar a su madre frente a la Clave.

Pero ir por su propia cuenta, sin saber qué podía encontrarse... Se había entrenado, pero tampoco tanto. Y sabía que tenía tendencia a actuar primero y a pensar después. A regañadientes, se acercó el teléfono, dudó un instante... y envió un rápido mensaje de texto: «232 RIVERSIDE DRIVE. TENEMOS QUE ENCONTRARNOS ALLÍ EN SEGUIDA. ES IMPORTANTE». Pulsó la tecla de envío y se sentó un segundo a esperar que la pantalla se iluminara con la respuesta: «OK».

Con un suspiro, Clary dejó el teléfono y fue a buscar sus armas.

—Quería a Maia —dijo Jordan. Se había sentado en el sofá después de haber conseguido por fin preparar café, aunque no había bebido ni un sorbo. Sujetaba el tazón con ambas manos, dándole vueltas y más vueltas mientras seguía hablando—. Tienes que saberlo, antes de que te cuente cualquier cosa más. Ambos veníamos de esa ciudad deprimente e infernal de Nueva Suéter, donde ella tenía que soportar todo tipo de idioteces porque su padre era negro y su madre blanca. Tenía además un hermano, un psicópata redomado. No sé si te había hablado de él, Daniel.

—No mucho —dijo Simon.

—Con todo eso, su vida era complicada, pero nunca se desanimaba. La conocí en una tienda de música, comprando discos viejos. Acetatos, sí. Empezamos a hablar y me di cuenta en seguida de que era la chica más estupenda en muchos kilómetros a la redonda. Guapa, además. Y cariñosa. —Los ojos de Jordan reflejaban lejanía—.

Salimos, y fue fantástico. Estábamos locamente enamorados. Como sólo puedes estarlo con dieciséis años. Entonces fue cuando me mordieron. Fue una noche en una discoteca, en el transcurso de una pelea. Solía meterme en muchas peleas. Estaba acostumbrado a que me dieran patadas y puñetazos, pero ¿mordiscos? Pensé que el tipo que me lo hizo estaba loco, pero no. Fui al hospital, me pusieron puntos y me olvidé del tema.

»Unas tres semanas después, empezó todo. Oleadas de rabia y enojos incontrolables. Me quedaba sin ver nada y no sabía qué pasaba. Destrocé el cristal de la ventana de la cocina de un puñetazo sólo porque no conseguía abrir un cajón. Estaba loco de celos con Maia, convencido de que se veía con otros chicos, convencido... ni siquiera sé qué pensaba. Sólo sé que exploté. La pegué. Me gustaría decir que no recuerdo haberlo hecho, pero lo recuerdo. Y ella cortó conmigo...

—Su voz se interrumpió. Le dio un trago al café; parecía enfermo, pensó Simon. Se imaginó que no habría contado muchas veces esa historia. O nunca—. Un par de noches después, fui a una fiesta y ella estaba allí. Bailando con otro chico. Besándolo como si con ello quisiera demostrarme que todo había acabado. Eligió una mala noche, aunque no tenía modo de saberlo. Era la primera noche de luna llena después de mi mordisco. —Tenía los nudillos blancos de sujetar la taza con fuerza—. La primera vez que me transformaba. La transformación destrozó mi cuerpo y me partió la carne y los huesos. Fue una agonía, y no sólo por eso. La deseaba, quería que volviera conmigo, quería explicárselo, pero lo único que podía hacer era aullar. Eché a correr por las calles, y entonces fue cuando la vi, cruzando el parque al lado de su casa. Estaba a punto de entrar...

—Y la atacaste —dijo Simon—. Y la mordiste.

—Sí. —Jordan estaba mirando ciegamente el pasado—. Cuando a la mañana siguiente me desperté, era consciente de lo que había hecho. Intenté ir a su casa, explicarme. Estaba ya a medio camino de allí cuando un tipo enorme se interpuso en mi camino y se me quedó mirando. Sabía quién era yo, lo sabía todo de mí. Me explicó que era miembro de los *Praetor Lupus* y que yo le había sido asignado. No le gustaba en absoluto saber que había llegado demasiado tarde, que yo ya había mordido a alguien. No me permitió acercarme a ella. Dijo que sólo serviría para empeorar las cosas. Me prometió que la Guardia de los Lobos cuidaría de ella. Me dijo que como ya había mordido a un humano, algo que está estrictamente prohibido, la única manera que tenía de eludir el castigo era unirme a la Guardia y entrenarme para aprender a controlarme.

»No lo habría hecho. Le habría escupido y aceptado el castigo que les viniera en gana aplicarme. Hasta ese punto me odiaba. Pero cuando me explicó que podría ayudar a otra gente como yo, tal vez impedir que lo que me había pasado a mí con Maia volviera a repetirse, fue como ver una luz en la oscuridad, en un futuro lejano. Como si quizá hubiera una oportunidad de reparar lo que había hecho.

—Entendido —dijo Simon despacio—. Pero ¿no te parece una extraña coincidencia que acabaran asignándote a mí? ¿Al tipo que salía con la chica a la que en su día mordiste y convertiste en mujer lobo?

—No fue ninguna coincidencia —dijo Jordan—. Tu ficha estaba entre las varias que me entregaron. Te elegí porque Maia aparecía mencionada en las notas. Una chica lobo y un vampiro que salen juntos. ¡Vaya historia! Era la primera vez que comprendía que se había convertido en mujer lobo después... después de lo que yo le hice.

—¿Nunca te preocupaste por comprobarlo? Me parece un poco...

—Lo intenté. El *Praetor* no quería, pero hice todo lo posible para averiguar qué había sido de ella. Me enteré de que se había ido de su casa, aunque como ya tenía una vida familiar tan desastrosa, aquel hecho no me dio ninguna pista. Y la verdad es que no existe nada parecido a un registro nacional de seres lobo al que poder acudir. Yo sólo... confiaba en que no se hubiera transformado.

—¿De manera que aceptaste esta misión por Maia?

Jordan se sonrojó.

—Pensé que a lo mejor, si te conocía, podría averiguar qué había sido de ella. Si estaba bien.

—Por eso me echaste bronca por ponerle los cuernos —dijo Simon, pensando en retrospectiva—. Querías protegerla.

Jordan lo miró por encima del borde de la taza de café.

—Sí, bueno, fue una estupidez.

—Y tú fuiste quien le pasó por debajo de la puerta el folleto con la actuación del grupo, ¿verdad? —Simon movió la cabeza—. Eso de meterte en mi vida amorosa, ¿formaba parte de la misión o era simplemente tu toque adicional personal?

—La dejé hecha pedazos —dijo Jordan—. Y no quería verla otra vez así por culpa de otro.

—¿Y no se te pasó por la cabeza que si se presentaba en la actuación intentaría arrancarte la cara? De no haber llegado tarde, es muy posible que incluso lo hubiera hecho estando tú en escena. Habría sido un detalle de lo más emocionante para el público.

—No lo sabía —dijo Jordan—. No era consciente de que me odiara tanto. Yo no odio al tipo que me convirtió a mí; puedo comprender que no se controlaba.

—Sí —dijo Simon—, pero tú nunca amaste a ese tipo. Nunca tuviste una relación con él. Maia te quería. Cree que la mordiste y que luego la abandonaste y jamás volviste a pensar en ella. Te odia tanto como en su día llegó a quererte.

Pero antes de que a Jordan le diera tiempo a responder, sonó el timbre de la puerta... No el timbre de abajo, sino el que sólo podía tocarse desde el vestíbulo interior. Los chicos intercambiaron una mirada de sorpresa.

—¿Esperas a alguien? —preguntó Simon.

Jordan negó con la cabeza y dejó la taza de café. Fueron juntos hasta el recibidor. Jordan le indicó a Simon con un gesto que se quedara detrás de él antes de que abriera la puerta.

No había nadie. Pero encontraron un papel en el tapete de la entrada, sujeto por un pedrusco de sólido aspecto. Jordan tomó el papel y lo alisó, con mala cara.

—Es para ti —dijo, entregándoselo a Simon.

Perplejo, Simon desplegó el papel. En letras mayúsculas de aspecto infantil, estaba escrito el siguiente mensaje:

«SIMON LEWIS. TENEMOS A TU NOVIA. TIENES QUE PRESENTARTE HOY MISMO EN EL 232 DE RIVERSIDE DRIVE VEN ANTES DE QUE ANOCHEZCA O LE CORTAREMOS EL CUELLO».

—Es una broma —dijo Simon, mirando pasmado el papel—. Tiene que serlo.

Sin decir palabra, Jordan agarró a Simon del brazo y jaló de él en dirección a la sala. Cuando consiguió soltarse, buscó el teléfono inalámbrico hasta que dio con él.

—Llámala —dijo, lanzándole el teléfono a Simon—. Llama a Maia y asegúrate de que está bien.

—Pero quizá no se trata de ella. —Simon se quedó mirando el teléfono mientras el horror de la situación empezaba a zumbar en su cerebro como un espíritu necrófago ululando en las puertas de una casa, suplicando entrar. «Concéntrate», se dijo, «que no cunda el pánico»—. Podría ser Isabelle.

—Dios. —Jordan lo miró encolerizado—. ¿Tienes más novias? ¿Hacemos primero una lista de nombres para ir llamándolas a todas?

Simon le arrancó el teléfono y se volvió, marcando el número.

Maia respondió al segundo ring.

—¿Diga?

—Maia, soy Simon.

La simpatía de la voz de Maia desapareció al instante.

—Ah. ¿Y qué quieres?

—Sólo quería comprobar que estabas bien —dijo.

—Estoy bien —confirmó con sequedad—. Tampoco es que lo

nuestro fuera muy serio. No me siento feliz, pero sobreviviré. Pero tú sigues siendo un cabrón.

—No —dijo Simon—. Me refiero a que quería comprobar si estabas bien.

—¿Tiene que ver Jordan con esto? —Simon percibió una tensa rabia en su voz al pronunciar aquel nombre—. De acuerdo. Se largaron juntos, ¿no? Son amigos, o algo por el estilo, ¿no es verdad? Pues ya puedes decirle de mi parte que se mantenga bien lejos de mí. De hecho, eso va para los dos.

Colgó. El tono de marcación empezó a zumbar en el teléfono como una abeja enojada.

Simon miró a Jordan.

—Está bien. Nos odia a los dos, pero aparte de eso, no me ha parecido que hubiera nada anormal.

—De acuerdo —dijo Jordan, muy tenso—. Ahora llama a Isabelle.

Necesitó dos intentos antes de que Isabelle tomara el teléfono; Simon había caído casi presa del pánico cuando su voz sonó al otro lado de la línea, distraída y molesta.

—Quienquiera que seas, mejor que sea para algo bueno.

Simon se sintió aliviado.

—Isabelle. Soy Simon.

—Oh, por el amor de Dios. ¿Qué quieres?

—Sólo quería asegurarme de que estabas bien...

—Oh, qué... ¿Se supone que tengo que estar destrozada porque eres un tramposo, un mentiroso, un cabrón hijo de...?

—No. —Aquello empezaba a hacer mella en los nervios de Simon—. Me refiero a si estás bien. ¿No te han secuestrado ni nada por el estilo?

Hubo un largo silencio.

—Simon —dijo Isabelle por fin—. Me parece, de verdad, en serio te lo digo, la excusa más estúpida que he oído en mi vida para realizar una llamada quejumbrosa como ésta. ¿Qué te pasa a ti?

—No estoy seguro —dijo Simon, y colgó antes de que ella pudiera colgarle. Le entregó el teléfono a Jordan—. Isabelle también está bien.

—No lo entiendo. —Jordan estaba perplejo—. ¿A quién se le ocurrirá realizar una amenaza de este tipo que no se apoya sobre ninguna base? Es muy fácil verificarlo y descubrir que se trata de una mentira.

—Deben de pensar que soy estúpido —empezó a decir Simon, pero hizo entonces una pausa, pues acababa de ocurrírsele una idea terrible. Le arrancó el teléfono a Jordan y empezó a marcar con los dedos entumecidos.

—¿Quién es? —dijo Jordan—. ¿A quién llamas?

El teléfono de Clary empezó a sonar justo cuando llegaba a la esquina de la calle Noventa y Seis con Riverside Drive. Era como si la lluvia hubiese limpiado la suciedad habitual de la ciudad; el sol brillaba desde un cielo resplandeciente sobre la luminosa franja verde del parque que se extendía a orillas del río, cuya agua parecía ahora casi azul.

Hurgó en la mochila para localizar el teléfono, lo encontró y lo abrió.

—¿Diga?

Sonó la voz de Simon.

—Oh, gracias a... —Se interrumpió—. ¿Estás bien? ¿No te han secuestrado ni nada?

—¿Secuestrado? —Clary iba mirando los números de los edificios mientras avanzaba por la calle. 220, 224. No estaba del todo segura de qué andaba buscando. ¿Tendría el aspecto de una iglesia? ¿De otra cosa, con un *glamour* que lo hiciera parecer un solar abandonado?—. ¿Estás borracho o qué?

—Es un poco temprano para eso. —El alivio de su voz era evidente—. No, sólo que... he recibido una nota extraña. Alguien amenazando a mi novia.

—¿Cuál de ellas?

—Muy graciosa. —Pero a Simon no le había hecho ninguna gracia—. Ya he llamado a Maia y a Isabelle, y las dos están bien. Entonces he pensado en ti... Quiero decir, como pasamos tanto tiempo juntos. Tal vez quien sea esté confundido. Pero no sé qué pensar.

—Yo tampoco. —232 Riverside Drive apareció de repente delante de Clary, un gran edificio cuadrado de piedra con tejado puntiagudo. Podría haber sido una iglesia en su día, pensó, aunque ahora no lo parecía.

—Maia e Isabelle coincidieron anoche, por cierto. No fue divertido —añadió Simon—. Tenías razón en eso de que estaba jugando con fuego.

Clary examinó la fachada del número 232. La mayoría de los edificios de la zona eran apartamentos caros, con porteros vestidos con librea en su interior. Pero aquél, sin embargo, sólo tenía un par de grandes puertas de madera con formas curvilíneas en la parte superior y anticuados jaladores de metal en lugar de picaportes.

—Oooh, lo siento, Simon. ¿Sigue hablándote alguna de ellas?

—La verdad es que no.

Posó la mano en un tirador y empujó. La puerta se abrió con un suave crujido. Clary bajó la voz.

—A lo mejor ha sido una de ellas la que te ha dejado la nota.

—No me parece muy de su estilo —dijo Simon, sinceramente perplejo—. ¿Piensas que podría haberlo hecho Jace?

Oír su nombre fue como un puñetazo en el estómago. Clary tomó aire y dijo:

—La verdad es que creo que no, ni aunque estuviera muy enojado. —Se alejó el teléfono de la oreja. Fisgó por la puerta entreabierta y vio lo que parecía el interior de una iglesia normal y corriente: un pasillo largo y luces parpadeantes, como si fueran velas. No le haría ningún daño curiosear un poco más—. Tengo que irme, Simon —dijo—. Te llamo luego.

Cerró el teléfono y entró.

—¿De verdad piensas que era una broma? —Jordan andaba de un lado a otro del departamento como si fuera un tigre en la jaula del zoológico—. No sé. Me parece una broma de muy mal gusto.

—No he dicho que no fuera de mal gusto. —Simon le echó un nuevo vistazo a la nota; seguía en la mesita de centro, las letras mayúsculas eran claramente visibles incluso de lejos. El estómago le dio un vuelco sólo de mirarla, aun sabiendo que no tenía sentido—. Sólo intento pensar en quién puede habérmela enviado. Y por qué.

—Tal vez debería tomarme el día libre y vigilarla —dijo Jordan—. Por si acaso, ya sabes.

—Me imagino que te refieres a Maia —dijo Simon—. Sé que tienes buenas intenciones, pero no creo que quiera verte revoloteando a su alrededor. En calidad de nada.

Jordan tensó la mandíbula.

—Lo haría de tal modo que ella no me viera.

—Caray. Sigues estando loco por ella, ¿verdad?

—Es una cuestión de responsabilidad personal. —Jordan habló muy serio—. Lo que yo pueda sentir carece de importancia.

—Haz lo que se te antoje —dijo Simon—. Pero creo que...

Sonó de nuevo el timbre de la puerta. Los dos chicos intercambiaron una única mirada antes de echar a correr por el estrecho pasillo en dirección a la entrada. Jordan llegó primero. Tomó el perchero que había en el recibidor, retiró todas las chamarras y abrió la puerta de golpe, sujetando el perchero por encima de su cabeza como si fuese una jabalina.

Era Jace. Pestañeó sorprendido.

—¿Es eso un perchero?

Jordan dejó caer el perchero en el suelo y suspiró.

—Si hubieras sido un vampiro, esto habría resultado mucho más útil.

—Sí —replicó Jace—. O si hubiera sido alguien que estuviera cargado de abrigos.

Simon asomó la cabeza por detrás de Jordan y dijo:

211

—Disculpa. Hemos tenido una mañana estresante.

—Bueno, sí —dijo Jace—. Y mucho más estresante que va a ser. Vengo para llevarte conmigo al Instituto, Simon. El Cónclave quiere verte y no les gusta tener que esperar.

En el instante en que la puerta de la iglesia Talto se cerró a sus espaldas, Clary tuvo la sensación de estar en otro mundo; el ruido y el alboroto de Nueva York se habían apagado por completo. El espacio interior del edificio era grande y encumbrado, con techos muy elevados. Había un pasillo estrecho flanqueado por hileras de bancos, gruesas velas cafés ardiendo en candelabros sujetos a las paredes. El interior le pareció a Clary escasamente iluminado, pero tal vez fuera porque estaba acostumbrada a la claridad de la luz mágica.

Avanzó por el pasillo, las leves pisadas de sus tenis sobre el polvoriento suelo de piedra apenas hacían ruido. Resultaba curioso, pensó, ver una iglesia sin ninguna ventana. Llegó al ábside, situado al final del pasillo, donde un conjunto de peldaños de piedra daba acceso al estrado que albergaba el altar. Lo miró pestañeando, percatándose de una rareza más: en aquella iglesia no había cruces. Pero sobre el altar había una lápida de piedra coronada por una estatua que representaba una lechuza. En la lápida podía leerse lo siguiente:

PORQUE SU CASA SE INCLINA HACIA LA MUERTE
Y SUS SENDEROS HACIA LOS MUERTOS
LOS QUE ENTREN EN ELLA NO PODRÁN REGRESAR JAMÁS
NI ARRAIGARSE A LOS SENDEROS DE LA VIDA.

Clary pestañeó. No estaba muy familiarizada con la Biblia —la verdad era que sus conocimientos nada tenían que ver con aquellos extensos pasajes de la misma que Jace se sabía casi de memoria—, pero a pesar de que aquello sonaba a religioso, era un fragmento extraño para figurar en una iglesia. Se estremeció y se acercó un poco más al altar, sobre el que habían dejado un libro de gran tamaño. Estaba cerrado, pero asomaba un marcador en una de las páginas; cuando Clary alargó el brazo para abrir el libro, se dio cuenta de que lo que había tomado por un punto de libro era en realidad una daga curva con empuñadura negra y símbolos ocultos grabados en ella. En algunos libros de texto, había visto imágenes de armas similares. Era un *athame*, utilizado a menudo en rituales de invocación demoníaca.

Notó una sensación de frío en el estómago, pero se inclinó de todos modos para examinar el contenido de la página señalada, decidida a enterarse de lo que fuera, pero descubrió que el texto estaba escrito con un trazo apretado y estilizado que habría resultado difícil de descifrar aunque hubiera estado escrito en inglés. Y no era el caso; se trataba de un alfabeto de caracteres afilados y puntiagudos que estaba segura de no haber visto en su vida. Las palabras aparecían escritas debajo de una ilustración que Clary identificó con un círculo de invocación, similar al que los brujos trazaban en el suelo antes de pronunciar sus hechizos. El objetivo de aquellos círculos era atraer y concentrar el poder mágico. La ilustración, dibujada con tinta verde, estaba integrada por dos círculos concéntricos con un cuadrado en el centro. En el espacio comprendido entre ambos círculos, había runas dibujadas. Clary no las reconoció, pero percibió en sus huesos el lenguaje de las runas y se estremeció. Muerte y sangre.

Pasó rápidamente la página y se encontró con un conjunto de ilustraciones que le cortaron la respiración.

Se trataba de un grupo de imágenes que se iniciaba con la de una mujer con una ave posada en su hombro izquierdo. El ave, seguramente un cuervo, tenía un aspecto siniestro y una mirada sagaz. En la segunda imagen, el ave había desaparecido y la mujer estaba a todas luces embarazada. En la tercera imagen, la mujer aparecía tendida sobre un altar muy similar al que Clary tenía enfrente en aquel momento. Delante de ella, una figura vestida con túnica portando en la mano una jeringa de aspecto chirriantemente moderno. La jeringa contenía un líquido de color rojo oscuro. Era evidente que la mujer sabía que era la destinataria de aquella inyección, pues estaba gritando.

En la última imagen, la mujer aparecía sentada con un bebé en su regazo. El bebé tenía un aspecto casi normal, a excepción de sus ojos, que eran completamente negros, sin blanco. La mujer miraba a su hijo con expresión aterrorizada.

Clary notó que el vello de la nuca se le erizaba. Su madre tenía razón. Alguien estaba intentando crear más bebés como Jonathan. De hecho, ya lo habían hecho.

Se apartó del altar. Hasta el último nervio de su cuerpo gritaba diciéndole que en aquel lugar había algo tremendamente malévolo. No se veía capaz de pasar ni un segundo más allí; mejor salir y esperar la llegada de la caballería. Por mucho que ella hubiera descubierto aquella pista por su cuenta, el resultado iba mucho más allá de lo que podía resolver por sí sola.

Y fue entonces cuando escuchó el sonido.

Un suave susurro, como el de la marea retirándose lentamente, que parecía venir de algún lugar por encima de su cabeza. Levantó la vista, con el *athame* sujeto con fuerza en su mano. Y abrió los ojos de par en par. Las galerías superiores estaban repletas de silenciosas figuras. Iban vestidas con lo que parecían pants de color gris, tenis, sudadera gris abrochada con cierre y capucha cubriéndoles la cabeza. Supuso que estaban mirándola. Las caras quedaban ocultas por completo por las sombras; ni siquiera podía afirmar si eran hombres o mujeres.

—Lo... lo siento —dijo. Su voz resonó en la sala de piedra—. No pretendía entrometerme, ni...

No hubo respuesta, sino silencio. Un pesado silencio. El corazón de Clary empezó a acelerarse.

—Ya me voy —dijo, tragando saliva. Dio un paso al frente, dejó el *athame* en el altar y se volvió dispuesta a irse. Captó entonces el olor en el ambiente, una décima de segundo antes de voltearse... el conocido hedor a basura podrida. Entre ella y la puerta, alzándose como un muro, acababa de aparecer un espantoso revoltijo de piel escamosa, dientes como cuchillas y garras extendidas.

Durante las últimas siete semanas, Clary había estado entrenándose para enfrentarse en batalla a un demonio, incluso a un demonio gigantesco. Pero ahora que aquello iba en serio, lo único que pudo hacer fue ponerse a gritar.

11

LOS DE NUESTRA ESPECIE

El demonio se abalanzó sobre Clary y ella dejó de gritar de repente y saltó hacia atrás, por encima del altar, con una marometa perfecta, y por un extraño instante deseó que Jace hubiera estado presente para verla. Cayó en cuclillas al suelo, justo en el momento en que algo se estampaba con fuerza contra el altar, provocando vibraciones en la piedra.

En la iglesia resonó un aullido. Clary se agazapó detrás del altar y asomó la nariz para mirar. El demonio no era tan grande como se había imaginado de entrada, pero tampoco era pequeño: más o menos del tamaño de un refrigerador, con tres cabezas sobre cimbreantes cuellos. Las cabezas eran ciegas, con enormes mandíbulas abiertas de las que colgaban hilos de baba verdosa. Al parecer, al intentar alcanzarla, el demonio se había golpeado contra el altar con la cabeza situada más a la izquierda, pues estaba meneándola adelante y atrás, como si intentara despejarse.

Clary miró frenéticamente hacia arriba, pero las figuras con pants seguían en el mismo lugar. No se habían movido. Era como si estuvieran observando la escena con indiferencia. Se volvió para mirar detrás de ella pero, por lo que parecía, no había más salidas que la puerta por la que había accedido a la iglesia, y el demonio le bloqueaba ese acceso. Percatándose de que estaba desperdiciando unos segundos preciosos, se incorporó y decidió hacerse con el *athame*. Lo arrancó del altar y volvió a agazaparse justo en el momento en que el demonio se lanzaba de nuevo a por ella. Rodó hacia un lado cuando una de las cabezas, balanceándose sobre su grueso cuello, salía proyectada por encima del altar, agitando su lengua gruesa y negra, buscándola. Con un grito, hundió una vez el *athame* en el cuello de la criatura y lo extrajo a continuación, saltando hacia atrás para apartarse de su camino.

La cosa gritó, su cabeza echándose hacia atrás, y sangre negra manaba a borbotones de la herida que acababa de provocarle. Pero no había sido un golpe mortal. Mientras Clary miraba, la herida empezó a cicatrizarse lentamente; la carne verde negruzca del demonio se unía como si estuvieran cosiendo un tejido. El corazón le dio un vuelco. Claro. El motivo por el que los cazadores de sombras utilizaban armas preparadas con runas era porque las runas impedían la curación de los demonios.

Buscó con la mano izquierda la estela que llevaba en el cinturón y consiguió liberarla de allí justo en el momento en que el demonio volvía a abalanzarse contra ella. Se inclinó hacia un lado y se arrojó escalera abajo, magullándose, hasta que alcanzó la primera hilera de bancos. El demonio se volteó, moviéndose pesadamente, y arremetió de nuevo contra ella. Percatándose de que tenía en las manos tanto la estela como la daga —de hecho, se había cortado con la daga al rodar por la escalera y en la parte frontal de la chamarra había aparecido una mancha de sangre—, pasó la daga a la mano izquierda, la estela a la derecha, y con una velocidad desesperada, trazó una runa *enkeli* en la empuñadura del *athame*.

Los demás símbolos de la empuñadura empezaron a fundirse y a esfumarse en cuanto la runa del poder angelical se apoderó del arma. Clary levantó la vista; tenía el demonio prácticamente encima, sus tres cabezas cerniéndose sobre ella con las bocas abiertas. Levantándose de un salto, echó el brazo hacia atrás y clavó la daga con todas sus fuerzas. Para su sorpresa, fue a parar en el centro del cráneo de la cabeza intermedia, hundiéndose en ella hasta la empuñadura. La cabeza empezó a dar sacudidas y el demonio gritó —Clary se sintió animada— y, acto seguido, la cabeza cayó al suelo, golpeándolo con un repugnante ruido sordo. Pero el demonio seguía igualmente avanzando hacia Clary, arrastrando la cabeza muerta colgada del cuello.

Se oyeron pasos arriba. Clary levantó la cabeza. Las figuras en pants habían desaparecido, la galería estaba vacía. Una imagen en absoluto tranquilizadora. Con el corazón bailando un salvaje tango en el interior de su pecho, Clary dio media vuelta y echó a correr hacia la puerta, pero el demonio era más rápido que ella. Con un gruñido forzado, se lanzó por encima de ella y aterrizo justo delante de la puerta, bloqueándole el paso. Con un murmullo, avanzó hacia Clary, con sus dos cabezas supervivientes balanceándose, elevándose después, alargándose al máximo para atacarla...

Hubo un destello, una llamarada de oro plateado. Las cabezas del demonio giraron bruscamente y el murmullo se transformó en chillido, pero era demasiado tarde: la cosa plateada que las envolvía empezó a tensarse y, proyectando sangre negruzca, las dos cabezas restantes quedaron segadas. Clary intentó apartarse de la trayectoria de la sangre, que la salpicaba, chamuscándole la piel. Y tuvo que agachar la cabeza cuando el cuerpo decapitado empezó a tambalearse, cayendo sobre ella...

Y desapareció. Con su caída, el demonio se esfumó, engullido por su dimensión de origen. Clary levantó la cabeza con cautela. Las puertas de la iglesia estaban abiertas y en la entrada vio a Isabelle, con botas y un vestido negro, y su látigo de oro blanco en la mano. Estaba enrollándolo lentamente en su muñeca, estudiando entretanto la iglesia, con sus oscuras cejas unidas en una expresión de curiosidad. Y cuando su mirada fue a parar a Clary, sonrió.

—Maldita chica —dijo—. ¿En qué lío te has metido ahora?

El contacto de las manos de los sirvientes de la vampira sobre la piel de Simon era frío y ligero, como la caricia de unas alas de hielo. Se estremeció levemente cuando desenrollaron la venda que le envolvía la cabeza, su piel marchita era áspera al contacto. Dieron entonces un paso atrás y se retiraron con una reverencia.

Miró a su alrededor, pestañeando. Hacía tan sólo unos momentos se encontraba en la esquina de la calle Setenta y ocho con la Segunda Avenida, a una distancia del Instituto que había considerado suficiente para poder utilizar la tierra del cementerio para contactar con Camille sin levantar sospechas. Y ahora estaba en una estancia escasamente iluminada, bastante grande, con suelo de mármol y elegantes pilares sosteniendo un elevado techo. La pared que quedaba a su izquierda tenía una hilera de cubículos con frente de cristal, todos ellos con una placa de latón en la que se leía «CAJERO». Otra placa de latón en la pared declaraba que aquello era el «DOUGLAS NATIONAL BANK». Gruesas capas de polvo alfombraban tanto el suelo como los mostradores donde en su día la gente había preparado sus cheques o sus impresos para retirar dinero, y las lámparas de latón que colgaban del techo estaban cubiertas de musgo.

En el centro de la sala había un sillón alto, y Camille estaba sentada en él. Llevaba suelta su melena rubia plateada, que le caía sobre los hombros como espumillón. Su bello rostro estaba libre de maquillaje, aunque los labios seguían siendo intensamente rojos. En la penumbra del banco eran, de hecho, el único color que Simon alcanzaba a ver.

—En circunstancias normales no accedería a una reunión a la luz del día, vampiro diurno —dijo—. Pero tratándose de ti, he hecho una excepción.

—Gracias. —Se dio cuenta de que no había silla para él, de modo que continuó de pie donde estaba, incómodo. De haber seguido latiendo su corazón, se imaginó que lo habría hecho con fuerza. Cuando había accedido a hacer aquello para el Cónclave, no recordaba el miedo que le inspiraba Camille. Tal vez fuera ilógico, pues en realidad, ¿qué podía hacerle aquella mujer?; pero allí estaba.

219

—Me imagino que esto significa que has reflexionado sobre mi oferta —dijo Camille—. Y que la aceptas.

—¿Qué te hace pensar que voy a aceptarla? —dijo Simon, esperando con ganas que no fuera a achacar la fatuidad de la pregunta al hecho de que intentase ganar tiempo.

Se la veía un poco impaciente.

—No creo que decidieras darme personalmente la noticia de que has decidido rechazarme. Temerías mi carácter.

—¿Debería temer tu temperamento?

Camille se recostó en el sillón orejero, sonriendo. Era un sillón de aspecto moderno y lujoso, a diferencia del resto del mobiliario del banco abandonado. Debían de haberlo llevado hasta allí, seguramente los sirvientes de Camille, que en aquel momento permanecían escoltándola a ambos lados como un par de silenciosas estatuas.

—Muchos lo temen —dijo—. Pero tú no tienes motivos para ello. Me siento muy satisfecha contigo. Aunque hayas esperado hasta el último momento para ponerte en contacto conmigo, intuyo que has tomado la decisión correcta.

El teléfono de Simon eligió justo aquel momento para ponerse a sonar con insistencia. Dio un brinco, notando que un hilillo de sudor frío le caía por la espalda, y hurgó apresuradamente en el interior del bolsillo de su chamarra.

—Lo siento —dijo, abriéndolo—. El teléfono.

Camille estaba horrorizada.

—No contestes.

Simon se acercó el teléfono al oído. Y al hacerlo, consiguió pulsar varias veces la tecla de la cámara.

—Será sólo un segundo.

—Simon.

Pulsó la tecla de envío y cerró rápidamente el teléfono.

—Lo siento. No lo he pensado.

El pecho de Camille, a pesar de que no respiraba, subía y bajaba de rabia.

—Exijo más respeto de mis servidores —dijo entre dientes—. No vuelvas nunca a hacer esto, de lo contrario...

—¿De lo contrario qué? —dijo Simon—. No puedes hacerme daño, no puedes hacerme más daño que los demás. Y me dijiste que no sería tu servidor. Me dijiste que sería tu socio. —Hizo una pausa después de dejar en su voz la nota justa de arrogancia—. Tal vez debería replantearme la aceptación de tu oferta.

Los ojos de Camille se oscurecieron.

—Oh, por el amor de Dios. No seas tontito.

—¿Cómo es posible que puedas pronunciar esa palabra? —le preguntó Simon.

Camille levantó sus delicadas cejas.

—¿Qué palabra? ¿Te ha molestado que te llamara tonto?

—No. Bueno, sí, pero no me refería a eso. Has dicho: «Oh, por el amor de...» —Se interrumpió; su voz se quebró. No podía pronunciarlo. «Dios.»

—Porque no creo en Él, niño tonto —replicó Camille—. Y tú aún sí. —Ladeó la cabeza, mirándolo igual que un pájaro observaría el gusano que está pensando en comerse—. Creo que quizá ha llegado el momento de realizar un juramento de sangre.

—¿Un... juramento de sangre? —Simon se preguntó si la habría oído bien.

—Había olvidado lo limitado de tus conocimientos sobre las costumbres de los de nuestra especie. —Camille movió de un lado a otro su plateada cabeza—. Te haré firmar un juramento, con sangre, proclamando tu lealtad hacia mí. Servirá para impedir que me desobedezcas en el futuro. Considéralo una especie de... contrato prenupcial. —Sonrió, y Simon entrevió el destello de sus colmillos—. Vengan. —Chasqueó los dedos de forma imperiosa, y sus acólitos se acercaron a ella, con sus casposas cabezas inclinadas. El primero le entregó algo que parecía una pluma de cristal antigua, de aquellas que tienen la punta en forma de espiral para absorber y retener la tinta—. Tendrás que hacerte un corte y extraer tu propia sangre —dijo

Camille—. Normalmente lo haría yo, pero la Marca me lo impide. Por lo tanto, debemos improvisar.

Simon dudó. Aquello era mala cosa. Muy mala. Conocía lo bastante el mundo sobrenatural como para saber lo que los juramentos significaban para los subterráneos. No eran simples promesas vacías susceptibles de romperse. Vinculaban de verdad al que la realizaba, eran como unas esposas virtuales. Si firmaba el juramento, tendría que serle fiel a Camille. Y posiblemente para siempre.

—Vamos —dijo Camile; un matiz de impaciencia asomaba en su voz—. No hay ninguna necesidad de entretenerse.

Simon tragó saliva y, a regañadientes, dio un paso al frente, y otro a continuación. Uno de los sirvientes se plantó delante de él, bloqueándole el paso. Le ofreció un cuchillo a Simon, algo de aspecto peligroso con punta afilada. Simon lo tomó y lo acercó a su muñeca. Lo hizo descender.

—¿Sabes? —dijo—. El dolor no me gusta nada. Y tampoco los cuchillos...

—Hazlo —rugió Camille.

—Tiene que haber otra manera.

Camille se levantó de su asiento y Simon vio que tenía los colmillos completamente extendidos. Estaba rabiosa de verdad.

—Si no dejas de hacerme perder el tiempo...

Se oyó una leve implosión, el sonido como de algo enorme partiéndose por la mitad. En la pared de enfrente apareció un gran panel brillante. Camille se volvió hacia allí y abrió la boca sorprendida al ver de qué se trataba. Simon se dio cuenta de que lo había reconocido, igual que él. Sólo podía ser una cosa.

Un Portal. Por el que estaban entrando una docena de cazadores de sombras.

—Muy bien —dijo Isabelle, guardando el botiquín de primeros auxilios con un gesto enérgico. Estaban en una de las muchas habitaciones vacías del Instituto, concebidas para albergar a los miembros de la Clave que estuvieran allí de visita. Todas estaban sencillamente equipadas con una cama, un tocador y un armario, y disponían de un pequeño baño. Y, claro estaba, todas tenían un botiquín de primeros auxilios, con vendas, cataplasmas e incluso estelas de recambio—. Creo que ya tienes suficiente *iratze*, pero algunos de estos moretones tardarán un poco en desaparecer. Aunque esto... —Pasó la mano por las marcas de quemaduras que Clary tenía en el antebrazo, donde le había salpicado la sangre de demonio— ... seguramente no desaparecerá del todo hasta mañana. Si descansas, de todos modos, se curarán más rápido.

—No tiene importancia. Gracias, Isabelle. —Clary se miró las manos; tenía la derecha vendada y la camisa todavía rasgada y manchada de sangre, aunque las runas de Izzy habían curado las heridas de debajo. Suponía que podría haberse aplicado ella misma las *iratzes*, pero resultaba agradable tener a alguien que se ocupara de ella, e Izzy, a pesar de no ser la persona más cariñosa del mundo, podía ser muy aplicada y amable cuando se lo proponía—. Y gracias por presentarte allí y salvarme la vida de lo que quiera que fuera aquello...

—Un demonio Hydra. Ya te lo he dicho. Tienen muchas cabezas, pero son bastante tontos. Y antes de que yo apareciera no lo habías hecho del todo mal. Me ha gustado lo que has hecho con el *athame*. Una buena idea estando bajo aquella presión. Eso forma parte de ser un cazador de sombras tanto como aprender a llenar de agujeros todo tipo de cosas. —Isabelle se dejó caer en la cama al lado de Clary y suspiró—. Seguramente me acerque a ver qué encuentro sobre la iglesia de Talto antes de que regrese el Cónclave. Quizá nos ayudará a comprender de qué se trata todo esto. Lo del hospital, los bebés... —Se estremeció—. No me gusta nada.

Clary le había contado a Isabelle todo lo que podía sobre los motivos que la habían conducido a la iglesia, incluso lo del bebé demonio del hospital, aunque había fingido ser sólo ella la implicada y había mantenido a su madre al margen de toda la historia. Isabelle había puesto una cara de asco tremenda cuando Clary le había explicado que el bebé parecía un recién nacido normal y corriente excepto por aquellos ojos negros tan abiertos y las garras en lugar de manitas.

—Creo que estaban intentando crear otro bebé como... como mi hermano. Creo que experimentaron con una pobre mundana —dijo Clary—. Y que no fue capaz de asumirlo cuando el bebé nació y se volvió loca. Pero... ¿quién podría hacer una cosa así? ¿Alguno de los seguidores de Valentine? ¿Tal vez alguno de los que no fueron capturados está ahora intentando continuar su obra?

—Tal vez. O quizá simplemente se trate de un culto de adoración al demonio. Hay muchos cultos de ese tipo. Aunque me cuesta imaginarme por qué alguien querría crear más criaturas como Sebastian. —Su voz cobró un matiz de odio al pronunciar aquel nombre.

—En realidad se llamaba Jonathan...

—Jonathan es el nombre de Jace —dijo Isabelle muy tensa—. No pienso llamar a ese monstruo con el nombre de mi hermano. Para mí siempre será Sebastian.

Clary se vio obligada a reconocer que Isabelle tenía cierta razón. También a ella le había costado pensar en él como Jonathan. Suponía que aquello era no hacerle justicia al verdadero Sebastian, pero nadie lo había conocido. Resultaba mucho más fácil asociar el nombre de un desconocido al malvado hijo de Valentine que llamarlo por un nombre que lo hacía parecer más cercano a su familia, más cercano a su vida.

Isabelle continuó hablando despreocupadamente, aunque Clary sabía que su cabeza no dejaba de funcionar, considerando varias posibilidades.

—Me alegro de que me enviaras aquel mensaje de texto. Adiviné por tu mensaje que algo iba mal y, francamente, estaba aburrida. Todo el mundo estaba fuera con esos asuntos secretos del Cónclave y yo no había querido ir, porque Simon iba a estar presente y ahora lo odio.

—¿Que Simon está con el Cónclave? —Clary se quedó pasmada.

Al llegar al Instituto se había dado cuenta de que estaba más vacío de lo habitual. Jace, evidentemente, no estaba, aunque tampoco esperaba que estuviera... no sabía por qué—. He hablado con él esta mañana y no me ha mencionado que fuera a hacer algo con ellos —añadió Clary.

Isabelle se encogió de hombros.

—Se trata de algo relacionado con el politiqueo de los vampiros. Es lo único que sé.

—¿Crees que Simon estará bien?

Isabelle respondió exasperada:

—Ya no necesita tu protección, Clary. Tiene la Marca de Caín. Por mucho que le peguen, le disparen, lo ahoguen y lo apuñalen, no le va a pasar nada. —Miró fijamente a Clary—. Me he fijado en que no me has preguntado por qué odio a Simon —declaró—. ¿Tengo que entender por ello que estabas al corriente de que me ponía los cuernos?

—Lo estaba —reconoció Clary—. Y lo siento.

Isabelle hizo caso omiso a su confesión.

—Eres su mejor amiga. Habría sido raro que no lo supieras.

—Debería habértelo contado —dijo Clary—. Es sólo que... que nunca tuve la sensación de que fueras en serio con Simon, ¿me explico?

Isabelle puso mala cara.

—No iba en serio. Pero... lo que pasa es que me imaginaba que él sí se lo tomaba en serio. Como yo estaba tan fuera de sus posibilidades... Supongo que esperaba de él algo mejor de lo que suelo esperar de los demás chavos.

—A lo mejor —dijo Clary en voz baja—, Simon no debería andar saliendo con alguien que piensa que está fuera de sus posibilidades. —Isabelle se quedó mirándola y Clary notó que se le subían los colores—. Lo siento. Su relación no es de mi incumbencia.

Isabelle estaba haciéndose un chongo con el pelo, un gesto que solía practicar cuando estaba tensa.

—No, no lo es. La verdad es que podría haberte preguntado por qué me enviaste un SMS a mí pidiéndome que acudiera a la iglesia a reunirme contigo y no se lo enviaste a Jace, pero no lo he hecho. No soy estúpida. Sé que algo está mal entre ustedes dos, por mucho que se besuqueen en los callejones. —Miró con interés a Clary—. ¿Ya se acostaron?

Clary notó que se sonrojaba.

—¿Qué...? No, no nos hemos acostado, pero no entiendo qué tiene que ver ese detalle con todo esto.

—No tiene absolutamente nada que ver —replicó Isabelle, rematando su chongo—. No era más que curiosidad lasciva. ¿Y qué es lo que te lo impide?

—Isabelle... —Clary recogió las piernas, se abrazó las rodillas y suspiró—. Nada. Simplemente nos estamos tomando un tiempo. Yo nunca... ya sabes.

—Jace sí —dijo Isabelle—. Bueno, me imagino que sí. No lo sé seguro. Pero si alguna vez necesitas algo... —Dejó la frase suspendida en el aire.

—¿Necesito algo?

—Protección. Ya sabes: tienes que tener cuidado —dijo Isabelle. Su tono era igual de práctico que si estuviera hablando sobre botones de recambio—. Cabría pensar que el Ángel fue lo bastante precavido como para darnos una runa para el control de la natalidad, pero ni por ésas.

—Por supuesto que tendría cuidado —farfulló Clary, con las mejillas encendidas—. Ya basta. Todo esto me resulta incómodo.

—No es más que una conversación de chicas —dijo Isabelle—. Te resulta incómodo porque te has pasado toda la vida con Simon como único amigo. Y a él no puedes hablarle de Jace. Eso sí que te resultaría incómodo.

—¿De verdad que Jace no te ha comentado nada? ¿Sobre lo que le preocupa? —dijo Clary sin apenas voz—. ¿Me lo prometes?

—No es necesario que lo haga —dijo Isabelle—. Viendo cómo te

226

comportas tú, y con Jace andando por ahí como si acabara de morírsele alguien, es normal que me haya dado cuenta de que algo va mal. Deberías haber venido antes a hablar conmigo.

—¿Piensas, al menos, que él está bien? —preguntó Clary, hablando muy despacio.

Isabelle se levantó de la cama y se la quedó mirando.

—No —respondió—. No está demasiado bien. ¿Y tú?

Clary negó con la cabeza.

—Me parece que no —dijo Isabelle.

Para sorpresa de Simon, después de que Camille viera aparecer a los cazadores de sombras, ni siquiera intentó mantenerse firme. Se echó a gritar y corrió hacia la puerta, pero se quedó paralizada al ver que era de día y que salir del banco significaría morir incinerada en cuestión de segundos. Sofocó un grito y se agazapó contra la pared, con los colmillos al descubierto y un grave sonido emergiendo de su garganta.

Simon retrocedió cuando los cazadores de sombras del Cónclave, vestidos de negro como una manada de cuervos, se apiñaron a su alrededor; vio a Jace, su cara seria y pálida como el mármol blanco, atravesar con un sable a uno de los sirvientes humanos cuando pasó por su lado, con la misma facilidad con la que cualquiera aplastaría una mosca. Maryse avanzó con paso majestuoso; su melena negra al viento le recordó a Simon la de Isabelle. Despachó al segundo y acobardado acólito con un movimiento zigzagueante de su cuchillo serafín y avanzó a continuación en dirección a Camille, blandiendo su resplandeciente arma. Jace la flanqueaba por un lado y, por el otro, un cazador de sombras al que no conocía, un hombre alto con runas negras enroscadas como zarcillos dibujadas en su antebrazo.

El resto de los cazadores de sombras se había dispersado para realizar una batida por todo el banco, examinándolo con aquellos raros artefactos que utilizaban —sensores— e inspeccionando hasta el último rincón en busca de actividad demoníaca. Hicieron caso omiso a los cadáveres de los sirvientes humanos de Camille, que yacían inmóviles sobre charcos de sangre negruzca. Hicieron caso omiso a Simon. Podría perfectamente haber sido una columna más del edificio, por la escasa atención que le prestaron.

—Camille Belcourt —dijo Maryse, y su voz resonó en las paredes de mármol—. Has quebrantado la Ley y estás por ello sujeta a los castigos de la Ley. ¿Te rendirás y vendrás con nosotros, o lucharás?

Camille estaba llorando, sin tratar de ocultar sus lágrimas, que estaban manchadas de sangre y resbalaban por su blanco rostro. Dijo entonces, con voz entrecortada:

—Walker... y mi Archer...

Maryse estaba perpleja. Se dirigió al hombre que se encontraba a su izquierda:

—Pero ¿qué dice, Kadir?

—Se refiere a sus sirvientes humanos —respondió el hombre—. Creo que está llorando su muerte.

Maryse movió la mano con un gesto despreciativo.

—Tener sirvientes humanos va contra la Ley.

—Los convertí en mis sirvientes antes de que los subterráneos estuviéramos sujetos a tus execrables leyes, mala bruja. Llevaban doscientos años conmigo. Eran como hijos para mí.

La mano de Maryse se tensó sobre la empuñadura de su espada.

—¿Qué sabrás tú de hijos? —susurró—. ¿Qué saben los tuyos de otra cosa que no sea destruir?

La cara cubierta de lágrimas de Camille destelló triunfante por un segundo.

—Lo sabía —dijo—. Por mucho que digas, por muchas mentiras que cuentes, odias a los de nuestra especie. ¿No es así?

El rostro de Maryse se puso tenso.

—Agárrenla —dijo—. Llévenla al Santuario.

Jace se colocó rápidamente al lado de Camille y la tomó por un brazo; Kadir por el otro. Y entre los dos la inmovilizaron.

—Camille Belcourt, se te acusa de asesinar a humanos —declaró Maryse—. Y de asesinar a cazadores de sombras. Serás conducida al Santuario, donde serás interrogada. La pena correspondiente al asesinato de cazadores de sombras es la muerte, pero es posible que si cooperas, se te perdone la vida. ¿Lo has entendido? —preguntó a continuación.

Camille hizo un gesto desafiante con la cabeza.

—Sólo responderé ante un hombre —dijo—. Si no lo traen ante mí, no les contaré nada. Puedes matarme, pero no te diré nada.

—Muy bien —dijo Maryse—. ¿Y qué hombre es ése?

Camille enseñó los colmillos.

—Magnus Bane.

—¿Magnus Bane? —Maryse se quedó atónita—. ¿El gran brujo de Brooklyn? ¿Y por qué quieres hablar con él?

—Eso se lo responderé a él —dijo Camille—. De lo contrario, no responderé a nadie.

Y eso fue todo. No articuló ni una palabra más. Simon la vio marcharse arrastrada por los dos cazadores de sombras. Pero no experimentó ningún tipo de sensación de triunfo, como se habría imaginado. Se sentía vacío, y curiosamente, con náuseas. Bajó la vista hacia los cuerpos de los sirvientes asesinados; no es que fueran muy de su agrado, pero en ningún momento pidieron encontrarse donde estaban. En cierto sentido, quizá tampoco lo hubiera pedido Camille. Pero para los nefilim era un monstruo. Y tal vez no sólo porque hubiera matado a cazadores de sombras; sino también porque tal vez, en realidad, no tenían manera de considerarla otra cosa.

Empujaron a Camille hacia el interior del Portal; Jace seguía al otro lado, indicándole con impaciencia a Simon que lo siguiera.

—¿¡Vienes o no!? —le gritó.

«Por mucho que digas, por muchas mentiras que cuentes, odias a los de nuestra especie.»

—Voy —dijo Simon, y echó a andar a regañadientes.

12

SANTUARIO

—¿Por qué crees que Camille querrá ver a Magnus? —preguntó Simon.

Él y Jace estaban de pie junto a la parte trasera del Santuario, que era una sala enorme que se comunicaba mediante un estrecho pasillo con el edificio principal del Instituto. No formaba parte del Instituto per se; pues se había dejado sin consagrar expresamente para poder ser utilizado como un espacio donde retener a demonios y a vampiros. Los Santuarios, según había informado Jace a Simon, habían pasado un poco de moda desde que se inventó la Proyección, pero de vez en cuando el suyo les había resultado útil. Y, por lo que se veía, ésta era una de esas ocasiones.

Era una sala grande, con paredes de piedra y columnas, con una entrada también de piedra a la que se accedía a través de unas puertas dobles; la entrada daba paso al corredor que conectaba la sala con el Instituto. Enormes marcas en el suelo de piedra dejaban constancia de que lo que fuera que hubiera estado encerrado allí hacía años, debió de haber sido bastante desagradable... y grande. Simon no pudo evitar preguntarse en cuántas salas enormes llenas de columnas como aquélla acabaría teniendo que pasar su tiempo. Camille estaba de pie junto a una de las columnas, con las manos a la espalda, flanqueada por dos guerreros de los cazadores de sombras. Maryse deambulaba arriba y abajo, dialogando con Kadir, tratando, evidentemente, de elaborar un plan. La sala no tenía ventanas, por razones obvias, pero estaba llena de antorchas con luz mágica que otorgaban a la escena un peculiar resplandor blanquecino.

—No sé —dijo Jace—. A lo mejor quiere algunos consejos sobre moda.

—¡Ja! —dijo Simon—. Y ese tipo que está con tu madre ¿quién es? Su cara me suena.

—Es Kadir —dijo Jace—. Seguramente conociste a su hermano. Malik. Murió en el ataque contra el barco de Valentine. Kadir es la segunda persona en importancia del Cónclave, después de mi madre. Ella confía mucho en él.

Mientras Simon miraba, Kadir jaló de los brazos de Camille para que rodearan el pilar y la encadenó sujetándola por las muñecas. La vampira gritó.

—Metal bendecido —dijo Jace, sin el mínimo atisbo de emoción—. Les quema.

«Les quema —pensó Simon—. Querrás decir "los quema". Yo soy como ella. Que tú me conozcas no me hace en absoluto distinto.»

Camille gimoteaba. Kadir retrocedió, con su rostro impasible. Runas oscuras sobre su oscura piel recorrían en espiral la totalidad de sus brazos y su cuello. Se volteó para decirle alguna cosa a Maryse; Simon captó las palabras «Magnus» y «mensaje de fuego».

—Otra vez Magnus —dijo Simon—. Pero ¿no estaba de viaje?

—Magnus y Camille son viejos de verdad —dijo Jace—. Me imagino que no es tan raro que se conozcan. —Hizo un gesto de indiferencia, evidenciando con ello su falta de interés por el tema—. De todos modos, estoy seguro de que acabarán convocando a Magnus. Maryse quiere información, y la quiere por encima de todo. Sabe que Camille no mató a esos cazadores de sombras simplemente por su sangre. Existen formas más simples de conseguir sangre.

Simon pensó por un momento en Maureen y se sintió enfermo.

231

—Bien —dijo, intentando mostrarse indiferente—. Supongo que esto significa que Alec volverá con él. Eso está bien, ¿no?

—Claro. —La voz de Jace sonó exánime. No tenía buen aspecto; la luz blanquecina de la sala otorgaba a los ángulos de sus pómulos un nuevo y afilado relieve, dejando claro que había adelgazado. Tenía las uñas comidas y convertidas en sangrientos muñones y lucía oscuras ojeras.

—Al menos tu plan ha funcionado —añadió Simon, tratando de inyectar un poco de alegría a las desgracias de Jace. Que Simon tomara una foto con el celular y la enviara al Cónclave había sido idea de Jace. Y gracias a ello habían podido acceder mediante un Portal al lugar donde Simon se encontraba—. Fue una idea genial.

—Sabía que funcionaría. —Los cumplidos aburrían a Jace. Levantó la vista al ver que se abrían las puertas dobles que conectaban con el Instituto. Era Isabelle, con su oscuro cabello balanceándose de un lado a otro. Echó un vistazo a la sala, sin apenas prestar atención a Camille y a los demás cazadores de sombras, y se encaminó hacia donde estaban Jace y Simon, con las botas repiqueteando contra el suelo de piedra.

—¿Qué es todo eso de interrumpir las vacaciones de los pobres Magnus y Alec? —preguntó Isabelle sin más preámbulos—. ¡Seguramente tienen entradas para la ópera!

Jace se lo explicó, mientras Isabelle permanecía delante de ellos con las manos en las caderas, ignorando por completo a Simon.

—De acuerdo —dijo, cuando Jace hubo terminado—. Pero me parece ridículo. Lo hace para perder tiempo. ¿Qué podría tener que decirle a Magnus? —Miró a Camille por encima del hombro. La vampira estaba no sólo cautiva con esposas, sino que además la habían sujetado a la columna con interminables cadenas de oro plateado. Cruzaban su cuerpo a la altura del pecho, las rodillas e incluso los tobillos, inmovilizándola por completo—. ¿Es metal bendecido?

Jace asintió.

—Las esposas están recubiertas para protegerle las muñecas, pero si se mueve demasiado... —Emitió el sonido de un chisporroteo. Simon, recordando cómo le habían quemado las manos cuando había tocado la Estrella de David en la celda de Idris, cómo su piel se había cubierto de sangre, tuvo que reprimir las ganas de arrearle un bofetón.

—Pues mientras ustedes estaban por ahí atrapando vampiros, yo estaba en las afueras combatiendo contra un demonio Hydra —dijo Isabelle—. Con Clary.

Jace, que hasta el momento había evidenciado el mínimo interés por cualquier cosa que sucediera a su alrededor, dio un brinco.

—¿Con Clary? ¿Que la has llevado a cazar demonios contigo? Isabelle...

—Por supuesto que no. Cuando llegué, ella ya andaba más que metida en la pelea.

—¿Y cómo supiste que...?

—Me envió un SMS —dijo Isabelle—. Y por eso fui. —Se examinó las uñas que, como era habitual en ella, estaban en perfecto estado.

—¿Que te envió a ti un SMS? —Jace agarró a Isabelle por la muñeca—. ¿Se encuentra bien? ¿Ha sufrido algún daño?

Isabelle bajó la vista hacia la mano que la sujetaba por la muñeca y luego volvió a levantarla para mirar a Jace a la cara. Simon no supo adivinar si estaba haciéndole daño, pero aquella mirada era capaz incluso de cortar el cristal, igual que el sarcasmo de su voz.

—Sí, está desangrándose arriba, pero he pensado no decírtelo de entrada, ya que me gusta el suspenso.

Jace, como si de repente se hubiera dado cuenta de lo que estaba haciendo, soltó la muñeca de Isabelle.

—¿Está aquí?

—Está arriba —dijo Isabelle—. Descansando...

Pero Jace ya había salido corriendo hacia la puerta de acceso, que cruzó como un rayo antes de perderse de vista. Isabelle, mirándolo, sacudió la cabeza de un lado a otro.

—No te habrías imaginado que fuera a hacer otra cosa —dijo Simon.

Isabelle permaneció un momento sin decir nada. Simon se preguntó si tendría pensado pasarse la eternidad entera ignorando cualquier cosa que él dijera.

—Lo sé —dijo por fin—. Simplemente me gustaría saber qué les sucede.

—No estoy muy seguro de que lo sepan ni siquiera ellos.

Isabelle parecía preocupada, estaba mordiéndose el labio inferior. De repente, tenía casi el aspecto de una niña, inmersa excepcionalmente en un conflicto. Algo le pasaba, era evidente, y Simon esperó sin decir nada mientras ella tomaba algún tipo de decisión.

—No quiero ser así —dijo—. Vamos. Quiero hablar contigo. —Echó a andar hacia las puertas del Instituto.

—¿De verdad? —Simon estaba atónito.

Ella se dio la vuelta y lo miró.

—En estos momentos sí. Pero no puedo prometerte cuánto me durará.

Simon levantó las manos.

—Quiero hablar contigo, Iz. Pero no puedo entrar en el Instituto.

Isabelle frunció el ceño.

—¿Por qué? —Se interrumpió, mirando a Simon primero y luego a las puertas, después a Camille, y de nuevo a Simon—. Oh. Es verdad. ¿Y cómo has entrado aquí?

—A través del Portal —respondió Simon—. Pero Jace me ha contado que hay un pasillo que conduce hasta unas puertas que dan al exterior. Para que los vampiros puedan entrar aquí por la noche. —Señaló una estrecha puerta abierta en una pared a escasos metros de distancia de donde se encontraban. Estaba cerrada con un cerrojo de hierro oxidado, como si hiciera tiempo que nadie la utilizaba.

Isabelle se encogió de hombros.

—De acuerdo.

El cerrojo chirrió cuando Isabelle lo deslizó hacia un lado, proyectando una fina lluvia de motas de óxido rojo. Detrás de la puerta había una pequeña sala con muros de piedra, parecida a la sacristía de una iglesia, y unas puertas que con toda seguridad daban al exterior. No había ventanas, pero por debajo de las puertas pasaba aire frío, e Isabelle, que llevaba un vestido muy corto, se estremeció.

—Mira, Isabelle —dijo Simon, imaginándose que sobre él recaía la responsabilidad de iniciar la conversación—. Siento mucho lo que he hecho. No tengo excusa para...

—No, no la tienes —dijo Isabelle—. Y mientras tanto, podrías contarme por qué andas por ahí con el tipo que convirtió a Maia en chica lobo.

Simon le relató la historia que Jordan le había contado, intentando que su explicación sonara lo más imparcial posible. Tenía la sensación de que era importante contarle a Isabelle que él no sabía al principio quién era Jordan y también que Jordan estaba arrepentido de lo que había hecho en su día.

—No es que esto lo arregle todo —dijo para finalizar—. Pero, mira... —«Todos hemos hecho cosas malas.» Pero no tenía valor para explicarle lo de Maureen. No en aquel momento.

—Lo sé —dijo Isabelle—. Y he oído hablar de los *Praetor Lupus*. Supongo que si están dispuestos a acogerlo como miembro, es que no es un fracasado total. —Miró a Simon con más atención—. Aunque no entiendo por qué necesitas tú que alguien te proteja. Tienes... —Le señaló la frente.

—No puedo pasarme el resto de la vida tropezándome a diario con gente y destrozándolos por culpa de la Marca —dijo Simon—. Necesito saber quién intenta matarme. Jordan está ayudándome a averiguarlo. Y Jace también.

—¿De verdad piensas que Jordan está ayudándote? Porque la Clave tiene influencias en los *Praetor*. Podríamos pedir que lo reemplazasen.

Simon dudó.

—Sí —dijo—. Creo de verdad que me está ayudando. Y no siempre podré recurrir a la Clave.

—De acuerdo.

Isabelle se apoyó en la pared.

—¿Te has preguntado alguna vez por qué soy tan distinta de mis hermanos? —preguntó sin más preámbulos—. ¿De Alec y de Jace?

Simon pestañeó.

—¿Te refieres a algo aparte de que tú eres una chica y ellos... no lo son?

—No. No me refiero a eso, idiota. Míralos a ellos dos. No tienen problemas para enamorarse. Los dos están enamorados. Para siempre, por lo que parece. Están acabados. Mira a Jace. Ama a Clary como... como si en el mundo no hubiera nada más y como si nunca pudiera haber otra cosa. Alec igual. Y Max... —Se le quebró la voz—. No sé qué habría sucedido en su caso. Pero confiaba en todo el mundo. Mientras que yo, como habrás podido comprobar, no confío en nadie.

—Cada uno es distinto —dijo Simon, tratando de sonar comprensivo—. Todo esto no significa que ellos sean más felices que tú...

—Seguro que sí —dijo Isabelle—. ¿Piensas que no lo sé? —Miró fijamente a Simon—. Conoces a mis padres.

—No muy bien. —Nunca se habían mostrado muy dispuestos a conocer al novio vampiro de Isabelle, una situación que no había servido para mejorar la sensación que tenía Simon de no ser más que el último de una larga lista de pretendientes poco adecuados.

—Ya sabes que ambos estuvieron en el Círculo. Pero te apuesto a que no sabes que todo fue idea de mi madre. La verdad es que mi padre nunca fue un gran entusiasta de Valentine y de todo lo que le rodeaba. Y después, cuando sucedió todo aquello y fueron desterrados, y se dieron cuenta de que prácticamente habían destrozado su vida, creo que mi padre culpó a mi madre de todo. Pero ya habían tenido a Alec e iban a tenerme a mí, de modo que se quedó, aunque pienso que él quería largarse. Y después, cuando Alec tendría unos nueve años, encontró a otra persona.

—Mierda —dijo Simon—. ¿Tu padre engañaba a tu madre? Eso... eso es terrible.

—Ella me lo contó —dijo Isabelle—. Yo tenía entonces trece años. Me contó que mi padre iba a abandonarla, pero que entonces se enteraron de que ella estaba embarazada de Max y siguieron juntos. Él rompió con la otra mujer. Mi madre no me contó quién era ella. Simplemente me explicó que no se puede confiar en los hombres. Y me dijo que no se lo contara a nadie.

—¿Y lo hiciste? ¿Lo de no contárselo a nadie?

—Hasta este momento —dijo Isabelle.

Simon pensó en Isabelle más joven, guardando el secreto, sin contárselo nunca a nadie, escondiéndoselo a sus hermanos. Sabiendo cosas sobre su familia que ellos nunca sabrían.

—No tendría que haberte pedido que hicieras eso —dijo Simon, repentinamente enojado—. No fue justo.

—Tal vez —dijo Isabelle—. Pero yo creí que era algo que me hacía especial. No pensé en aquel momento cómo podía influirme. Pero ahora veo a mis hermanos entregar su corazón y pienso: «¿Saben lo que hacen?». Los corazones se parten. Y aunque se curen, nunca vuelves a ser el de antes.

—Tal vez eres alguien mejor —dijo Simon—. Yo sé que soy mejor.

—Te refieres a Clary —dijo Isabelle—. Porque ella te partió el corazón.

—En pedacitos. ¿Sabes? Cuando alguien prefiere a su propio hermano antes que a ti, no es precisamente algo que refuerce tu confianza en ti mismo. Pensé que tal vez cuando se diera cuenta de que nunca le funcionaría con Jace, lo dejaría correr y volvería a mí. Pero al final comprendí que nunca dejaría de querer a Jace, independientemente de que la cosa pudiera funcionar o no con él. Y supe que si tenía que estar conmigo sólo porque no podía estar con él, prefería estar solo, por eso lo terminé.

—No sabía que habías sido tú quien cortaste con ella —dijo Isabelle—. Me imaginaba...

237

—¿Que yo no tenía amor propio? —Simon esbozó una cautelosa sonrisa.

—Creía que seguías enamorado de Clary —dijo Isabelle—. Y que por eso no podías salir en serio con nadie.

—Porque tú sólo eliges a tipos que nunca te tomarán en serio —dijo Simon—. Para no tener que tomarlos en serio.

Isabelle se lo quedó mirando con ojos brillantes, pero no dijo nada.

—Te tengo mucho cariño —dijo Simon—. Siempre te lo he tenido.

Ella dio un paso hacia él. Estaban muy juntos en aquella pequeña estancia y él podía escuchar el sonido de su respiración y, por debajo, el pulso más débil del latido de su corazón. Olía a champú y a sudor y a perfume de gardenia y a sangre de cazador de sombras.

Pensar en sangre le recordó a Maureen y su cuerpo se puso tenso. Isabelle se dio cuenta —claro que se dio cuenta, era una guerrera, sus sentidos captaban el más leve movimiento de cualquiera— y se retiró con su expresión más adusta.

—Muy bien —dijo—. Me alegro de que hayamos hablado.

—Isabelle...

Pero ya se había ido. Corrió hacia el Santuario tras ella, pero Isabelle era veloz. Cuando la puerta de la sacristía se cerró a sus espaldas, ella ya casi había cruzado la sala. Simon lo dejó correr y la vio desaparecer por las dobles puertas hacia el Instituto, consciente de que no podía seguirla.

Clary se sentó y movió la cabeza para salir de su estado de aturdimiento. Tardó un rato en recordar dónde estaba: en un dormitorio del Instituto; la única luz de la habitación entraba a través de una solitaria ventana en lo alto. Era luz azulada, luz crepuscular. Estaba envuelta en una manta; sus pantalones, chamarra y zapatos estaban apilados en una silla junto a la cama. Y a su lado estaba Jace, mirándola, como si soñando con él hubiera conjurado su presencia.

Estaba sentado a su lado en la cama, vestido con su equipo de combate, como si acabara de llegar de una batalla, con el pelo albo-rotado, la tenue luz que entraba por la ventana iluminando las som-bras bajo sus ojos, sus sienes hundidas, los huesos de sus mejillas. Bajo aquella luz tenía la belleza extrema y casi irreal de un cuadro de Modigliani, planos y ángulos alargados.

Clary se restregó los ojos para ahuyentar el sueño.

—¿Qué hora es? —preguntó—. ¿Cuánto tiempo...?

Jace la atrajo hacia él y la besó, y por un instante Clary se quedó inmóvil, consciente de repente de que lo único que llevaba encima era una camiseta fina y la ropa interior. Pero se deshizo de aquel pensamiento al sentirse pegada a él. Era un beso prolongado de aquellos que la hacían agua por dentro. El tipo de beso que podía llevarla a pensar que todo iba bien, que todo era como antes, y que él simplemente se alegraba de verla. Pero cuando las manos de Jace fueron a levantar la camiseta, ella lo apartó.

—No —dijo, sujetándole las muñecas—. No puedes dedicarte a sobarme cada vez que me ves. Eso no sustituye que hablemos en serio de todo.

Él respiró hondo y dijo:

—¿Por qué le enviaste el SMS a Isabelle y no a mí? Si te habías metido en problemas...

—Porque sabía que ella vendría —dijo Clary—. Y no sé si tú lo habrías hecho. No en ese momento.

—Si te hubiera pasado cualquier cosa...

—Pues me imagino que al final te habrías enterado igualmente. Cuando te dignaras a tomar el teléfono, ya sabes. —Seguía sujetán-dolo por las muñecas, pero las soltó entonces y se recostó en la cama. Resultaba duro, físicamente duro, estar tan cerca de él y no tocarlo, pero se obligó a descansar las manos sobre sus costados y a mante-nerlas allí quietas—. O me cuentas qué sucede, o ya puedes ir salien-do de esta habitación.

Jace abrió la boca, pero no dijo nada; Clary no recordaba haberle hablado de un modo tan duro desde hacía mucho tiempo.

—Lo siento —dijo Jace por fin—. Mira, ya sé que, tal y como me estoy comportando, no tendrías por qué tener motivos para escucharme. Y seguramente no debería haber venido aquí. Pero cuando Isabelle me ha dicho que estabas herida, no he podido evitarlo.

—Unas pocas quemaduras —dijo Clary—. Nada importante.

—Todo lo que a ti te pase es importante para mí.

—Pues eso debe explicar por qué no me devolviste al instante la llamada. Y la última vez que nos vimos, saliste huyendo sin explicarme por qué. Es como salir con un fantasma.

Jace hizo una leve mueca.

—No del todo. Isabelle salió con un fantasma. Ella podría explicarte...

—No —dijo Clary—. Era una metáfora. Y sabes perfectamente bien a qué me refería.

Jace se quedó un instante en silencio. Y dijo a continuación:

—Déjame ver las quemaduras.

Clary extendió los brazos. La parte interior de las muñecas, en los puntos donde le había salpicado la sangre del demonio, estaba cubierta por llamativas manchas rojas. Jace le tomó las muñecas, con mucho cuidado, levantando primero la vista como queriéndole pedir permiso, y las miró y las volvió a mirar. Clary recordó la primera vez que Jace la había tocado, en la calle delante de Java Jones, buscando en sus manos Marcas que no tenía.

—Sangre de demonio —dijo—. Desaparecerán en cuestión de horas. ¿Te duelen?

Clary negó con la cabeza.

—No lo sabía —dijo Jace—. No sabía que me necesitabas.

A Clary le tembló la voz.

—Siempre te necesito.

Jace inclinó la cabeza y besó la quemadura de la muñeca. Clary sintió una oleada de calor, como si un clavo ardiente le recorriera el cuerpo desde la muñeca hasta la boca del estómago.

—No me di cuenta —dijo Jace. Besó la siguiente quemadura, en el antebrazo, y la otra, ascendiendo por el brazo en dirección a su hombro, mientras la presión de su cuerpo la forzaba a quedarse tendida sobre las almohadas, mirándolo. Él se recostó sobre el codo para no aplastarla con su peso y la miró también.

Los ojos de él siempre se oscurecían cuando la besaba, como si el deseo alterara su color de un modo fundamental. Lucían ahora de un color oro oscuro. Acarició la marca blanca en forma de estrella del hombro de Clary, la que era pareja a la suya. La que los marcaba a ambos como los hijos de quienes habían tenido contacto con los ángeles.

—Sé que últimamente me he comportado de un modo extraño —dijo—. Pero tú no tienes nada que ver. Te quiero. Eso no cambia nunca.

—Entonces ¿qué...?

—Pienso en todo lo que pasó en Idris, en Valentine, Max, Hodge, Sebastian incluso. Intento enterrarlo, intento olvidarlo, pero es más fuerte que yo. Buscaré... buscaré ayuda. Me encontraré mejor. Te lo prometo.

—Me lo prometes.

—Te lo juro por el Ángel. —Agachó la cabeza, le dio un beso en la mejilla—. Al infierno con eso. Lo juro por nosotros.

Clary jaló de la manga de su camiseta.

—¿Por qué por nosotros?

—Porque no hay nada en lo que crea más. —Ladeó la cabeza—. Si nos casáramos... —empezó a decir Jace, y debió de notar que Clary se tensaba bajo su peso, pues sonrió—. Que no cunda el pánico, no estoy proponiéndote matrimonio aquí mismo. Simplemente me preguntaba qué sabías acerca de las bodas de los cazadores de sombras.

—Que no hay anillos —dijo Clary, acariciándole la nuca, allí donde su piel era tan suave—. Sólo runas.

—Una aquí —dijo él, acariciándole el brazo delicadamente con la punta de un dedo, allí donde estaba la herida—. Y otra aquí. —Ascendió con el dedo índice por el brazo, hacia la clavícula, y descendió hasta posarlo sobre el acelerado corazón de Clary—. Es un ritual extraído del Cantar de los Cantares de Salomón: «Ponme un sello sobre tú corazón, como una marca sobre tu brazo; porque el amor es fuerte como la muerte».

—El nuestro es más fuerte que eso —murmuró Clary, recordando cómo había revivido a Jace. Y esta vez, cuando los ojos de él se oscurecieron, ella lo atrajo hacia su boca.

Estuvieron mucho tiempo besándose, hasta que la luz se desvaneció casi por completo y quedaron convertidos en simples sombras. Pero Jace no movió las manos ni intentó tocarla y Clary intuyó que estaba esperando a que ella le diera permiso.

Comprendió que tendría que ser ella la que decidiera si quería llegar más lejos... y quería. Jace había reconocido que algo iba mal y que ese algo no tenía nada que ver con ella. Era un avance, un avance positivo. Y se merecía una recompensa por ello, ¿o no? Esbozó una sonrisita. ¿A quién pretendía engañar? Ella deseaba más. Porque él era Jace, porque lo amaba, porque era tan atractivo que a veces sentía la necesidad de pellizcarlo en el brazo para asegurarse de que era de verdad. Y eso fue lo que hizo en aquel momento.

—¡Ay! —dijo él—. ¿Por qué has hecho eso?

—Quítate la camiseta —le susurró ella. Hizo descender la mano hasta el extremo de la camiseta, pero él llegó antes. Se la pasó por la cabeza y la dejó caer de cualquier manera en el suelo. Movió la cabeza de un lado a otro, agitando su cabello; Clary casi esperaba que los brillantes mechones dorados iluminaran con chispas la oscuridad de la habitación.

»Siéntate —le dijo ella en voz baja. El corazón le latía con fuerza. No solía tomar la iniciativa en aquel tipo de situaciones, pero a él no pareció importarle. Jace se sentó, lentamente, jalándola hasta que los dos estuvieron sentados entre aquel lío de mantas. Ella se acomodó en su regazo, entre sus piernas. Estaban cara a cara. Le escuchó contener la respiración cuando levantó las manos dispuesto a quitarle la camiseta, pero Clary se las tomó y las hizo descender a sus costados, posando las manos sobre el cuerpo de él. Observó sus dedos deslizándose por su pecho y sus brazos, la forma consistente de sus bíceps entrelazados por Marcas negras, la marca en forma de estrella de su hombro. Recorrió con el dedo índice la línea que separaba sus pectorales, la dura tableta de su estómago. Ambos respiraban con dificultad cuando ella alcanzó la hebilla del cinturón, pero él no se movió, sino que se limitó a mirarla como queriéndole decir «Lo que tú desees...».

Con el corazón latiéndole con fuerza, Clary acercó las manos al extremo de su camiseta y se la pasó también por la cabeza. Le habría gustado llevar un brasier más excitante —el que llevaba era uno sencillo de algodón blanco—, pero cuando volvió a levantar la vista y vio la expresión de Jace, aquella idea se evaporó por completo. Tenía la boca entreabierta, sus ojos casi negros; se veía reflejada en ellos y supo entonces que a él le daba lo mismo que el brasier fuera blanco, negro o verde fluorescente. Sólo la veía a ella.

Buscó sus manos y las colocó en su cintura, como queriéndole decir con ello: «Ahora puedes tocarme». Él ladeó la cabeza y la boca de ella se unió con la suya, y empezaron a besarse de nuevo, un beso salvaje en lugar de lánguido, un fuego ardiente que lo consumía todo con rapidez. Las manos de él eran febriles: estaban en el cabello de ella, en su cuerpo, empujándola para que quedara acostada debajo de él, y mientras su piel desnuda resbalaba unida, cobró plena conciencia de que entre ellos no había más ropa que los jeans de él y su brasier y sus calzones. Clary enredó los dedos en su sedoso cabello despeinado, sujetándole la cabeza mientras él descendía a besos por su cuello. «¿Hasta dónde vamos a llegar? ¿Qué estamos haciendo?», preguntaba un rincón de su cerebro, pero el resto de su cabeza le gritaba a viva voz a esa pequeña parte ordenándole que se callara. Deseaba seguir tocándolo, besándolo; deseaba que él la abrazara y saber que era real, que estaba allí con ella, y que nunca jamás volvería a irse.

Los dedos de Jace localizaron el cierre del brasier. Se puso tensa.

Los ojos de él eran grandes y luminosos en la oscuridad, su sonrisa lenta.

—¿Todo bien?

Se limitó a asentir. La respiración de Clary era cada vez más acelerada. Nadie la había visto jamás sin brasier, ningún chico. Como si intuyera su nerviosismo, él le tomó con delicadeza la cara con una mano; sus labios jugueteaban con los de ella, acariciándolos hasta que ella notó su cuerpo estremeciéndose de tensión. La palma de la mano derecha de él le acarició la mejilla, después el hombro, tranquilizándola. Pero aún estaba nerviosa, esperando que la otra mano regresara al cierre del brasier, que volviera a tocarla, pero le pareció que buscaba algo que tenía detrás... pero ¿qué hacía?

Clary pensó de repente en lo que le había dicho Isabelle en relación a ir con cuidado. Se puso rígida y se echó hacia atrás.

—Jace, no estoy segura de...

Hubo un destello de plata en la oscuridad, y algo frío y afilado se deslizó por el lateral de su brazo. Lo único que sintió en el primer momento fue sorpresa... después dolor. Retiró las manos, pestañeando, y vio un hilillo de sangre oscura goteando sobre su piel en el lugar donde un corte poco profundo recorría su antebrazo, desde el hombro hasta el codo.

—Ay —dijo, más por rabia y sorpresa que por dolor—. ¿Qué...?

Jace se apartó corriendo de ella y saltó de la cama en un único movimiento. De pronto estaba en el centro de la habitación, sin camiseta, con el rostro blanco como el hueso.

Llevándose la mano al brazo herido, Clary empezó a incorporarse.

—Jace, ¿qué...?

Se interrumpió. Jace tenía un cuchillo en la mano izquierda, el cuchillo con empuñadura de plata que había visto en la caja y que pertenecía a su padre. La hoja estaba manchada con un fino hilo de sangre.

Clary bajó la vista hacia su mano y volvió a levantarla, para mirar a Jace.

—No entiendo...

Jace abrió la mano y el cuchillo cayó al suelo con un estrépito. Por un segundo dio la impresión de que iba a salir otra vez huyendo, igual que había hecho fuera del bar. Pero cayó arrodillado al suelo, llevándose las manos a la cabeza.

—Me gusta esa chica —dijo Camille cuando las puertas se cerraron detrás de Isabelle—. Me recuerda un poco a mí.

Simon se volvió para mirarla. El Santuario estaba en penumbra, pero podía verla con claridad, apoyada a la columna, con las manos atadas a su espalda. Un vigilante de los cazadores de sombras continuaba apostado junto a las puertas de acceso al Instituto, pero o bien no había oído el comentario de Camille, o bien le traía sin cuidado.

Simon se acercó un poco a Camille. Las ataduras que le impedían moverse ejercían sobre él una extraña fascinación. Metal bendecido. La cadena brillaba levemente sobre su pálida piel y a Simon le pareció ver algún que otro hilillo de sangre manchando las muñecas, junto a las esposas.

—No se parece en nada a ti.

—Eso es lo que tú crees. —Camille ladeó la cabeza; era como si acabara de peinarse su pelo rubio, aunque Simon sabía que eso era imposible—. Sé que amas a tus amigos cazadores de sombras —dijo—. Igual que el halcón ama al amo que lo mantiene cautivo y cegado.

—La cosa no funciona así —dijo Simon—. Los cazadores de sombras y los subterráneos no son enemigos.

—Ni siquiera puedes entrar en su casa —dijo Camille—. Te cierran la puerta en las narices. Y aun así sigues ansioso por servirles. Te pones de su lado y te enfrentas a los tuyos.

—Yo no pertenezco a nadie —dijo Simon—. No soy uno de ellos. Pero tampoco soy de los tuyos. Además, preferiría ser como ellos a ser como tú.

—Tú eres uno de los nuestros. —Se movió con impaciencia, haciendo tintinear las cadenas. Sofocó un gemido de dolor—. Hay una cosa que no te dije, allí en el banco. Pero que es cierta. —Sonrió aun a pesar del dolor—. Huelo a sangre humana en ti. Te has alimentado hace poco. De un mundano.

Simon notó un vuelco en su interior.

—Yo...

—Fue maravilloso, ¿verdad? —Sus labios rojos se torcieron en una nueva sonrisa—. La primera vez desde que eres vampiro que no tienes hambre.

—No —dijo Simon.

—Mientes —dijo Camille con convicción—. Los nefilim intentan ponernos en contra de nuestra propia naturaleza. Sólo nos aceptarán si fingimos ser lo que no somos: si fingimos no ser cazadores, no ser predadores. Tus amigos jamás aceptarán lo que eres, sólo lo que finjas ser. Por mucho que tú hagas por ellos, ellos nunca harían nada por ti.

—No sé por qué te molestas contándome todo esto —dijo Simon—. Lo hecho, hecho está. No pienso liberarte. He tomado mi decisión. No quiero lo que me ofreciste.

—Tal vez ahora no —dijo Camille en voz baja—. Pero lo querrás. Lo querrás.

El vigilante de los cazadores de sombras se hizo a un lado cuando se abrió la puerta y Maryse hizo su entrada en la sala. Iba seguida por dos figuras que Simon reconoció al instante: Alec, el hermano de Isabelle, y su novio, el brujo Magnus Bane.

Alec iba vestido con un sobrio traje negro; Magnus, para sorpresa de Simon, iba vestido de un modo muy similar, con el detalle adicional de una bufanda larga de seda blanca con borlas en los extremos y un par de guantes blancos. Lucía su habitual pelo de punta, pero para variar no llevaba brillantina. Camille, al verlo, se quedó muy quieta.

Magnus no la había visto aún; estaba escuchando a Maryse, que

246

comentaba, con cierta torpeza, que era estupendo que hubieran llegado tan pronto.

—La verdad es que no los esperábamos hasta mañana, como mínimo.

Alec emitió un sonido de fastidio y puso los ojos en blanco. No parecía en absoluto contento de estar ya de vuelta. Pero aparte de eso, pensó Simon, estaba como siempre: el mismo pelo negro, los mismos ojos azules... Aunque se le veía quizá más relajado que antes, como si hubiera madurado.

—Ha sido una suerte que hubiera un Portal cerca del edificio de la Ópera de Viena —dijo Magnus, echándose la bufanda por encima del hombro con un gesto grandilocuente—. En cuanto recibimos tu mensaje, nos apresuramos a dirigirnos allí.

—La verdad es que no entiendo todavía qué tiene que ver todo esto con nosotros —dijo Alec—. Por lo que has contado, han atrapado a un vampiro que andaba metido en algún juego desagradable. ¿Y no es eso lo que pasa siempre?

Simon experimentó un vuelco en el estómago. Observó a Camille para ver si se estaba riendo de él, pero la vampira tenía la mirada clavada en Magnus.

Alec, que miró en aquel momento a Simon por vez primera, se sonrojó. Siempre se le notaba mucho porque era muy blanco de piel.

—Lo siento, Simon. No me refería a ti. Tú eres distinto.

«¿Opinarías lo mismo si me hubieras visto anoche alimentándome de una niña de catorce años?», pensó Simon. Pero no dijo nada y se limitó a reconocer las palabras de Alec con un gesto de asentimiento.

—La vampira es de crucial interés para la investigación que estamos llevando a cabo sobre la muerte de tres cazadores de sombras —dijo Maryse—. Necesitamos que nos dé información y sólo quiere hablar delante de Magnus Bane.

—¿De verdad? —Alec miró a Camille con sorprendido interés—. ¿Sólo con Magnus?

Magnus siguió su mirada y por vez primera —o eso le pareció a Simon— miró directamente a Camille. Algo estalló entre ellos, algún tipo de energía. La boca de Magnus se torció por las comisuras con una nostálgica sonrisa.

—Sí —respondió Maryse, mientras la perplejidad se apoderaba de su rostro al percatarse de la mirada que acababan de cruzarse el brujo y la vampira—. Es decir, si Magnus está dispuesto.

—Lo estoy —dijo Magnus, despojándose de sus guantes—. Hablaré con Camille para ustedes.

—¿Camille? —Alec, levantando las cejas, se quedó mirando a Magnus—. Entonces, ¿la conoces? ¿O... te conoce ella a ti?

—Nos conocemos. —Magnus se encogió de hombros, muy levemente, como queriendo decir: «¿Y qué se le va a hacer?»—. En su día fue mi novia.

13

CHICA ENCONTRADA MUERTA

—¿Tu novia? —Alec se había quedado pasmado. Igual que Maryse. Y la verdad es que incluso Simon estaba atónito—. ¿Saliste con un vampiro? ¿Con una chica vampira?

—De eso hace ya ciento treinta años —dijo Magnus—. No la había visto desde entonces.

—¿Por qué no me lo contaste? —preguntó Alec.

Magnus suspiró.

—Alexander, llevo vivo cientos de años. He estado con hombres, con mujeres... con hadas, brujos y vampiros, e incluso con un par de genios. —Miró de reojo a Maryse, que estaba algo horrorizada—. ¿Un exceso de información, quizá?

—No pasa nada —dijo Maryse, pese a estar desvaída—. Tengo que comentar un momento un tema con Kadir. Ahora vuelvo. —Se hizo a un lado y se reunió con Kadir, para desaparecer acto seguido por la puerta. Simon se apartó también un poco, fingiendo querer estudiar con atención uno de los vitrales de las ventanas, pero su oído de vampiro era lo bastante agudo como para escuchar, quisiera o no, todo lo que Magnus y Alec estaban diciéndose. Sabía que Camille los estaba escuchando también. Tenía la cabeza ladeada y los ojos entrecerrados y pensativos.

—¿Cuánta gente más? —preguntó Alec—. Aproximadamente.

Magnus movió la cabeza de un lado a otro.

—No podría contarlos, y no tiene importancia. Lo único que importa es lo que siento por ti.

—¿Más de cien? —preguntó Alec. Magnus se quedó en blanco—. ¿Doscientos?

—Esta conversación me resulta increíble en estos momentos —dijo Magnus, sin dirigirse a nadie en particular. Simon opinaba lo mismo, y le habría gustado que no estuvieran teniéndola precisamente delante de él.

—¿Por qué tantos? —Los ojos azules de Alec refulgían en la oscuridad. Simon no sabía si estaba enfadado. Su voz no sonaba rabiosa, sino simplemente apasionada, pero Alec era una persona cerrada y tal vez su enojo no pudiera por ello llegar a más—. ¿Te cansas en seguida de todo el mundo?

—Vivo eternamente —dijo muy despacio Magnus—. A diferencia de los demás.

Parecía que a Alec le acabaran de dar un bofetón.

—¿Y permaneces con ellos mientras viven y luego te buscas a otro?

Magnus no dijo nada. Miró a Alec; sus ojos brillaban como los de un gato.

—¿Preferirías que permaneciera solo toda la eternidad?

Alec hizo una mueca.

—Me voy a ver a Isabelle —dijo, y sin mediar más palabras, dio media vuelta y se marchó al Instituto.

Magnus, con la tristeza reflejada en sus ojos, se quedó quieto viéndolo desaparecer. Pero no era una tristeza humana, pensó Simon. Sus ojos contenían la tristeza de siglos, como si el borde afilado de la tristeza humana se hubiera desgastado hasta irse suavizando con el paso de los años, igual que el agua del mar desgasta el canto afilado del vidrio.

Magnus miró a Simon de reojo, como si acabara de adivinar que estaba pensando en él.

—¿Escuchando a hurtadillas, vampiro?

—La verdad es que no me gusta que me llamen así —dijo Simon—. Tengo un nombre.

—Me imagino que será mejor que lo recuerde. Al fin y al cabo, de aquí a cien años, doscientos, sólo quedaremos tú y yo. —Magnus miró pensativo a Simon—. Seremos lo único que quede.

Sólo de pensarlo, Simon se sintió como si estuviera encerrado en un elevador cuyos cables se han roto de repente y empieza a caer hacia abajo, mil pisos seguidos. Aquella idea ya le había pasado por la cabeza, claro estaba, pero siempre la había arrinconado. Pensar en que seguiría teniendo dieciséis años mientras Clary, Jace y todos aquellos a quienes conocía se hacían mayores, envejecían, tenían hijos, y él no cambiaba en absoluto, era demasiado enorme y demasiado horrible como para tenerlo en cuenta.

Tener eternamente dieciséis años sonaba bien hasta que reflexionabas en serio al respecto. Y entonces era cuando dejaba de ser un buen plan.

Los ojos de gato de Magnus eran ahora de un color oro verdoso claro.

—¿Enfrentándote cara a cara con la eternidad? —dijo—. ¿A que no parece muy divertido?

Pero Maryse reapareció antes de que a Simon le diera tiempo a responder.

—¿Dónde está Alec? —preguntó, mirando sorprendida a su alrededor.

—Ha ido a ver a Isabelle —dijo Simon, antes de que Magnus dijera cualquier otra cosa.

—Muy bien. —Maryse se alisó la parte delantera de su chamarra, que no estaba en absoluto arrugada—. Si no les importa...

—Hablaré con Camille —dijo Magnus—. Pero me gustaría estar a solas con ella. Si quieres esperar en el Instituto, iré a verte en cuanto termine.

Maryse dudó.

—¿Sabes lo que tienes que preguntarle?

La mirada de Magnus era inquebrantable.

—Sé cómo hablar con ella, sí. Si está dispuesta a decir algo, me lo dirá a mí.

Ambos parecían haber olvidado por completo que Simon seguía allí.

—¿Me marcho yo también? —preguntó, interrumpiendo su concurso de miradas.

Maryse lo miró distraída.

—Oh, sí. Gracias por tu ayuda, Simon, pero ya no eres necesario. Vuelve a casa, si quieres.

Magnus no dijo nada. Con un gesto de indiferencia, Simon dio media vuelta y se dirigió a la puerta que daba a la sacristía y a la salida que lo conduciría al exterior. Al llegar a la puerta, sin embargo, se detuvo para mirar atrás. Maryse y Magnus seguían hablando, aunque el centinela había abierto ya la puerta del Instituto, dispuesto a irse. Sólo Camille parecía recordar que Simon continuaba allí. Le sonrió desde su columna, con los labios curvados en las comisuras; sus ojos susurraban una brillante promesa.

Simon salió y cerró la puerta a sus espaldas.

—Sucede cada noche. —Jace estaba sentado en el suelo, con las piernas recogidas, las manos colgando entre las rodillas. Había dejado el cuchillo sobre la cama, al lado de Clary; mientras él seguía hablando, ella había dejado caer una mano sobre el cuchillo, más para tranquilizarlo que porque lo necesitara para defenderse. Era como si Jace se hubiera quedado sin energía; incluso su voz sonaba vacía y remota, como si hablara con ella desde muy lejos—. Sueño que entras en mi habitación y... empezamos a hacer justo lo que estábamos a punto de hacer. Y entonces te ataco. Te corto, o te ahogo o te clavo el cuchillo, y mueres, mirándome con tus preciosos ojos verdes mientras te desangras entre mis manos.

—No son más que sueños —dijo Clary amablemente.

—Acabas de ver que no lo son —dijo Jace—. Cuando agarré este cuchillo estaba completamente despierto.

Clary sabía que Jace tenía razón.

—¿Te preocupa la posibilidad de que te estés volviendo loco?

Negó lentamente con la cabeza. Con el gesto, le cayó el pelo sobre los ojos y lo echó hacia atrás. Lo llevaba quizá demasiado largo; hacía tiempo que no se lo cortaba y Clary se preguntó si sería porque ni siquiera quería tomarse esa molestia. ¿Cómo era posible que no hubiese prestado más atención a las sombras que veía ahora bajo sus ojos, a sus uñas mordidas, a su aspecto agotado y exhausto? Había estado tan preocupada preguntándose si seguía queriéndola, que no había pensado en nada más.

—La verdad es que eso no me preocupa tanto —dijo—. Lo que me preocupa es hacerte daño. Me preocupa que ese veneno que está consumiendo mis sueños se derrame sobre mi vida cuando estoy despierto y acabe... —Fue como si se le cerrara la garganta.

—Tú nunca me harías daño.

—Tenía el cuchillo en mi mano, Clary. —Levantó la vista hacia ella—. Si llego a hacerte daño... —Su voz se cortó—. Los cazadores de sombras mueren jóvenes, a menudo —dijo—. Ambos lo sabemos. Y tú quisiste ser cazadora de sombras y yo nunca te lo impediría, pues no es asunto mío decirte lo que debes hacer con tu vida. Sobre todo teniendo en cuenta que yo también corro esos mismos riesgos. ¿Qué tipo de persona sería si te dijera que yo puedo poner mi vida en peligro pero tú no? He pensado muchas veces en cómo sería mi vida si tú murieras. Y estoy seguro de que tú también has pensado en eso.

—Sé cómo sería —dijo Clary, recordando el lago, la espada y la sangre de Jace derramándose sobre la arena. Había estado muerto, y el Ángel lo había devuelto a la vida; habían sido los minutos más terribles de la existencia de Clary—. En aquella ocasión yo quise morir. Pero sabía que de haberme dado por vencida, te habría defraudado.

Jace sonrió con la sombra de una sonrisa.

—Y yo he pensado lo mismo. Si murieras, no querría vivir. Pero no me mataría, porque sea lo que sea lo que sucede cuando morimos, quiero estar contigo allí. Y si me matara, sé que no volverías a hablarme jamás. En ninguna vida. Por lo tanto, viviría e intentaría hacer algo positivo hasta poder estar de nuevo contigo. Pero si yo te hago daño... si yo fuera la causa de tu muerte, nada me impediría destruirme.

—No digas eso. —Clary sintió un gélido escalofrío—. Deberías habérmelo contado, Jace.

—No podía. —Su tono de voz sonó rotundo, definitivo.

—¿Por qué no?

—Creía ser Jace Lightwood —dijo—. Creía posible que mi formación no me hubiera influido. Pero ahora me pregunto si lo que sucede tal vez es que la gente no cambia nunca. Quizá siempre seré Jace Morgenstern, el hijo de Valentine. Me crió durante diez años y es posible que sea una mancha que no se borrará jamás.

—Crees que todo esto es debido a tu padre —dijo Clary, y le pasó por la cabeza aquel fragmento de la historia que Jace le había mencionado en una ocasión: «Amar es destruir». Y entonces pensó en lo raro que era que ella llamara Valentine al padre de Jace, cuando era la sangre de Valentine la que corría por las venas de ella, no por las de Jace. Pero nunca había sentido hacia Valentine lo que se siente por un padre. Y Jace sí—. ¿Y no querías que yo lo supiera?

—Tú eres todo lo que quiero —dijo Jace—. Y tal vez Jace Lightwood se merezca tener todo lo que quiere. Pero Jace Morgenstern no. Y es algo que tengo muy claro en mi interior. De lo contrario, no estaría intentando destruir lo que tenemos.

Clary respiró hondo y soltó lentamente el aire.

—No creo que estés haciéndolo.

Jace levantó la cabeza y pestañeó.

—¿Qué quieres decir?

—Tú crees que es psicológico —dijo Clary—. Que hay algo en ti que no funciona como es debido. Pues yo no. Pienso que todo esto te lo está haciendo alguien.

—Yo no...

—Ituriel me envió sueños —dijo Clary—. Es posible que alguien esté enviándote estos sueños.

—Ituriel te envió sueños para intentar ayudarte. Para guiarte hacia la verdad. ¿Qué objetivo tienen mis sueños? Son repugnantes, sin sentido, sádicos...

—Tal vez tengan un significado —dijo Clary—. Tal vez su significado no sea el que tú piensas. O tal vez quienquiera que esté enviándotelos intenta hacerte daño.

—¿Y quién querría hacerme daño?

—Alguien a quien no le caemos muy bien —dijo Clary, y alejó de su cabeza una imagen de la reina seelie.

—Es posible —dijo Jace en voz baja, mirándose las manos—. Sebastian...

«De modo que tampoco él quiere llamarle Jonathan», pensó Clary. Y no lo culpaba por ello. También él se llamaba así.

—Sebastian está muerto —dijo, con un tono más cortante del que pretendía—. Y de haber tenido este tipo de poder, lo habría utilizado antes.

La duda y la esperanza empezaron a perseguirse para encontrar su lugar en la expresión de Jace.

—¿De verdad piensas que alguien podría estar haciéndome todo esto?

El corazón de Clary empezó a latir con fuerza. No estaba segura; deseaba con todas sus fuerzas que fuera cierto, pero si no lo era, habría dado esperanzas a Jace en vano. Esperanzas a los dos.

Aunque tenía la sensación de que hacía bastante tiempo que Jace no se sentía esperanzado por nada.

—Creo que tendríamos que ir a la Ciudad Silenciosa —dijo Clary—. Los Hermanos podrían entrar en tu mente y descubrir si alguien anda incordiando por ahí. Igual que hicieron conmigo.

Jace abrió la boca y la cerró de nuevo.

—¿Cuándo? —dijo por fin.

—Ahora mismo —dijo Clary—. No quiero esperar. ¿Y tú?

Jace no respondió, sino que se limitó a levantarse del suelo y a recoger su camiseta. Miró a Clary, y estuvo a punto de sonreír.

—Si vamos a la Ciudad Silenciosa, mejor será que te vistas. Me encanta lo guapa que estás en ropa interior, pero no sé si los Hermanos Silenciosos serán de la misma opinión. Sólo quedan unos pocos, y no quiero que mueran de sobreexcitación.

Clary saltó de la cama y le lanzó una almohada, casi aliviada. Tomó su ropa y se puso la camiseta. Justo antes de pasársela por la cabeza, vio de reojo el cuchillo sobre la cama, brillante como un tenedor de llamas plateadas.

—Camille —dijo Magnus—. Hace mucho tiempo, ¿verdad?

Camille sonrió. Su piel parecía más blanca de lo que él recordaba y bajo su superficie empezaban a asomar oscuras venas en forma de telaraña. Su cabello seguía recordando a las hebras de plata y sus ojos continuaban tan verdes como los de un gato. Era bella, todavía. Mirándola, volvió a sentirse en Londres. Veía el alumbrado a gas de las calles, olía a humo, suciedad y caballos, el aroma acre de la niebla, las flores de los Kew Gardens. Veía a un chico de pelo negro y ojos azules como los de Alec. Una chica con largos rizos castaños y cara seria. En un mundo donde todo acababa desapareciendo, ella era una de las escasas constantes que seguían aún ahí.

Y luego estaba Camille.

—Te he extrañado, Magnus —dijo ella.

—No, no es cierto. —Magnus se sentó en el suelo del Santuario. Percibió al instante la frialdad de la piedra traspasando su ropa. Se alegró de llevar encima la bufanda—. ¿Por qué precisamente yo? ¿Para perder tiempo?

—No. —Camille se inclinó hacia adelante, las cadenas traquetearon. Casi podía oírse el sonido allí donde el metal bendecido rozaba la piel de sus muñecas—. He oído hablar de ti, Magnus. He oído decir que últimamente estás bajo la protección de los cazadores de sombras. Y me habían dicho que te has ganado incluso el amor de uno de ellos. Ese chico con el que estabas hablando hace un momento, me imagino. La verdad es que tus gustos siempre fueron de lo más variados.

—Has escuchado rumores acerca de mí —dijo Magnus—. Pero te habría bastado con preguntarme directamente. Llevo años en Brooklyn, muy cerca de ti, y no he tenido noticias tuyas. No te vi jamás en ninguna de mis fiestas. Hemos estado separados por un muro de hielo, Camille.

—No fui yo quien lo construyó. —Abrió de par en par sus verdes ojos—. Sabes que siempre te he amado.

—Me abandonaste —dijo él—. Me convertiste en tu mascota y luego me abandonaste. Si el amor fuera comida, me habría muerto de hambre con los huesos que me lanzabas. —Hablaba sin emoción. Había pasado mucho tiempo.

—Teníamos toda la eternidad —replicó ella, protestando—. Sabías que acabaría volviendo a ti...

—Camille —dijo Magnus, cargándose de paciencia—. ¿Qué quieres?

El pecho de Camille ascendió, para descender bruscamente acto seguido. Al no tener necesidad alguna de respirar, Magnus comprendió que el gesto era básicamente con la intención de subrayar lo que iba a decir a continuación.

—Sé que los cazadores de sombras te escuchan —dijo—. Quiero que hables con ellos en mi nombre.

—Quieres que cierre un trato con ellos de tu parte —tradujo Magnus.

Ella se quedó mirándolo.

—Tu modo de expresión siempre fue lamentablemente moderno.

—Dicen que has matado a tres cazadores de sombras —dijo Magnus—. ¿Es eso cierto?

—Eran miembros del Círculo —respondió ella; su labio inferior temblaba—. En el pasado torturaron y mataron a muchos de los míos...

—¿Y lo hiciste por eso? ¿Por venganza? —Viendo que ella permanecía en silencio, Magnus dijo a continuación—: Sabes muy bien lo que hacen con los que matan a nefilim, Camille.

Camille tenía los ojos brillantes.

—Necesito que intercedas por mí, Magnus. Quiero la inmunidad. Quiero que la Clave me prometa por escrito que me perdonará la vida y me dejará en libertad a cambio de información.

—Nunca te dejarán en libertad.

—Entonces nunca sabrán por qué tenían que morir sus colegas.

—¿Tenían que morir? —Magnus se quedó reflexionando—. Una forma muy interesante de expresarlo, Camille. ¿Me equivocaría si te dijera que en todo esto hay algo más que lo que se ve a simple vista? ¿Algo más que necesidad de sangre o venganza?

Camille permaneció en silencio, mientras su pecho practicaba un teatral movimiento de ascenso y descenso. Todo en ella era teatral, desde la caída de su melena plateada, hasta la curvatura de su cuello, pasando incluso por la sangre de las muñecas.

—Si quieres que hable con ellos en tu nombre —dijo Magnus—, tendrás que contarme como mínimo algún detalle. Como muestra de buena fe.

Ella le respondió con una reluciente sonrisa.

—Sabía que hablarías con ellos en mi nombre, Magnus. Sabía que el pasado no había muerto del todo para ti.

—Considéralo no muerto si eso es lo que quieres —dijo Magnus—. Pero ahora cuéntame la verdad, Camille.

Camille se pasó la lengua por el labio inferior.

—Puedes contarles —dijo— que cuando maté a esos cazadores de sombras lo hice siguiendo órdenes. Hacerlo no me supuso ningún trastorno, pues ellos habían matado también a los míos y sus muertes fueron merecidas. Pero no lo habría hecho de no habérmelo pedido otro, alguien mucho más poderoso que yo.

El corazón de Magnus se aceleró. No le gustaba en absoluto el cariz que estaba tomando aquello.

—¿Quién?

Pero Camille hizo un movimiento negativo con la cabeza.

—Inmunidad, Magnus.

—Camille...

—Me atarán a una estaca a pleno sol y me dejarán morir —dijo ella—. Es lo que hacen con los que matan a los nefilim.

Magnus se levantó. Se le había ensuciado la bufanda de estar sentado en el suelo. Miró apesadumbrado las manchas.

—Haré lo que pueda, Camille. Pero no te prometo nada.

—Nunca lo harías —murmuró ella, sus ojos entrecerrados—. Ven aquí, Magnus. Acércate a mí.

Él no la amaba, pero Camille era un sueño del pasado, de modo que se acercó a ella hasta tenerla casi al alcance de su mano.

—¿Te acuerdas? —dijo ella en voz baja—. ¿Te acuerdas de Londres? ¿De las fiestas en Quincey's? ¿Te acuerdas de Will Herondale? Sé que sí. Ese chico de ahora, ese tal Lightwood. Se parecen incluso.

—¿Tú crees? —dijo Magnus, como si ni se le hubiera ocurrido.

—Los chicos guapos han sido siempre tu perdición —dijo ella—. Pero dime, ¿qué puede darte a ti un chico mortal? ¿Diez años, veinte, antes de que la desintegración empiece a hacer mella en él? ¿Cuarenta años, cincuenta, antes de que la muerte se lo lleve? Yo puedo darte toda la eternidad.

Él le acarició la mejilla, estaba más fría que el suelo.

—Podrías darme el pasado —dijo él con tristeza—. Pero Alec es mi futuro.

—Magnus... —empezó a decir ella.

En aquel momento se abrió la puerta del Instituto y Maryse apareció en el umbral, con su contorno perfilado por la luz mágica que alumbraba a sus espaldas. A su lado estaba Alec, cruzado de brazos. Magnus se preguntó si Alec habría escuchado algún retazo de la conversación que acababa de mantener con Camille... ¿Lo habría oído?

—Magnus —dijo Maryse Lightwood—. ¿Han llegado a algún acuerdo?

Magnus dejó caer la mano.

—No estoy muy seguro de si podría llamarse acuerdo —dijo, volviéndose hacia Maryse—. Pero creo que tenemos cosas de las que hablar.

Una vez vestida, Clary acompañó a Jace a su habitación, donde éste preparó una pequeña mochila con las cosas que tenía que llevarse a la Ciudad Silenciosa como si, pensó Clary, fuera a asistir a una siniestra velada festiva en casa de algún amigo. Armas en su mayoría: unos cuantos cuchillos serafín, su estela y, casi como una idea de última hora, el cuchillo con la empuñadura de plata, su filo ya limpio de sangre. Jace se puso una chamarra de piel negra y se subió el cierre, liberando a continuación los mechones rubios que habían quedado atrapados en el interior del cuello. Cuando se volteó para mirarla, en el mismo momento en que se colgaba la mochila al hombro, esbozó una débil sonrisa, y Clary vio aquella pequeña muesca en el incisivo superior izquierdo que siempre había considerado atractiva, un fallo minúsculo en una cara que, de lo contrario, habría resultado excesivamente perfecta. Se le encogió el corazón, y por un instante apartó la vista, incapaz casi de respirar.

Jace le tendió la mano.

—Vámonos.

No había forma de convocar a los Hermanos Silenciosos, de modo que Jace y Clary pararon un taxi y se encaminaron hacia el barrio de Houston y el Cementerio de Mármol. Clary sugirió desplazarse a la Ciudad de Hueso a través de un Portal —lo había hecho en otras ocasiones y ya sabía cómo hacerlo—, pero Jace le replicó explicándole que ese tipo de cosas seguían sus propias reglas, por lo que

Clary no pudo evitar pensar que aquella vía debía de ser de mala educación para los Hermanos Silenciosos.

Jace se acomodó a su lado en el asiento trasero del taxi, sin soltarle la mano y acariciándole el dorso constantemente con los dedos. Era una distracción, pero no hasta el punto de impedirle concentrarse en lo que Jace estaba explicándole acerca de Simon, la historia de Jordan, la captura de Camille y su exigencia de hablar con Magnus.

—¿Y Simon está bien? —preguntó preocupada—. No sabía nada. Pensar que estaba en el Instituto y ni siquiera he ido a verlo...

—No estaba en el Instituto; estaba en el Santuario. Y se las arregla bien solo. Mejor de lo que cabría esperar para alguien que hasta hace tan poco tiempo era un simple mundano.

—Pero el plan me parece peligroso. Porque, por lo visto, Camille está loca de remate, ¿no?

Jace le acarició los nudillos con los dedos.

—Tienes que dejar de pensar en Simon como el chico mundano al que conocías. El que tantas atenciones requería. Ahora es prácticamente inmune. Tú no has visto en acción esa Marca que le otorgaste. Yo sí. Es como si Dios descargara toda su ira sobre el mundo. Me imagino que tendrías que sentirte orgullosa.

Clary se estremeció.

—No lo sé. Lo hice porque tenía que hacerlo, pero sigue siendo una maldición. Y yo no sabía que iba a pasarle todo esto. No me dijo nada. Sabía que Isabelle y Maia habían descubierto su mutua existencia, pero no tenía ni idea de lo de Jordan. De que en realidad era el ex de Maia o... lo que sea. —«Porque no se lo preguntaste. Porque andabas demasiado ocupada preocupándote sólo por Jace. Y eso no estuvo bien.»

—¿Y tú le habías contado en qué andas tú metida? —dijo Jace—. Porque la comunicación tiene que ser en ambos sentidos.

—No, la verdad es que no se lo he contado a nadie —dijo Clary, y le explicó a Jace su excursión a la Ciudad del Silencio con Luke y

Maryse, lo que había visto en el depósito de cadáveres del Beth Israel y su posterior descubrimiento de la iglesia de Talto.

—Nunca he oído hablar de ella —dijo Jace—. Pero Isabelle tiene razón: hoy en día existen estrambóticos cultos demoníacos de todo tipo. En su mayoría nunca han logrado invocar a ningún demonio. Pero por lo que se ve, ésta sí que lo consiguió.

—¿Crees que el demonio que matamos era el que ellos adoran? ¿Crees que ahora quizá... paren?

Jace negó con la cabeza.

—No era más que un demonio Hydra, una especie de perro guardián. Además, está lo de «Porque su casa se inclina hacia la muerte, y sus senderos hacia los muertos». Me suena más a demonio femenino. Y son precisamente los cultos que adoran a demonios femeninos los que suelen hacer cosas horribles con los bebés. Tienen todo tipo de ideas retorcidas sobre la fertilidad y los recién nacidos. —Se recostó en su asiento, entrecerrando los ojos—. Estoy seguro de que el Cónclave irá a esa iglesia a ver qué pasa, pero te apuesto veinte contra uno a que no encuentran nada. Mataste a su demonio guardián, y está claro que los miembros de ese culto harán limpieza y borrarán cualquier prueba. Tendremos que esperar hasta que hayan montado su changarrito en otra parte.

—Pero... —A Clary se le encogió el estómago—. Aquel bebé. Y las imágenes de aquel libro. Creo que están intentando crear más niños como... como Sebastian.

—No pueden —dijo Jace—. Inyectaron sangre de demonio a un bebé humano, que es algo horroroso, sí. Pero algo como Sebastian sólo se consigue inyectando sangre de demonio a niños cazadores de sombras. Por eso murió ese bebé. —Le apretó la mano, como queriendo tranquilizarla—. No son buena gente, pero, viendo que no les ha funcionado, no creo que vuelvan a intentarlo.

El taxi se paró de un frenazo en la esquina de Houston con la Segunda Avenida.

—El taxímetro está roto —dijo el taxista—. Son cien pesos.

Jace, que en otras circunstancias habría hecho a buen seguro un comentario sarcástico, le lanzó al taxista un billete de doscientos, salió del vehículo y le mantuvo la puerta abierta a Clary para que saliera también.

—¿Estás preparada? —le preguntó, mientras se acercaban a la reja de hierro que daba acceso a la Ciudad.

Clary asintió.

—No puedo decir que mi última excursión hasta aquí fuera precisamente divertida, pero sí, estoy preparada. —Tomó la mano de Jace—. Mientras estemos juntos, estoy preparada para cualquier cosa.

Los Hermanos Silenciosos estaban en la entrada de la Ciudad, casi como si estuvieran esperando su llegada. Clary reconoció entre el grupo al hermano Zachariah. Formaban una hilera silenciosa que bloqueaba el acceso de Clary y de Jace a la ciudad.

«¿Por qué están aquí, hija de Valentine e hijo del Instituto? —Clary no sabía muy bien cuál de ellos estaba hablándole en su cabeza, o si lo hacían quizá todos a coro—. Es excepcional que los niños entren en la Ciudad Silenciosa sin supervisión.»

El apelativo «niños» dolía, por mucho que Clary supiera que los cazadores de sombras consideraban que cualquiera por debajo de los dieciocho era un niño y, en consecuencia, estaba sujeto a reglas distintas.

—Necesitamos su ayuda —dijo Clary cuando se hizo patente que Jace no pensaba decir nada. Estaba mirando uno por uno a los Hermanos Silenciosos con lánguida curiosidad, como aquel que ha recibido incontables diagnósticos de enfermedad terminal por parte de distintos médicos y ahora, al llegar al final de la cola, aguarda con escasas esperanzas el veredicto de un especialista—. ¿Acaso no consiste su trabajo en... en ayudar a los cazadores de sombras?

«Pero aun así no somos criados a su entera disposición. Ni todos sus problemas caen bajo nuestra jurisdicción.»

—Éste sí —dijo con firmeza Clary—. Creo que alguien se está

apoderando de la mente de Jace, alguien con poder, y se está entrometiendo en sus recuerdos y en sus sueños. Obligándole a hacer cosas que él no quiere hacer.

«Oniromancia —dijo uno de los Hermanos Silenciosos—. La magia de los sueños. Es competencia de los usuarios más grandes y más poderosos de la magia.»

—Como los ángeles —dijo Clary, y fue recompensada con un rígido y sorprendido silencio.

«Tal vez —dijo por fin el hermano Zachariah— deberían acompañarnos a las Estrellas Parlantes.»

Aquello no era una invitación, evidentemente, sino una orden, pues dieron media vuelta de inmediato y echaron a andar hacia el corazón de la Ciudad, sin esperar a ver si Jace y Clary los seguían.

Llegaron al pabellón de las Estrellas Parlantes, donde los Hermanos ocuparon sus puestos detrás de la mesa de basalto negro. La Espada Mortal volvía a estar en su lugar y resplandecía en la pared, detrás de ellos, como el ala de un pájaro de plata. Jace avanzó hasta el centro de la sala y bajó la vista hacia el dibujo de estrellas metálicas que ardía en las baldosas rojas y doradas del suelo. Clary lo observó, con el corazón encogiéndose de dolor. Se le hacía muy duro verlo de aquella manera, su habitual energía desaparecida por completo, como la luz mágica apagándose bajo un manto de ceniza.

Jace levantó entonces su cabeza rubia, pestañeando, y Clary adivinó que los Hermanos Silenciosos estaban hablándole, diciéndole cosas que ella no podía escuchar. Lo vio negar con la cabeza y le oyó decir:

—No lo sé. Creía que no eran más que sueños normales y corrientes. —Su boca se tensó entonces, y Clary no pudo evitar preguntarse qué estarían diciéndole—. ¿Visiones? No creo. Sí. Me encontré con el Ángel, pero es Clary la que tenía sueños proféticos. No yo.

Clary se puso tensa. Estaban terriblemente cerca de preguntar sobre lo sucedido con Jace y el Ángel aquella noche junto al lago Lyn. No se le había pasado por la cabeza aquella posibilidad. ¿Qué veían los Hermanos Silenciosos cuando fisgaban en la cabeza de alguien? ¿Sólo lo que andaban buscando? ¿O todo?

Jace hizo un gesto afirmativo dirigiéndose a ellos.

—De acuerdo. Estoy listo si ustedes lo están.

Cerró los ojos y Clary, sin dejar de observarlo, se relajó un poco. Así debió de sentirse Jace, pensó, la primera vez que los Hermanos Silenciosos habían hurgado en su cabeza. Vio detalles en los que no se había fijado entonces, cuando estaba atrapada en las redes de la mente de los Hermanos y de la suya, recuperando recuerdos, perdidos para todo el mundo.

Vio a Jace agarrotándose, como si los Hermanos estuvieran tocándolo. Echó entonces la cabeza hacia atrás. Las manos, en sus costados, empezaron a abrirse y cerrarse, mientras las estrellas del suelo se iluminaban con una cegadora luz plateada. Clary pestañeó para impedir que aquel brillo tan potente la hiciera llorar. Jace se había convertido en un elegante perfil oscuro que contrastaba sobre un manto de reluciente plata, como si se encontrara en el corazón de una cascada. Estaba rodeado de ruido, un susurro amortiguado e incomprensible.

Jace cayó de rodillas, con las manos pegadas al suelo. A Clary se le tensó el corazón. Cuando los Hermanos Silenciosos se adentraron en su cabeza, ella había estado a punto de perder el sentido, pero Jace era mucho más fuerte, o eso creía. Poco a poco, Jace empezó a doblegarse y a llevarse las manos al vientre, la agonía se reflejaba en sus facciones, aunque sin gritar en ningún momento. Sin poder soportarlo más, Clary corrió hacia él, atravesando las franjas de luz, y se arrodilló a su lado, abrazándolo. Los susurros que la envolvían subieron de volumen hasta convertirse en una tormenta de protesta en el momento en que Jace volvió la cabeza para mirarla. La luz plateada había borrado por completo el color de sus ojos, que eran lisos y blancos como baldosas de mármol. Sus labios esbozaron la forma de su nombre.

Y entonces desapareció... la luz, el sonido, todo, y se encontraron arrodillados sobre el suelo desnudo del pabellón, rodeados de sombras y silencio. Jace estaba temblando, y cuando separó las manos, Clary vio que estaban ensangrentadas en los puntos donde las uñas habían arañado la piel. Sin soltarlo del brazo y reprimiendo su rabia, Clary levantó la vista hacia los Hermanos Silenciosos. Sabía que la sensación era similar a la de sentirse furioso con el médico que tenía que administrar un tratamiento doloroso pero capaz de salvar la vida al paciente, pero era duro —durísimo— mostrarse razonable cuando el afectado era un ser amado.

«Hay algo que no nos has contado, Clarissa Morgenstern —dijo el hermano Zachariah—. Algo que han mantenido en secreto los dos.»

Fue como si una mano helada apretara el corazón de Clary.

—¿A qué se refieren?

«Este chico tiene la marca de la muerte.» Acababa de hablar otro Hermano, Enoch, le pareció.

—¿La muerte? —dijo Jace—. ¿Quieren decir que voy a morir? —No lo dijo sorprendido.

«Queremos decir que estuviste muerto. Que traspasaste el portal hacia el reino de las sombras, que tu alma se liberó de tu cuerpo.»

Clary y Jace intercambiaron una mirada. Y ella tragó saliva.

—El ángel Raziel... —empezó a decir.

«Sí, su marca está también en el chico. —La voz de Enoch carecía de emoción—. Existen únicamente dos maneras de resucitar a los muertos. Mediante la necromancia, la magia negra de la campana, el libro y la vela. Eso devuelve a algo parecido a la vida. Pero sólo un Ángel creado por la mano derecha de Dios podría devolver una alma humana a su cuerpo con la misma facilidad con que la vida fue inspirada en el primer hombre. —Movió la cabeza de un lado a otro—. El equilibrio entre la vida y la muerte, entre el bien y el mal, es un equilibrio muy delicado, jóvenes cazadores de sombras. Y lo han desbaratado.»

—Pero Raziel es el Ángel —dijo Clary—. Puede hacer lo que quiera. Lo veneran, ¿verdad? Si eligió hacer esto...

«¿Lo hizo? —preguntó otro de los Hermanos—. ¿Lo eligió?»

—Yo... —Clary miró a Jace—. «Podría haber pedido cualquier cosa del universo. La paz mundial, la cura de una enfermedad, vivir eternamente. Pero lo único que quería era volver a tenerte a ti.»

«Conocemos el ritual de los Instrumentos —dijo Zachariah—. Sabemos que quien los posea todos, quien sea su Señor, puede pedirle al Ángel una cosa. No creo que hubiera podido negártelo.»

Clary levantó la barbilla.

—Bien —dijo—, ya está hecho.

Jace esbozó una sonrisa.

—Siempre podrían haberme matado —dijo—. Devolver las cosas a su equilibrio inicial.

Clary le apretó el brazo con fuerza.

—No seas ridículo. —Pero habló con un hilillo de voz. Y se puso más tensa aún cuando el hermano Zachariah se separó del grupo de los Hermanos Silenciosos y se aproximó a ellos, con los pies deslizándose sin hacer ruido sobre las Estrellas Parlantes. Se plantó junto a Jace y cuando se inclinó para acariciar con sus largos dedos su barbilla, obligándolo a levantar la cara para mirarlo, Clary tuvo que combatir el impulso de apartarlo de un empujón. Los dedos de Zachariah eran finos, sin arrugas, los dedos de un hombre joven. Nunca se había planteado la edad que podían tener los Hermanos Silenciosos, pues siempre se los había imaginado viejos y arrugados.

Jace, arrodillado, levantó la vista hacia Zachariah, que lo miró con su expresión ciega e imperturbable. Clary no pudo evitar pensar en las pinturas medievales que representaban santos arrodillados, mirando hacia arriba, con los rostros bañados con un luminoso resplandor dorado.

«De haber estado yo allí —dijo, su voz inesperadamente amable—, cuando eras pequeño, habría visto a un Herondale en tu cara, Jace Lightwood, y habría sabido quién eras.»

Jace estaba perplejo, pero no hizo movimiento alguno para apartarse.

—Me han dicho que no me parezco ni a mi madre ni a mi padre...

Zachariah se volvió hacia los demás.

«No podemos y no deberíamos hacerle ningún daño al chico. Existen antiguos vínculos entre los Herondale y los Hermanos. Debemos ayudarlo.»

—¿Ayudarlo en qué? —preguntó Clary—. ¿Ven algo malo en él... dentro de su cabeza?

«Siempre que nace un cazador de sombras, se lleva a cabo un ritual. Tanto los Hermanos Silenciosos como las Hermanas de Hierro realizan diversos hechizos de protección.»

Clary sabía, por lo que había estudiado, que las Hermanas de Hierro eran la secta gemela a los Hermanos Silenciosos; más enclaustradas incluso que ellos, eran las encargadas de fabricar las armas de los cazadores de sombras.

El hermano Zachariah continuó:

«Cuando Jace murió y fue resucitado, nació una segunda vez, pero sin protección ni rituales. Eso lo dejó abierto, como una puerta sin llave: abierto a cualquier tipo de influencia demoníaca o malevolencia».

Clary se pasó la lengua por sus secos labios.

—¿Se refieren a cualquier tipo de posesión?

«No posesión. Sino influencia. Sospecho que existe un poder demoníaco que te susurra al oído, Jonathan Herondale. Eres fuerte, luchas contra él, pero está erosionándote igual que el mar erosiona la arena.»

—Jace —susurró él, con los labios blancos—. Jace Lightwood, no Herondale.

Clary, pensando en los aspectos prácticos, dijo:

—¿Cómo pueden estar seguros de que se trata de un demonio? ¿Y qué podemos hacer para que le deje tranquilo?

Enoch, pensativo, dijo entonces:

«Es necesario llevar de nuevo a cabo el ritual, dotarlo de las protecciones una segunda vez.»

—¿Y pueden hacerlo? —preguntó Clary.

Zachariah inclinó la cabeza.

«Puede hacerse. Hay que llevar a cabo todos los preparativos, reclamar la presencia de una de las Hermanas de Hierro, fabricar un amuleto... —Se interrumpió—. Y Jonathan debe quedarse con nosotros hasta que el ritual haya finalizado. Éste es el lugar más seguro para él.»

Clary volvió a mirar a Jace, buscando una expresión —cualquier expresión— de esperanza, alivio, satisfacción, cualquier cosa. Pero su rostro se mantenía impasible.

—¿Por cuánto tiempo?

Zachariah abrió sus delgadas manos.

«Un día, quizá dos. El ritual está concebido para recién nacidos; tendremos que cambiarlo, alterarlo para que encaje con un adulto. Si tuviera más de dieciocho años, sería imposible. Y tal y como están las cosas, será complicado. Pero aún puede salvarse.»

«Aún puede salvarse.» No era lo que Clary esperaba; deseaba haber oído que era un problema sencillo, de fácil solución. Miró a Jace. Tenía la cabeza gacha, el pelo cayéndole hacia adelante; su nuca le parecía tan vulnerable, que incluso le dolió el corazón.

—De acuerdo —dijo en voz baja—. Me quedaré aquí contigo...

«No. —Los Hermanos hablaron a coro, con voces inexorables—. Debe permanecer aquí solo. No puede permitirse distracciones con lo que tenemos que hacer.»

Notó que el cuerpo de Jace se tensaba. La última vez que había estado solo en la Ciudad Silenciosa, había sido encarcelado injustamente, había presenciado la muerte de la mayor parte de los Hermanos Silenciosos y había sufrido el tormento de Valentine. Clary se imaginaba que la perspectiva de pasar otra noche solo en la Ciudad tenía que ser horrorosa.

—Jace —susurró—. Haré lo que tú quieras que haga. Si quieres irte...

—Me quedaré —dijo. Levantó la cabeza, y su voz sonó alta y

clara—. Me quedaré. Haré lo que tenga que hacer para solucionar esto. Sólo tengo que llamar a Izzy y a Alec. Decirles... decirles que me quedo a dormir en casa de Simon para vigilarlo. Decirles que ya nos veremos mañana o pasado.

—Pero...

—Clary. —Con cuidado, le tomó ambas manos y las sujetó entre las suyas—. Tenías razón. Esto no viene de dentro de mí. Algo está haciéndome esto. A mí y a nosotros. ¿Y sabes lo que eso significa? Que puede... curarse... que ya no deberé tener miedo de mí cuando esté a tu lado. Sólo por esto, pasaría mil noches en la Ciudad Silenciosa.

Clary se inclinó hacia adelante, ignorando la presencia de los Hermanos Silenciosos, y le besó, un rápido beso en los labios.

—Volveré —susurró—. Mañana por la noche, después de la fiesta de la Fundición vendré a verte.

La esperanza de la mirada de Jace partía el corazón.

—Tal vez ya esté curado para entonces.

Ella le acarició la cara con la punta de los dedos.

—Tal vez sí.

Simon se despertó cansado después de una larga noche de pesadillas. Se quedó boca arriba en la cama mirando la luz que entraba por la única ventana de su habitación.

No pudo evitar preguntarse si dormiría mejor en caso de hacer lo que hacían los demás vampiros: dormir durante el día. A pesar de que el sol no le ocasionaba daño alguno, sentía el tirón de la noche, el deseo de estar bajo el cielo oscuro y las brillantes estrellas. Algo había en él que quería vivir en las sombras, que percibía la luz del sol como un dolor agudo y punzante, del mismo modo que algo había en él que quería sangre. Y buscar cómo combatir eso lo había transformado.

Se levantó tambaleándose, se puso algo encima y salió a la sala de estar. La casa olía a tostadas y café. Jordan estaba sentado en uno de los banquitos de la cocina, con el pelo disparado como era habitual, y la espalda encorvada.

—Hola —dijo Simon—. ¿Qué pasa?

Jordan lo miró. Pese a su bronceado, estaba pálido.

—Tenemos un problema —dijo.

Simon pestañeó. No había visto a su compañero de piso hombre lobo desde el día anterior. Esa noche, cuando había llegado a casa procedente del Instituto, había caído muerto de agotamiento. Jordan no estaba y Simon había imaginado que estaría trabajando. Pero tal vez había sucedido algo.

—¿Qué pasa?

—Nos han dejado esto por debajo de la puerta. —Jordan le lanzó un periódico doblado a Simon. Era el *New York Morning Chronicle*, abierto por una de sus páginas. En la parte superior había una fotografía espeluznante, la imagen granulosa de un cuerpo tendido en una calle, sus extremidades, flacas como palillos, dobladas en extraños ángulos. Ni siquiera parecía humano, como sucede a veces con los cadáveres. Simon estaba a punto de preguntarle a Jordan por qué tenía que mirar aquello, cuando le llamó la atención el texto del pie de la fotografía.

CHICA ENCONTRADA MUERTA

«La policía informa de que está buscando pistas sobre la muerte de Maureen Brown, de catorce años de edad, cuyo cadáver fue descubierto el domingo a las once de la noche en el interior de un contenedor de basura situado junto a la abarrotería Big Apple Deli, en la Tercera Avenida. Aunque el juez de instrucción no ha aportado todavía detalles sobre la causa de la muerte, Michael Garza, el propietario de la abarrotería que descubrió el cuerpo, ha declarado que tenía un profundo corte en el cuello. La policía no ha localizado aún el arma...»

Incapaz de seguir leyendo, Simon se dejó caer en una silla. Ahora que lo sabía, veía inequívocamente a Maureen en aquella fotografía. Reconoció sus calentadores con los colores del arco iris, aquel estúpido gorrito rosa que llevaba cuando la vio por última vez. «Dios mío», le habría gustado poder decir. Pero no le salían las palabras.

—¿No decían en esa nota —dijo Jordan con voz sombría— que si no te presentabas en aquella dirección le cortarían el cuello a tu novia?

—No —susurró Simon—. No es posible. No.

Pero entonces lo recordó:

«La amiga del primo pequeño de Eric. ¿Cómo se llama? Aquella que está loca por Simon. Viene a todas nuestras tocadas y le cuenta a todo el mundo que es su novia».

Simon recordó su teléfono, aquel pequeño teléfono rosa con pegatinas, cómo lo sujetaba para hacer las fotografías. La sensación de su mano sobre su hombro, ligera como una mariposa. Catorce años. Se encorvó sobre sí mismo, abrazándose, como queriéndose hacer pequeño hasta llegar a desaparecer.

14

MÁS ALLÁ DE LOS SUEÑOS

Jace se agitó inquieto en su estrecha cama en la Ciudad Silenciosa. No sabía dónde dormían los Hermanos, y ellos no habían mostrado interés alguno por revelárselo. El único lugar donde al parecer podía acostarse era en una de las celdas que había debajo de la Ciudad y que destinaban a los prisioneros. Le habían dejado la puerta abierta para que no se sintiera encarcelado, pero por mucha imaginación que intentara ponerle, era un lugar que no podía de ningún modo calificarse de agradable.

El ambiente estaba cargado y olía a cerrado. Se había quitado la camiseta y se había acostado sobre las mantas vestido sólo con sus jeans, pero seguía teniendo calor. Los muros eran de un insípido color gris. Justo por encima del armazón de la cama, alguien había grabado en la piedra las letras «JG» y se preguntó por su significado. En la habitación no había más mobiliario que la cama, un espejo roto que le devolvía su reflejo en una imagen distorsionada, y el lavabo. Y todo eso sin mencionar los desagradables recuerdos que le despertaba aquel lugar. Los Hermanos habían estado toda la noche entrando y saliendo de su cabeza, hasta estrujarlo por completo. Su secretismo era tan grande, que no tenía ni idea de si estaban haciendo avances. No se los veía satisfechos aunque, la verdad, nunca lo parecían.

Sabía que la prueba de fuego era dormir. ¿Con qué soñaría? «Dormir: tal vez soñar.» Se volvió, escondió la cara entre las manos. Se veía incapaz de soportar otro sueño en el que volviera a hacerle daño a Clary. Creía que se volvería loco, y le daba miedo. La posibilidad de morir nunca lo había asustado demasiado, pero la idea de volverse loco era lo peor que podía imaginarse. Dormirse, no obstante, era la única forma de averiguarlo. Cerró los ojos y se obligó a dormir.

Durmió, y soñó.

Estaba de nuevo en el valle, en el valle de Idris donde había luchado con Sebastian y había estado a punto de morir. En el valle era otoño, no verano, como la última vez que había estado allí. Había una explosión de hojas con matices dorados, caoba, anaranjados y rojos. Estaba en la orilla del río —un arroyo, en realidad— que partía el valle por la mitad. Vislumbró a alguien a lo lejos, alguien que se acercaba, alguien a quien no podía ver aún con claridad pero que avanzaba hacia él directamente y con paso convencido.

Estaba tan seguro de que era Sebastian, que no fue hasta que la figura se acercó lo suficiente como para verla mejor que se dio cuenta de que no podía ser él. Sebastian era alto, más alto que Jace, pero aquella persona era bajita... Tenía el rostro oculto por las sombras, pero sería una palma o dos más bajo que Jace, y delgado, con los hombros estrechos de un niño y unas muñecas huesudas que sobresalían por debajo de las mangas de una camisa que le quedaba pequeña.

Max.

Ver a su hermano pequeño fue para Jace como un bofetón. Cayó de rodillas sobre la hierba, aunque no se hizo daño. Todo tenía esa sensación de blandura de los sueños. Max estaba como siempre. Un chavito huesudo a punto de dar el estirón y que había dejado ya atrás la fase de niño pequeño. Aunque nunca llegaría a conseguirlo.

—Max —dijo Jace—. Lo siento mucho, Max.

—Jace. —Max no avanzó más. Se había levantado un poco de viento y la brisa despejaba el pelo de su cara. Sus ojos, detrás de los lentes, eran serios—. No estoy aquí por mí —dijo—. No estoy aquí para obsesionarte ni para que te sientas culpable.

«Naturalmente que no —dijo una voz en la cabeza de Jace—. Max siempre te ha querido, te ha idolatrado, ha pensado que eras maravilloso.»

—Estos sueños tuyos —dijo Max— son mensajes.

—Los sueños son la influencia de un demonio, Max. Los Hermanos Silenciosos dicen que...

—Se equivocan —le cortó rápidamente Max—. Ahora son sólo unos pocos y sus poderes son más débiles que antes. Estos sueños pretenden decirte algo. No los has interpretado correctamente. No están diciéndote que le hagas daño a Clary. Sino advirtiéndote de que ya lo estás haciendo.

Jace movió poco a poco la cabeza de un lado a otro.

—No te entiendo.

—Los ángeles me envían a hablar contigo porque te conozco —dijo Max, con su cristalina voz de niño—. Sé cómo te comportas con tus seres queridos y sé que jamás les harías daño voluntariamente. Pero aún no has destruido toda la influencia de Valentine que llevas dentro de ti. Su voz sigue susurrándote y tú piensas que no lo oyes, pero no es así. Lo que te están diciendo los sueños es que hasta que no mates esa parte de ti mismo, no podrás estar con Clary.

—Entonces mataré esa parte —dijo Jace—. Haré lo que sea necesario. Sólo tienes que decirme cómo.

Max le regaló una espléndida sonrisa y Jace vio entonces que llevaba algo en la mano. Era una daga con empuñadura de plata: la daga de Stephen Herondale, la que estaba en la caja. Jace la reconoció al instante.

—Tómala —dijo Max—. Y entiérrala contra ti. Esa parte de ti que está conmigo en el sueño debe morir. Lo que surja después estará limpio.

Jace tomó el cuchillo.

Max sonrió.

—Bien. Aquí, en el otro lado, somos muchos los que estamos preocupados por ti. Tu padre está aquí.

—No Valentine, sino...

—Tu verdadero padre. Me ha mandado que te diga que utilices esto. Arrancará toda la parte podrida de tu alma.

Max sonrió como un ángel al ver que Jace dirigía el cuchillo contra su cuerpo, el filo hacia dentro. Pero dudó en el último instante. Era demasiado similar a lo que Valentine había hecho con él, clavárselo en el corazón. Tomó el cuchillo y se hizo un largo corte en el antebrazo derecho, desde el codo hasta la muñeca. No sintió dolor. Se pasó el cuchillo a la mano derecha e hizo lo mismo en el otro brazo. La sangre empezó a manar a borbotones de los cortes, más roja que la sangre en la vida real, era sangre del color de los rubíes. Resbalaba por su piel y salpicaba la hierba.

Escuchó a Max respirar levemente. El niño se agachó y acercó la mano derecha a la sangre. Cuando levantó la mano, sus dedos eran de un brillante color granate. Dio un paso hacia Jace, luego otro. Así de cerca, Jace consiguió ver con más claridad la cara de Max: su piel de niño, sin poros visibles, la transparencia de sus párpados, sus ojos... Jace no recordaba que tuviera los ojos tan oscuros. Max acercó la mano al pecho de Jace, justo encima del corazón, y empezó a trazar un dibujo con la sangre, una runa. Era una runa que Jace no había visto jamás, con esquinas solapadas y extraños ángulos.

Cuando hubo terminado, Max bajó la mano y retrocedió, con la cabeza ladeada, como un artista examinando su última obra. Jace sintió entonces una repentina punzada de agonía. Era como si la piel de su pecho ardiera. Max seguía mirándolo, sonriendo, doblando su ensangrentada mano.

—¿Te duele, Jace Lightwood? —dijo, y su voz ya no era la voz de Max, sino otra, fuerte, ronca, conocida.

—Max... —susurró Jace.

—Igual que has causado dolor, padecerás dolor —dijo Max, cuya cara había empezado a brillar tenuemente y a transformarse—. Igual

276

que has causado aflicción, sufrirás aflicción. Ahora eres mío, Jace Lightwood. Eres mío.

El dolor era cegador. Jace se encogió, las manos arañaban su pecho, y cayó en picado en la oscuridad.

Simon estaba sentado en el sofá, con la cara oculta entre sus manos. La cabeza le zumbaba.

—Es culpa mía —dijo—. También podría haber matado a Maureen cuando bebí su sangre. Está muerta por mi culpa.

Jordan se había dejado caer en el sillón delante de él. Iba vestido con jeans y camiseta verde por encima de una camiseta térmica de manga larga agujereada por la parte de los puños; había pasado los pulgares por los agujeros y estaba mirando con preocupación la tela. La medalla de oro de los *Praetor Lupus* que llevaba colgada al cuello relucía.

—Vamos —dijo—. Era imposible que lo supieras. Cuando la dejé en el taxi estaba bien. Esos tipos debieron de atraparla y matarla más tarde.

Simon se sentía mareado.

—Pero yo la mordí. Y no va a resucitar, ¿verdad? ¿Se convertirá en vampira?

—No. Vamos, conoces el tema tan bien como yo. Para que se hubiera convertido en vampiro tendrías que haberle dado un poco de tu sangre. Si hubiera bebido tu sangre y muerto después, sí, andaría por el cementerio guardándose mucho de las estacas. Pero no fue así. Vamos, me imagino que una cosa de esta índole la recordarías.

Simon percibió un sabor a sangre agria en el fondo de su garganta.

—Creyeron que era mi novia —dijo—. Me avisaron de que la matarían si yo no me presentaba y, al ver que no llegaba, le cortaron el cuello. Debió de pasar el día entero esperando allí, preguntándose si yo aparecería. Esperando mi llegada... —Tenía el estómago revuelto y se doblegó, respirando con dificultad, intentando reprimir las náuseas.

—Sí —dijo Jordan—, pero la pregunta es la siguiente: ¿Quién es esa gente? —Miró fijamente a Simon—. Pienso que es hora de que llames al Instituto. No me gustan los cazadores de sombras, pero siempre he oído decir que sus archivos son increíblemente exhaustivos. A lo mejor tienen algo relacionado con la dirección que aparecía en la nota.

Simon dudaba.

—Vamos —dijo Jordan—. Ya les has quitado bastante mierda de encima. Deja que sean ellos los que ahora hagan algo por ti.

Con un gesto de indiferencia, Simon se levantó para ir a buscar el teléfono. De regreso a la sala, marcó el número de Jace. Isabelle respondió al segundo timbre.

—¿Otra vez tú?

—Lo siento —dijo Simon torpemente. Por lo que se veía, su pequeña tregua en el Santuario no la había ablandado tanto como esperaba—. Buscaba a Jace, pero supongo que también podría hablarlo contigo...

—Tan encantador como siempre —dijo Isabelle—. Creía que Jace estaba contigo.

—No. —Simon experimentó un sentimiento de inquietud—. ¿Quién te ha dicho eso?

—Clary —respondió Isabelle—. A lo mejor han decidido pasar un rato juntos a escondidas de todo el mundo. —No parecía preocupada, y tenía sentido; la última persona que mentiría acerca del paradero de Jace en caso de que estuviera metido en problemas era Clary—. Jace se ha dejado el teléfono en su habitación. Si lo ves, recuérdale que esta noche tiene que asistir a la fiesta de la Fundición. Si no aparece, Clary lo matará.

Simon casi había olvidado que también él tenía que acudir a esa fiesta por la noche.

—De acuerdo —dijo—. Mira, Isabelle, tengo un problema.

—Suéltalo. Me encantan los problemas.

—No sé si éste te encantará mucho —dijo con desconfianza, y le informo rápidamente de la situación. Isabelle sofocó un grito cuando llegó a la parte en la que le explicó que había mordido a Maureen, y Simon notó una fuerte tensión en la garganta.

—Simon —susurró Isabelle.

—Lo sé, lo sé —dijo él, apesadumbrado—. ¿Crees que no lo siento? Lo siento, y mucho más.

—Si la hubieras matado, habrías quebrantado la Ley. Serías un proscrito. Y yo tendría que matarte.

—Pero no lo hice —replicó; su voz temblaba levemente—. Yo no lo hice. Jordan me ha jurado que Maureen estaba bien cuando la dejó en el taxi. Y en el periódico dicen que le habían cortado el cuello. Yo no hice eso. Alguien lo hizo para llegar hasta mí. Pero no sé por qué.

—Este asunto no quedará así. —Lo dijo con voz muy seria—. Pero primero, veamos esa nota que te dejaron. Léemela.

Y así lo hizo Simon, viéndose recompensado por la profunda respiración de Isabelle.

—Ya me parecía a mí que esta dirección me sonaba —dijo—. Es donde me dijo Clary que teníamos que vernos ayer. Es una iglesia, en las afueras. Los cuarteles generales de algún tipo de culto demoníaco.

—¿Y qué podría querer de mí un culto demoníaco? —dijo Simon, y recibió una mirada curiosa por parte de Jordan, que escuchaba únicamente su parte de la conversación.

—No lo sé. Eres un vampiro diurno. Tienes unos poderes increíbles. Y ello te convierte en objetivo de locos y practicantes de la magia negra. Es así. —Simon tuvo la sensación de que Isabelle podría haberse mostrado algo más compasiva—. Mira, irás a la fiesta esta noche, ¿no? ¿Por qué no quedamos allí y hablamos sobre qué pasos seguir a partir de ahora? Y le explicaré a mi madre todo lo que te ha pasado. Están investigando la iglesia de Talto y sumarán lo que me has contado al montón de información que ya tienen.

—De acuerdo —dijo Simon. Aunque lo último que quería en aquel momento era asistir a una fiesta.

—Y tráete a Jordan —dijo Isabelle—. Siempre te irá bien tener un guardaespaldas.

—Eso no puedo hacerlo. Estará Maia.

—Hablaré con ella —dijo Isabelle. Parecía mucho más confiada de lo que Simon se habría sentido en su lugar—. Hasta luego.

Colgó. Simon se volvió hacia Jordan, que se había tendido en el sofá, con la cabeza apoyada en uno de los cojines de lana.

—¿Cuánto has oído?

—Lo bastante como para entender que esta noche vamos de fiesta —contestó Jordan—. Estoy al corriente de la fiesta de la Fundición. Pero no me invitaron porque no formo parte de la manada de Garroway.

—Pues ahora vas a venir en calidad de mi acompañante. —Simon se guardó el teléfono en el bolsillo.

—Estoy lo bastante seguro de mi masculinidad como para aceptar la invitación —dijo Jordan—. Pero ¡será mejor que busquemos algo decente con que vestirte! —gritó cuando Simon entraba de nuevo en su habitación—. Quiero que estés muy guapo.

Años atrás, cuando Long Island City era un centro industrial en lugar de un barrio de moda lleno de galerías de arte y cafeterías, la Fundición era una fábrica de tejidos. En la actualidad era un armazón de ladrillo gigantesco cuyo interior había sido transformado en un espacio frugal pero muy bonito. El suelo estaba cubierto con placas cuadradas de acero pulido; en el techo había finas vigas de acero envueltas con guirnaldas de minúsculas luces blancas. Escaleras de caracol de hierro forjado ascendían hasta pasarelas decoradas con plantas colgantes. Un impresionante tejado voladizo de cristal dejaba ver el cielo nocturno. Había incluso una terraza exterior, construida sobre el East River, con una vista espectacular del puente de la calle Cincuenta y nueve que, extendiéndose desde Queens hasta Manhattan, asomaba por encima como una lanza de oropel congelado.

La manada de Luke se había superado embelleciendo el local. Habían colocado ingeniosamente grandes jarrones de estaño con flores de tallo largo de color marfil y había mesas cubiertas con manteles blancos dispuestas en círculo en torno a un escenario elevado donde un cuarteto de cuerda de hombres lobo tocaba música clásica. A Clary le habría gustado que Simon hubiera estado allí; estaba segura de que Cuarteto de Cuerda de Hombres Lobo sería un buen nombre para un grupo musical.

Clary deambulaba de mesa en mesa, arreglando cosas que no requerían ningún tipo de arreglo, toqueteando las flores y colocando en su lugar cubiertos que no estaban en absoluto mal puestos. Hasta el momento había llegado tan sólo un puñado de invitados, y no conocía a ninguno de ellos. Su madre y Luke estaban en la puerta, saludando a la gente y sonriendo. Luke, incómodo en su traje, y Jocelyn, radiante con un traje sastre azul. Después de los acontecimientos de los últimos días, le gustaba ver a su madre feliz, aunque Clary se preguntaba cuánto de aquello era real y cuánto era de cara a la galería. Le preocupaba la mueca de tensión que había apreciado en la boca de su madre: ¿se sentía feliz o sonreía a pesar de su dolor?

Clary ni siquiera sabía cómo se sentía ella misma. Por muchas cosas que estuvieran pasando a su alrededor, no podía quitarse a Jace de la cabeza. ¿Qué estarían haciéndole los Hermanos Silenciosos? ¿Estaría bien? ¿Podrían solucionar su problema, bloquear aquella influencia demoníaca? Había pasado la noche en vela preocupada y contemplando la oscuridad de su alcoba hasta acabar sintiéndose enferma de verdad.

Deseaba por encima de todo que Jace estuviera allí. Había elegido el vestido que lucía aquella noche —de un tono oro tan claro que parecía casi blanco y más ceñido de lo que era habitual en ella— con la esperanza de que a Jace le gustara; pero él ni siquiera podría verla.

Sabía que aquello era una frivolidad; estaría incluso dispuesta a ir vestida con un tonel durante el resto de su vida si ello significaba la mejora de Jace. Además, él siempre le decía que era bonita y nunca se quejaba porque fuera casi siempre vestida con jeans y tenis; pero a pesar de todo, no podía dejar de pensar que a Jace le habría gustado verla así vestida.

Aquella noche, delante del espejo, casi se había sentido guapa. Su madre siempre había comentado que ella fue una belleza tardía; y Clary, contemplando su imagen reflejada en el espejo, se había preguntado si sería ése también su caso. Ya no era plana como una tabla de planchar —ese último año había tenido que aumentar una talla de brasier— y forzando la vista, le pareció ver... sí, definitivamente, aquello eran unas caderas. Tenía curvas. Pequeñas, pero ya era algo para empezar.

Había decidido lucir joyas sencillas, muy sencillas.

Levantó la mano y acarició el anillo de los Morgenstern que llevaba colgado al cuello mediante una cadenita. Aquella mañana, por primera vez en muchos días, había vuelto a ponérselo. Era como un silencioso gesto de confianza hacia Jace, una forma de indicar su fidelidad, lo supiera él o no. Y había decidido llevarlo colgado hasta que volviera a verlo.

—¿Clarissa Morgenstern? —dijo una voz agradable a sus espaldas.

Clary volteó sorprendida. No era una voz conocida. Vio a una chica alta y delgada de unos veinte años de edad. Su piel era blanca como la leche, recorrida por venas del color verde claro de la savia, y su pelo rubio tenía el mismo matiz verdoso. Sus ojos eran de un tono azul sólido, como canicas, y llevaba un vestido lencero azul tan fino que Clary pensó que debía de estar congelándose. Poco a poco, empezó a recordar.

—Kaelie —dijo Clary poco a poco, reconociendo al hada que trabajaba como mesera en Taki's y que los había atendido más de una vez cuando había ido a comer allí con los Lightwood. Una chispa le recordó que había oído alguna indirecta acerca de que había tenido en su día un pequeño romance con Jace, pero aquel hecho le parecía tan menor en comparación con todo lo demás, que ni siquiera se planteó darle importancia—. No te había visto... ¿Conoces a Luke?

—No me confundas con una invitada —dijo Kaelie, con la fina mano trazando en el aire un despreocupado gesto de indiferencia—. Mi señora me envía a buscarte, no para asistir a ningún festejo. —Miró con curiosidad por encima del hombro, sus ojos completamente azules brillando—. Aunque no sabía que tu madre iba a casarse con un hombre lobo.

Clary enarcó las cejas.

—¿Y?

Kaelie la miró de arriba abajo con una expresión divertida.

—Mi señora me dijo que, a pesar de tu pequeño tamaño, eras bastante dura de pelar. En la Corte te menospreciarían por ser tan bajita.

—No estamos en la Corte —dijo Clary—. Y tampoco estamos en Taki's, lo que significa que eres tú la que has venido a mí, lo que significa también que dispones de cinco segundos para contarme qué quiere la reina seelie. La verdad es que no es muy de mi agrado, y no estoy de humor para sus jueguecitos.

Kaelie señaló el cuello de Clary con un dedo rematado con una uña verde.

—Mi señora me ha dicho que te pregunte por qué llevas el anillo de los Morgenstern. ¿Es en reconocimiento a tu padre?

Clary se llevó la mano al cuello.

—Es por Jace... porque Jace me lo regaló —dijo sin poder evitarlo, y a continuación se maldijo en silencio. No era muy inteligente contarle más de lo conveniente a la reina seelie.

—Pero él no es un Morgenstern —dijo Kaelie—, sino un Herondale, y ellos tienen su propio anillo. Un motivo con garzas, no de luceros del alba. ¿Y no crees que a Jace le queda mejor eso, una alma que remonta el vuelo como un pájaro, mejor que caer como Lucifer?

—Kaelie —dijo Clary entre dientes—. ¿Qué quiere la reina seelie?

El hada se echó a reír.

—Simplemente darte esto. —Tenía algo en la mano, un diminuto dije de plata en forma de campanilla, con un pequeño gancho en el extremo para poder colgarse de una cadena. Cuando Kaelie movió la mano, la campanilla sonó, suave y dulce como la lluvia.

Clary se echó hacia atrás.

—No quiero regalos de tu señora —dijo—, pues vienen cargados de mentiras y expectativas. No quiero deberle nada a la reina.

—No es un regalo —dijo Kaelie con impaciencia—. Sirve para invocarla. La reina te perdona por tu anterior terquedad. Y cree que muy pronto vas a necesitar su ayuda. Está dispuesta a ofrecértela si decides pedírsela. Basta con que toques la campanita y aparecerá un sirviente de la Corte que te conducirá hasta ella.

Clary negó con la cabeza.

—No pienso tocarla.

Kaelie se encogió de hombros.

—En ese caso, no te cuesta nada aceptarla.

Y como si estuviera en un sueño, Clary contempló su mano abriéndose y sus dedos cerniéndose sobre el objeto.

—Harías cualquier cosa por salvarlo —dijo Kaelie, con la voz tan fina y dulce como el tañido de la campana—, te cueste lo que te cueste, independientemente de la deuda que puedas contraer con el Infierno o el Cielo, ¿verdad?

En la cabeza de Clary resonó el recuerdo de unas voces. «*¿Te paraste alguna vez a pensar qué falsedades podía haber en la historia que tu madre te contó, qué objetivo perseguía al contarlas? ¿Piensas de verdad que conoces todos y cada uno de los secretos de tu pasado?*

»*Madame Dorotea le dijo a Jace que se enamoraría de la persona errónea.*

»*No es que sea imposible salvarlo. Pero será difícil.*»

La campanilla sonó cuando Clary la tomó y la encerró en la palma de su mano. Kaelie sonrió, sus ojos azules brillaban como cuentas de cristal.

—Sabia decisión —dijo.

Clary dudó. Pero antes de que pudiera devolver la campana a la chica hada, oyó que alguien la llamaba. Al voltearse, vio a su madre abriéndose paso entre la gente en dirección a ella. Se giró rápidamente y no la sorprendió descubrir que Kaelie se había esfumado, que había desaparecido entre el gentío igual que la niebla se evapora bajo el sol matutino.

—Clary —dijo Jocelyn al llegar a su lado—. Estaba buscándote y Luke te ha encontrado por fin, aquí sola. ¿Va todo bien?

«Aquí sola.» Clary se preguntó qué tipo de *glamour* habría utilizado Kaelie; su madre tendría que ser capaz de ver a través de la mayoría de encantos.

—Estoy bien, mamá.

—¿Dónde está Simon? Creí que iba a venir.

Era normal que mencionara ante todo a Simon, pensó Clary, y no a Jace. Aun cuando supuestamente Jace tenía que asistir a la fiesta, además en calidad de novio de Clary, y tendría que estar ya allí.

—Mamá —dijo, e hizo una pausa—. ¿Crees que alguna vez llegará a gustarte Jace?

La verde mirada de Jocelyn se dulcificó.

—Ya me he dado cuenta de que no está aquí, Clary. Pero simplemente no sabía si querrías hablar del tema.

—Me refiero —prosiguió Clary con tenacidad— a si piensas que Jace podría hacer algo para conseguir ser de tu agrado.

—Sí —dijo Jocelyn—. Podría hacerte feliz. —Acarició la cara de Clary y ésta cerró con fuerza su mano, sintiendo la campana contra su piel.

—Me hace feliz —dijo Clary—. Pero no puede controlarlo todo, mamá. Suceden otras cosas que... —Buscó torpemente las palabras. ¿Cómo explicar que no era Jace lo que la hacía infeliz, sino lo que le sucedía, sin revelar de qué se trataba?

—Lo quieres tanto —dijo con delicadeza Jocelyn—, que me da incluso miedo. Siempre he querido protegerte.

—Y mira cómo te ha salido —empezó a decir Clary, aunque aflojó en seguida el tono. No era el momento de echarle la culpa de nada a su madre ni de pelear con ella, en absoluto. Luke estaba mirándolas desde la puerta, con el rostro radiante de amor y ansiedad—. Si lo conocieras —dijo, sin apenas esperanza—. Aunque supongo que todo el mundo dice lo mismo sobre su novio.

—Tienes razón —replicó Jocelyn, sorprendiéndola—. No lo conozco, la verdad es que no. Lo he visto, y me recuerda un poco a su madre. No sé por qué... No se parece a ella, exceptuando que ella también era muy guapa, y que tenía asimismo esa terrible vulnerabilidad que él posee...

—¿Vulnerabilidad? —dijo Clary, atónita. Jamás se le había ocurrido que nadie, excepto ella, pudiera considerar a Jace una persona vulnerable.

—Oh, sí —dijo Jocelyn—. Quería odiarla por haber apartado a Stephen de Amatis, pero resultaba imposible no querer proteger a Céline. Jace tiene un poco de eso. —Se quedó por un instante perdida en sus pensamientos—. O tal vez sea que el mundo rompe muy fácilmente las cosas bonitas. —Bajó la cabeza—. Pero no importa. Son recuerdos y tengo que enfrentarme a ellos, pero son mis recuerdos. Jace no tiene por qué soportar su peso. Pero voy a decirte una cosa. Si no te quisiera como te quiere (y eso lo lleva escrito en la cara cuando te mira), no lo toleraría ni un instante en mi presencia. Ten esto en cuenta cuando te enojes conmigo.

Con una sonrisa y una caricia en la mejilla, le dio a entender a Clary que no estaba enojada y dio media vuelta para regresar con Luke, no sin antes pedirle a Clary que socializara un poco con los invitados. Clary hizo un gesto de asentimiento y no dijo nada. Se quedó mirando a su madre y notando que la campanilla le abrasaba la palma de la mano, como la punta de una cerilla encendida.

Los alrededores de la Fundición eran una zona ocupada básicamente por almacenes y galerías de arte, el tipo de barrio que se vaciaba por la noche, por lo que Simon y Jordan encontraron estacionamiento en seguida. Cuando Simon saltó de la camioneta, vio que Jordan ya estaba en la acera, observándolo con mirada crítica.

Simon se había ido de casa sin agarrar ropa de vestir —no tenía nada más elegante que un saco que en su día perteneció a su padre—, por lo que Jordan y él se habían pasado la tarde dando vueltas por el East Village en busca de algo decente que ponerse. Al final habían encontrado un viejo traje de Zegna en una tienda de artículos de empeño llamada El Amor Salva la Situación especializada en botas brillantes de plataforma y pañuelos de Pucci de los años sesenta. Simon se imaginó que Magnus debía de comprarse la ropa en un lugar de ese estilo.

—¿Qué? —dijo, jalando tímidamente de las mangas del saco. Le quedaba un poco pequeño, aunque Jordan le había dicho que si no se lo abrochaba, nadie se fijaría en ello—. ¿Tan mal estoy?

Jordan se encogió de hombros.

—No romperás ningún espejo —dijo—. Sólo estaba preguntándome si ibas armado. ¿Quieres alguna cosa? ¿Un cuchillo, quizá? —Abrió un poco su chamarra y Simon vio un destello alargado y metálico destacando por encima del forro de la prenda.

—No me extraña que Jace y tú se lleven tan bien. Son un par de locos arsenales andantes. —Simon movió la cabeza de un lado a otro con desgana y echó a andar en dirección a la entrada de la Fundición. Estaba en la acera de enfrente, una amplia marquesina dorada que protegía un rectángulo de la acera que había sido decorado con una alfombra granate estampada en dorado con la imagen de un lobo. A Simon le hizo gracia el detalle.

Isabelle estaba apoyada en una de las columnas que sostenían la marquesina. Llevaba el pelo recogido en un chongo alto y un vestido largo de color rojo con un corte lateral que dejaba a la vista la práctica totalidad de la pierna. Espirales doradas cubrían su brazo derecho. Parecían brazaletes, pero Simon sabía que en realidad era su látigo de oro blanco. Iba cubierta de Marcas. Se enroscaban en sus brazos, rodeaban su cuello como si fueran un collar y decoraban su pecho, visible en su mayor parte, gracias al vertiginoso escote del vestido. Simon se esforzó en no mirar.

—Hola, Isabelle —dijo.

Jordan, a su lado, se esforzaba también en no mirar.

—Hummm —dijo—. Hola, soy Jordan.

—Nos conocemos —dijo Isabelle con frialdad, ignorando la mano que Jordan le tendía—. Maia ha estado intentando olvidar tus facciones. Con bastante éxito, además.

Jordan puso cara de preocupación.

—¿Está aquí? ¿Está bien?

—Está aquí —confirmó Isabelle—. Aunque cómo se encuentre no te importa en absoluto...

—Tengo cierto sentido de la responsabilidad —dijo Jordan.

—¿Y dónde guardas ese sentido? ¿En tus pantalones, tal vez?

Jordan estaba indignado.

Isabelle agitó con indiferencia su mano decorada.

—Mira, lo que hayas hecho en el pasado, pasado está. Sé que ahora eres un *Praetor Lupus* y le he explicado a Maia lo que eso significa. Está dispuesta a aceptar tu presencia aquí y a ignorarte. Pero no conseguirás nada más. No la molestes, no intentes hablar con ella, ni la mires siquiera, o te doblaré por la mitad tantas veces que acabarás pareciendo un pequeño hombre lobo de papiroflexia.

Simon resopló.

—Y tú deja de reír —dijo Isabelle, señalándolo—. Tampoco quiere hablar contigo. Y a pesar de que esta noche está increíblemente sexy (si a mí me gustaran las chicas iría directo por ella), ninguno de los dos tiene permiso para hablar con Maia. ¿Entendido?

Asintieron los dos, bajando la vista como un par de adolescentes que acabaran de recibir una advertencia por mala conducta.

Isabelle se separó de la columna.

—Estupendo. Entremos.

15

BEATI BELLICOSI

El interior de la Fundición estaba lleno de guirnaldas de brillantes luces multicolores. Algunos invitados habían empezado ya a sentarse, pero la mayoría deambulaba por el local con copas de champán rebosantes de burbujeante líquido dorado. Los meseros —que, por lo que vio Simon, eran también hombres lobo; el personal que atendía la fiesta estaba integrado en su totalidad por miembros de la manada de Luke— pululaban entre los invitados sirviendo copas aflautadas de champán. Simon declinó la oferta de más de una. Desde su experiencia en la fiesta de Magnus, no consideraba seguro beber nada que no hubiera preparado él personalmente.

Maia estaba de pie junto a uno de los pilares de ladrillo, hablando y riendo con dos hombres lobo. Llevaba un vestido ceñido de seda naranja que destacaba su piel oscura, y su cabello parecía un halo salvaje de rizos castaños claros enmarcando su rostro. En cuanto vio llegar a Simon y a Jordan, dio media vuelta. La parte posterior del vestido formaba una pronunciada «V» que dejaba al descubierto su espalda, incluyendo el tatuaje de una mariposa que adornaba la zona lumbar.

—Me parece que no lo tenía cuando salía conmigo —dijo Jordan—. El tatuaje ese, quiero decir.

Simon miró a Jordan. Contemplaba a su antigua novia con un deseo tan evidente que, de seguir así, acabaría provocando a Isabelle y recibiendo un puñetazo en la cara.

—Vamos —dijo, poniéndole a Jordan la mano en la espalda y dándole un empujoncito—. Vamos a ver dónde nos corresponde sentarnos.

Isabelle, que había estado observándolos por encima del hombro, esbozó una sonrisa gatuna.

—Buena idea.

Avanzaron entre la multitud hasta la zona donde estaban dispuestas las mesas y descubrieron que la suya estaba ya medio llena. Clary ocupaba uno de los asientos y tenía la mirada clavada en una copa de champán llena de lo que probablemente era ginger-ale. A su lado estaban Alec y Magnus, ambos con los trajes oscuros que habían llevado a su llegada de Viena. Magnus jugueteaba con los flecos de su larga bufanda blanca. Alec, de brazos cruzados, tenía la mirada ferozmente perdida en la distancia.

Clary, al ver a Simon y a Jordan, se puso en pie de un salto, con una clara expresión de alivio en su cara. Dio la vuelta a la mesa para saludar a Simon, que vio que Clary llevaba un sencillo vestido de seda de color marfil y sandalias planas doradas. Sin tacones que le dieran altura, parecía diminuta. Llevaba el anillo de los Morgenstern colgado al cuello, la plata brillando en el extremo de la cadena que lo sujetaba. Clary se puso de puntillas para darle un abrazo y le murmuró:

—Me parece que Alec y Magnus están peleados.

—Eso parece —murmuró también él para responderle—. ¿Dónde está tu novio?

Al oír la pregunta, Clary deshizo el abrazo.

—Vendrá más tarde. —Se volvió—. Hola, Kyle.

Él sonrió con incomodidad.

—Me llamo Jordan, en realidad.

—Eso me han dicho. —Clary hizo un gesto en dirección a la mesa—. Podríamos ir sentándonos. Me parece que en seguida empezarán con los brindis y esas cosas. Y después me imagino que llegará la comida.

Se sentaron. Y se produjo un prolongado y embarazoso silencio.

—Y bien —dijo Magnus por fin, repasando con un largo dedo el borde de su copa de champán—, Jordan, me han dicho que estás con los *Praetor Lupus*. Veo que llevas uno de sus medallones. ¿Qué dice en él?

Jordan asintió. Se había ruborizado, sus ojos verdes brillaban, su atención centrada sólo en parte en la conversación. Seguía los movimientos de Maia por la sala con la mirada, sus dedos jugueteaban nerviosos con el mantel. Simon dudaba que estuviese siquiera dándose cuenta de aquel tic. «*Beati bellicosi*: Benditos sean los guerreros.»

—Es una buena organización —dijo Magnus—. Conocí a su fundador, en el siglo diecinueve. Woolsey Scott. De una respetable y antigua familia de licántropos.

Alec emitió un desagradable sonido gutural.

—¿También te acostaste con él?

Los ojos de gato de Magnus aumentaron de tamaño.

—¡Alexander!

—No sé nada de tu pasado, ¿verdad? —dijo Alec—. No me cuentas nada, dices que no tiene importancia.

Magnus estaba impávido, pero su voz sonó con un oscuro matiz de rabia.

—¿Significa esto que cada vez que mencione a alguien que he conocido piensas preguntarme si he tenido un romance con él?

Alec continuó con su expresión de terquedad, y Simon no pudo evitar sentir hacia él un destello de compasión; sus ojos azules dejaban en evidencia que estaba dolido.

—Es posible.

—Conocí a Napoleón —dijo Magnus—. Pero no tuvimos ningún romance. Era sorprendentemente puritano para ser francés.

—¿Que conociste a Napoleón? —Jordan, que aparentemente se había perdido la mayor parte de la conversación, estaba impresionado—. ¿Es cierto entonces lo que cuentan sobre los brujos?

Alec le lanzó una mirada muy desagradable.

—¿El qué es cierto?

—Alexander —dijo Magnus con frialdad, y Clary miró a los ojos a Simon, que estaba enfrente de ella en la mesa. Los ojos de Clary estaban abiertos de par en par, su verde intensísimo, su expresión alarmada—. No puedes mostrarte maleducado con todo aquel que me habla.

Alec realizó un gesto amplio abarcando toda la mesa.

—¿Y por qué no? ¿Acaso te corto las alas con ello? A lo mejor pretendías ligar con este chico lobo. Es bastante atractivo, si te gustan los tipos sexy, anchos de espaldas, con facciones angulosas.

—¡Basta ya! —dijo Jordan sin levantar mucho la voz.

Magnus puso la cabeza entre sus manos.

—Aunque también hay muchas chicas guapas, ya que por lo que parece te gustan las dos cosas. ¿Hay algo que no te guste?

—Las sirenas —dijo Magnus—. Huelen a algas.

—Todo esto no tiene ninguna gracia —dijo Alec con pasión y, dándole un puntapié a la silla, se levantó de la mesa y se perdió entre los invitados.

Magnus seguía con la cabeza entre las manos, con las puntas negras de su pelo asomando entre los dedos.

—Sigo sin comprender —dijo, sin dirigirse a nadie en particular— por qué el pasado tiene tanta importancia.

Para sorpresa de Simon, fue Jordan quien respondió.

—El pasado siempre tiene importancia —dijo—. Eso es lo que te dicen cuando te apuntas a los *Praetor*. No hay que olvidar las cosas que hiciste en el pasado, porque si lo haces nunca conseguirás aprender de ellas.

Magnus levantó la vista, sus ojos verde dorado brillaban entre sus dedos.

—¿Cuántos años tienes? —le preguntó—. ¿Dieciséis?

—Dieciocho —respondió Jordan, algo asustado.

La edad de Alec, pensó Simon, reprimiendo una sonrisa interior. La verdad era que el drama entre Alec y Magnus no le parecía en absoluto gracioso, pero resultaba difícil no sentir cierta gracia amarga al ver la cara de Jordan. Jordan doblaba en tamaño a Magnus —a pesar de ser alto, Magnus era muy delgado, casi escuálido—, pero era evidente que Jordan le tenía miedo. Simon volteó para intercambiar una mirada con Clary, pero ella tenía la vista fija en la puerta de entrada, su rostro de repente estaba blanco como el papel. Dejó la servilleta, murmuró una disculpa y se levantó, huyendo prácticamente de la mesa.

Magnus levantó las manos.

—Bueno, si esto va a convertirse en un éxodo en masa... —dijo, y se levantó con elegancia, echándose la bufanda al cuello. Desapareció entre los invitados, seguramente en busca de Alec.

Simon miró a Jordan, que a su vez estaba mirando de nuevo a Maia. La chica estaba de espaldas a ellos, hablando con Luke y Jocelyn, riendo, echándose hacia atrás su rizada melena.

—Ni lo pienses siquiera —dijo Simon, y se levantó. Señaló a continuación a Jordan—. Y tú quédate aquí.

—¿Para hacer qué? —preguntó Jordan.

—Para hacer lo que quiera que los *Praetor Lupus* hacen en situaciones así. Meditar. Reflexionar sobre tus poderes Jedi. Lo que sea. Vuelvo en cinco minutos, y será mejor que cuando regrese sigas aquí.

Jordan se recostó en su asiento y se cruzó de brazos en un ademán de rebeldía, pero Simon ya no le prestaba atención. Se había vuelto y avanzaba hacia los invitados, siguiendo a Clary, que era una motita de rojo y oro entre los cuerpos en movimiento, coronada por su brillante melena recogida.

La alcanzó cuando estaba junto a uno de los pilares envueltos en lucecitas y le puso una mano en el hombro. Ella volteó sorprendida, con los ojos abiertos y la mano levantada para defenderse. Pero se relajó en cuanto vio quién era.

—¡Me has asustado!

—Normal —dijo Simon—. ¿Qué sucede? ¿De qué tienes tanto miedo?

—Yo... —Bajó la mano con un gesto dubitativo; a pesar de su aspecto forzado de indiferencia, el pulso latía en su cuello como un martillo—. Me ha parecido ver a Jace.

—Lo que me imaginaba —dijo Simon—. Pero...

—¿Pero?

—Se te ve asustada de verdad. —No estaba muy seguro de por qué acababa de decir aquello, ni de la respuesta que esperaba de ella. Clary se mordió el labio, como hacía siempre que estaba nerviosa. Su mirada se perdió por un instante en la lejanía, una mirada que Simon conocía muy bien. Una de las cosas que siempre le habían gustado de Clary era la facilidad con la que lograba ensimismarse, la facilidad con la que podía encerrarse en mundos ilusorios de hechizos, princesas, destino y magia. Antes también él podía hacerlo, conseguía habitar universos imaginarios apasionantes para sentirse seguro, para sentirse un personaje de ficción. Pero ahora que lo real y lo imaginario habían entrado en colisión, se preguntaba si Clary, como le sucedía a él, añoraba el pasado, lo normal. Se preguntaba si la normalidad era algo que, igual que sucedía con la vista o el silencio, no llegabas a apreciar por completo hasta que lo perdías.

—Está pasando un mal momento —dijo Clary en voz baja—. Estoy asustada por él.

—Lo sé —dijo Simon—. Mira, no es por meterme donde no me llaman... pero ¿ha descubierto ya qué le pasa? ¿Lo ha descubierto alguien?

—Jace... —Se interrumpió—. Se encuentra bien. Simplemente está pasando un mal momento aceptando todo ese asunto de Valentine. Ya sabes. —Simon lo sabía. Sabía también que Clary estaba mintiéndole. Clary, que casi nunca le escondía nada. La miró fijamente.

—Tenía pesadillas —dijo ella—. Le preocupaba que hubiera en ellas algún tipo de implicación demoníaca...

—¿Implicación demoníaca? —repitió Simon con incredulidad. Sabía que Jace tenía pesadillas, eso ya se lo había comentado, pero en ningún momento había hecho mención alguna sobre posibles demonios.

—Por lo que parece, hay cierto tipo de demonios que intentan alcanzarte a través de los sueños —dijo Clary, sintiendo haber sacado el tema a relucir—, pero estoy segura de que no es nada. Todo el mundo tiene pesadillas de vez en cuando, ¿no crees? —Posó la mano en el brazo de Simon—. Voy a ver cómo está. En seguida vuelvo. —Miraba ya más allá de Simon, hacia la puerta que daba a la terraza. Simon se quedó en su sitio y la dejó marchar, viéndola desaparecer entre la multitud.

Se la veía tan pequeña... tan pequeña como cuando en primero la acompañaba hasta la puerta de su casa y la veía subir la escalera, menuda y decidida, con la lonchera golpeándole las rodillas a medida que iba ascendiendo. Notó que se le encogía el corazón, aquel corazón que ya no latía, y se preguntó si existía algo en el mundo tan doloroso como ser incapaz de proteger a tus seres queridos.

—Tienes mala cara —dijo una voz a su espalda. Ronca, familiar—. ¿Pensando en el tipo de persona horrible que eres?

Simon se volvió y vio a Maia apoyada en la columna que tenía detrás. Llevaba una sarta de lucecitas blancas colgada al cuello y su rostro estaba encendido por el champán y el calor del local.

—O mejor debería decir —continuó—, en el tipo de vampiro horrible que eres. Aunque si lo dijera así, parecería que me refiriera más bien a que eres malo como vampiro.

—Soy malo como vampiro —dijo Simon—. Pero eso no significa que fuera también un mal novio.

Maia le regaló una sonrisa torcida.

—Dice Bat que no debería ser tan dura contigo —dijo—. Dice que los chicos siempre cometen estupideces con las chicas. Especialmente los rarillos que no han tenido mucha suerte con las mujeres.

—Es como si me hubiera leído el alma.

Maia movió la cabeza de un lado a otro.

—Resulta difícil estar enojada contigo —dijo—. Pero estoy en ello. —Dio media vuelta.

—Maia —dijo Simon. Empezaba a dolerle la cabeza y estaba un

poco mareado. Pero si no hablaba con ella ahora, nunca lo haría—. Espera. Por favor. —Maia se volvió y se quedó mirándolo, con las cejas arqueadas inquisitivamente—. Siento lo que hice —dijo—. Sé que ya te lo dije, pero es en serio.

Ella se encogió de hombros, inexpresiva, sin darle a entender nada.

Simon pasó por completo del dolor de cabeza y prosiguió.

—Tal vez Bat tenga razón —dijo—. Pero hay algo más. Quería estar contigo, y sé que te parecerá egoísta, porque tú me hacías sentir normal. Como la persona que era antes.

—Soy una chica lobo, Simon. No muy normal, la verdad.

—Pero tú... tú sí lo eres —dijo él, tartamudeando un poco—. Eres auténtica y de verdad, una de las personas más auténticas que he conocido. Querías venir a casa a jugar a *Halo*. Te gustaba hablar de cómics, ver conciertos, ir a bailar... hacer cosas normales. Y me tratabas como si yo fuera normal. Jamás me llamaste «vampiro diurno», ni «vampiro», ni cualquier otra cosa que no fuera Simon.

—Eso son cosas que hacen las amigas —dijo Maia. Se había apoyado de nuevo en la columna, con los ojos brillantes—. No las novias.

Simon se limitó a mirarla. La cabeza le retumbaba como si tuviera latido de verdad.

—Y luego apareces con Jordan —añadió ella—. ¿En qué estabas pensando?

—Eso no es justo —protestó Simon—. No tenía ni idea de que era tu ex...

—Lo sé. Me lo dijo Isabelle —le interrumpió Maia—. Pero eso no te libra de nada.

—¿Ah no? —Simon buscó con la vista a Jordan, que estaba sentado solo en la mesa redonda cubierta con mantel, igual que el pobre chico al que lo han plantado el día de la fiesta de fin de curso. De pronto Simon se sintió muy cansado: cansado de preocuparse por todo el mundo, cansado de sentirse culpable de cosas que había hecho y que probablemente haría en el futuro—. ¿Y te contó también Izzy que Jordan pidió ser nombrado mi vigilante para poder estar cerca de ti?

Tendrías que oírlo preguntar por ti. Incluso su forma de pronunciar tu nombre. Cómo me atacó cuando vio que te estaba engañando...

—No me estabas engañando. No salíamos de forma exclusiva. Engañar es otra cosa...

Simon sonrió cuando Maia dejó de hablar, sonrojándose.

—Supongo que es bueno que lo odies tanto que estés dispuesta a tomar partido contra él pase lo que pase —dijo.

—Han pasado años —dijo ella—. Y en ese tiempo nunca ha intentado ponerse en contacto conmigo. Ni una sola vez.

—Lo intentó —dijo Simon—. ¿Sabías que la noche que te mordió era la primera vez que se transformaba?

Maia negó con la cabeza, sus rizos flotaban, sus grandes ojos oscuros muy serios.

—No. Pensé que sabía...

—¿Que era un hombre lobo? No. Sabía que últimamente estaba perdiendo el control, pero ¿a quién se le ocurriría achacar eso a estar convirtiéndose en hombre lobo? El día después de morderte fue a buscarte, pero los *Praetor* se lo impidieron. Lo mantuvieron alejado de ti. Pero incluso así, él nunca dejó de buscarte. No creo que haya pasado un solo día en estos dos últimos años en el que no se haya preguntado por tu paradero...

—¿Por qué lo defiendes? —susurró ella.

—Porque debes saberlo —dijo Simon—. He sido una mierda de novio y te debo una. Debes saber que Jordan nunca quiso abandonarte. Que se presentó voluntario para defenderme porque tu nombre aparecía en las notas de mi caso.

Maia abrió la boca. Y cuando negó con la cabeza, las lucecitas de su collar brillaron como estrellas.

—No sé qué se supone que tengo que hacer con todo esto, Simon. ¿Qué se supone que tengo que hacer?

—No lo sé —respondió Simon. Le dolía la cabeza como si estuviesen clavándole uñas—. Pero sí te digo una cosa. Soy el último chico del mundo a quien tendrías que pedirle consejo sobre relaciones amorosas. —Se llevó una mano a la frente—. Voy a salir. Necesito que me dé el aire. Jordan está en esa mesa, si es que quieres hablar con él.

Hizo un gesto en dirección a las mesas y dio media vuelta para alejarse de sus ojos inquisitivos, de los ojos de todos los presentes en la sala, del sonido de las voces y las risas, y avanzó tambaleándose hacia las puertas.

Clary abrió las puertas que daban a la terraza y fue recibida por una ráfaga de aire frío. Se estremeció, pensando en su abrigo pero poco dispuesta a perder tiempo regresando a la mesa para buscarlo. Salió a la terraza y cerró la puerta a sus espaldas.

Era una amplia terraza de suelo enlosado y rodeada de barandillas de hierro forjado. A pesar de las antorchas exóticas que ardían en grandes receptáculos de estaño, el ambiente era gélido, lo que probablemente explicaba por qué allí fuera no había nadie, excepto Jace. Estaba junto a la barandilla, contemplando el río.

Quiso correr hacia él, pero se quedó dudando. Iba vestido con un traje oscuro, el saco abierto sobre una camisa blanca, la cabeza girada hacia el otro lado. Nunca lo había visto vestido así, y parecía mayor y algo distante. El viento que soplaba desde el río le alborotaba el pelo rubio y Clary vislumbró la pequeña cicatriz que le recorría el cuello, allí donde Simon lo mordió en su día, y recordó que Jace se había dejado morder, que había puesto su vida en peligro, por ella.

—Jace —dijo.

Se volvió y sonrió al verla. Era una sonrisa conocida y fue como si desbloqueara algo en el interior de Clary, liberándola para correr hacia él y abrazarlo. Él la tomó y la cargó en un abrazo un buen rato, enterrando la cara en su cuello.

—Estás bien —dijo ella por fin, cuando la depositó de nuevo en el suelo. Se restregó con energía las lágrimas que había vertido—. Me refiero a... a que los Hermanos Silenciosos no te habrían dejado salir de no estar bien. Aunque había entendido que el ritual iba a llevar más tiempo, días incluso.

—No ha sido así. —Le rodeó la cara con las manos y le sonrió. Detrás de él, el puente de Queensboro se arqueaba por encima del agua—. Ya conoces a los Hermanos Silenciosos. Les gusta darle mucho bombo a todo lo que hacen. Pero en realidad es una ceremonia bastante simple. —Sonrió de nuevo—. Me sentí como un estúpido. Es una ceremonia pensada para niños pequeños y pensé que si acababa rápido me daría tiempo a verte con este vestido de fiesta tan sexy. Me ayudó a terminar pronto. —Sonrió recorriéndola de arriba abajo con la mirada—. Y, si me permites que te diga una cosa, no estoy en absoluto defraudado. Estás guapísima.

—Tú tampoco estás nada mal. —Rió un poco entre las lágrimas—. Ni siquiera sabía que tenías un traje.

—No lo tenía. He tenido que comprármelo. —Deslizó los pulgares por sus pómulos mojados de lágrimas—. Clary...

—¿Por qué has salido a la terraza? —preguntó ella—. Hace mucho frío. ¿No quieres volver a entrar?

Jace negó con la cabeza.

—Quería hablar a solas contigo.

—Pues habla —dijo Clary en un susurro. Le apartó las manos de la cara para hacerlas descender hasta su cintura. Su necesidad de sentirse abrazada por Jace resultaba casi abrumadora—. ¿Algo va mal? ¿Te pondrás bien? No me escondas nada, por favor. Después de todo lo que ha pasado, deberías saber que soy capaz de afrontar cualquier noticia, por mala que sea. —Sabía que estaba diciendo tonterías por puro nerviosismo, pero no podía evitarlo. Tenía la sensación de que el corazón le latía a mil pulsaciones por minuto—. Sólo deseo que te pongas bien —dijo con toda la calma de la que fue capaz.

Los ojos dorados de Jace se oscurecieron.

—Por mucho que mire el contenido de esa caja, la que perteneció a mi padre, no siento nada. Las cartas, las fotografías, no sé quién es toda esa gente. No me parecen reales. Valentine era real.

Clary pestañeó; no era lo que esperaba oír.

—Recuerda que te dije que llevaría su tiempo...

Ni siquiera la escuchó.

—Si en realidad fuera Jace Morgenstern, ¿me querrías? Si fuera Sebastian, ¿me querrías?

Ella le apretó las manos.

—Nunca podrías ser como él.

—Si Valentine me hubiera hecho lo que le hizo a Sebastian, ¿me querrías?

Clary no comprendió la urgencia de la pregunta.

—Pero en ese caso, tú no serías tú.

Jace se quedó casi sin respiración, como si lo que Clary acababa de decirle le hubiera dolido... Pero ¿por qué? Era la verdad. Él no era como Sebastian. Él era él.

—No sé quién soy —dijo—. Me miro en el espejo y veo a Stephen Herondale, pero actúo como un Lightwood y hablo como mi padre... como Valentine. Veo quién soy a tus ojos e intento ser esa persona, porque tú tienes fe en esa persona y creo que la fe debería ser suficiente para convertirme en lo que tú quieres.

—Ya eres lo que yo quiero. Siempre lo has sido —dijo Clary, pero no pudo evitar la impresión de que era como gritar en el interior de una habitación vacía. Era como si Jace no pudiera oírla, por muchas veces que le repitiera que le quería—. Sé que tienes la sensación de no saber quién eres, pero yo sí. Lo sé. Y algún día también lo sabrás tú. Pero mientras tanto, no puedes seguir preocupándote por la posibilidad de perderme, porque eso nunca pasará.

—Existe una manera... —Jace la miró a los ojos—. Dame la mano.

Sorprendida, Clary le tendió la mano, recordando la primera vez que él se la había tomado de aquella manera. Ahora tenía la runa, la runa del ojo abierto, en el dorso de la mano, la runa que entonces buscaba y no encontró. Jace le dio la vuelta a la mano, dejando al descubierto la muñeca, la vulnerable piel del antebrazo.

Clary estaba temblando. El viento del río le calaba en los huesos.

—¿Qué estás haciendo, Jace?

—¿Recuerdas lo que te dije sobre las bodas de los cazadores de sombras? ¿Que en lugar de intercambiar anillos nos marcamos con runas de amor y compromiso? —La miró, con sus ojos grandes y vulnerables bajo las tupidas pestañas doradas—. Quiero marcarte de tal modo que quedemos unidos, Clary. No es más que una pequeña Marca, pero es permanente. ¿Estás dispuesta?

Dudó. Una runa permanente, siendo tan joven... Su madre se pondría hecha una fiera. Pero lo demás no funcionaba; nada de lo que ella le decía servía para convencerlo. Tal vez aquello sí. En silencio, tomó su estela y se la entregó. Jace la tomó, acariciándole los dedos al hacerlo. Empezó a temblar con más fuerza, sentía frío en todas partes excepto donde él la tocaba. Jace apoyó el brazo de Clary contra su cuerpo e hizo descender la estela hasta que rozó su piel; la deslizó con cuidado arriba y abajo y, viendo que no protestaba, aplicó más fuerza al movimiento. Con el frío que tenía, la quemadura de la estela era casi de agradecer. Siguió observando cómo las oscuras líneas brotaban en espiral de la punta de la estela, formando un dibujo de líneas duras y angulosas.

Experimentó un hormigueo nervioso y también una sensación repentina de alarma. Aquel dibujo no hablaba de amor y compromiso hacia ella, había algo más; algo más oscuro, algo que hablaba de control y sumisión, de pérdida y oscuridad. ¿Estaría dibujando la runa equivocada? Sin embargo, se trataba de Jace, no podía equivocarse. Pero aun así, un entumecimiento empezaba a ascender por el brazo a partir del punto donde la estela seguía trazando su dibujo, un hormigueo doloroso, como el de los nervios al despertarse, y se sentía mareada, como si el suelo se estuviera moviendo bajo sus...

—Jace. —Subió la voz, con un matiz de ansiedad en ella—. Jace, me parece que no está bien...

Le soltó el brazo. Jace mantenía la estela en equilibrio en su mano, con la misma elegancia con que sujetaría cualquier arma.

—Lo siento, Clary —dijo—. Quiero estar unido a ti. Nunca te mentiría en este sentido.

Clary abrió la boca para preguntarle de qué demonios hablaba, pero no le salieron las palabras. La oscuridad se apoderaba de ella. Lo último que percibió fueron los brazos de Jace rodeándola en el momento de caer al suelo.

Después de lo que le pareció una eternidad de andar dando vueltas en lo que a su entender era una fiesta extremadamente aburrida, Magnus encontró por fin a Alec, sentado solo a una mesa en un rincón, detrás de un ramillete de rosas blancas artificiales. En la mesa había varias copas de champán, medio llenas en su mayoría, como si los invitados hubieran ido abandonándolas allí. Y Alec parecía también abandonado. Estaba sentado con las manos apoyadas en la barbilla y con la mirada perdida. No levantó la vista, ni siquiera cuando Magnus enganchó con el pie la silla que tenía enfrente, la hizo girar hacia él y tomó asiento, apoyando los brazos en el respaldo.

—¿Quieres volver a Viena? —dijo.

Alec no respondió, y siguió con la mirada fija en el frente.

—O podríamos ir a otra parte —dijo Magnus—. A donde tú quieras. A Tailandia, Sudáfrica, Brasil, Perú... Oh, espera, no, me prohibieron la entrada en Perú. Lo había olvidado. Es una larga historia, pero graciosa, por si quieres oírla.

La cara de Alec daba a entender que no quería en absoluto oírla. Se volteó con mordacidad y contempló la sala, como si el cuarteto de cuerda de hombres lobo le resultara fascinante.

Viendo que Alec lo ignoraba, Magnus decidió entretenerse cambiando los colores del champán de las copas que había sobre la mesa. Transformó uno en champán azul, otro en rosa y estaba en proceso de transformación de otra copa a verde cuando Alec extendió el brazo y le golpeó la muñeca.

—Deja ya eso —dijo—. La gente nos está mirando.

Magnus se miró los dedos, que emitían chispas de color azul. Tal vez fuera demasiado llamativo. Cerró la mano.

—Bueno —dijo—, ya que no me hablas, algo tengo que hacer para entretenerme y no morir de aburrimiento.

—Pues no —dijo Alec—. No pienso hablarte, quiero decir.

—Vaya —dijo Magnus—. Acabo de preguntarte si querías ir a Viena, a Tailandia o a la Luna, y no recuerdo que me hayas dado tu respuesta.

—No sé lo que quiero. —Alec, cabizbajo, jugueteaba con un tenedor de plástico. Aunque mantenía la vista baja y desafiante, el color azul claro de sus ojos era visible incluso a través de sus párpados, pálidos y finos como el pergamino. Magnus siempre había encontrado a los humanos más bellos que cualquier otro ser vivo de la tierra y a menudo se había preguntado por qué. «No son más que unos pocos años antes de su desintegración», había dicho Camille. Pero era la mortalidad lo que los hacía ser como eran, esa llama que parpadeaba con fuerza. «La muerte es la madre de la belleza», como dijo el poeta. Se preguntó si el Ángel se habría planteado alguna vez convertir en inmortales a sus sirvientes humanos, los nefilim. Pero no, a pesar de toda su fuerza, caían en batalla igual que los humanos siempre habían caído a lo largo de la historia del mundo.

—Ya vuelves a tener esa expresión —dijo Alec malhumorado, mirando a través de sus largas pestañas—. Como si estuvieras mirando algo que yo no puedo ver. ¿Piensas en Camille?

—En realidad no —dijo Magnus—. ¿Cuánto escuchaste de la conversación que mantuve con ella?

—Prácticamente todo. —Alec pinchó el mantel con el tenedor—. Estuve escuchando desde la puerta. Lo suficiente.

—Creo que no lo bastante.

Magnus miró fijamente el tenedor, que se soltó de la mano de Alec y cruzó la mesa en dirección a él. Lo detuvo con la mano y dijo:

—Y ya basta de jugar con esto. ¿Qué fue lo que le dije a Camille que tanto te preocupa?

Alec levantó sus azules ojos.

—¿Quién es Will?

Magnus soltó una especie de risotada.

—Will. Dios mío. Eso fue hace mucho tiempo. Will era un cazador de sombras, como tú. Y sí, se parecía a ti, pero tú no te le pareces en nada. Jace es mucho más parecido a Will, en lo que a la personalidad se refiere... Y la relación que tengo contigo no se parece en nada a la que tuve con Will. ¿Es eso lo que te preocupa?

—No me gusta pensar que estás conmigo sólo porque me parezco a un tipo que te gustaba y que está muerto.

—Yo nunca dije eso. Fue Camille quien lo insinuó. Es una maestra de la implicación y la manipulación. Siempre lo ha sido.

—Pero en ningún momento le dijiste que estaba equivocada.

—Si se lo permites, Camille es capaz de atacarte por todos los frentes. Te defiendes en un frente, y te ataca por el otro. La única manera de tratar con ella es fingiendo que no te hace daño.

—Dijo que los chicos guapos eran tu perdición —dijo Alec—. Lo que me da a entender que yo soy para ti uno más en una larga lista de juguetes. No soy nada. Soy... trivial.

—Alexander...

—Lo cual —prosiguió Alec, con la mirada de nuevo clavada en la mesa— resulta especialmente injusto, pues tú no eres nada trivial para mí. He cambiado mi vida entera por ti. Pero tú no alteras nunca nada, ¿verdad? Me imagino que esto es lo que significa vivir eternamente. En realidad, nada importa mucho.

—Te estoy diciendo que me importas...

—El Libro de lo Blanco —dijo de pronto Alec—. ¿Por qué lo ansiabas de aquella manera?

Magnus se quedó mirándolo, perplejo.

—Ya sabes por qué. Es un libro de hechizos muy poderoso.

—Pero lo querías para algo en concreto, ¿no? ¿Por uno de los hechizos que contenía? —Alec respiraba de forma irregular—. No tienes respuesta; adivino por tu cara que era por eso. ¿Era... era un hechizo para convertirme en inmortal?

Magnus sintió como si le hubieran clavado una puñalada en las entrañas.

—Alec —musitó—. No. No, yo... yo no haría eso.

Alec lo taladró con su mirada azul.

—¿Por qué no? ¿Por qué a lo largo de tantos años y tantas relaciones nunca has intentado convertir a alguno de ellos en inmortal como tú? De poder tenerme a tu lado eternamente, ¿lo querrías?

—¡Pues claro que lo querría! —Magnus, percatándose de que estaba casi gritando, se esforzó en bajar el volumen de su voz—. Pero no lo entiendes. Es imposible obtener algo a cambio de nada. El precio de la vida eterna...

—Magnus. —Era Isabelle, que se acercaba corriendo hacia ellos, teléfono en mano—. Magnus, tengo que hablar contigo.

—Isabelle. —Normalmente, a Magnus le gustaba la presencia de la hermana de Alec. Pero no justo en un momento como aquél—. Encantadora y maravillosa Isabelle. ¿Podrías irte, por favor? Es un mal momento, de verdad.

Isabelle miró de Magnus a su hermano, y luego de su hermano a Magnus.

—¿No quieres entonces que te cuente que Camille acaba de fugarse del Santuario y que mi madre exige tu regreso urgente al Instituto para que los ayudes a encontrarla?

—No —dijo Magnus—. No quiero que me cuentes eso.

—Pues es una lástima —dijo Isabelle—. Porque es cierto. Entiendo que no tienes por qué ir, pero...

El resto de la frase se quedó flotando en el aire, pero Magnus conocía perfectamente su contenido. Si no acudía, la Clave sospecharía que él tenía algo que ver con la fuga de Camille y eso no le convenía en absoluto. Maryse se pondría furiosa y complicaría todavía más su relación con Alec. Pero aun así...

—¿Que se ha fugado? —dijo Alec—. Jamás se ha fugado nadie del Santuario.

—Pues mira —dijo Isabelle—, ya se ha fugado la primera.

Alec se hundió aún más en su asiento.

—Ve —dijo—. Es una urgencia. Vete. Ya hablaremos después.

—Magnus... —Isabelle habló como queriendo disculparse, pero su voz tenía un tono inequívoco de urgencia.

—De acuerdo. —Magnus se levantó—. Y... —añadió, deteniéndose junto a la silla de Alec e inclinándose hacia él— no eres trivial.

Alec se ruborizó.

—Si tú lo dices —dijo.

—Lo digo —dijo Magnus, y dio media vuelta para seguir a Isabelle y abandonar el recinto.

Fuera, en la calle desierta, Simon estaba apoyado en la pared de la Fundición, un muro de ladrillo cubierto de hiedra, contemplando el cielo. Las luces del puente descolorían las estrellas, de tal modo que no había nada que ver, excepto un manto de negrura aterciopelada. Con una pasión repentina, deseó poder respirar aquel aire frío para despejarse la cabeza, poderlo sentir en la cara, en la piel. No llevaba más que una fina camisa y le daba lo mismo. No podía temblar, e incluso el recuerdo del hecho de temblar empezaba a desaparecer de su memoria, poco a poco, día a día, desvaneciéndose como todos los recuerdos de otra vida.

—¿Simon?

Se quedó helado. Aquella voz, débil y familiar, dejándose llevar por la corriente del aire frío. «Sonríe.» Era lo último que le había dicho.

Pero no podía ser. Estaba muerta.

—¿No piensas mirarme, Simon? —Su voz era débil como siempre, apenas un susurro—. Estoy aquí.

El terror ascendió por su espalda. Abrió los ojos y giró poco a poco la cabeza.

Maureen ocupaba el centro del círculo de luz proyectado por una farola de la esquina de Vernon Boulevard. Iba vestida con la ropa con la que debieron de enterrarla. Un vestido blanco largo y virginal. Su melena, peinada lisa y de un resplandeciente tono amarillo bajo la luz, le llegaba a la altura de los hombros. Estaba algo sucia aún, con restos de tierra de la tumba. Calzaba zapatillas blancas. Su cara estaba blanca como la de un muerto, círculos rojos pintados en sus mejillas, y la boca de un rosa intenso, como si se la hubieran dibujado con un plumón.

A Simon le flaquearon las piernas. Se deslizó por la pared en la que estaba apoyado hasta quedarse sentado en el suelo, con las rodillas dobladas. Era como si la cabeza fuera a explotarle.

Maureen rió como una chiquilla y luego se alejó de la luz de la farola. Avanzó hacia él y bajó la vista con una expresión de satisfacción y alegría.

—Sabía que te sorprendería —dijo.

—Eres una vampira —dijo Simon—. Pero... ¿cómo? No fui yo quien te hizo esto. Sé que no fui yo.

Maureen negó con la cabeza.

—No lo sabía. —A Simon se le quebró la voz—. Habría venido de haberlo sabido.

Maureen se echó el cabello hacia atrás por encima del hombro en un gesto que, de repente y de forma muy dolorosa, le hizo pensar a Simon en Camille.

—No tiene importancia —dijo Maureen con su vocecita infantil—. Cuando se puso el sol, me dijeron que podía elegir entre morir o vivir como esto. Como una vampira.

—¿Y elegiste esto?

—No quería morir —dijo con un suspiro—. Y ahora seré eternamente joven y bonita. Puedo andar por ahí toda la noche, sin necesidad de volver a casa. Y ella cuida de mí.

—¿De quién hablas? ¿Quién es ella? ¿Te refieres a Camille? Mira, Maureen, Camille está loca. No deberías hacerle caso. —Simon se

307

incorporó a duras penas—. Puedo conseguirte ayuda. Encontrarte un lugar donde vivir. Enseñarte a ser una vampira...

—Oh, Simon —dijo sonriendo, y sus dientecillos blancos asomaron en una perfecta hilera—. Me parece que tú tampoco sabes ser vampiro. No querías morderme, pero lo hiciste. Lo recuerdo. Tus ojos se pusieron negros como los de un tiburón y me mordiste.

—Lo siento mucho. Si me dejaras ayudarte...

—Podrías venir conmigo —dijo ella—. Eso me ayudaría.

—¿Ir contigo adónde?

Maureen levantó la vista y se quedó mirando la calle vacía. Parecía un fantasma con aquel vestidito tan fino. El viento lo levantaba alrededor de su cuerpo, pero era evidente que no sentía frío.

—Has sido elegido —dijo—, porque eres un vampiro diurno. Los que me hicieron esto te quieren. Pero ahora saben que llevas la Marca. No pueden tenerte a menos que tú decidas acudir a ellos. Por eso me han enviado a modo de mensajera. —Ladeó la cabeza, como un pajarito—. Tal vez yo no sea alguien importante para ti —dijo—, pero si te niegas a venir la próxima vez capturarán a tus seres queridos hasta que no quede ninguno, de modo que será mejor que vengas conmigo y averigües qué quieren.

—¿Lo sabes tú? —preguntó Simon—. ¿Sabes qué quieren?

Maureen hizo un gesto negativo con la cabeza. Estaba tan pálida bajo aquella luz difusa que parecía casi transparente; era como si Simon pudiese ver a través de ella. Tal y como, se imaginaba, había hecho siempre.

—¿Te importa? —dijo ella, y le tendió una mano.

—No —dijo él—. No, me imagino que no. —Y le dio la mano.

16

ÁNGELES DE NUEVA YORK

—Ya hemos llegado —le dijo Maureen a Simon.

Se había detenido en la acera y observaba un enorme edificio de piedra y cristal que se alzaba por encima de ellos. Estaba claramente diseñado para tener el aspecto de uno de aquellos lujosos complejos de departamentos que se construyeron en el Upper East Side de Manhattan antes de la segunda guerra mundial, pero los toques modernos lo traicionaban: los altos ventanales, el tejado de cobre respetado por el musgo, los carteles desplegados delante del edificio que prometían «PISOS DE LUJO A PARTIR DE 750.000 $». Por lo que allí decía, ser propietario de uno de ellos te daba derecho, a partir de diciembre, a disfrutar de jardín en la azotea, gimnasio privado, alberca climatizada y servicio de portero las veinticuatro horas del día. Por el momento, el edificio estaba aún en obras y los carteles que anunciaban «PROHIBIDO ENTRAR: PROPIEDAD PRIVADA» atestaban los andamios que lo rodeaban.

Simon miró a Maureen. Daba la impresión de que estaba acostumbrándose rápidamente a ser una vampira. Habían cruzado el puente de Queensboro y subido la Segunda Avenida para llegar hasta allí, y las zapatillas blancas de Maureen estaban destrozadas. Pero en ningún momento había bajado el ritmo, ni se había mostrado sorprendida por no sentirse cansada. En aquellos momentos, contemplaba el edificio con una expresión beatífica, su carita radiante anticipando lo que estaba por llegar.

—Esto está cerrado —dijo Simon, consciente de que sólo estaba dando voz a lo evidente—. Maureen...

—Calla. —Levantó el brazo para jalar un cartel adherido a una esquina del andamio. Se despegó con un sonido de cartón yeso descascarillado y clavos arrancados. Algunos cayeron al suelo a los pies de Simon. Maureen retiró el yeso y sonrió al ver el boquete que acababa de abrir.

Un anciano que pasaba por la calle, paseando a un pequeño caniche abrigado con una chamarrita de cuadros, se detuvo a mirarlos.

—Tendrías que ponerle un abrigo a tu hermana pequeña —le dijo a Simon—. Con lo flaca que está, aún se te quedará congelada con este tiempo.

Pero antes de que Simon pudiera responder, Maureen se volvió hacia el hombre con una sonrisa feroz y le enseñó todos los dientes, incluyendo sus afilados colmillos.

—No soy su hermana —protestó.

El hombre se quedó blanco, tomó al perro en brazos y se largó corriendo.

Simon miró a Maureen.

—No era necesario hacer eso.

Los colmillos le habían pinchado el labio inferior, algo que a Simon solía sucederle con frecuencia hasta que se acostumbró a ellos. Finos hilillos de sangre resbalaban por su barbilla.

—No me digas lo que tengo que hacer —dijo de mala manera, pero replegó los colmillos. Se pasó la mano por la barbilla, en un gesto infantil, embadurnándose de sangre. Y a continuación se giró hacia el boquete que había hecho—. Vamos.

Pasó por el agujero y Simon la siguió. Recorrieron una zona donde los albañiles debían de tirar los desperdicios: el suelo estaba plagado de herramientas rotas, ladrillos partidos, viejas bolsas de plástico y latas de refresco. Maureen se levantó la falda y avanzó primorosamente y con cara de asco entre la basura. Cruzó de un salto una estrecha zanja y subió un tramo de peldaños desmoronados. Simon la siguió.

La escalera desembocaba en unas puertas de cristal y Maureen las empujó para abrirlas. Al otro lado de las puertas había un ampuloso vestíbulo de mármol. Del techo colgaba una impresionante lámpara de araña, aunque no había luz para iluminar sus colgantes de cristal. Estaba tan oscuro, que un humano no habría visto nada de todo aquello. Había una mesa de mármol destinada al portero, un diván tapizado en verde debajo de un espejo con marco dorado y elevadores a ambos lados de la estancia. Maureen pulsó el botón del elevador y, para sorpresa de Simon, se iluminó.

—¿Adónde vamos? —preguntó.

El elevador emitió un sonido metálico y Maureen entró; Simon la siguió. El elevador estaba forrado en dorado y rojo, con espejos de cristal esmerilado por todos lados.

—Arriba. —Pulsó el botón de la azotea y rió—. Al cielo —dijo, y se cerraron las puertas.

—No encuentro a Simon.

Isabelle, que estaba apoyada en una de las columnas de la Fundición intentando no cavilar mucho, levantó la vista y vio a Jordan por encima de ella. Era increíblemente alto, pensó. Como mínimo mediría cerca de un metro noventa. Lo había encontrado muy atractivo cuando lo vio por primera vez, con su pelo oscuro alborotado y sus ojos verdes, pero ahora que sabía que era el ex de Maia, lo había trasladado sin dudarlo ni un momento al espacio mental que reservaba a los chicos fuera de su alcance.

—Pues yo tampoco lo he visto —dijo—. Se suponía que tú eras su guardaespaldas.

—Me dijo que volvía en seguida. Pero de eso hace ya casi tres cuartos de hora. Pensé que iba al baño.

—¿Qué tipo de vigilante eres tú? ¿No tendrías que haberlo acompañado al baño? —le preguntó Isabelle.

Jordan estaba horrorizado.

—Los hombres —dijo— nunca acompañan a otros hombres al baño.

Isabelle suspiró.

—El pánico homosexual latente acaba apareciendo siempre —dijo—. Anda, vamos a buscarlo.

Dieron vueltas por el local, mezclándose con los invitados. Alec estaba sentado a una mesa, enfurruñado y jugando con una copa de champán vacía.

—No, no lo he visto —dijo en respuesta a su pregunta—. Aunque debo reconocer que tampoco he estado mirando.

—Podrías ayudarnos a buscarlo —dijo Isabelle—. Así tendrás algo que hacer además de dar lástima.

Alec hizo un gesto de indiferencia y se sumó a ellos. Decidieron dividirse y desplegarse entre los invitados. Alec se encaminó al piso de arriba para mirar en los pasillos y el segundo nivel. Jordan salió a mirar en las terrazas y la entrada. Isabelle se quedó en la sala principal. Y estaba preguntándose si mirar debajo de las mesas sería ridículo, cuando apareció Maia detrás de ella.

—¿Va todo bien? —preguntó. Miró hacia arriba, donde estaba Alec, y luego en la dirección en la que se había marchado Jordan—. Reconozco una brigada de búsqueda en cuanto la veo. ¿Qué andan buscando? ¿Hay algún problema?

Isabelle le explicó la situación de Simon.

—He hablado con él hace media hora.

—Y Jordan también, pero ha desaparecido. Y como últimamente hay gente que ha estado intentando matarlo...

Maia dejó su copa en una mesa.

—Te ayudaré a buscar.

—No es necesario. Sé que en estos momentos no sientes mucho cariño por Simon...

—Eso no significa que no quiera ayudar si anda metido en problemas —dijo Maia, como si Isabelle hubiera dicho una ridiculez—. Pero ¿no tenía que estar vigilándolo Jordan?

Isabelle levantó las manos.

—Sí, pero por lo que parece, los hombres no siguen a los demás hombres cuando van al baño, o algo así me ha dicho. La verdad es que me parece ilógico.

—Los hombres son ilógicos —dijo Maia, y la siguió. Buscaron entre los invitados, aunque Isabelle estaba ya prácticamente segura de que no iban a encontrar a Simon por allí. Tenía un pequeño punto frío en el estómago que a medida que pasaba el tiempo iba haciéndose más grande y más frío. Cuando se reunieron todos de nuevo en la mesa, ya tenía la sensación de haber engullido un vaso entero de agua helada.

—No está aquí —dijo.

Jordan maldijo y miró a Maia con expresión de culpabilidad.

—Perdón.

—He oído cosas peores —dijo—. ¿Y ahora qué hacemos? ¿Alguien ha intentado llamarlo?

—Salta directamente el contestador —dijo Jordan.

—¿Alguna idea sobre adónde podría haber ido? —preguntó Alec.

—El mejor escenario sería que hubiera vuelto ya al departamento —dijo Jordan—. Y el peor, que esa gente que andaba tras él haya conseguido atraparlo.

—¿Gente que qué? —Alec estaba desconcertado, pues aunque Isabelle le había explicado a Maia la historia de Simon, no había tenido aún oportunidad de informar al respecto a su hermano.

—Me voy al departamento a echar un vistazo —dijo Jordan—. Si está, estupendo. Si no, creo que igualmente deberíamos empezar por allí. Saben dónde vive; han estado enviándole mensajes a casa. A lo mejor hay algún mensaje nuevo. —No lo dijo muy esperanzado.

Isabelle tomó su decisión en una décima de segundo:

—Iré contigo.

—No es necesario...

—Sí. Le dije a Simon que tenía que venir a la fiesta; me siento responsable. Además, estoy aburriéndome un montón.

—Sí —dijo Alec, aliviado ante la perspectiva de salir de allí—. Voy con ustedes. Tal vez deberíamos ir todos. ¿Se lo decimos a Clary?

Isabelle negó con la cabeza.

—Es la fiesta de su madre. No estaría bien. Veamos qué podemos hacer entre los tres.

—¿Los tres? —preguntó Maia, con un matiz de delicada molestia en su voz.

—¿Quieres venir con nosotros, Maia? —Era Jordan. Isabelle se quedó helada; no estaba segura de cómo respondería Maia si su ex novio se dirigía directamente a ella. Maia se tensó un poco y por un instante miró a Jordan... no como si lo odiara, sino pensativa.

—Se trata de Simon —dijo por fin, como si aquello lo decidiera todo—. Voy a buscar el abrigo.

Las puertas del elevador se abrieron para dar paso a un remolino de aire oscuro y sombras. Maureen siguió con su risita y salió a la negrura; Simon la siguió con un suspiro.

Estaban en una sala muy grande, revestida de mármol y sin ventanas. No había luces, pero en la pared que quedaba a la izquierda del elevador se abría una gigantesca puerta doble acristalada. Simon vio a través de ella la superficie plana de la terraza y, por encima, el cielo negro salpicado por estrellas que apenas relucían.

El viento volvía a soplar con fuerza. Siguió a Maureen hacia el exterior; las gélidas ráfagas de aire levantaban el vestido de la chica como una mariposa nocturna que agita sus alas para superar un vendaval. La terraza del tejado era tan elegante como prometían los carteles. El suelo estaba cubierto con grandes mosaicos hexagonales de piedra; había jardines de flores protegidos con cristal y arbustos cuidadosamente podados en forma de monstruos y animales. El sendero por el que caminaban estaba flanqueado por diminutas lucecitas. A su alrededor había altos edificios de apartamentos construidos con cristal y acero, sus ventanas iluminadas con luz eléctrica.

El caminito terminaba en unos peldaños enlosados, al final de los cuales había una amplia plazoleta rematada por el elevado muro que rodeaba el jardín. El objetivo del espacio era claramente convertirse en un lugar donde los futuros residentes del edificio pudieran socializar. En medio de la plazoleta había un gran bloque cuadrado de hormigón, donde seguramente se instalaría una parrilla, pensó Simon, y la zona estaba cercada por rosales perfectamente recortados que en junio florecerían, igual que las celosías ahora desnudas que adornaban los muros desaparecerían algún día bajo un manto de hojas. Acabaría siendo un espacio atractivo, un jardín de lujo en el último piso de un edificio del Upper East Side donde poder relajarse en un camastro, con el East River brillando a la puesta de sol y la ciudad desplegándose delante, un mosaico de trémula luz.

Excepto que... el suelo enlosado estaba pintarrajeado, salpicado con algún tipo de líquido negro y pegajoso que habían utilizado para trazar un burdo círculo en el interior de otro círculo de mayor tamaño. El espacio entre los dos círculos estaba lleno a rebosar de runas dibujadas. Pese a no ser un cazador de sombras, Simon había visto suficientes runas nefilim como para reconocer las pertenecientes al Libro Gris. Y aquéllas no lo eran. Tenían un aspecto maligno y amenazador, como un maleficio garabateado en un idioma desconocido.

El bloque de hormigón ocupaba el centro del círculo. Y encima de él se asentaba un voluminoso objeto rectangular, envuelto en una tela oscura. La forma recordaba la de un ataúd. En la base del bloque había más runas dibujadas. De haber tenido Simon sangre circulante, se le habría quedado helada.

Maureen aplaudió.

—Oh —dijo con su vocecita de duendecillo—. Es precioso.

—¿Precioso? —Simon lanzó una rápida mirada a la forma encor-

315

vada que coronaba el bloque de hormigón—. Maureen, ¿qué demonios...?

—Veo que lo has traído. —Se oyó una voz de mujer, cultivada, potente y... conocida. Simon volteó. Detrás de él, en el caminito, había una mujer alta con pelo corto y oscuro. Era muy delgada e iba vestida con un abrigo largo de color negro con cinturón que le daba el aspecto de una *femme fatale* de una película de espías de los años cuarenta—. Gracias, Maureen —prosiguió. Tenía un rostro bello, de duras facciones, con pómulos altos y grandes ojos oscuros—. Lo has hecho muy bien. Ahora puedes irte. —Dirigió la mirada a Simon—. Simon Lewis —dijo—. Gracias por venir.

La reconoció en el instante en que pronunció su nombre. La última vez que la había visto fue bajo una lluvia torrencial, delante del Alto Bar.

—Tú. Te recuerdo. Me diste tu tarjeta. La promotora musical. Caray, debe de ir en serio eso de que quieres promocionar mi grupo. Nunca me había imaginado que fuéramos tan buenos.

—No seas sarcástico —dijo la mujer—. No tiene sentido. —Miró de soslayo—. Maureen. Puedes irte. —Su voz sonó esta vez con resolución y Maureen, que había estado revoloteando por allí como un pequeño fantasma, profirió un gritito y se largó corriendo por donde habían llegado. Simon la vio desaparecer por las puertas que conducían a los elevadores, sintiendo casi lástima al verla marchar. Maureen no era una gran compañía, pero sin ella se sintió de repente muy solo. Quienquiera que fuera aquella desconocida, desprendía una clara aura de poder oscuro que no había percibido cuando la vio por vez primera, drogado como estaba de sangre.

—Me has traído de cabeza, Simon —dijo; su voz procedía ahora de otra dirección, a varios metros de distancia. Simon se volteó y la localizó junto al bloque de hormigón, en el centro del círculo. Las nubes avanzaban por encima de la luna, proyectando sobre su cara un dibujo de sombras en movimiento. Simon, que estaba al pie de la escalera, tuvo que echar la cabeza hacia atrás para mirarla—. Creí que iba a ser fácil atraparte. Tratar con un simple vampiro. Un novato. Pero nunca me había tropezado con un vampiro diurno, ya que hace más de cien años que no había ninguno. Sí —añadió, con una sonrisa al ver cómo la miraba Simon—, soy más vieja de lo que parezco.

—Pareces bastante vieja.

Ella ignoró el insulto.

—He enviado a mis mejores hombres por ti, y sólo regresó uno de ellos, contando no sé qué historia sobre el fuego sagrado y la ira de Dios. Después de aquello ya no me sirvió para nada. Tuve que sacrificarlo. Resultaba casi molesto. Fue entonces cuando decidí tratar el asunto personalmente. Fui a verte a tu estúpido concierto y después, cuando te tuve cerca, la vi. La Marca. Conocí personalmente a Caín y conozco de sobras su forma.

—¿Que conociste personalmente a Caín? —Simon movió la cabeza de un lado a otro—. No pretenderás que me lo crea.

—Créetelo o no —dijo ella—. Me da lo mismo. Soy más vieja que los sueños de los de tu especie, chiquillo. Paseé por los senderos del Jardín del Edén. Conocí a Adán antes que Eva. Fui su primera esposa, pero no le guardé obediencia, y por eso Dios me expulsó y creó una nueva esposa para Adán, una mujer hecha a partir de su propio cuerpo para que le fuera siempre servil. —Esbozó una débil sonrisa—. Tengo muchos nombres. Pero puedes llamarme Lilith, la primera de todos los demonios.

Al escuchar aquello, Simon, que llevaba casi dos meses sin sentir frío, se estremeció. Había oído mencionar el nombre de Lilith. No recordaba exactamente dónde, pero sabía que era un nombre asociado con la oscuridad, con el mal y con cosas terribles.

—Tu Marca me plantea un enigma —dijo Lilith—. Te necesito, vampiro diurno. Tu fuerza vital... tu sangre. Pero no puedo forzarte ni hacerte daño.

Lo dijo como si necesitar sangre fuera lo más natural del mundo.

—¿Bebes... sangre? —preguntó Simon. Se sentía aturdido, como

317

si estuviera atrapado en un sueño extraño. Aquello no podía estar pasando.

Lilith se echó a reír.

—Los demonios no se alimentan de sangre, niño tonto. Lo que quiero de ti no es para mí. —Le tendió una delgada mano—. Acércate más.

Simon movió la cabeza.

—No pienso entrar en ese círculo.

Ella se encogió de hombros.

—Muy bien, entonces. Sólo pretendía que tuvieras mejor vista. —Movió ligeramente los dedos, casi con negligencia, el gesto que hace quien retira una cortina. La tela negra que cubría el objeto en forma de ataúd que quedaba entre ellos desapareció.

Simon se quedó mirando lo que había debajo. No se había equivocado en lo de la forma de ataúd. Era una gran caja de cristal, lo bastante larga y ancha como para contener a una persona. Un ataúd de cristal, pensó, como el de Blancanieves. Pero aquello no era un cuento de hadas. En el interior del ataúd había un líquido nebuloso, y flotando en aquel líquido —desnudo de cintura para arriba, con el cabello rubio claro moviéndose a su alrededor como pálidas algas— estaba Sebastian.

En la puerta del departamento de Jordan no había ningún mensaje pegado, ni encontraron nada encima o debajo del tapete, y no vieron nada inmediatamente evidente en el interior del departamento. Mientras Alec hacía guardia abajo y Maia y Jordan revolvían la mochila de Simon en la sala, Isabelle, en el umbral de la puerta de la habitación de Simon, contemplaba en silencio el lugar donde éste había dormido los últimos días. Había lo mínimo: cuatro paredes, sin ninguna decoración, un suelo desnudo con un colchón tipo futón y una manta de color blanca doblada a los pies, y una única ventana con vistas a la Avenida B.

Escuchaba desde allí la ciudad, la ciudad en la que había crecido, cuyos ruidos la habían rodeado siempre, desde que era un bebé. La tranquilidad de Idris, sin el sonido de las alarmas de los coches, los gritos de la gente, las sirenas de las ambulancias y la música que nunca dejaba de sonar en Nueva York, incluso en plena noche, le había resultado terriblemente ajena. Pero ahora, contemplando la pequeña habitación de Simon, pensó en lo solitarios que sonaban aquellos sonidos, en lo remotos que resultaban, y en si él se habría sentido también solo por la noche, allí acostado mirando el techo, completamente solo.

Por otra parte, tampoco había visto la habitación de su casa, que a buen seguro estaría repleta de pósteres de grupos musicales, trofeos deportivos, cajas con aquellos juegos a los que le encantaba jugar, instrumentos de música, libros... las cosas típicas de una vida normal. Nunca le había pedido que la llevara a su casa, y tampoco él se lo había sugerido. Le daba recelo conocer a su madre, hacer cualquier cosa que diera indicios de un compromiso mayor del que estaba dispuesta a asumir. Pero ahora, mirando aquella habitación que era como una cáscara vacía, escuchando el inmenso bullicio oscuro de la ciudad, sintió una punzada de miedo y dolor por Simon... mezclada con otra punzada de remordimiento.

Se volvió hacia el otro lado de la puerta, pero se detuvo cuando oyó voces hablando bajito en la sala de estar. Reconoció la voz de Maia. No parecía enfadada, algo realmente sorprendente teniendo en cuenta lo mucho que odiaba a Jordan.

—Nada —estaba diciendo—. Unas llaves, un montón de papeles con estadísticas de juegos. —Isabelle asomó la cabeza por la puerta. Vio a Maia, de pie a un lado del mostrador de la cocina, la mano en el interior del bolsillo con cierre de la mochila de Simon. Jordan, al otro lado del mostrador, la miraba. La miraba a ella, pensó Isabelle, no lo que ella estaba haciendo, de ese modo que los chicos te miran cuando están locos por ti y se sienten fascinados por todo lo que haces—. Voy a examinar su cartera.

Jordan, que había cambiado su atuendo formal por unos jeans y una chamarra de piel, frunció el ceño.

—Es extraño que se la olvidara aquí. ¿Puedo mirar? —Extendió el brazo por encima del mostrador.

Maia se echó hacia atrás con tanta rapidez que soltó la cartera.

—No pretendía... —Jordan retiró lentamente la mano—. Lo siento.

Maia respiró hondo.

—Mira —dijo—. Hablé con Simon. Sé que nunca tuviste intención de transformarme. Sé que no sabías qué te pasaba. Recuerdo lo que se sentía. Recuerdo que estaba aterrada.

Jordan bajó las manos poco a poco y con cuidado hasta alcanzar el mostrador. Resultaba curioso, pensó Isabelle, ver a alguien tan alto intentar parecer inofensivo y pequeño.

—Debería haber estado allí para ayudarte.

—Pero los *Praetor* no te lo permitieron —dijo Maia—. Y afrontémoslo, tú no tenías ni idea de lo que significaba ser un licántropo; habríamos sido como dos personas con los ojos vendados dando traspiés en un círculo. Tal vez fue mejor que no estuvieras allí. Me obligó a huir en busca de ayuda. A encontrar la manada.

—Al principio esperaba que los *Praetor Lupus* te encontraran —susurró él—. Para poder volver a verte. Entonces me di cuenta de que era un egoísta y que debería estar deseando no haberte transmitido la enfermedad. Sabía que había una probabilidad de un cincuenta por ciento. Pensé que tú serías una de las afortunadas.

—Pues no lo fui —dijo en tono prosaico—. Y con los años te convertí mentalmente en esta especie de monstruo. Creí que sabías lo que hacías cuando me hiciste esto. Creí que era tu venganza por haberme visto besando a aquel chico. Por eso te odiaba. Y odiarte me lo hacía todo más fácil. Tener a alguien a quien culpar.

—Debías culparme —dijo—. Es culpa mía.

Maia recorrió el mostrador de la cocina con el dedo, evitando sus ojos.

320

—Te culpo. Pero... no tal y como lo he hecho hasta ahora.

Jordan levantó la mano y se jaló de los pelos. Su pecho subía y bajaba con rapidez.

—No pasa un día en que no piense en lo que te hice. Te mordí. Te transformé. Te convertí en lo que ahora eres. Te levanté la mano. Te hice daño. La única persona a la que quería más que nada en el mundo.

Los ojos de Maia estaban llenos de lágrimas.

—No digas eso. No ayuda en absoluto. ¿Crees que ayuda?

Isabelle tosió con fuerza para aclararse la garganta y entró en la sala.

—¿Qué tal? ¿Han encontrado alguna cosa?

Maia apartó la vista, pestañeando. Jordan bajó las manos y dijo:

—La verdad es que no. Ahora íbamos a registrar su cartera. —La tomó de donde Maia la había dejado caer—. Aquí está. —Se la lanzó a Isabelle.

Isabelle la tomó al vuelo y la abrió. La credencial del instituto, la identificación del estado de Nueva York, una pluma de guitarra en el espacio normalmente destinado a las tarjetas de crédito. Un billete y una receta para hacer cubitos. Pero entonces algo le llamó la atención: una tarjeta de visita, metida de cualquier manera detrás de una foto de Simon y de Clary, la típica imagen de cabina fotográfica. Los dos sonreían.

Isabelle tomó la tarjeta y se la quedó mirando. Tenía un dibujo con formas espirales, casi abstracto, de una guitarra flotando entre las nubes. Y debajo aparecía un nombre.

«Satrina Kendall. Promotora musical.» Y más abajo había un número de teléfono y una dirección del Upper East Side. Isabelle frunció el ceño. Algo, un recuerdo, le vino a la memoria.

Isabelle enseñó la tarjeta a Jordan y a Maia, que estaban ocupados tratando de no mirarse.

—¿Qué opinan de esto?

Pero antes de que les diera tiempo a responder, se abrió la puerta del departamento y entró Alec. Tenía mala cara.

—¿Han encontrado algo? Llevo allí abajo plantado media hora y no ha aparecido nada que pueda resultar remotamente amenazador. A menos que quisieran tener en cuenta a un estudiante de la NYU que ha vomitado enfrente del portal.

—Esto —dijo Isabelle, pasándole la tarjeta a su hermano—. Míralo. ¿No te suena un poco extraño?

—¿Quieres decir aparte del hecho de que ningún promotor musical podría sentir interés por el desagradable grupo de Lewis? —preguntó Alec, tomando la tarjeta. Frunció el ceño—. ¿Satrina?

—¿Te suena de algo ese nombre? —preguntó Maia. Sus ojos seguían rojos, pero su voz sonaba más firme.

—Satrina es uno de los diecisiete nombres de Lilith, la madre de todos los demonios. Por eso se conoce a los brujos como «hijos de Satrina» —dijo Alec—. Porque engendró demonios, que a su vez dieron origen a la raza de los brujos.

—¿Y te sabes de memoria los diecisiete nombres? —Jordan lo preguntó dudoso.

Alec le dirigió una mirada gélida.

—¿Y a ti qué te pasa?

—Oh, cierra el pico, Alec —dijo Isabelle, empleando el tono que sólo utilizaba con su hermano—. Mira, no todos tenemos tu memoria para recordar datos aburridos. Me imagino que no recuerdas todos los demás nombres de Lilith, ¿verdad?

Con una expresión de superioridad, Alec empezó a recitar:

—Satrina, Lilith, Ita, Kali, Batna, Talto...

—¡Talto! —exclamó Isabelle—. Eso es. Sabía que me recordaba algo. ¡Sabía que existía una conexión! —Les explicó rápidamente lo de la iglesia de Talto, lo que Clary había encontrado allí y cómo se relacionaba con el bebé muerto medio demonio del Beth Israel.

—Ojalá me lo hubieras contado antes —dijo Alec—. Sí, Talto es uno de los nombres de Lilith. Y Lilith siempre se ha asociado con bebés. Fue la primera esposa de Adán, pero huyó del Jardín del Edén porque no quería obedecer ni a Adán ni a Dios. Dios la maldijo por su desobediencia: cualquier hijo que engendrara, moriría. Dice la leyenda que intentó una y otra vez tener un hijo, pero que los bebés siempre nacieron muertos. Al final juró que se vengaría de Dios debilitando y asesinando a recién nacidos humanos. Podría decirse que es la diosa demonio de los niños muertos.

—Pero has dicho que era la madre de los demonios —dijo Maia.

—Consiguió crear demonios esparciendo gotas de su sangre sobre la tierra en un lugar llamado Edom —explicó Alec—. Al nacer como resultado de su odio hacia Dios y hacia la especie humana, se convirtieron en demonios. —Consciente de que todos lo miraban, se encogió de hombros—. Pero no es más que una leyenda.

—Todas las leyendas son ciertas —dijo Isabelle. Había creído en ello como un dogma desde que era pequeña. Era el dogma de todos los cazadores de sombras. Ninguna religión, ninguna verdad... y ningún mito carecían de significado—. Lo sabes muy bien, Alec.

—Y sé también algo más —dijo Alec, devolviéndole la tarjeta—. Ese número de teléfono y esa dirección son basura. No son reales.

—Tal vez —dijo Isabelle, guardándose la tarjeta en el bolsillo—. Pero no tenemos otra cosa por donde empezar a buscar. Por lo tanto, empezaremos por allí.

Simon no podía hacer otra cosa que seguir mirando fijamente. El cuerpo que flotaba en el interior del ataúd —el de Sebastian— no parecía estar vivo; o, como mínimo, no respiraba. Pero era evidente que tampoco podía decirse que estuviera exactamente muerto. Habían pasado dos meses. Simon estaba casi seguro de que, de estar muerto, tendría un aspecto mucho más deplorable. El cuerpo estaba muy blanco, como el mármol; tenía una muñeca vendada, pero por lo demás parecía ileso. Era como si estuviera dormido, con los ojos cerrados y los brazos extendidos a ambos lados del cuerpo. Sólo el detalle de que su pecho no se movía indicaba que algo allí iba muy mal.

—Pero —dijo Simon, sabiendo que lo que decía sonaba ridículo— si está muerto. Jace lo mató.

Lilith posó una de sus pálidas manos encima de la superficie del ataúd.

—Jonathan —dijo, y Simon recordó entonces que aquél era en realidad su nombre. La voz de Lilith tenía un matiz cariñoso al pronunciarlo, como si estuviera acunando a un niño—. Es bello, ¿verdad?

—Hummm —dijo Simon, mirando con aberración la criatura del interior del ataúd, el chico que había asesinado a Max Lightwood, de sólo nueve años. La criatura que había matado a Hodge. Que había intentado matarlos a todos—. No es mi tipo, la verdad.

—Jonathan es único —dijo ella—. Es el único cazador de sombras que he conocido que es en parte demonio mayor. Esto lo hace muy poderoso.

—Está muerto —dijo Simon. Tenía la impresión, no sabía muy bien por qué, de que era importante seguir subrayando aquel hecho, aunque Lilith no pareciera captarlo.

Lilith miró a Sebastian frunciendo el ceño.

—Cierto. Jace Lightwood consiguió ponerse a sus espaldas y le atravesó el corazón desde atrás con un cuchillo.

—¿Cómo te lo hiciste para...?

—Yo estaba en Idris —dijo Lilith—. Entré cuando Valentine abrió la puerta a los mundos demoníacos. No para combatir en su estúpida batalla. Por curiosidad, más que por otra cosa. Ese Valentine es tan arrogante... —Se interrumpió, con un gesto de indiferencia—. El cielo lo castigó por ello, por supuesto. Vi el sacrificio que realizó; vi al Ángel alzarse y volverse contra él. Vi las consecuencias. Soy el más antiguo de los demonios; conozco las Viejas Leyes. Vida por vida. Corrí hacia Jonathan. Era casi demasiado tarde. Por eso todo lo humano en él murió al instante, su corazón había cesado de latir, sus pulmones de hincharse. Las Viejas Leyes no bastaban. Intenté resucitarlo entonces. Pero hacía demasiado tiempo que se había ido. Lo único que pude hacer fue esto. Conservarlo a la espera de este momento.

Simon se preguntó por un instante qué sucedería si salía corriendo, si pasaba zumbando por el lado de aquella diablesa loca y se arrojaba al vacío. Como consecuencia de la Marca, ningún ser viviente podía hacerle daño, pero dudaba de que su poder se extendiera hasta el punto de protegerlo contra la caída. Pero era un vampiro. Si caía cuarenta pisos abajo y se rompía hasta el último hueso de su cuerpo, ¿conseguiría recuperarse? Tragó saliva y vio que Lilith lo miraba como si encontrara la situación muy graciosa.

—¿No quieres saber a qué momento me refiero? —dijo con su voz fría y seductora. Y antes de que Simon pudiera responder, se inclinó hacia adelante, apoyando los codos en el ataúd—. Me imagino que conoces la historia de cómo los nefilim se convirtieron en lo que son. De cómo el ángel Raziel mezcló su sangre con la sangre de los hombres y se la dio a beber a un hombre, y de cómo ese hombre se convirtió de este modo en el primer nefilim.

—He oído hablar de ella.

—En efecto, el Ángel creó una nueva raza de criaturas. Y ahora, con Jonathan, ha nacido de nuevo otra raza. Igual que el cazador de sombras Jonathan originó el primer nefilim, este Jonathan originará la nueva raza que pretendo crear.

—La nueva raza que pretendes... —Simon levantó las manos—. ¿Sabes qué? Si se te antoja liderar una nueva raza a partir de un tipo muerto, adelante. No entiendo qué tiene que ver esto conmigo.

—Ahora está muerto. Pero necesita no seguir estándolo. —La voz de Lilith era fría, carente de emoción—. Existe, claro está, un tipo de subterráneo cuya sangre ofrece la posibilidad de, diríamos, una resurrección.

—Los vampiros —dijo Simon—. ¿Quieres que convierta a Sebastian en un vampiro?

—Se llama Jonathan —replicó en un tono cortante—. Y sí, en cierto sentido sí. Quiero que lo muerdas, que bebas su sangre, y que le des a cambio tu sangre...

—No pienso hacerlo.

—¿Estás seguro?

—Un mundo sin Sebastian —Simon utilizó expresamente aquel nombre— es un mundo mejor que con él. No pienso hacerlo. —La rabia empezaba a apoderarse de Simon, una rápida marea ascendente—. De todos modos, tampoco podría aunque quisiera. Está muerto. Los vampiros no pueden resucitar a los muertos. Deberías saberlo, si tanto dices que sabes. Una vez el alma abandona el cuerpo, nada puede volver a traerla. Por suerte.

Lilith le clavó la mirada.

—No lo sabes, ¿verdad? —dijo—. Clary nunca te lo contó.

Simon empezaba a hartarse.

—¿Que nunca me contó qué?

Ella rió entre dientes.

—Ojo por ojo, diente por diente, vida por vida. Para impedir el caos debe existir el orden. Si se ofrece una vida a la Luz, se le debe una vida a la Oscuridad.

—No tengo literalmente ni idea de qué me hablas —dijo Simon, despacio y con toda la intención—. Y me da lo mismo. Tus villanos y tus horripilantes programas de eugenesia empiezan a aburrirme. Así que me largo. Puedes tratar de detenerme amenazándome o haciéndome daño. Te animo a que lo intentes.

Ella se quedó mirándolo y volvió a reír.

—Caín se ha levantado —dijo—. Eres un poco como él, cuya Marca llevas. Era necio, como tú. Terco como una mula, y tonto además.

—Se sublevó contra Dios. Yo simplemente me enfrento contigo. —Simon dio media vuelta dispuesto a marcharse.

—Yo de ti no me pondría de espaldas a mí, vampiro diurno —dijo Lilith, y algo en su voz lo obligó a volverse y a mirarla. Seguía inclinada sobre el ataúd de Sebastian—. Piensas que nadie puede hacerte daño —dijo con una sonrisa burlona—. Y, de hecho, no puedo levantar la mano contra ti. No soy tonta; he visto el fuego sagrado de lo divino. Y no se me antoja en absoluto verlo levantarse contra mí. No soy Valentine, dispuesta a regatear con aquello que no alcanzo a comprender. Soy un demonio, pero muy viejo. Conozco a la humanidad mejor de lo que te imaginas. Comprendo la debilidad del orgullo, del ansia de poder, del deseo de la carne, de la avaricia, la vanidad y el amor.

—El amor no es una debilidad.

—¿Ah, no? —dijo ella, y miró más allá de donde estaba él, con una mirada fría y afilada como el hielo.

Él se volvió, sin querer hacerlo pero sabiendo que debía, y miró a sus espaldas.

En el camino de acceso estaba Jace. Llevaba un traje negro y camisa blanca. Delante de él estaba Clary, aún con el precioso vestido de color oro que llevaba en la fiesta de la Fundición. Su larga y ondulada melena roja se había desprendido del recogido y se derramaba sobre sus hombros. Estaba muy quieta en el interior del círculo formado por los brazos de Jace. Habría parecido casi una imagen romántica de no ser por el hecho de que en una de sus manos Jace sujetaba un cuchillo largo y reluciente con empuñadura de hueso que apuntaba contra la garganta de Clary.

Simon se quedó mirando a Jace completamente conmocionado. El rostro de Jace no mostraba emoción, sus ojos carecían de luz. Miraban con amargura a la nada.

Ladeó la cabeza muy levemente.

—La he traído, lady Lilith —dijo—. Tal y como me pediste.

17

Y CAÍN SE LEVANTÓ

Clary nunca había tenido tanto frío.

Ni siquiera cuando había salido arrastrándose del lago Lyn, tosiendo y escupiendo su venenosa agua, había tenido tanto frío. Ni siquiera cuando había creído que Jace estaba muerto, había sentido en su corazón aquella terrible parálisis gélida. Después había ardido de rabia, de rabia contra su padre. Pero ahora sólo sentía frío, un frío helado de la cabeza a los pies.

Había recuperado el sentido en el vestíbulo de mármol de un extraño edificio, bajo la sombra de una lámpara de techo apagada. Jace la transportaba, con un brazo por debajo de las rodillas y el otro sujetándole la cabeza. Mareada y aturdida, había enterrado la cabeza contra su cuello por un instante, intentando recordar dónde estaba.

—¿Qué ha pasado? —había susurrado.

Habían llegado a un elevador. Jace pulsó el botón y Clary escuchó el traqueteo que significaba que el aparato descendía hacia ellos. Pero ¿dónde estaban?

—Te has quedado inconsciente —dijo él.

—Pero ¿cómo...? —Entonces recordó y se quedó en silencio. Las manos de él sobre ella, la punzada de la estela en la piel, la oleada de oscuridad que se había apoderado de ella. Algo erróneo en la runa que le había dibujado, su aspecto y su sensación. Permaneció sin moverse en sus brazos por un momento y dijo a continuación:

—Déjame en el suelo.

Así lo hizo él y se quedaron mirando. Los separaba un espacio mínimo. Podría haber alargado el brazo para tocarlo, pero por primera vez desde que lo conocía no deseaba hacerlo. Tenía la terrible sensación de estar mirando a un desconocido. Parecía Jace, y sonaba como Jace cuando hablaba, y lo había sentido como Jace mientras la llevaba en brazos. Pero sus ojos eran extraños y distantes, igual que la sonrisa que esbozaba su boca.

Se abrieron las puertas del elevador detrás de él. Clary recordó una ocasión en la nave del Instituto, diciéndole «Te quiero» a la puerta cerrada del elevador. Pero ahora, detrás de él se abría un vacío, negro como la entrada de una cueva. Buscó la estela en el bolsillo; había desaparecido.

—Has sido tú quien me ha hecho perder el sentido —dijo—. Con una runa. Me has traído aquí. ¿Por qué?

El bello rostro de Jace permanecía completamente inexpresivo.

—Tuve que hacerlo. No me quedaba otra elección.

Clary se volteó y echó a correr hacia la puerta, pero Jace fue más rápido. Siempre lo había sido. Se colocó delante de ella, bloqueándole el paso, y extendió los brazos.

—No corras, Clary —dijo—. Por favor. Hazlo por mí.

Lo miró con incredulidad. La voz era la misma; sonaba igual que Jace, pero no como si fuera él, sino como una grabación, pensó Clary; los tonos y las modulaciones de su voz estaban allí, pero la vida que la animaba había desaparecido. ¿Cómo no se había dado cuenta antes? Le había parecido remoto y lo había achacado al estrés y al dolor, pero no. Era que Jace se había ido. El estómago le dio un vuelco y se volteó de nuevo hacia la puerta, pero Jace la atrapó por la cintura y la obligó a voltearse hacia él. Lo empujó, sus dedos atrapados en el tejido de su camisa, rasgándola.

Se quedó helada, mirándolo. En su pecho, justo encima del corazón, había dibujada una runa.

Una runa que nunca había visto. Y que no era negra, como las runas de los cazadores de sombras, sino rojo oscuro, del color de la sangre. Y carecía de la delicada elegancia de las runas del Libro Gris. Era como un garabato, fea, sus líneas eran angulosas y crueles, más que curvilíneas y generosas.

Era como si Jace no viera la runa. Se observó a sí mismo, como si estuviera preguntándose qué estaría mirando ella, y a continuación levantó la vista, perplejo.

—No pasa nada. No me has hecho daño.

—Esa runa... —empezó a decir ella, pero se interrumpió, en seco. Tal vez él no supiera que la tenía ahí—. Suéltame, Jace —dijo entonces, apartándose—. No tienes que hacer esto.

—Te equivocas —dijo él, y volvió a agarrarla.

Esta vez, Clary no forcejeó. ¿Qué pasaría si conseguía escaparse? No podía dejarlo allí. Jace seguía ahí, pensó, atrapado en algún lugar detrás de aquellos ojos inexpresivos, tal vez gritando y pidiéndole socorro. Tenía que quedarse con él. Enterarse de qué sucedía. Dejó que la tomara y la llevara hacia el elevador.

—Los Hermanos Silenciosos se percatarán de tu ausencia —le dijo, mientras los botones del elevador iban iluminándose de planta en planta a medida que ascendían—. Alertarán a la Clave. Vendrán a buscarte...

—No tengo por qué temer a los Hermanos. No estaba allí en calidad de prisionero; no esperaban que quisiera marcharme. No se darán cuenta de que me he ido hasta mañana, cuando se despierten.

—¿Y si se despiertan más temprano?

—Oh —dijo, con fría certidumbre—. No se darán cuenta. Es mucho más probable que los asistentes a la fiesta de la Fundición se den cuenta de tu ausencia. Pero ¿qué podrían hacer? No tienen ni idea de adónde has ido y el Camino de Seguimiento hasta este edificio está bloqueado. —Le apartó el pelo de la cara, y ella se quedó inmóvil—. Tienes que confiar en mí. Nadie vendrá a buscarte.

No sacó el cuchillo hasta que salieron del elevador. Le dijo entonces:

—Jamás te haría daño. Lo sabes, ¿verdad? —Pero aun así, se echó el cabello hacia atrás con la punta del cuchillo y presionó la hoja contra su garganta. En cuanto salieron a la terraza, el aire gélido golpeó como una bofetada sus hombros desnudos y sus brazos. Las manos de Jace eran cálidas al contacto y sentía su calor a través de la fina tela de su vestido, pero no la calentaba, no la calentaba por dentro. Sentía como si el interior de su cuerpo estuviera lleno de aserradas astillas de hielo.

Y el frío aumentó cuando vio a Simon, mirándola con sus enormes ojos oscuros. Su cara era pura conmoción, estaba blanco como el papel. La miraba, y a Jace detrás de ella, como si estuviera viendo algo fundamentalmente erróneo, una persona con la cara vuelta al revés, un mapamundi sin tierra y sólo con mar.

Apenas miró a la mujer que tenía a su lado, una mujer de pelo negro y rostro fino y cruel. La mirada de Clary se trasladó de inmediato al ataúd transparente situado sobre un pedestal de piedra. Era como si brillara desde dentro, como si estuviera iluminado por una luz interior lechosa. El agua en la que flotaba Jonathan no era seguramente agua, sino un líquido mucho menos natural. La Clary normal, pensó sin pasión, habría gritado al ver a su hermano, flotando inmóvil e inerte en lo que parecía el ataúd de cristal de Blancanieves. Pero la Clary paralizada y helada se limitó a quedarse mirándolo en un estado de sorpresa remoto y ausente.

«Labios rojos como la sangre; piel blanca como la nieve, cabello negro como el ébano.» Había algo de cierto en todo ello. Cuando conoció a Sebastian, tenía el pelo negro, pero ahora era blanco plateado y flotaba alrededor de su cabeza como una alga albina. El mismo color que el pelo de su padre. Del padre de los dos. Su piel era tan clara que parecía hecha de cristales luminosos. Pero sus labios carecían de color, igual que los párpados.

—Gracias, Jace —dijo la mujer a la que Jace había llamado Lilith—. Bien hecho, y muy rápido. Creí que iba a tener dificultades contigo al principio, pero por lo que veo me preocupé innecesariamente.

Clary se quedó mirándola. Aunque la mujer era una perfecta desconocida, su voz le sonaba de algo. Había oído aquella voz en alguna ocasión. Pero ¿dónde? Intentó separarse de Jace, pero él respondió agarrándola con más fuerza. El filo del cuchillo le besó la garganta. Casualidad, se dijo. Jace —incluso aquel Jace— nunca le haría daño.

—Tú —le dijo a Lilith susurrando entre dientes—. ¿Qué le has hecho a Jace?

—Ha hablado la hija de Valentine. —La mujer de pelo oscuro sonrió—. ¿Simon? ¿Te gustaría explicárselo?

Daba la impresión de que Simon iba a vomitar de un momento a otro.

—No tengo ni idea. —Era como si estuviera ahogándose—. Créanme, ustedes dos son lo último que esperaba ver aquí.

—Los Hermanos Silenciosos dijeron que el responsable de lo que estaba pasándole a Jace era un demonio —dijo Clary, y vio a Simon más perplejo que nunca. La mujer, sin embargo, se limitó a mirarla con unos ojos que parecían planos círculos de obsidiana—. Ese demonio eras tú, ¿verdad? Pero ¿por qué Jace? ¿Qué quieres de nosotros?

—¿«Nosotros»? —repitió Lilith con una risotada—. Como si tú tuvieras alguna importancia en todo esto, mi niña. ¿Por qué tú? Porque tú eres un medio para conseguir un fin. Porque necesitaba a estos dos chicos, y porque ambos te quieren. Porque Jace Herondale es la persona en quien más confías en este mundo. Y porque tú eres alguien a quien el vampiro diurno ama lo suficiente como para dar su vida a cambio. Tal vez a ti no pueda hacerte daño nadie —dijo, volteando hacia Simon—. Pero a ella sí. ¿Tan terco eres que te quedarás aquí sentado viendo cómo Jace le corta el cuello si no donas tu sangre?

Simon, que parecía un muerto, negó lentamente con la cabeza, pero antes de que le diera tiempo a replicar, habló Clary.

—¡No, Simon! No lo hagas, sea lo que sea esto. Jace no me hará daño.

Los ojos insondables de la mujer se volvieron hacia Jace. Sonrió.

—Córtale el cuello —dijo—. Sólo un poco.

Clary notó la tensión en los hombros de Jace, igual que se tensaban en el parque cuando le daba clases de combate. Sintió algo en el cuello, como un beso punzante, frío y caliente a la vez, y sintió acto seguido un hilillo cálido de líquido deslizándose hacia su clavícula. Simon abrió los ojos como platos.

La había cortado. Lo había hecho. Pensó en Jace, agazapado en cuclillas en el suelo de su habitación del Instituto, con el dolor reflejado en todos los poros de su cuerpo. «Sueño que entras en mi habitación. Y entonces te ataco. Te corto, o te ahogo o te clavo el cuchillo, y mueres, mirándome con tus preciosos ojos verdes mientras te desangras entre mis manos.»

No le había creído. En realidad no. Era Jace. Nunca le haría daño. Bajó la vista y vio la sangre impregnando el escote del vestido. Estaba manchado de rojo.

—Ya lo has visto —dijo la mujer—. Hace lo que yo le digo. No lo culpes por ello. Está por completo bajo mi poder. Llevo semanas metiéndome en su cabeza, observando sus sueños, conociendo sus miedos y sus ansias, sus sentimientos de culpa y sus deseos. Lo marqué en el transcurso de un sueño, y esa Marca le quema desde entonces... le quema su piel, le quema su alma. Ahora su alma está en mis manos, para moldearla o dirigirla según yo considere conveniente. Hará todo lo que yo le diga.

Clary recordó lo que habían dicho los Hermanos Silenciosos: «Siempre que nace un cazador de sombras, se lleva a cabo un ritual. Tanto los Hermanos Silenciosos como las Hermanas de Hierro realizan diversos hechizos de protección. Cuando Jace murió y fue resucitado, nació una segunda vez, pero sin protección ni rituales. Eso lo dejó abierto como una puerta sin llave: abierto a cualquier tipo de influencia demoníaca o malevolencia.»

«He sido yo la causante de esto —pensó Clary—. Fui yo quien lo devolvió a la vida y la que quise mantenerlo en secreto. Si le hubiéramos contado a alguien lo sucedido, tal vez se hubiera podido realizar el ritual a tiempo para que Lilith no lograra penetrar en su cabeza.» Se sentía enferma de odio hacia sí misma. A sus espaldas, Jace permanecía en silencio, quieto como una estatua, abrazándola y sujetando todavía el cuchillo junto a su cuello. Lo sintió pegado a su piel cuando respiró hondo para hablar, esforzándose en mantener la voz inalterable.

—Entiendo que controlas a Jace —dijo—. Pero no entiendo por qué. Estoy segura de que existen modos más fáciles de amenazarme.

Lilith suspiró como si el asunto estuviera empezando a resultarle tedioso.

—Te necesito —dijo, con un ademán exagerado de impaciencia— para conseguir que Simon haga lo que yo quiero que haga, que es darme su sangre. Y necesito a Jace no sólo porque necesitaba una manera de traerte hasta aquí, sino también como contrapeso. En la magia, todo debe mantener su equilibrio, Clarissa. —Señaló el burdo círculo pintado en negro sobre los mosaicos, y después a Jace—. Él fue el primero. El primero en regresar, la primera alma recuperada para este mundo en nombre de la Luz. Por lo tanto, tiene que estar presente para que resucite con éxito al segundo, en nombre de la Oscuridad. ¿Lo entiendes ahora, niña tonta? Era necesario que estuvieran presentes todos. Jace para vivir. Jonathan para regresar. Y tú, hija de Valentine, para ser el catalizador de todo ello.

El volumen de la voz de la mujer demonio había descendido hasta convertirse en un cántico. Sorprendida, Clary recordó entonces dónde la había escuchado. Vio a su padre, en el interior de un pentagrama, una mujer de pelo negro con tentáculos en vez de ojos arrodillada a sus pies. La mujer decía: «El niño nacido con esta sangre excederá en poder a los demonios mayores de los abismos entre los mundos. Pero consumirá su humanidad, igual que el veneno consume la vida de la sangre».

—Lo sé —dijo Clary, con la boca entumecida—. Sé quién eres. Vi cómo te cortabas la muñeca y derramabas tu sangre en una copa para mi padre. El ángel Ithuriel me lo mostró en una visión.

La mirada de Simon corría de un lado a otro, entre Clary y la mujer, cuyos negros ojos dejaban entrever cierta sorpresa. Clary se imaginó que no era de las que se sorprendían fácilmente.

—Vi a mi padre convocarte. Sé cómo te llamó. «Mi señora de Edom.» Eres un demonio mayor. Tú le diste tu sangre para convertir a mi hermano en lo que es. Lo convertiste en una... en una cosa horrible. De no haber sido por ti...

—Sí. Todo eso es verdad. Le di mi sangre a Valentine Morgenstern, y él la inoculó a su bebé. Y éste es el resultado. —La mujer posó con delicadeza la mano, casi como una caricia, sobre la superficie acristalada del ataúd de Jonathan. En su rostro apareció una extraña sonrisa—. Podría casi decirse que, en cierto sentido, soy la madre de Jonathan.

—Ya te dije que esta dirección no significaba nada —dijo Alec.

Isabelle lo ignoró. En el instante en que habían cruzado las puertas del edificio, el dije del rubí había palpitado, débilmente, igual que el latido de un corazón remoto. Aquello significaba presencia demoníaca. En otras circunstancias, habría esperado que su hermano intuyera la rareza del lugar igual que ella, pero Alec estaba demasiado hundido en su melancolía por Magnus como para poder concentrarse.

—Saca tu luz mágica —le dijo—. Me he dejado la mía en casa.

Le lanzó una mirada airada. En el vestíbulo estaba oscuro, lo bastante oscuro como para que un ser humano normal y corriente no viera nada. Tanto Maia como Jordan poseían la excelente visión nocturna de los seres lobo. Se encontraban en extremos opuestos de la

335

estancia; Jordan, examinando el gigantesco mostrador de mármol y Maia, apoyada en la pared de enfrente, mirándose los anillos.

—Se supone que tienes que llevarla contigo a dondequiera que vayas —replicó Alec.

—¿Oh? ¿Y has traído tú tu sensor? —le espetó ella—. Me parece que no. Como mínimo, yo tengo esto. —Dio unos golpecitos a su dije—. Y te digo que aquí hay algo. Algo demoníaco.

Jordan volvió de repente la cabeza.

—¿Dices que hay demonios aquí?

—No lo sé... Quizá sólo haya uno. Latió un instante y en seguida se detuvo —reconoció Isabelle—. Pero es una coincidencia demasiado grande para que esto sea simplemente una dirección equivocada. Tenemos que inspeccionar.

Una tenue luz la rodeó de repente. Levantó la vista y vio a Alec sujetando su luz mágica, su resplandor contenido entre los dedos. Proyectaba sombras extrañas sobre su cara, haciéndole parecer mayor de lo que en realidad era, con los ojos de un azul más oscuro.

—Vamos —dijo—. Inspeccionaremos las distintas plantas de una en una.

Avanzaron hacia el elevador. Alec iba delante, y después avanzaban Isabelle, Jordan y Maia en fila. Las botas de Isabelle llevaban runas insonoras en las suelas, pero los tacones de Maia resonaban en el piso de mármol. Frunciendo el ceño, se detuvo para descalzarse y continuó caminando sin zapatos. Cuando Maia entró en el elevador, Isabelle se dio cuenta de que llevaba un anillo de oro en el dedo gordo del pie izquierdo, engarzado con una piedra turquesa.

Jordan, bajando la vista, dijo sorprendido:

—Recuerdo este anillo. Te lo compré en...

—Calla —dijo Maia, pulsando el botón para que el elevador se cerrara. Jordan se quedó en silencio y se cerraron las puertas.

Se pararon en todos los pisos. En su mayoría estaban aún en obras, no había luz y de los techos colgaban cables que parecían parras. Las ventanas estaban cerradas con tablones de contrachapado.

Cortinas de polvo volaban como fantasmas a merced del viento. Isabelle no separaba la mano de su dije, pero nada sucedió hasta que llegaron al décimo piso. Cuando se abrieron las puertas, sintió una vibración en el interior de la mano, como si guardara allí un pajarito y estuviera batiendo las alas.

Dijo en un susurro:

—Aquí hay algo.

Alec se limitó a asentir; Jordan abrió la boca para decir algo, pero Maia le dio un codazo, con fuerza. Isabelle adelantó a su hermano y salió al vestíbulo de los elevadores. El rubí palpitaba y vibraba contra su mano como un insecto angustiado.

A sus espaldas, Alec musitó:

—*Sandalphon*. —La luz destelló en torno a Isabelle, iluminando el vestíbulo. A diferencia de los pisos que habían visitado ya, aquél se veía más acabado. A su alrededor había paredes de granito, y el suelo lucía negro y brillante. Un pasillo se extendía en los dos sentidos. Por un lado terminaba en una montaña de material de construcción y cables enredados. Por el otro, en una arcada. Más allá de esa arcada, un espacio negro atraía sus miradas.

Isabelle se volteó hacia sus compañeros. Alec había guardado su piedra de luz mágica y sujetaba en la mano un reluciente cuchillo serafín que iluminaba el interior del elevador como una linterna. Jordan había sacado un cuchillo enorme de aspecto aterrador que portaba en la mano derecha. Maia daba la impresión de estar recogiéndose el pelo; pero cuando bajó las manos, tenía entre ellas un pasador largo y de punta afilada. Le habían crecido las uñas y sus ojos tenían un brillo verdoso y salvaje.

—Síganme —dijo Isabelle—. En silencio.

«Tap, tap», palpitaba el rubí sobre el pecho de Isabelle mientras avanzaba por el vestíbulo, como los golpecitos de un dedo insistente. No oía a los compañeros que la seguían, pero sabía dónde estaban por las sombras alargadas que proyectaban en las oscuras paredes de granito. Notaba la garganta tensa, igual que la sentía siempre antes de entrar en batalla. Era la parte que menos le gustaba, la anticipación antes de la liberación violenta. En una pelea, nada importaba excepto la pelea en sí misma; pero ahora debía luchar para mantener la mente concentrada en el asunto que tenía entre manos.

La arcada se elevaba por encima de ellos. Era de mármol tallado, curiosamente pasado de moda para un edificio tan moderno como aquél, sus laterales decorados con volutas. Isabelle miró por un breve momento hacia arriba al pasar por debajo y casi dio un grito. En la piedra había esculpida la cara de una sonriente gárgola que la miraba con lascivia. Le hizo una mueca y contempló el espacio en el que acababa de entrar.

Era inmenso, con techos altos, destinado a convertirse algún día en un gran departamento tipo *loft*. Las paredes eran ventanales del suelo hasta el techo, con vistas sobre el East River y Queens a lo lejos, el anuncio de Coca-Cola reflejándose en rojo sangre y azul marino sobre las negras aguas. Las luces de los edificios vecinos brillaban en la noche como el plumero en un árbol de Navidad. La estancia estaba oscura y llena de sombras extrañas y abultadas, separadas por intervalos regulares, cerca del suelo. Isabelle forzó la vista, perpleja. No se movían; parecían fragmentos de mobiliario cuadrado, robusto, pero ¿qué...?

—Alec —dijo en voz baja. El dije se contorsionaba como si estuviera vivo, con su corazón de rubí angustiosamente caliente pegado a su piel.

Su hermano se plantó en un instante a su lado. Levantó su espada y la estancia se llenó de luz. Isabelle se llevó la mano a la boca.

—Oh, Dios mío —musitó—. Oh, por el Ángel, no.

—Tú no eres su madre. —La voz de Simon se quebró al pronunciar la frase; Lilith ni siquiera volteó para mirarlo. Seguía con las manos sobre el ataúd de cristal. Sebastian flotaba en su interior, silencioso e ignorante de todo. Iba descalzo, se fijó Simon—. Tiene una madre. La madre de Clary. Clary es su hermana. Sebastian (Jonathan) no se sentiría muy satisfecho si le hicieras daño.

Lilith levantó la vista al oír aquello y se echó a reír.

—Un intento valiente, vampiro diurno —dijo—. Pero sé lo que me digo. Vi a mi hijo crecer, ¿sabes? Lo visitaba con frecuencia adoptando la forma de una lechuza. Vi cómo lo odiaba la mujer que lo parió. No siente la pérdida de su amor, ni debería, y tampoco le importa su hermana. Se parece más a mí que a Jocelyn Morgenstern. —Sus oscuros ojos pasaron de Simon a Jace y a Clary. No se habían movido de donde estaban, en absoluto. Clary continuaba en el círculo formado por los brazos de Jace, con el cuchillo pegado a su garganta. Jace lo sujetaba sin problemas, despreocupadamente, como si apenas le prestara atención. Pero Simon sabía la facilidad con la que el aparente desinterés de Jace podía explotar para convertirse en una acción violenta.

—Jace —dijo Lilith—. Entra en el círculo. Trae contigo a la chica.

Obedientemente, Jace avanzó, empujando a Clary por delante de él. Cuando cruzaron la barrera de la línea pintada de negro, las runas del interior del círculo lanzaron de repente una luz brillante... y algo más también se iluminó. Una runa dibujada en el lado izquierdo del pecho de Jace, justo encima del corazón, brilló de pronto con tanta intensidad que Simon se vio obligado a cerrar los ojos. Y seguía viendo la runa incluso con los ojos cerrados, un torbellino virulento de líneas rabiosas impreso en el interior de sus párpados.

—Abre los ojos, vampiro diurno —espetó Lilith—. Ha llegado el momento. ¿Me donarás tu sangre o te negarás? Ya sabes cuál es el precio si te niegas.

Simon bajó la vista hacia el ataúd de Sebastian... y se dio cuenta de algo más. En su torso desnudo había una runa gemela a la que acababa de brillar en el pecho de Jace y que empezó a desvanecerse cuando Simon lo miró. Desapareció en cuestión de segundos, y Sebastian volvió a quedarse quieto y blanco. Inmóvil. Sin respirar.

Muerto.

—No puedo resucitarlo para ti —dijo Simon—. Está muerto. Te daría mi sangre, pero no puede engullirla.

Lilith silbó entre dientes, exasperada, y por un instante sus ojos brillaron con una dura luz agria.

—Primero debes morderlo —dijo—. Eres un vampiro diurno. Por tu cuerpo corre sangre de ángel, por tu sangre y tus lágrimas, por el líquido de tus colmillos. Tu sangre de vampiro diurno lo revivirá lo suficiente como para que pueda tragar y beber. Muérdelo y dale tu sangre. Devuélvemelo.

Simon se quedó mirándola.

—Pero ¿qué estás diciendo? ¿Estás diciéndome que tengo el poder de resucitar a los muertos?

—Has tenido este poder desde que te convertiste en vampiro diurno —dijo ella—. Pero no el derecho a utilizarlo.

—¿El derecho?

Ella sonrió, recorriendo la parte superior del ataúd de Sebastian con la punta de una de sus largas uñas pintadas de rojo.

—Dicen que la historia está escrita por los ganadores —dijo—. Tal vez no exista tanta diferencia como supones entre el lado de la Luz y el lado de la Oscuridad. Al fin y al cabo, sin la Oscuridad, no hay nada que la Luz pueda iluminar.

Simon la miró sin entender nada.

—Equilibrio —dijo ella, aclarándole el tema—. Existen leyes más antiguas de lo que eres capaz de imaginarte. Y una de ellas es que no se puede resucitar lo muerto. Cuando el alma abandona el cuerpo, pertenece a la muerte. Y no puede recuperarse sin antes pagar un precio.

—¿Y estás dispuesta a pagar por ello? ¿Por él? —Simon hizo un gesto en dirección a Sebastian.

—Él es el precio. —Echó la cabeza hacia atrás y rió. Fue una carcajada casi humana—. Si la Luz devuelve una alma a la vida, la Oscuridad tiene también derecho a devolver otra alma a la vida. Y éste es mi derecho. O quizá deberías preguntarle a tu amiguita Clary de qué estoy hablando.

Simon miró a Clary. Daba la impresión de que iba a desmayarse.

—Raziel —dijo Clary débilmente—. Cuando Jace murió...

—¿Que Jace murió? —La voz de Simon ascendió una octava. Jace, a pesar de ser el protagonista de la discusión, seguía sereno e inexpresivo, la mano que sujetaba el cuchillo, firme.

—Valentine lo apuñaló —dijo Clary, casi con un susurro—. Y entonces el Ángel mató a Valentine, y dijo que yo podía tener lo que deseara. Y dije que quería que Jace recuperara la vida, que lo quería vivo de nuevo, y él lo devolvió a la vida... para mí. —Sus ojos parecían enormes en su carita—. Estuvo muerto sólo unos minutos... apenas un momento...

—Fue suficiente —suspiró Lilith—. Estuve cerca de mi hijo durante su batalla con Jace; le vi caer y morir. Seguí a Jace hasta el lago, vi a Valentine asesinarlo, y después cómo el Ángel lo devolvió a la vida. Supe entonces que era mi oportunidad. Volví corriendo al río y tomé el cuerpo de mi hijo... Lo he conservado para este momento. —Miró con orgullo el ataúd—. Todo está en equilibrio. Ojo por ojo. Diente por diente. Vida por vida. Jace es el contrapeso. Si Jace vive, también vivirá Jonathan.

Simon no podía despegar los ojos de Clary.

—Lo qué está diciendo... sobre el Ángel... ¿es cierto? —preguntó—. ¿Y nunca se lo contaste a nadie?

Para su sorpresa, fue Jace quien respondió. Con la mejilla pegada al pelo de Clary, dijo:

—Era nuestro secreto.

Los ojos verdes de Clary brillaban con intensidad, pero no se movió.

—Así que ya ves, vampiro diurno —dijo Lilith—. Sólo tomo lo que es mío por derecho. La Ley dice que aquel que fue resucitado en primer lugar tiene que estar en el interior del círculo cuando el segundo sea resucitado. —Señaló a Jace con un despectivo gesto con el dedo—. Él está aquí. Tú estás aquí. Todo está listo.

—Entonces no necesitas a Clary —dijo Simon—. Déjala fuera del círculo. Déjala marchar.

—Por supuesto que la necesito. La necesito para motivarte. No puedo hacerte daño, portador de la Marca, ni amenazarte, ni matarte. Pero puedo arrancarte el corazón cuando le arranque a ella la vida. Y lo haré.

Miró a Clary, y la mirada de Simon siguió sus ojos.

Clary. Estaba tan pálida que parecía casi azul, aunque a lo mejor era por el frío. Sus ojos verdes se veían inmensos en su carita. De la clavícula caía un hilillo de sangre que llegaba al escote del vestido, manchado ahora de rojo. Tenía los brazos caídos a ambos lados, sus manos temblaban.

Simon estaba viéndola tal y como era en aquel momento, pero también como la niña de siete años que conoció, brazos flacuchos y pecas, y aquellos pasadores azules que siempre llevaba en el pelo hasta que cumplió los once. Pensó en la primera vez en que se dio cuenta de que debajo de la camiseta holgada y los jeans que siempre llevaba había las formas de una chica de verdad, y en cómo no había sabido muy bien si seguir mirándola o apartar la vista. Pensó en su risa y en su veloz lápiz deslizándose por cualquier papel, dejando a su paso el dibujo de intrincadas imágenes: castillos con torres de aguja, caballos al trote, personajes coloreados que solía inventarse. «Puedes ir sola a la escuela —le había dicho la madre de Clary—, pero sólo si Simon va contigo.» Pensó en sus manos unidas para cruzar las calles y en la sensación que le había causado la imponente tarea que había asumido: ser responsable de su seguridad.

Se había enamorado de ella en seguida, y tal vez una parte de él siempre seguiría estando enamorado, porque había sido su primer amor. Pero eso carecía ahora de importancia. Se trataba de Clary; formaba parte de él; siempre había formado parte de él y siempre seguiría siendo así. Mientras la miraba, ella movió negativamente la cabeza, de un modo casi inapreciable. Sabía que estaba diciéndole: «No lo hagas. No le concedas lo que quiere. Deja que me pase lo que tenga que pasarme».

Se introdujo en el círculo; cuando sus pies cruzaron la línea pintada, se estremeció, sintió como una descarga eléctrica atravesándole el cuerpo.

—De acuerdo —dijo—. Lo haré.

—¡No! —gritó Clary, pero Simon no la miró. Estaba mirando a Lilith, que le dirigía una fría sonrisa de regodeo mientras levantaba la mano izquierda y la pasaba a continuación por la superficie del ataúd.

La tapa se esfumó, retractándose de un modo que le recordó curiosamente a Simon la forma en que se retira la tapa de una lata de sardinas. En cuanto la capa superior de cristal se retiró, se fundió hasta desaparecer, derramándose por los laterales del pedestal de granito y cristalizando en diminutos fragmentos de vidrio a medida que las gotas tocaban el suelo.

El ataúd había quedado abierto, como una pecera; el cuerpo de Sebastian flotaba en su interior y Simon creyó ver una vez más el destello de la runa de su pecho cuando Lilith sumergió la mano en el depósito. En un curioso gesto de ternura, tomó las manos de Sebastian y se las cruzó por encima del pecho, colocando la mano vendada por debajo de la que estaba bien. Le retiró de la blanca frente un mechón de pelo mojado y dio unos pasos hacia atrás, sacudiéndose aquella agua lechosa de las manos.

—Haz tu trabajo, vampiro diurno —dijo.

Simon se acercó al ataúd. El rostro de Sebastian estaba relajado, y sus párpados inmóviles. No había indicio de pulso en su garganta. Simon recordó hasta qué punto había deseado beber la sangre de Maureen. Cómo había ansiado la sensación de hundir los dientes en su piel y liberar con ello la sangre salada que circulaba por debajo. Pero aquello... aquello era alimentarse de un cadáver. Sólo de pensarlo el estómago le dio un vuelco.

Aun sin mirarla, sabía que Clary estaba observándolo. Sentía su respiración cuando se inclinó sobre Sebastian. Sentía también a Jace, mirándolo con ojos inexpresivos. Introdujo las manos en el ataúd y tomó a Sebastian por sus resbaladizos y fríos hombros. Reprimiendo las ganas de vomitar, se inclinó y hundió los dientes en el cuello de Sebastian. Su boca se llenó de sangre negra de demonio, amarga como el veneno.

Isabelle avanzó en silencio entre los pedestales de piedra. Alec iba a su lado, con *Saldalphon* en la mano, proyectando luz en la estancia. Maia estaba en un rincón, agachada y vomitando, apoyándose con una mano en la pared; Jordan estaba junto a ella, con aspecto de desear acariciarle la espalda, pero temeroso de verse rechazado.

Isabelle no culpaba a Maia por vomitar. También ella lo habría hecho de no tener tantos años de formación a sus espaldas. Jamás había visto nada parecido. En la sala había docenas de pedestales de piedra, quizá cincuenta. Y encima de cada uno de ellos había una especie de capazo. Dentro de cada capazo había un bebé. Y todos los bebés estaban muertos.

Al principio, cuando había empezado a caminar entre aquellas filas, había albergado la esperanza de encontrar alguno con vida. Pero aquellos niños llevaban ya tiempo muertos. Tenían la piel grisácea, sus caritas contusionadas y descoloridas. Estaban envueltos en finas mantas, y aunque en la sala hacía frío, Isabelle no creía que fuera suficiente como para que hubieran muerto congelados. No estaba segura de cómo podían haber muerto; no soportaba la idea de acercarse y mirar con más detalle. Aquello era, evidentemente, una responsabilidad que correspondía a la Clave.

Alec, detrás de ella, tenía lágrimas resbalándole por las mejillas; cuando llegaron al último pedestal, maldecía en voz baja. Maia se había incorporado y estaba apoyada en la ventana; Jordan le había dado un trapo, quizá un pañuelo, para limpiarse la cara. Las frías luces blancas de la ciudad ardían detrás de ella, atravesando el cristal oscuro como brocas de diamante.

—Iz —dijo Alec—. ¿Quién podría haber hecho algo así? ¿Por qué tendría que hacerlo... incluso siendo un demonio...?

Se interrumpió. Isabelle sabía en qué estaba pensando. En Max, cuando nació. Ella tenía siete años, Alec nueve. Estaban inclinados mirando a su hermanito en la cuna, divertidos y encantados con aquella nueva y fascinante criatura. Habían jugado con sus deditos, reído con las caras que ponía cuando le hacían cosquillas.

Se le encogió el corazón. Max. Mientras avanzaba entre las cunas, convertidas ahora en ataúdes en miniatura, una sensación de terror abrumador había empezado a apoderarse de ella. No podía ignorar el hecho de que el dije que llevaba al cuello resplandecía con un brillo imponente y constante. El tipo de brillo que cabría esperar como resultado de la presencia de un demonio mayor.

Pensó en lo que Clary había visto en el depósito de cadáveres del Beth Israel. «Parecía un bebé normal. Excepto por las manos. Estaban retorcidas en forma de garra...»

Con mucho cuidado, introdujo la mano en una de las cunas. Y procurando no tocar al bebé, deslizó hacia abajo la fina manta que envolvía el cuerpo.

Notó cómo un grito se ahogaba en su garganta. Bracitos regordetes de bebé, muñecas redondeadas de bebé. Las manos tenían un aspecto suave. Pero los dedos... los dedos estaban retorcidos en forma de garra, negros como hueso quemado, rematados con pequeñas zarpas afiladas. Sin quererlo, dio un salto hacia atrás.

—¿Qué? —Maia se acercó a ellos. Seguía mareada, pero su tono de voz era firme. Jordan iba tras ella, con las manos en los bolsillos—. ¿Qué has descubierto? —preguntó.

—Por el Ángel. —Alec, que estaba junto a Isabelle, miraba también la cuna—. Izzy, ¿tienes idea de qué pasa aquí?

Poco a poco, Isabelle repitió lo que Clary le había contado sobre el bebé de la morgue, sobre el libro que había encontrado en la iglesia de Talto.

—Alguien está experimentando con bebés —dijo—. Intentando crear más Sebastians.

—¿Y por qué querría a otros como él? —La voz de Alec rebosaba odio.

—Era rápido y fuerte —dijo Isabelle. Resultaba casi doloroso físicamente decir algo elogioso sobre el chico que había matado a su hermano y que había intentado matarla—. Tal vez están tratando de crear una raza de superguerreros o algo por el estilo.

—No funcionaría. —La mirada de Maia era oscura y triste.

Un sonido casi inaudible provocó el oído de Isabelle. Levantó la cabeza de repente, la mano corrió a su cinturón, donde llevaba enrollado su látigo. Se había movido alguna cosa entre las densas sombras de la estancia, cerca de la puerta, un destello muy débil, pero Isabelle ya se había separado de los demás y corría hacia la puerta. Irrumpió en el vestíbulo de los elevadores. Allí había algo... una sombra que se había liberado de la oscuridad y que se movía, recorriendo la pared. Isabelle tomó velocidad y se abalanzó hacia adelante, derribando la sombra.

No era un fantasma. Rodando por el suelo, Isabelle oyó un gruñido de sorpresa muy humano. La figura era definitivamente humana, más ligera y más baja que Isabelle, vestida con una sudadera y un pants de color gris. Isabelle recibió de repente varios codazos en la clavícula. Y un rodillazo en el plexo solar. Jadeó y rodó hacia un lado, buscando el látigo. Cuando consiguió liberarlo, la figura se había puesto ya en pie. Isabelle se puso bocabajo y chasqueó el látigo hacia adelante; consiguió enrollar su extremo en el tobillo del desconocido y jaló con fuerza, derribando la figura.

Consiguió incorporarse y, con la mano que tenía libre, buscó su estela, escondida en la parte delantera del vestido. Con un rápido corte, finalizó la Marca *nyx* de su brazo izquierdo. Su visión se adaptó rápidamente, y en cuanto la runa de la visión nocturna empezó a surtir efecto, fue como si la estancia se llenara de luz. Veía a su atacante con más claridad: una figura delgada vestida con una sudadera gris y un pants gris, arrastrándose hacia atrás hasta chocar de espaldas contra la pared. El golpe hizo caer la capucha de la sudadera, descubriéndole la cara. Llevaba la cabeza afeitada, pero era un rostro femenino, con pómulos afilados y grandes ojos oscuros.

—Para —dijo Isabelle, y jaló con fuerza del látigo. La mujer gritó de dolor—. Deja de intentar escaparte...

La mujer dijo entre dientes:

—Gusano. Infiel. No pienso decir nada.

Isabelle se guardó la estela en el vestido.

—Si jalo de este látigo con la fuerza suficiente, te cortará la pierna. —Dio un nuevo tirón al látigo, tensándolo, y avanzó hasta quedarse de pie delante de la mujer. La miró desde arriba—. Esos bebés —dijo—. ¿Qué les ha pasado?

La mujer soltó una carcajada.

—No eran lo bastante fuertes. Material débil, demasiado débil.

—¿Demasiado débil para qué? —Viendo que la mujer no respondía, Isabelle le espetó—: O me lo cuentas o pierdes la pierna. Tú eliges. No creas que no soy capaz de dejarte desangrándote tirada en el suelo. Los asesinos de niños no merecen piedad.

La mujer le enseñó los dientes y silbó, como una serpiente.

—Si me haces daño, ella te castigará.

—¿Quién...? —Isabelle se interrumpió al recordar lo que Alec había dicho. «Talto es uno de los nombres de Lilith. Podría decirse que es la diosa demonio de los niños muertos.» Lilith, se dijo—. Adoras a Lilith. ¿Has hecho todo eso... por ella?

—Isabelle. —Era Alec, sujetando la luz de *Sandalphon* por delante de él—. ¿Qué pasa? Maia y Jordan están buscando, a ver si hay más... niños, pero por lo que parece todos estaban en la habitación grande. ¿Qué pasa aquí?

—Esta... persona —dijo Isabelle con repugnancia— es miembro del culto de la iglesia de Talto. Se ve que veneran a Lilith. Y han asesinado a todos estos bebés por ella.

—¡No es ningún asesinato! —La mujer luchaba por enderezarse—. No es un asesinato. Ni un sacrificio. Los examinamos y eran débiles. No es culpa nuestra.

—Déjame que lo adivine —dijo Isabelle—. Han intentado inyectar sangre de demonio a mujeres embarazadas. Pero la sangre de demonio es tóxica. Y los bebés no pudieron sobrevivir con ella. Nacieron deformes y después murieron.

La mujer gimoteó. Era un sonido muy leve, pero Isabelle vio que Alec entrecerraba los ojos. Siempre había sido de los mejores en cuanto a interpretar a la gente.

—Uno de esos bebés —dijo— era tuyo. ¿Cómo pudiste inyectarle sangre de demonio a tu propio hijo?

La boca de la mujer empezó a temblar.

—No lo hice. Las inyecciones de sangre se nos administraban únicamente a nosotras. A las madres. Nos hacía más fuertes, más rápidas. También a nuestros maridos. Pero nos pusimos enfermas. Cada vez más enfermas. Se nos cayó el pelo. Las uñas... —Levantó las manos, mostrando las uñas ennegrecidas, las bases de las uñas ensangrentadas en aquellas que se habían caído. Tenía los brazos llenos de hematomas negruzcos—. Nos estamos muriendo —dijo. Hubo en su voz un débil sonido de satisfacción—. En cuestión de días estaremos muertos.

—¿Los obligó a tomar veneno y aun así siguen venerándola? —dijo Alec.

—No lo entiendes —dijo la mujer con voz ronca, adormecida—. Yo antes no tenía nada. Ella me encontró. Ninguno de nosotros tenía nada. Yo vivía en las calles. Dormía sobre las rejillas de las bocas del metro para no congelarme. Lilith me dio un lugar donde vivir, una familia que cuida de mí. El simple hecho de estar en su presencia me hace sentir segura. Jamás antes me había sentido segura.

—Así que has visto a Lilith —dijo Isabelle, luchando por mantener en su voz un tono de incredulidad. Conocía los cultos demoníacos; en una ocasión había hecho un trabajo sobre el tema, para Hodge. Le puso muy buena nota. La mayoría de los cultos veneraban demonios imaginados o inventados. Algunos conseguían invocar demonios menores y débiles que, o bien mataban a sus seguidores cuando conseguían liberarse, o bien se contentaban con tener a su servicio a los miembros del culto, que satisfacían todas sus necesidades, y les pedían poca cosa a cambio. Pero nunca había oído hablar de un culto que venerara a un demonio mayor y en el que sus miembros hubieran visto al demonio en cuestión en carne y hueso. Y mucho menos tratándose de un demonio mayor tan poderoso como Lilith, la madre de los brujos—. ¿Has estado en su presencia?

La mujer entrecerró los ojos.

—Sí. Con su sangre corriendo por mi cuerpo, intuyo cuándo está cerca. Y ahora está cerca.

Isabelle no pudo evitarlo; su mano libre se desplazó a toda velocidad hacia su dije. Había estado latiendo de modo intermitente desde que habían entrado en el edificio; lo había achacado a la sangre de demonio que contenían los cadáveres de los bebés, pero la presencia en la proximidad de un demonio mayor tendría quizá más sentido.

—¿Está aquí? ¿Dónde?

Le dio la impresión de que la mujer estaba durmiéndose.

—Arriba —respondió vagamente—. Con el chico vampiro. El que camina de día. Nos envió a buscarlo, pero el vampiro estaba protegido. No pudimos capturarlo. Todos los que lo encontraron acabaron muriendo. Pero cuando el hermano Adán volvió y nos contó que el chico estaba protegido por el fuego sagrado, lady Lilith se enojó y lo sacrificó allí mismo. Fue afortunado por morir en sus manos. —Su respiración empezó a emitir un traqueteo—. Y lady Lilith es muy inteligente. Encontró otra manera de traer aquí al chico...

Isabelle se quedó tan perpleja que incluso se le cayó el látigo de la mano.

—¿Simon? ¿Que ha traído a Simon aquí? ¿Por qué?

—Ninguno de los que ha ido hasta Ella —dijo la mujer, suspirando— ha regresado jamás...

Isabelle se arrodilló para recoger el látigo.

—Para —dijo con voz temblorosa—. Para ya de gimotear y dime adónde se lo ha llevado. ¿Dónde está Simon? Dímelo o te...

—Isabelle. —Alec habló con potencia—. No tiene sentido, Iz. Está muerta.

Isabelle miró a la mujer con incredulidad. Había muerto, al parecer, entre un suspiro y el siguiente, con los ojos abiertos de par en par y la cara relajada. Bajo el hambre, la calvicie y los moretones, se veía que era joven, probablemente no tendría más de veinte años.

—Maldita sea.

—No lo entiendo —dijo Alec—. ¿Qué querrá de Simon un demonio mayor? Simon es un vampiro. Es verdad que es un vampiro poderoso, pero...

—La Marca de Caín —dijo Isabelle distraídamente—. Tiene que tratarse de algo relacionado con la Marca. Tiene que ser eso. —Se encaminó al elevador y pulsó el botón—. Si es verdad que Lilith fue la primera esposa de Caín, y que Caín era hijo de Adán, la Marca de Caín es prácticamente tan vieja como ella.

—¿Adónde vas?

—Dijo que estaban arriba —respondió Isabelle—. Pienso inspeccionar todos los pisos hasta encontrarlo.

—No puede hacerle daño, Izzy —dijo Alec, con aquella voz razonable que Isabelle tanto detestaba—. Sé que estás preocupada, pero Simon tiene la Marca de Caín; es intocable. Ni siquiera un demonio mayor puede hacerle nada. Nadie puede.

Isabelle regañó a su hermano.

—¿Y para qué crees que lo quiere? ¿Para tener a alguien que le vaya a buscar la ropa a la tintorería durante el día? De verdad, Alec...

Se oyó un *ping* y se encendió la flecha correspondiente al elevador más alejado. Isabelle echó a andar en el momento en que se abrieron las puertas. El vestíbulo se iluminó con la luz del elevador... y detrás de la luz surgió una oleada de hombres y mujeres, calvos, demacrados y vestidos con sudaderas y pants de color gris. Blandían toscas armas sacadas de los cascotes de la obra: fragmentos aserrados de cristal, trozos de viga, bloques de hormigón. Ninguno de ellos hablaba. En un silencio tan absoluto que resultaba siniestro, salieron del elevador como si de un solo ente se tratara, y avanzaron hacia Alec e Isabelle.

18

CICATRICES DE FUEGO

Las nubes habían ido descendiendo hasta el río, como hacían a veces por las noches, arrastrando con ellas una espesa bruma. No escondía, sin embargo, lo que sucedía en la terraza, sino que simplemente depositaba una especie de tenue niebla sobre todo lo demás. Los edificios que se alzaban alrededor eran tenebrosas columnas de luz, y la luna apenas brillaba, parecía el destello amortiguado de una lámpara a través de las ligeras nubes bajas. Los fragmentos rotos del ataúd de cristal, esparcidos por el suelo enlosado, relucían como pedazos de hielo, y también Lilith brillaba, pálida bajo la luz de la luna, observando a Simon inclinado sobre el cuerpo inmóvil de Sebastian, bebiendo su sangre.

Clary no soportaba mirar. Sabía que Simon aborrecía lo que estaba haciendo; sabía que estaba haciéndolo por ella. Por ella e incluso, un poco, también por Jace. Y sabía cuál sería el siguiente paso del ritual. Simon donaría su sangre, voluntariamente, a Sebastian, y Simon moriría. Los vampiros morían si se quedaban sin sangre. Simon moriría y ella lo perdería para siempre, y sería —absolutamente— por culpa suya.

Sentía a Jace detrás de ella, con los brazos tensos rodeándola y el suave y regular latido de su corazón pegado a sus omóplatos. Recor-

351

dó cómo la había abrazado en Idris, en la escalera del Salón de los Acuerdos. El sonido del viento entre las hojas mientras la besaba, el calor de sus manos sujetándole la cara. Cómo había sentido su corazón latiendo con fuerza y había pensado que ningún otro corazón podía latir como el de él, cómo sus pulsaciones corrían parejas a las de ella.

Tenía que estar allí, en alguna parte. Igual que Sebastian en el interior de su prisión de cristal. Tenía que haber algún modo de llegar hasta él.

Lilith seguía observando a Simon inclinado sobre Sebastian, con los ojos oscuros grandes y fijos en ellos. Daba lo mismo que Clary y Jace estuvieran presentes.

—Jace —susurró Clary—. Jace, no quiero mirar esto.

Se presionó contra él, como si intentara acurrucarse entre sus brazos; después esbozó una mueca cuando el cuchillo le rozó de nuevo el cuello.

—Por favor, Jace —musitó—. No necesitas el cuchillo. Sabes que no puedo hacerte daño.

—Pero ¿qué...?

—Sólo quiero mirarte. Quiero verte la cara.

Notó el pecho de él ascender y descender una sola vez, muy rápido. Notó también el escalofrío que recorría el cuerpo de Jace, como si estuviera luchando contra alguna cosa, como si combatiera contra ella. Y entonces se movió del modo en que sólo él podía moverse, a la velocidad de un destello de luz. Sin disminuir la presión de su brazo derecho, deslizó la mano izquierda y guardó el cuchillo en su cinturón.

El corazón empezó a latirle con fuerza. «Podría echar a correr», pensó, pero él la atraparía, y había sido sólo un instante. Segundos después, volvía a rodearla con ambos brazos, las manos de él sobre ella, obligándola a voltearse. Clary sintió los dedos de Jace recorriéndole la espalda, sus desnudos brazos temblando cuando la giró de cara a él.

Estaba de espaldas a Simon, de espaldas a la mujer demonio,

aunque seguía sintiendo su presencia, provocándole estremecimientos que le recorrían la columna entera. Levantó la vista hacia Jace. Su rostro era el de siempre. Sus arrugas de expresión, el pelo cayéndole sobre la frente, la débil cicatriz en el pómulo, otra en su sien. Sus pestañas de un tono más oscuro que su cabello. Sus ojos del color de un cristal amarillo claro. Eso sí que era distinto, pensó. Seguía pareciéndose a Jace, pero sus ojos eran más claros e inexpresivos, era como estar mirando una habitación vacía a través de una ventana.

—Tengo miedo —dijo.

Él le acarició el hombro, enviando con ello oleadas de chispas a todas sus terminaciones nerviosas; con una sensación de náusea, se dio cuenta de que su cuerpo seguía respondiendo a sus caricias.

—No permitiré que nada te pase.

Clary se quedó mirándolo. «Lo piensas en serio, ¿verdad? Por el motivo que sea, eres incapaz de ver la desconexión que existe entre tus actos y tus intenciones. No sé cómo, pero ella te ha robado esa capacidad.»

—No podrás detenerla —dijo—. Me matará, Jace.

Él negó con la cabeza.

—No. Eso no lo haría.

Clary deseaba gritar, pero se obligó a mantener la voz serena.

—Sé que estás ahí, Jace. El Jace de verdad. —Se acercó más a él. La hebilla del cinturón de Jace se hundió en su cintura—. Podrías luchar contra ella...

Se equivocó al decir aquello. Jace se tensó, y Clary percibió un destello de angustia en sus ojos, la mirada de un animal que ha caído en una trampa. En un instante, había vuelto a su dureza anterior.

—No puedo.

Clary se estremeció. Aquella mirada era horrible, tremendamente horrible. Pero viéndola estremecerse, la mirada se suavizó.

—¿Tienes frío? —le preguntó, y por un momento volvió a sonar como Jace, preocupado por su bienestar. Jace notó un intenso dolor en la garganta.

Asintió, aunque el frío físico era lo que menos le importaba en aquellas circunstancias.

—¿Puedo poner las manos dentro de tu chamarra?

Jace movió afirmativamente la cabeza. Llevaba la chamarra abierta y ella deslizó los brazos hacia el interior, sus manos le acariciaban ligeramente la espalda. Reinaba un silencio fantasmagórico. La ciudad parecía congelada en el interior de un prisma de hielo. Incluso la luz que irradiaba de los edificios era inmóvil y gélida.

Él respiraba despacio, regularmente. A través del tejido rasgado de su camiseta, Clary vislumbró la runa dibujada en su pecho. Era como si latiera al ritmo de su respiración. Resultaba mareante, pensó, estar pegada a él de aquel modo, como una sanguijuela, absorbiendo todo lo bueno de él, todo lo de él que era Jace.

Recordó lo que Luke le había explicado sobre cómo destruir runas: «Si las desfiguras lo suficiente, puedes minimizar o destruir su poder. A veces, en batalla, el enemigo intentará quemar o cortar la piel del cazador de sombras con la única intención de privarlo del poder de sus runas».

Siguió mirando a Jace fijamente a la cara. «Olvídate de lo que está pasando —pensó—. Olvídate de Simon, del cuchillo que tienes pegado al cuello. Lo que ahora digas importa más que cualquier cosa que hayas dicho en tu vida.»

—¿Recuerdas lo que me dijiste en el parque? —le susurró.

Él la miró, perplejo.

—¿Qué?

—¿Cuando te dije que no sabía italiano? Recuerdo que me explicaste el significado de una cita. Dijiste que significaba que el amor es la fuerza más poderosa de la tierra. Más poderosa que todo.

Una diminuta arruga apareció en su ceño.

—No...

—Sí, claro que sí. —«Vete con cuidado», se dijo, pero no podía evitarlo, no podía evitar la tensión que afloraba en su voz—. Lo recuerdas. La fuerza más poderosa que existe, dijiste. Más fuerte que el Cielo o el Infierno. Tiene que ser tambien más poderosa que Lilith.

Nada. Se quedó mirándola como si no pudiera oírla. Era como gritar en un túnel negro y vacío. «Jace, Jace, Jace. Sé que estás aquí.»

—Existe una manera con la que podrías protegerme y, aun así, seguir haciendo lo que ella quiere —dijo—. ¿No sería lo mejor? —Presionó más su cuerpo contra el de Jace, sintiendo que se le retorcía el estómago. Era como abrazar a Jace y a la vez abrazar a otro, todo al mismo tiempo, una mezcla de felicidad y horror. Y percibió la reacción del cuerpo de él, el latido de su corazón en sus oídos, en sus venas; no había dejado de desearla, por muchas capas de control que Lilith hubiera depositado en su mente.

—Te lo diré en un susurro —dijo, rozándole el cuello con los labios. Aspiró su aroma, tan familiar para ella como el olor de su propia piel—. Escucha.

Levantó la cabeza y él se inclinó para escucharla... y la mano de ella se apartó de su cintura para agarrar la empuñadura del cuchillo que había dejado Jace en el cinturón. Se lo birló tal y como él le había enseñado durante sus sesiones de entrenamiento, equilibrando el peso del arma en la palma de la mano, y deslizó la hoja por el lado izquierdo de su pecho, trazando un arco amplio y superficial. Jace gritó —más de sorpresa que de dolor, se imaginó Clary— y del corte empezó a manar sangre, que resbaló por su piel, oscureciendo la runa. Jace se llevó la mano al pecho, y cuando al retirarla vio que estaba roja, se quedó mirándola, con los ojos abiertos de par en par, como si estuviera auténticamente herido, como si realmente fuera incapaz de creer su traición.

Clary giró para apartarse de él cuando Lilith gritó. Simon ya no estaba inclinado sobre Sebastian; se había enderezado y miraba a Clary, con la palma de su mano pegada a la boca. De su barbilla caía sangre negra de demonio, manchando su camisa blanca. Tenía los ojos muy abiertos.

—Jace. —El tono de voz de Lilith ascendió con asombro—. Jace, agárralo... Te lo ordeno...

Jace no se movió. Miró primero a Clary, luego a Lilith, después su mano ensangrentada, y volvió a mirarlas de nuevo. Simon había empezado a apartarse de Lilith; de pronto, se detuvo con una sacudida y se doblegó, cayendo de rodillas. Lilith corrió hacia Simon, con el rostro contorsionado.

—¡Levántate! —gritó—. ¡Ponte en pie! Has bebido su sangre. ¡Ahora él necesita la tuya!

Simon consiguió sentarse, pero cayó redondo en el suelo. Vomitó, expulsando sangre negra. Clary lo recordó en Idris, cuando le dijo que la sangre de Sebastian era como veneno. Lilith echó el pie hacia atrás con la intención de arrearle una patada, pero se tambaleó, como si una mano invisible la hubiera empujado, con fuerza. Lilith lanzó un alarido, sin palabras, sólo un sonido similar al grito de la lechuza. Un sonido de odio y rabia pura y dura.

No era el sonido de un ser humano; parecían fragmentos aserrados de vidrio clavándose en los oídos de Clary, que gritó:

—¡Deja en paz a Simon! Está enfermo. ¿Es que no ves que está enfermo?

Pero al instante se arrepintió de haber hablado. Lilith se volteó lentamente, y su mirada se deslizó sobre Jace, fría y autoritaria.

—Te lo dije, Jace Herondale —resonó su voz—. No dejes que la chica salga del círculo. Quítale el arma.

Clary ni se había dado cuenta de que seguía sujetando el cuchillo. Tenía tanto frío que estaba casi entumecida, pero debajo de aquello, una oleada de rabia insoportable hacia Lilith —hacia todo— liberó el movimiento de su brazo. Dejó caer el cuchillo. Se deslizó por los mosaicos, yendo a parar a los pies de Jace, que se quedó mirándolo sin entender nada, como si en su vida hubiera visto un cuchillo.

La boca de Lilith era una fina raja roja. El blanco de sus ojos se había esfumado. No parecía humana.

—Jace —dijo entre dientes—. Jace Herondale, ya me has oído. Y me obedecerás.

—Tómalo —dijo Clary, mirando a Jace—. Tómalo y mátala a ella o a mí. Tú eliges.

Despacio, Jace se agachó y tomó el cuchillo.

Alec tenía *Sandalphon* en una mano, y un *hachiwara* —fabuloso para eludir a la vez a múltiples atacantes— en la otra. A sus pies yacían seis seguidores del culto, muertos o inconscientes.

Alec había combatido en su vida con bastantes demonios, pero luchar contra los seguidores de la iglesia de Talto resultaba especialmente siniestro. Se movían en conjunto, más como una oscura marea que como personas; y resultaba siniestro porque lo hacían en silencio y de un modo curiosamente potente y rápido. Por otro lado, daba la impresión de que no le tenían ningún miedo a la muerte. Aunque Alec e Isabelle les gritaban que se retiraran, ellos continuaban avanzando hacia ellos en manada, sin decir palabra, arrojándose contra los cazadores de sombras con la indiferencia autodestructiva de las ratas que se lanzan por un precipicio. Habían arrinconado a Alec y a Isabelle en una gran sala abierta que daba al vestíbulo, llena de pedestales de piedra, cuando los sonidos de la batalla habían atraído a Jordan y a Maia: Jordan en forma de lobo, Maia todavía humana, pero con las garras extendidas en todo su esplendor.

Los seguidores del culto ni se habían percatado de su presencia. Seguían luchando, cayendo uno tras otro a medida que Alec, Maia y Jordan acababan con ellos con la ayuda de cuchillos, garras y espadas. El látigo de Isabelle trazaba brillantes dibujos en el aire a medida que iba segando cuerpos, proyectando ramilletes de sangre. Maia estaba saliendo especialmente airosa de la contienda. Tenía a sus pies una montaña en la que había como mínimo una docena de cuerpos, y estaba acabando con el siguiente con una furia desmedida, con sus manos en forma de garra rojas hasta las muñecas.

Uno de los seguidores del culto se interpuso en el camino de Alec y se abalanzó contra él, con los brazos extendidos. La capucha le cubría la cabeza y Alec no podía verle la cara, ni adivinar su sexo o su edad. Le hundió la hoja de *Sandalphon* en el costado izquierdo del pecho. Y gritó, un grito masculino, fuerte y ronco. El hombre se derrumbó, arañándose el pecho, donde las llamas devoraban el borde del orificio que acababa de abrirse en la sudadera. Alec dio media vuelta, mareado. Odiaba ver lo que les sucedía a los humanos cuando un cuchillo serafín se clavaba en su piel.

De pronto sintió una quemadura en la espalda y cuando se volvió vio a un segundo seguidor del culto con un pedazo de viga en la mano. Iba sin capucha y era un hombre, su cara tan enjuta que parecía que los pómulos fueran a partirle la piel. Dijo algo entre dientes y se abalanzó sobre Alec, que se hizo a un lado. El arma le rozó. Se giró y de un puntapié la hizo saltar de la mano de su atacante; cayó al suelo con un ruido metálico y el hombre empezó a recular, tropezando casi con un cadáver... y huyó corriendo.

Alec se quedó dudando por un instante. El hombre que acababa de atacarlo ya estaba a punto de alcanzar la puerta. Alec sabía que debía seguirlo —era evidente que si aquel hombre huía lo hacía para avisar a alguien o conseguir refuerzos—, pero se sentía extremadamente cansado, asqueado y mareado incluso. Eran posesos; ya ni siquiera eran personas, pero la sensación seguía siendo la de estar matando a seres humanos.

Se preguntó qué diría Magnus, aunque a decir verdad, ya lo sabía. Alec ya había combatido contra criaturas como aquéllas, servidores de demonios. El demonio les había consumido prácticamente todo lo que tenían de humanos para aprovechar su energía, dejando en ellos tan sólo un deseo asesino de matar y un cuerpo humano que moría en una lenta agonía. Era imposible ayudarlos: eran incurables, irremediables. Oía la voz de Magnus como si el brujo estuviera a su lado. «Matarlos es lo más piadoso que puedes hacer.»

Alec devolvió el *hachiwara* a su cinturón y fue en su persecución, azotando la puerta y saliendo al vestíbulo detrás del seguidor del culto. El vestíbulo estaba vacío, las puertas del elevador más ale-

358

jado abiertas, el siniestro sonido agudo de una alarma resonando en el pasillo. En aquel espacio se abrían varias puertas. Con un incómodo gesto de indiferencia, Alec eligió una al azar y la atravesó corriendo.

Se encontró en un laberinto de pequeñas habitaciones que apenas estaban terminadas: las habían enyesado a toda prisa y ramilletes de cables multicolores brotaban de agujeros en las paredes. El cuchillo serafín dibujaba un mosaico de luz en los muros mientras avanzaba con cautela por las habitaciones, con los nervios a flor de piel. En un momento dado, la luz captó un movimiento y Alec dio un brinco. Bajó el cuchillo y vio un par de ojos rojos y un cuerpecillo gris desapareciendo por un orificio. Alec hizo una mueca de asco. Aquello era Nueva York. Había ratas incluso en un edificio nuevo como aquél.

Al final, las habitaciones dieron paso a un espacio mayor, no tan grande como la habitación de los pedestales, pero de un tamaño considerablemente superior a las demás. Había también allí una pared de cristal, con cartón cubriéndola en parte.

En un rincón de la habitación vio acurrucada una forma oscura, cerca de unas tuberías aún por rematar. Alec se aproximó con cautela. ¿Sería un truco de la luz? No, la forma era evidentemente humana, una figura agachada vestida con ropa oscura. La runa de la visión nocturna de Alec lanzó una punzada cuando Alec forzó la vista, sin dejar de avanzar. La forma acabó convirtiéndose en una mujer delgada, descalza, con las manos encadenadas delante de ella en un trozo de tubería. Levantó la cabeza cuando Alec se acercó más a ella y la escasa luz que entraba por las ventanas iluminó su cabello rubio.

—¿Alexander? —dijo; su voz reflejaba incredulidad—. ¿Alexander Lightwood?

Era Camille.

—Jace. —La voz de Lilith descendió como un látigo sobre carne viva; incluso Clary se encogió de miedo al oírla—. Te ordeno que...

Jace retiró el brazo —Clary se tensó, preparándose para lo peor— y le lanzó el cuchillo a Lilith. El arma giró en el aire y acabó hundiéndose en su pecho; Lilith se tambaleó hacia atrás, perdiendo el equilibrio. Los tacones de Lilith resbalaron sobre la lisa superficie de piedra, pero la diablesa consiguió enderezarse con un gruñido y se arrancó el cuchillo que había quedado clavado entre sus costillas. Escupiendo algo en un idioma que Clary no entendía, lo tiró al suelo. Cayó con un zumbido, con la hoja medio consumida, como si hubiera estado sumergida en un potente ácido.

Se giró hacia Clary.

—¿Qué le has hecho? ¿Qué le has hecho? —Hacía tan sólo un instante, sus ojos eran completamente negros. Ahora parecían globos. Pequeñas serpientes negras culebreaban en sus cuencas; Clary gritó y dio un paso atrás, tropezándose casi con un arbusto. Aquélla era la Lilith que había surgido en la visión de Ithuriel, con aquellos ojos y aquella voz tan dura y atronadora. Empezó a avanzar hacia Clary...

Y de pronto apareció Jace entre ellas, bloqueándole el paso a Lilith. Clary lo miró fijamente. Volvía a ser él. Era como si ardiera con el fuego de los justos, como le había sucedido a Raziel aquella horrible noche en el lago Lyn. Había extraído un cuchillo serafín de su cinturón, su plata blanca se reflejaba en sus ojos; el desgarrón de su camisa estaba manchado de sangre, que seguía resbalando sobre su piel desnuda. Su forma de mirarla a ella, a Lilith... Si los ángeles pudieran alzarse del infierno, pensó Clary, mirarían de aquella manera.

—*Miguel* —dijo, y Clary no estaba muy segura de si fue debido a la fuerza del nombre o a la rabia de su voz, pero el arma brillaba con más fuerza que cualquier cuchillo serafín que hubiera visto en su vida. Apartó por un instante la vista, cegada, y vio a Simon tendido en el suelo, convertido en un bulto oscuro, junto al ataúd de cristal de Sebastian.

El corazón se le retorcía en el pecho. ¿Y si la sangre de demonio de Sebastian lo había envenenado? La Marca de Caín no podía ayudarlo en ese caso. Lo había hecho voluntariamente, por sí mismo. Por ella. Simon.

—Ah, Miguel. —La voz de Lilith era casi una carcajada mientras avanzaba hacia Jace—. El capitán de la horda del Señor. Lo conocí.

Jace levantó su cuchillo serafín; relucía como una estrella, tanto brillaba que Clary se preguntó si la ciudad entera podría verlo, como un reflector taladrando el cielo.

—No te acerques más.

Lilith, sorprendiendo a Clary, se detuvo.

—Miguel asesinó al demonio Sammael, al que yo amaba —dijo—. ¿Por qué será, pequeño cazador de sombras, que tus ángeles son tan fríos y despiadados? ¿Por qué destrozan a todo aquel que no les obedece?

—No tenía ni idea de que fueras una defensora del libre albedrío —dijo Jace, y su manera de decirlo, su voz cargada de sarcasmo, devolvió a Clary, más que cualquier otra cosa lo habría hecho, la confianza de que volvía a ser él—. ¿Qué tal, entonces, si permites que nos marchemos todos de esta terraza? ¿Simon, Clary y yo? ¿Qué me dices, diablesa? Se ha acabado. Ya no me controlas. No pienso hacerle ningún daño a Clary, y Simon no te obedecerá. Y ese pedazo de mierda que intentas resucitar... te sugiero que te lo quites de encima antes de que empiece a pudrirse. Porque no volverá, y su fecha de caducidad está más que superada.

El rostro de Lilith se contorsionó, y escupió a Jace. Su saliva fue una llama negra que al tocar el suelo se convirtió en una serpiente que culebreó hacia él con las mandíbulas abiertas. La aplastó con la bota y se abalanzó hacia la diablesa, blandiendo el cuchillo, pero Lilith desapareció como una sombra cuando el arma se iluminó, apareciendo de nuevo justo detrás de él. Cuando Jace se volvió, ella alargó el brazo, casi con desidia, y le golpeó el pecho con la mano abierta.

Jace salió volando. *Miguel* se deslizó de su mano y rebotó en las losas de piedra del suelo. Jace navegó por los aires y chocó contra el pequeño muro de la terraza con tanta fuerza que la piedra se resquebrajó. Cayó con dureza al suelo, visiblemente conmocionado.

Jadeando, Clary corrió para recoger el cuchillo serafín, pero no consiguió darle alcance. Lilith atrapó a Clary con dos manos finas y gélidas y la lanzó por los aires con una fuerza increíble. Clary se precipitó contra un arbusto, sus ramas le arañaron la piel, abriéndole extensos cortes. Trató de salir de allí, pero tenía el vestido enredado en el follaje. Después de escuchar el sonido de la tela de seda al rajarse, consiguió liberarse y vio que Lilith estaba levantando a Jace del suelo, con la mano pegada a la ensangrentada parte frontal de la camisa.

Lilith sonreía a Jace, con dientes negros y relucientes como metal.

—Me alegro de que te hayas levantado, pequeño nefilim. Quiero ver tu cara cuando te mate, en lugar de apuñalarte por la espalda como tú le hiciste a mi hijo.

Jace se restregó la cara con la manga de la camisa; tenía un corte sangrante en la mejilla y el tejido se manchó de rojo.

—No es tu hijo. Le donaste algo de sangre. Pero eso no lo convierte en tu hijo. Madre de los brujos... —Giró la cabeza y escupió sangre—. No eres la madre de nadie.

Los ojos de serpiente de Lilith se agitaron con furia. Clary, liberándose por fin del arbusto, observó que cada cabeza de serpiente tenía su propio par de ojos, brillantes y rojos. Sintió náuseas viendo el movimiento de aquellas serpientes; sus miradas recorrían de arriba abajo el cuerpo de Jace.

—Destrozando mi runa... Qué vulgaridad —espetó Lilith.

—Sí, pero muy efectivo —dijo Jace.

—No podrás vencerme, Jace Herondale —dijo ella—. Tal vez seas el cazador de sombras más grande que ha conocido este mundo, pero yo soy algo más que un demonio mayor.

—Entonces, lucha conmigo —dijo Jace—. Elige arma. Yo usaré mi cuchillo serafín. Luchemos cuerpo a cuerpo y veremos quién gana.

Lilith se quedó mirándolo, moviendo lentamente la cabeza, su oscuro cabello se agitaba como humo a su alrededor.

—Soy el demonio más antiguo —dijo—. No soy un hombre. Carezco de orgullo masculino con el que poder engatusarme, y un combate cuerpo a cuerpo no me interesa. Es una debilidad de los de tu sexo, no del mío. Soy una mujer. Utilizaré cualquier arma y todas las armas posibles para conseguir lo que quiero. —Lo soltó entonces, con un empujón casi despreciativo; Jace se tambaleó un instante, pero se enderezó en seguida y alcanzó el brillante cuchillo *Miguel*.

Lo tomó justo cuando Lilith reía a carcajadas y levantaba los brazos. De sus manos abiertas surgieron como una explosión unas sombras medio opacas. Incluso Jace se sorprendió cuando las sombras se solidificaron en forma de dos demonios negros con brillantes ojos rojos. Cayeron al suelo, dando zarpazos y gruñendo. Eran perros, pensó Clary asombrada, dos perros negros de aspecto siniestro y malévolo que recordaban vagamente un par de doberman.

—Cerberos —jadeó Jace—. Clary...

Se interrumpió cuando uno de los perros se abalanzó sobre él, con la boca abierta como la de un tiburón y un aullido estallando en su garganta. Un instante después, el segundo dio un salto y se lanzó directamente sobre Clary.

—Camille. —A Alec le daba vueltas la cabeza—. ¿Qué haces aquí?

Al momento se dio cuenta de la estupidez de su pregunta. Reprimió las ganas de darse un golpe en la frente. Lo último que deseaba era quedar como un tonto delante de la ex novia de Magnus.

—Ha sido Lilith —dijo la vampira con una vocecilla temblorosa—. Sus seguidores irrumpieron en el Santuario. No está protegido contra los humanos, y ellos son humanos... a duras penas. Cortaron mis cadenas y me trajeron aquí. Me llevaron a su presencia. —Levantó las manos; las cadenas que la sujetaban a la tubería traquetearon—. Me torturaron.

Alec se agachó hasta que sus ojos quedaron al mismo nivel que los de Camille. Los vampiros no sufrían magulladuras —se curaban tan rápido que no daba ni tiempo para ello—, pero el pelo de Camille estaba manchado de sangre en el lado izquierdo de su cabeza, lo que invitaba a pensar que estaba diciendo la verdad.

—Supongamos que te creo —dijo Alec—. ¿Qué quería de ti? Nada de lo que sé acerca de Lilith indica que tenga un interés especial por los vampiros...

—Ya sabes por qué me retenía la Clave —dijo—. Debes de haberlo oído.

—Mataste a tres cazadores de sombras. Magnus dijo que alguien te lo había ordenado... —Se interrumpió—. ¿Lilith?

—¿Me ayudarás si te lo cuento? —Le temblaba el labio inferior. Tenía los ojos abiertos de par en par, verdes, suplicantes. Era muy bella. Alec se preguntó si alguna vez habría mirado a Magnus de aquella manera. Le entraron ganas de zarandearla.

—Tal vez —dijo, pasmado ante la frialdad de su voz—. En estas condiciones, tienes poco poder negociador. Podría largarme y dejarte en manos de Lilith y no supondría una gran diferencia para mí.

—Sí que lo supondría —replicó ella. Hablaba en voz baja—. Magnus te quiere. Si fueras el tipo de persona capaz de abandonar a un ser indefenso, no te querría.

—A ti también te quería —dijo Alec.

Camille esbozó una sonrisa melancólica.

—Me parece que desde entonces ha aprendido.

Alec se balanceó levemente.

—Mira —dijo—. Cuéntame la verdad. Si lo haces, te cortaré las cadenas y te llevaré ante la Clave. Te tratarán mejor de lo que te trataría Lilith.

Camille se miró las muñecas, encadenadas a la tubería.

—La Clave me encadenó —dijo—. Lilith me ha encadenado. Veo poca diferencia en el trato que me han dado las dos partes.

—Supongo, en este caso, que debes elegir. Confiar en mí o confiar en ella —dijo Alec. Era una apuesta arriesgada, y lo sabía.

Esperó durante tensos segundos hasta que ella respondió.

—Muy bien. Si Magnus confía en ti, yo confiaré en ti. —Levantó la cabeza, esforzándose por mantener un aspecto digno a pesar de sus ropajes hechos harapos y su pelo ensangrentado—. Fue Lilith la que acudió a mí, no yo a ella. Estaba al corriente de que pretendía recuperar mi puesto como jefa del clan de Manhattan que actualmente está en manos de Raphael Santiago. Dijo que me ayudaría, si yo la ayudaba a ella.

—¿Ayudarla asesinando cazadores de sombras?

—Lilith quería su sangre —dijo—. Para esos bebés. Inyectaba sangre de cazador de sombras y sangre de demonio a las madres; intentaba replicar lo que Valentine le había hecho a su hijo. Pero no funcionó. Los bebés salían convertidos en cosas retorcidas... y luego morían. —Captando la mirada de asco de Alec, dijo—: Al principio no sabía para qué quería la sangre. Tal vez no tengas una opinión muy buena de mí, pero no me gusta asesinar a inocentes.

—No tenías por qué hacerlo —dijo Alec—. Simplemente porque te lo ofreciera.

Camille sonrió de agotamiento.

—Cuando llegas a ser tan vieja como yo —dijo— es porque has aprendido a jugar correctamente el juego, a establecer las alianzas adecuadas en el momento adecuado. A aliarte no sólo con los poderosos, sino también con aquellos que crees que te harán poderoso. Sabía que si no accedía a ayudarla, Lilith me mataría. Los demonios son desconfiados por naturaleza, y Lilith podría creer que acudiría a la Clave para explicar sus planes de matar a cazadores de sombras por mucho que le prometiera que guardaría silencio. Corrí el riesgo porque Lilith suponía para mí un peligro mayor que los de tu especie.

—¿Y te dio igual matar a cazadores de sombras?

—Eran miembros del Círculo —dijo Camille—. Habían matado a los de mi especie. Y a miembros de la tuya.

—¿Y Simon Lewis? ¿Qué interés tienes por él?

—Todo el mundo quiere al vampiro diurno de su lado. —Camille hizo un gesto de indiferencia—. Y sabía que tenía la Marca de Caín. Uno de los secuaces de Raphael sigue siéndome fiel. Me pasó la información. Pocos subterráneos lo saben. Eso lo convierte en un aliado de valor incalculable.

—¿Y por eso lo quiere Lilith?

Camille abrió mucho los ojos. Tenía la piel muy pálida y Alec se fijó en que las venas de debajo se habían oscurecido, que su dibujo empezaba a extenderse por la blancura de su cara como las rajas en un jarrón de porcelana. Los vampiros hambrientos se volvían salvajes y acababan perdiendo la conciencia cuando llevaban mucho tiempo sin consumir sangre. Cuanto más viejos eran, más podían aguantar sin alimento, pero Alec no pudo evitar preguntarse cuánto tiempo haría que Camille no había comido.

—¿A qué te refieres?

—Por lo que se ve, ha convocado a Simon para que se reúna con ella —dijo Alec—. Están en algún lugar de este edificio.

Camille se quedó mirándolo un momento más y se echó a reír.

—Una auténtica ironía —dijo—. En ningún momento me lo mencionó, ni yo se lo mencioné a ella, y ambas andábamos buscándolo para nuestros propios fines. Si ella lo quiere, es por su sangre —añadió—. A buen seguro, el ritual que está llevando a cabo tiene que ver con sangre mágica. Su sangre (mezclada con sangre de subterráneo y de cazador de sangre) podría ser de mucha utilidad para ella.

Alec experimentó un poco de intranquilidad.

—Pero no puede hacerle daño. La Marca de Caín...

—Encontrará la manera de evitarla —dijo Camille—. Es Lilith, madre de los brujos. Lleva viva mucho tiempo, Alexander.

Alec se incorporó.

—Entonces será mejor que averigüe qué está haciendo.

Las cadenas de Camille traquetearon cuando intentó arrodillarse.

—Espera... Has dicho que me liberarías.

Alec se volteó para mirarla.

—No, he dicho que te dejaría en manos de la Clave.

—Pero si me dejas aquí, nada impedirá que Lilith acuda primero por mí. —Se echó hacia atrás el pelo enredado; arrugas de cansancio marcaban su rostro—. Alexander, por favor. Te lo ruego...

—¿Quién es Will? —preguntó Alec. Las palabras le salieron de golpe, inesperadamente, dejándolo horrorizado.

—¿Will? —Camille se quedó inexpresiva por un instante; pero su cara empezó a arrugarse en cuanto comprendió a quién se refería—. Oíste la conversación que mantuve con Magnus.

—En parte —dijo Alec con cautela—. Will está muerto, ¿no? Quiero decir que Magnus mencionó que lo conoció hace mucho...

—Ya sé qué es lo que te preocupa, pequeño cazador de sombras. —La voz de Camille se había vuelto musical y cariñosa. Detrás de ella, a través de las ventanas, Alec vio las luces lejanas de un avión que sobrevolaba la ciudad—. Al principio fuiste feliz. Pensabas en el momento, no en el futuro. Pero ahora has caído en la cuenta. Envejecerás, y algún día morirás. Y Magnus no. Él continuará. No envejecerán juntos. Y se distanciarán.

Alec pensó en la gente que iba en el avión, allá arriba, en aquel aire frío y gélido, contemplando la ciudad como si fuera un campo lleno de relucientes diamantes. Él no había subido jamás en un avión, claro estaba. Pero se imaginaba la sensación: soledad, lejanía, desconexión del mundo.

—Eso no puedes saberlo —dijo—. Lo de que nos distanciaremos.

Ella sonrió con lástima.

—Ahora eres bello —dijo—. Pero ¿lo serás de aquí a veinte años? ¿Cuarenta? ¿Cincuenta? ¿Amará él tus ojos azules cuando pierdan su luz, tu piel suave cuando la edad la llene de surcos profundos? ¿Tus manos cuando se arruguen y se debiliten, tu pelo cuando se vuelva cano...?

—Calla. —Alec escuchó el chasquido de su propia voz, y se avergonzó al instante—. Cállate. No quiero oírlo.

—No tiene por qué ser así. —Camille se inclinó hacia él, sus ojos verdes se veían muy luminosos—. ¿Y si te dijera que no tendrías por qué envejecer? ¿Ni morir?

Alec sintió una oleada de rabia.

—No me interesa convertirme en vampiro. No te molestes siquiera en ofrecérmelo. No si la única alternativa es la muerte.

El rostro de Camille se contorsionó por un brevísimo instante. Pero la sensación se desvaneció en cuando reafirmó su control. Esbozó una fina sonrisa y dijo:

—No es lo que te sugiero. ¿Y si te dijera que existe otra manera? ¿Otra manera para que los dos estén juntos para siempre?

Alec tragó saliva. La boca se le había quedado seca como el papel.

—Cuéntamela.

Camille levantó las manos. Las cadenas traquetearon de nuevo.

—Córtamelas.

—No. Explícamelo primero.

Camille hizo un gesto negativo.

—No lo haré. —Su expresión era dura como el mármol, igual que su voz—. Has dicho que no tenía con qué negociar. Pero sí lo tengo. Y no pienso revelártelo.

Alec se quedó dudando. Oía mentalmente la cálida voz de Magnus: «Es una maestra de la implicación y la manipulación. Siempre lo ha sido».

«Pero, Magnus —pensó—. Nunca me lo dijiste. Nunca me avisaste de que sería así, de que un día me despertaría y me daría cuenta de que yo iba hacia un lugar adonde tú no podías seguirme. De que no somos lo mismo. De que eso de que "hasta que la muerte los separe" no es válido para los que nunca mueren.»

Dio un paso hacia Camille, luego otro. Levantó el brazo derecho e hizo descender el cuchillo serafín, con todas sus fuerzas. Atravesó el metal de las cadenas; las muñecas de Camile quedaron separadas, en sus esposas aún, pero libres. Camille levantó los brazos con una expresión de triunfo y regocijo.

—Alec. —Era Isabelle, en el umbral de la puerta. Alec se volteó y la vio allí, el látigo a un costado. Estaba manchado de sangre, igual que sus manos y su vestido de seda—. ¿Qué haces aquí?

—Nada. Yo... —Alec experimentó una oleada de vergüenza y horror; casi sin pensarlo, se situó delante de Camille, como si con ello pudiera esconderla del ángulo de visión de su hermana.

—Están todos muertos. —Isabelle parecía triste—. Los seguidores del culto. Los hemos matado a todos. Ahora debemos encontrar a Simon. —Miró de reojo a Alec—. ¿Estás bien? Te veo muy pálido.

—La he liberado —borboteó Alec—. No debería haberlo hecho. Pero es que...

—¿Liberado a quién? —Isabelle dio un paso hacia el interior de la habitación. Las luces de la ciudad salpicaban su vestido, haciéndola brillar como un fantasma—. ¿De qué me hablas, Alec?

Parecía no entender nada, estaba confusa. Alec se volteó, siguiendo la mirada de Isabelle, y vio... nada. La tubería continuaba allí, un trozo de cadena a su lado, y el polvo del suelo levemente alterado. Pero Camille había desaparecido.

Clary apenas tuvo tiempo de extender los brazos para defenderse antes de que el cerbero se estampara contra ella: una bala de cañón de músculos, huesos y aliento caliente y pegajoso. Se sintió volar por los aires; recordó que Jace le había explicado cómo caer, cómo protegerse, pero el consejo se le había ido por completo de la cabeza y cayó al suelo con los codos, con un dolor agónico taladrándola al tiempo que se cortaba su piel. Un instante después, el perro de caza estaba encima de ella, sus garras le aplastaban el pecho, su cola retorcida se movía de lado a lado, era la grotesca imitación de un meneo. El extremo de la cola estaba rematado por unas protuberancias parecidas a uñas, como una maza medieval, y su cuerpo robusto emitió un potente gruñido, tan alto y fuerte que sintió que le vibraban los huesos.

—¡Retenla aquí! ¡Rájale el cuello si intenta escaparse! —Lilith le daba instrucciones a gritos mientras el segundo cerbero se abalanzaba sobre Jace, que empezó a luchar contra él, rodando por el suelo en un remolino de dientes, brazos y piernas y aquella maligna cola de látigo. Con gran esfuerzo, Clary giró la cabeza y vio a Lilith acercándose al ataúd de cristal y a Simon, tendido en el suelo a su lado. Sebastian seguía flotando dentro del ataúd, inmóvil como un ahogado; el color lechoso del agua se había oscurecido, seguramente como consecuencia de la sangre.

El perro que la retenía en el suelo gruñó junto a su oído. El sonido le produjo una sacudida de terror... y además de terror, de rabia. Rabia hacia Lilith, y rabia hacia sí misma. Era una cazadora de sombras. Una cosa era que un demonio rapiñador pudiera con ella cuando ni siquiera había oído hablar sobre los nefilim. Pero ahora estaba entrenada. Tendría que ser capaz de hacerlo mejor.

«Cualquier cosa puede convertirse en una arma», le había dicho Jace en el parque. El peso del cerbero resultaba aplastante; Clary emitió un grito sofocado y se llevó la mano a la garganta, luchando por tomar aire. El perro seguía ladrando y gruñendo, enseñando los dientes. Clary tomó entre sus dedos la cadena con el anillo de los Morgenstern que llevaba colgada al cuello. La jaló con fuerza y la cadena se partió; la agitó contra la cara del perro, clavándosela en los ojos. El cerbero se echó hacia atrás, aullando de dolor, y Clary rodó hacia un lado y consiguió arrodillarse en el suelo. Con los ojos ensangrentados, el perro se agazapó, dispuesto a saltar. Sin quererlo, Clary había soltado la cadena y el anillo salió rodando; trató de alcanzar la cadena en el mismo instante en que el perro volvía a saltar.

Una hoja reluciente brilló en la noche, descendiendo a escasos centímetros de la cara de Clary, separando la cabeza del perro de su cuerpo. Exhaló un único aullido y desapareció, dejando una marca negra y chamuscada en la piedra y un tufo a demonio en el ambiente.

Unas manos descendieron, levantando con delicadeza a Clary. Era Jace. Se había guardado en el cinto el ardiente cuchillo serafín y la sujetaba con ambas manos, mirándola con una curiosa expresión. No habría sabido describirla, ni siquiera dibujarla: esperanza, conmoción, amor, deseo y rabia, todo mezclado. Tenía la camisa rasgada por varios puntos, manchada de sangre; la chamarra había desaparecido, su pelo rubio estaba enmarañado con sangre y sudor. Se quedaron mirándose por un instante, mientras él la tomaba con fuerza de las manos. Y entonces, los dos dijeron a la vez:

—¿Estás...? —empezó ella.

—Clary. —Sin soltarla, la apartó de él, la alejó del círculo y la condujo hacia el camino que llevaba a los elevadores—. Vete —dijo con voz ronca—. Vete de aquí, Clary.

—Jace...

Él respiró hondo.

—Por favor —dijo, y la soltó, extrayendo de nuevo el cuchillo serafín de su cinturón mientras se adentraba de nuevo en el círculo.

—Levántate —rugió Lilith—. Levántate.

Una mano sacudió a Simon por los hombros, enviando a su cabeza una oleada de agónico dolor. Había estado flotando en la oscuridad; abrió los ojos y vio el cielo nocturno, las estrellas, y la blanca cara de Lilith acercándose hacia él. Sus ojos habían desaparecido para ser reemplazados por serpientes negras. El susto fue tal, que Simon se levantó de un brinco.

En cuanto se puso en pie, vomitó y estuvo a punto de caer otra vez de rodillas. Cerró los ojos para combatir la sensación de náusea y oyó a Lilith vociferar su nombre. Acto seguido, la mano de ella se posó en su brazo, guiándolo hacia adelante. Le dejó hacer. Tenía en la boca el sabor amargo y nauseabundo de la sangre de Sebastian; se extendía, además, por sus venas, y se sentía enfermo, débil y destemplado. Era como si la cabeza le pesara mil kilos y la sensación de vértigo avanzaba y retrocedía en oleadas.

De repente, la fría sujeción de Lilith en su brazo desapareció. Simon abrió los ojos y se encontró de pie junto al ataúd de cristal, como antes. Sebastian flotaba en el oscuro líquido lechoso con el rostro impasible, sin pulso en el cuello. En el lugar donde Simon lo había mordido, había dos orificios oscuros.

«Dale tu sangre. —Era la voz de Lilith resonando, no en el aire, sino el interior de su cabeza—. Hazlo ya.»

Simon levantó la vista, mareado. La visión empezaba a nublarse. Intentó ver a Clary y a Jace entre la oscuridad que lo envolvía.

«Utiliza tus colmillos —dijo Lilith—. Ábrete la muñeca. Dale tu sangre a Jonathan. Cúralo.»

Simon se acercó la muñeca a la boca.

«Cúralo.»

Resucitar a alguien era bastante más que curarlo, pensó. Tal vez la mano de Sebastian se recuperara. Tal vez Lilith se refería a eso. Esperó a que sus colmillos aparecieran, pero no salían. Las náuseas eran tan tremendas que no tenía hambre y reprimió un deseo insensato de echarse a reír.

—No puedo —dijo, casi jadeando—. No puedo...

—¡Lilith! —La voz de Jace rasgó la noche; Lilith se volteó silbando con incredulidad entre dientes. Simon bajó la mano lentamente, intentando fijar la vista. Se concentró en el brillo que tenía delante de él, que se transformó en la llama ondulante de un cuchillo serafín que Jace sujetaba con su mano izquierda. Simon lo veía por fin con claridad, una imagen inconfundible recortada en la oscuridad. No llevaba chamarra, iba sucio, la camisa rasgada y manchada de sangre, pero su mirada era clara, firme y concentrada. Ya no parecía un zombi ni un sonámbulo atrapado en una pesadilla horrorosa.

—¿Dónde está? —dijo Lilith, sus ojos de serpiente saliéndose de sus órbitas—. ¿Dónde está la chica?

Clary. La mirada neblinosa de Simon examinó la oscuridad que rodeaba a Jace, pero no la vio por ningún lado. Su visión empezaba a mejorar. Vio los mosaicos del suelo manchados de sangre y harapos de seda enganchados en las punzantes ramas de un arbusto. Lo que parecían huellas de zarpas marcadas con sangre. Simon empezó a notar una fuerte tensión en el pecho. Miró rápidamente a Jace. Se veía que estaba enojado —muy enojado, de hecho—, pero no destrozado como cabría esperar de haberle sucedido algo a Clary. Pero ¿dónde estaba ella?

—Clary no tiene nada que ver con esto —dijo Jace—. Dices que no puedo matarte, diablesa. Pero yo te digo que sí. Veamos quién de los dos tiene razón.

Lilith se movió a tal velocidad, que su imagen se tornó confusa. Estaba al lado de Simon, y al momento siguiente se encontraba en el peldaño por encima de donde estaba Jace. Lo acuchilló con la mano; Jace la esquivó, girando detrás de ella y arrojándole al hombro el cuchillo serafín. Lilith gritó, revolviéndose contra él, la sangre brotando de su herida. Era de un color negro reluciente, como el ónix. Juntó las manos como si pretendiera estrujar el arma entre ellas. Al unirse, explotaron como un trueno, pero Jace se había alejado ya varios metros, con la luz del cuchillo serafín danzando en el aire delante de él como el guiño de un ojo burlón.

De haber sido un cazador de sombras distinto a Jace, pensó Simon, ya estaría muerto. Recordó lo que había dicho Camille: «El hombre no puede luchar contra lo divino». Pese a su sangre de ángel, los cazadores de sombras eran humanos, y Lilith era algo más que un simple demonio.

Simon sintió una punzada de dolor. Sorprendido, se percató de que sus colmillos habían hecho finalmente su aparición y estaban taladrándole el labio inferior. El dolor y el sabor a sangre lo despertaron aún más. Empezó a incorporarse, poco a poco, sin despegar la mirada de Lilith. No daba la impresión de que estuviera fijándose en él, ni de que se hubiera dado cuenta de que había empezado a moverse. Tenía los ojos clavados en Jace. Con un nuevo y repentino gruñido, se abalanzó sobre Jace. Verlos luchando por la azotea era como ver mariposas nocturnas volando velozmente de un lado a otro. Incluso a Simon, con su visión de vampiro, le costaba seguir sus maniobras esquivando arbustos, desplazándose vertiginosamente por el pavimento. Lilith había acorralado a Jace contra el muro que rodeaba un reloj de sol, sus números esculpidos en oro. Jace se movía tan rápido que se desdibujaba casi; la luz de *Miguel* se revolvía en torno a Lilith como si estuviera atrapada en una red de filamentos brillantes casi invisibles. Cualquier otro habría quedado aniquilado en cuestión de segundos. Pero Lilith se movía como aguas oscuras, como el humo. Se esfumaba y reaparecía a voluntad, y aunque era evidente que Jace no se estaba cansando, Simon intuía su frustración.

Y al final sucedió. Jace blandió con violencia el cuchillo serafín contra Lilith... y ella lo tomó en el aire, su mano lo atrapó por la hoja. Atrajo el arma hacia ella, la mano goteaba sangre negra. Cuando las gotas alcanzaron el suelo, se convirtieron en diminutas serpientes de obsidiana que culebrearon en dirección a los arbustos.

Entonces tomó el cuchillo con las manos y lo levantó. La sangre se deslizaba por sus pálidas muñecas y antebrazos como si fueran chorros de brea. Gruñendo una sonrisa, partió el cuchillo por la mitad; una parte se deshizo en sus manos, convirtiéndose en polvo brillante, mientras que la otra —la empuñadura y un fragmento aserrado de la hoja— chisporroteó misteriosamente, asfixiada casi por las cenizas.

Lilith sonrió.

—Pobrecito Miguel —dijo—. Siempre fue débil.

Jace jadeaba, sus manos estaban cerradas en sendos puños a sus costados y su pelo sudoroso pegado a su frente.

—Tú siempre dándotelas de conocer a gente famosa —dijo—. «Conocí a Miguel», «Conocí a Samuel», «El ángel Gabriel me cortó el pelo». Es como esa serie de televisión, pero con figuras bíblicas.

Jace estaba comportándose como un valiente, pensó Simon, bravo e ingenioso porque creía que Lilith iba a matarlo, y así quería irse, sin miedo y haciéndole frente. Como un guerrero. Como siempre hacían los cazadores de sombras. La canción de su muerte siempre sería ésta: chistes, sarcasmo y arrogancia fingida, y esa mirada en sus ojos que decía: «Soy mejor que tú». Simon no había caído antes en la cuenta.

—Lilith —prosiguió Jace, consiguiendo que la palabra sonara

como una maldición—. Te estudié. En la escuela. El cielo te maldijo con la infertilidad. Mil bebés, y todos muertos. ¿No es eso?

Lilith sostuvo su oscura mirada, su rostro era inexpugnable.

—Vete con cuidado, pequeño cazador de sombras.

—¿O qué? ¿O me matarás? —Jace había sufrido un corte en la mejilla, que estaba sangrándole. No hizo el mínimo esfuerzo por limpiarse la cara—. Adelante.

«No.» Simon intentó dar un paso, pero le fallaron las rodillas y cayó, impactando en el suelo con las manos. Respiró hondo. No necesitaba oxígeno, pero lo ayudaba, lo tranquilizaba. Estiró el brazo para agarrarse al pedestal de piedra y utilizarlo a modo de palanca para levantarse. La nuca le retumbaba de dolor. No iba a darle tiempo. A Lilith le bastaba con empujar el fragmento de hoja aserrada que sujetaba en la mano...

Pero no lo hizo. Continuó mirando a Jace, sin moverse, y de pronto los ojos de Jace brillaron, su boca se relajó.

—No puedes matarme —dijo subiendo el volumen de su voz—. Lo que has dicho antes... Yo soy el contrapeso. Yo soy lo único que lo ata a este mundo. —Extendió el brazo para señalar el ataúd de Sebastian. Si yo muero, él muere. ¿No es eso cierto? —Dio un paso atrás—. Podría saltar ahora mismo desde esta azotea —dijo—. Matarme. Acabar con todo esto.

Lilith estaba realmente nerviosa por primera vez. Su cabeza se movía de un lado a otro, sus ojos de serpiente estremeciéndose, como si estuvieran buscando aire.

—¿Dónde está? ¿Dónde está la chica?

Jace se limpió la sangre y el sudor de la cara y le sonrió; tenía el labio partido y le caía sangre por la barbilla.

—Olvídalo. La envié abajo mientras no prestabas atención. Se ha ido... Está a salvo de ti.

—Mientes —le espetó entonces Lilith.

Jace retrocedió un poco más. Con unos cuantos pasos más alcanzaría la pared, el borde del edificio. Simon sabía que Jace era capaz de sobrevivir a muchas cosas, pero una caída desde un edificio de cuarenta pisos podía ser demasiado incluso para él.

—Te olvidas de una cosa —dijo Lilith—. Yo estaba allí, cazador de sombras. Te vi caer muerto. Vi a Valentine llorar sobre tu cadáver. Y después vi al Ángel preguntarle a Clarissa qué deseaba de él, y a ella responderle que a ti. Pensando que ustedes serían las únicas personas del mundo capaces de recuperar a su ser querido y que no habría consecuencias. Eso es lo que pensaron los dos, ¿verdad? ¡Estúpidos! —exclamó Lilith—. Se aman, eso lo ve cualquiera, mirándolos... con ese tipo de amor capaz de consumir el mundo o llevarlo a la gloria. No, ella nunca te abandonaría. No mientras te creyera en peligro. —Echó la cabeza hacia atrás, extendiendo la mano, con los dedos curvados igual que garras—. Mira allí.

Se oyó un grito y uno de los arbustos se separó, revelando tras él la figura de Clary, que había estado allí escondida, agachada. Fue arrastrada para salir aun a pesar de sus patadas y sus arañazos, sus uñas clavándose al suelo, buscando en vano algo a lo que poder agarrarse. Sus manos dejaron sangrientas señales en las losas del suelo.

—¡No! —Jace dio un paso al frente, quedándose paralizado cuando Clary se elevó en el aire, donde permaneció inmóvil, balanceándose delante de Lilith. Iba descalza, su vestido de seda —tan raído y destrozado que parecía negro y rojo en lugar de blanco— arremolinándose en torno a su cuerpo, uno de los tirantes roto y colgándole. Su cabello se había desprendido por completo de los pasadores brillantes y colgaba por encima de sus hombros. Sus ojos verdes miraban con odio a Lilith.

—Bruja —le dijo.

La cara de Jace era una máscara de horror. Cuando había dicho que Clary se había ido, hablaba en serio. La creía sana y salva. Pero Lilith tenía razón. Y estaba ahora regocijándose, sus ojos de serpiente bailaban mientras movía las manos como si estuviera manejando los hilos de una marioneta. Clary daba vueltas y jadeaba por los aires. Lilith chasqueó los dedos y algo que parecía un látigo plateado se deslizó por el cuerpo de Clary, cortándole el vestido en dos y dejando su piel al aire. Clary empezó a gritar, llevándose las manos a la herida; su sangre salpicaba los mosaicos como una lluvia escarlata.

—Clary. —Jace se giró hacia Lilith—. De acuerdo —dijo. Estaba pálido, su valentía había desaparecido por completo; las manos, cerradas en dos puños, blancas en los nudillos—. De acuerdo. Suéltala y haré lo que quieras... Y Simon también. Te dejaremos que...

—¿Dejarme? —Las facciones del rostro de Lilith habían cambiado de forma. Las serpientes seguían meneándose en sus cuencas, su piel blanca estaba excesivamente tensa y brillante, su boca era demasiado grande. La nariz casi había desaparecido—. No tienes otra elección. Y para empeorar las cosas, me has hecho enojar. Todos ustedes. A lo mejor, si te hubieras limitado a hacer lo que te había ordenado, te habría dejado marchar. Pero nunca lo sabrás, ¿no te parece?

Simon se soltó del pedestal de piedra y se bamboleó de un lado a otro hasta conseguir recuperar el equilibrio. Empezó a caminar. Movió los pies, uno después del otro, con la sensación de estar descendiendo por una cuesta con un par de sacos enormes de arena mojada. Cada vez que sus pies pisaban el suelo, sentía una punzada de dolor en todo el cuerpo. Se concentró en ir avanzando, paso a paso.

—Tal vez no pueda matarte —le dijo Lilith a Jace—. Pero puedo torturarla más de lo que es capaz de soportar, torturarla hasta la locura, y obligarte a mirar. Hay cosas peores que la muerte, cazador de sombras.

Chasqueó otra vez los dedos y el látigo de plata descendió, abriendo una herida profunda esta vez en el hombro de Clary. Ésta se retorció, pero no gritó, llevándose las manos a la boca y doblegándose sobre sí misma como si con ello pudiera protegerse de Lilith.

Jace avanzó para lanzarse contra Lilith... y vio a Simon. Sus miradas se encontraron. Por un momento, fue como si el mundo estuviese flotando en suspensión; por completo, no sólo Clary. Simon había mirado a Lilith, que tenía toda su atención centrada en Clary, la mano echada hacia atrás, dispuesta a atizar un golpe más malévolo aún. Jace estaba blanco de angustia; sus ojos se oscurecieron al encontrarse con los de Simon y entenderlo.

Jace dio un paso atrás.

El mundo se tornó borroso para Simon. Y cuando saltó hacia adelante se dio cuenta de dos cosas. En primer lugar, de que era imposible, de que nunca conseguiría alcanzar a tiempo a Lilith; su mano ya estaba avanzando, el aire de delante de ella era un torbellino de plata. Y en segundo lugar, de que hasta aquel momento no había entendido del todo lo rápido que podía llegar a moverse un vampiro. Sintió que los músculos de sus piernas y su espalda se rompían, que los huesos de sus pies y sus tobillos crujían...

Y allí estaba él, deslizándose entre Lilith y Clary en el mismo instante en que la mano de la diablesa descendía. El largo y afilado cable de plata le golpeó en la cara y en el pecho —fue un momento de dolor espantoso— y luego fue como si el aire a su alrededor explotara en brillante confeti, y Simon oyó a Clary gritar, un claro sonido de conmoción y asombro rompiendo la oscuridad.

—¡Simon!

Lilith se quedó paralizada. Miró a Simon y a Clary, que seguía en el aire, y luego bajó la vista a su mano, vacía. Inspiró con fuerza.

—Siete veces —susurró... y se interrumpió de pronto cuando una incandescencia resplandeciente y cegadora iluminó la noche. Aturdido, lo único que se le ocurrió a Simon cuando un descomunal rayo de fuego descendió del cielo y atravesó a Lilith, fue que eran como hormigas ardiendo bajo el haz de luz concentrado de una lupa. Durante un prolongado momento, Lilith fue una figura blanca ardiendo y contrastando con la oscuridad, atrapada en la cegadora llama; su boca estaba abierta como un túnel profiriendo un grito silencioso. Su pelo se levantó, era un amasijo de filamentos encendidos destacando sobre la oscuridad... y después se convirtió en oro blanco, un polvo fino flotando en el aire... y después en sal, mil gránulos cristalinos de sal que cayeron a los pies de Simon con una fantasmagórica belleza.

Y después desapareció.

19

EL INFIERNO SE SIENTE SATISFECHO

El inimaginable brillo impreso en el dorso de los párpados de Clary se convirtió en oscuridad. Una oscuridad sorprendentemente prolongada que dio paso, muy poco a poco, a una luz grisácea intermitente, manchada de sombras. Había algo duro y frío presionándole la espalda y le dolía todo el cuerpo. Oía voces murmurando por encima de ella, que le provocaban punzadas de dolor en la cabeza. Alguien le tocó el cuello con delicadeza y acto seguido retiró la mano. Respiró hondo.

Sentía punzadas por todos lados. Entreabrió los ojos y miró a su alrededor, intentando no moverse demasiado. Estaba tendida sobre los duros mosaicos del jardín de la terraza; una de las piedras se le clavaba en la espalda. Había caído al suelo en el momento de la desaparición de Lilith y estaba llena de cortes y magulladuras, descalza, las rodillas ensangrentadas y el vestido rasgado por donde Lilith la había cortado con el látigo mágico; la sangre brotaba entre los desgarrones de su vestido de seda.

Simon estaba arrodillado a su lado, con el rostro ansioso. La Marca de Caín destacaba todavía en su frente con un resplandor blanquecino.

—El pulso es regular —estaba diciendo—, pero vamos. Se supone que tienes un montón de runas de curación. Algo podrás hacer por ella...

—No sin una estela. —La voz era la de Jace, baja y tensa, reprimiendo su angustia. Estaba arrodillado delante de Simon, al otro lado, con el rostro oculto por las sombras—. ¿Puedes bajarla en brazos? Si pudiéramos llevarla al Instituto...

—¿Quieres que yo la lleve? —preguntó Simon sorprendido; Clary no lo culpó por ello.

—Dudo que quiera tocarme. —Jace se levantó, como si no soportara permanecer ni un segundo en el mismo sitio—. Si tú pudieras...

Se le quebró la voz y se volvió para mirar el lugar donde había estado Lilith hasta hacía tan sólo un instante: unas losas desnudas, plateadas ahora y con algunas moléculas de sal. Clary oyó un suspiro de Simon —un sonido intencionado—, que se inclinó sobre ella, tomándola en brazos.

Abrió los ojos el resto del camino, y sus miradas se encontraron. Aunque Clary sabía que Simon se había dado cuenta de que estaba consciente, ninguno de los dos dijo nada. A Clary se le hacía difícil mirarlo, observar aquel rostro familiar con la Marca que ella le había dado brillando como una estrella blanca más arriba de sus ojos. Por un momento, se quedaron mirándose.

Sabía, al darle la Marca de Caín, que estaba haciendo algo descomunal, algo aterrador y colosal cuyo resultado era prácticamente impredecible. Y volvería a hacerlo, para salvarle la vida. Pero aun así, cuando lo vio con la Marca ardiendo como un rayo blanco mientras Lilith —un demonio mayor tan antiguo como la especie humana— se chamuscaba hasta quedar convertida en sal, había pensado: «¿Qué he hecho?».

—Estoy bien —dijo. Se apuntaló sobre los codos, que le dolían terriblemente. En algún momento debía de haber caído al suelo sobre ellos y se había levantado la piel—. Puedo caminar sin ningún problema.

Al oír su voz, Jace volteó. Verlo de aquella manera le partió el corazón. Estaba tremendamente magullado y ensangrentado, una herida le recorría la mejilla en toda su longitud, el labio inferior estaba hinchado y tenía una docena de desgarrones ensangrentados en la ropa. No estaba acostumbrada a verlo tan maltrecho aunque, claro estaba, si no tenía una estela para curarla a ella, quería decir que tampoco la tenía para curarse a sí mismo.

La expresión de Jace era completamente vacía. Incluso Clary, acostumbrada a leer su cara como si leyera las páginas de un libro, era incapaz de interpretar nada. La mirada de Jace descendió hacia su cuello, donde ella sentía aún un dolor punzante, la sangre secándose en el punto donde le había hecho un corte con el cuchillo. La ausencia de expresión se vino abajo, pero Jace volvió la cabeza antes de que ella pudiera observar el cambio en su rostro.

Desdeñando la oferta de Simon de una mano que pudiera ayudarla, intentó ponerse en pie. Un dolor punzante le atravesó el tobillo; gritó, y a continuación se mordió el labio. Los cazadores de sombras no gritaban de dolor. Lo soportaban estoicamente, se recordó. Nada de gimoteos.

—Es el tobillo —dijo—. Creo que me lo he torcido, o roto.

Jace miró a Simon.

—Llévala en brazos —dijo—. Como te he dicho.

Esta vez, Simon no esperó la respuesta de Clary; deslizó un brazo por debajo de sus rodillas y le rodeó los hombros con el otro brazo. La levantó y Clary enlazó las manos por detrás de su cuello y se sujetó con fuerza. Jace echó a andar hacia la cúpula y las puertas de acceso al interior del edificio. Simon lo siguió, transportando a Clary como si fuera una pieza de frágil porcelana. Clary casi había olvidado lo fuerte que era desde que se había convertido en vampiro. Ya no olía como él, pensó con cierta melancolía... aquel olor a Simon, a jabón y loción barata para después del afeitado (que no necesitaba en realidad) y a su chicle de canela favorito. El pelo seguía oliendo a su champú, pero por lo demás era como si careciera por completo de olor, y su piel resultaba fría al tacto. Se presionó más contra él, ansiando un poco de calor corporal. Tenía las puntas de los dedos azuladas y el cuerpo entumecido.

Jace, por delante de ellos, abrió las dobles puertas de cristal dándoles un golpe con el hombro. Y entraron en el edificio, donde la temperatura ambiente era algo más elevada. Resultaba extraño, pensó Clary, estar en brazos de alguien cuyo pecho no se movía para respirar. Simon tenía aún una electricidad rara, un remanente de la luz brutalmente brillante que había envuelto la terraza en el momento de la destrucción de Lilith. Deseaba preguntarle cómo se sentía, pero el silencio de Jace resultaba tan devastadoramente absoluto que le daba miedo romperlo.

Fue a pulsar el botón del elevador, pero antes de que lo rozara con el dedo, las puertas se abrieron solas e irrumpió ante ellos Isabelle, con su látigo de plata y oro arrastrándose tras ella como la cola de un papalote. La seguía Alec, pegado a sus talones; al ver a Jace, a Clary y a Simon, Isabelle derrapó hasta detenerse y Alec estuvo a punto de chocar contra ella. En otras circunstancias, la escena casi habría resultado graciosa.

—Pero... —jadeó Isabelle. Tenía cortes y estaba ensangrentada, su precioso vestido rojo hecho jirones a la altura de las rodillas, su cabello negro desprendido de su recogido, mechones sucios de sangre. Alec parecía haber salido sólo ligeramente más airoso; una manga de la chamarra estaba completamente rasgada, aunque no se veía ninguna herida debajo—. ¿Qué hacen aquí?

Jace, Clary y Simon se quedaron mirándola sin entender nada, demasiado traumatizados como para poder responder. Al final, fue Jace quien dijo secamente:

—Podríamos preguntarles lo mismo.

—Yo no... Creíamos que Clary y tú estaban en la fiesta —dijo Isabelle. Clary no había visto nunca a Isabelle tan poco dueña de sí misma—. Estábamos buscando a Simon.

Clary notó que el pecho de Simon se levantaba, un acto reflejo que emulaba un jadeo de sorpresa humano.

—¿Estaban?

Isabelle se ruborizó.

—Yo...

—¿Jace? —Era Alec, en tono imperante. Había lanzado a Clary y a Simon una mirada de asombro, pero volcó en seguida, como siempre, su atención a Jace. Tal vez ya no estuviera enamorado de Jace, si es que lo había estado en realidad alguna vez, pero seguían siendo *parabatai* y era en Jace en quien siempre pensaba en el transcurso de cualquier batalla—. ¿Qué haces aquí? Y, por el Ángel, ¿qué te ha pasado?

Jace miraba a Alec casi como si no lo conociera. Parecía inmerso en una pesadilla, inspeccionando un paisaje nuevo, pero no porque le resultara sorprendente o dramático, sino preparándose para afrontar los horrores que pudiera revelarle.

—La estela —dijo por fin, con la voz quebrada—. ¿Tienes tu estela?

Alec buscó en su cinturón, perplejo.

—Por supuesto. —Le pasó la estela a Jace—. Si necesitas un *iratze*...

—No es para mí —dijo Jace, manteniendo aún su extraña voz rota—. Es para ella. —Señaló a Clary—. Lo necesita más que yo. —Sus ojos se encontraron con los de Alec, oro y azul—. Por favor, Alec —dijo, desapareciendo la aspereza de su voz con la misma rapidez con que había surgido—. Ayúdala tú por mí.

Dio media vuelta y echó a andar hacia el otro extremo de la estancia, donde se abrían las puertas de cristal. Se quedó allí, mirando a través de ellas, Clary no sabía muy bien si contemplando el jardín exterior o su propio reflejo.

Alec corrió detrás de Jace un momento, pero después regresó con Clary y Simon, estela en mano. Le indicó a Simon que depositara a Clary en el suelo, y lo hizo con delicadeza, apoyándole la espalda en la pared. Se apartó un poco para que Alec pudiera arrodillarse a su lado. Clary se fijó en la expresión confusa de Alec y en su mirada de sorpresa al ver la gravedad de los cortes que atravesaban su brazo y su abdomen.

—¿Quién te ha hecho esto?

—Yo... —Clary miró impotente en dirección a Jace, que seguía de espaldas a ellos. Veía su reflejo en las puertas de cristal, su cara era una mancha blanca, oscurecida aquí y allá por hematomas. La parte delantera de su camisa estaba manchada de sangre—. Es difícil de explicar.

—¿Por qué no nos convocaron? —preguntó Isabelle; su voz daba a entender que se había sentido traicionada—. ¿Por qué no nos dijiste que venían aquí? ¿Por qué no enviaste un mensaje de fuego o cualquier otra cosa? Sabes que habríamos ido si nos necesitaban.

—No había tiempo —dijo Simon—. Y no sabía que Clary y Jace iban a estar aquí. Creía que iba a ser el único. No me pareció correcto meteros en mis problemas.

—¿Meternos en tus problemas? —resopló Isabelle—. Tú... —empezó a decir, y después, sorprendiendo a todo el mundo, incluso a sí misma, se abalanzó sobre Simon, pasándole los brazos alrededor del cuello.

Simon se tambaleó hacia atrás, el ataque lo agarró por sorpresa, pero se recuperó en seguida. La abrazó también, enganchándose casi con el látigo colgante, y la atrajo hacia él con fuerza, colocando la cabeza oscura de ella justo por debajo de la barbilla de él. Clary no estaba segura del todo —Isabelle hablaba muy flojito—, pero le dio la impresión de que estaba maldiciendo a Simon por lo bajo.

Alec levantó las cejas, pero no hizo ningún comentario cuando se inclinó sobre Clary, tapándole con ello la escena de Isabelle y Simon. Acercó la estela a su piel y ella dio un salto por la punzada de dolor.

—Ya sé que duele —dijo Alec en voz baja—. Me parece que te has dado un golpe en la cabeza. Magnus tendría que echarte un vistazo. ¿Y Jace? ¿Está muy malherido?

—No lo sé. —Clary negó con la cabeza—. No deja que me acerque a él.

Alec la tomó por la barbilla y le movió la cabeza hacia uno y otro lado. Dibujó a continuación una segunda *iratze* en el lateral de su cuello, justo por debajo de la mandíbula.

—¿Qué ha hecho que considera tan terrible?

Ella abrió mucho los ojos y se quedó mirándolo.

—¿Qué te hace pensar que ha hecho alguna cosa?

Alec le soltó la barbilla.

—Lo conozco. Y conozco su forma de castigarse a sí mismo. No dejar que te acerques a él es un castigo para él, no para ti.

—No quiere que me acerque a él —dijo Clary, captando la rebeldía de su propia voz y odiándose por ser tan mezquina.

—Lo único que quiere eres tú —dijo Alec, en un tono de voz sorprendentemente gentil, y se sentó en cuclillas, apartándose el oscuro pelo de los ojos. Últimamente estaba distinto, pensó Clary, tenía una seguridad en sí mismo que no poseía cuando lo conoció, algo que le permitía ser generoso con los demás como nunca lo había sido ni consigo mismo—. Pero ¿por qué están aquí? Ni siquiera nos dimos cuenta de que se habían ido de la fiesta con Simon...

—No se fueron conmigo —dijo Simon. Isabelle y él se habían separado, pero seguían cerca el uno del otro, juntos—. Vine solo. Bueno, no exactamente solo. Fui... convocado.

Clary asintió.

—Es verdad. No nos fuimos de la fiesta con él. Cuando Jace me trajo aquí, no tenía ni idea de que Simon iba a estar también.

—¿Que Jace te trajo aquí? —dijo Isabelle, pasmada—. Jace, si sabías lo de Lilith y la iglesia de Talto, deberías haberlo dicho.

Jace seguía mirando a través de las puertas.

—Supongo que se me pasó por alto —dijo sin alterarse.

Clary movió la cabeza de un lado a otro mientras Alec e Isabelle miraban a su hermano adoptivo primero, y a ella a continuación, como si buscaran una explicación del comportamiento de Jace.

—No fue en realidad Jace —dijo ella por fin—. Estaba... siendo controlado. Por Lilith.

—¿Posesión? —Isabelle abrió los ojos de par en par, sorprendida. En un acto reflejo, su mano se tensó en torno a su látigo.

Jace se volvió en aquel momento. Lentamente, extendió el brazo y abrió su maltrecha camisa para que pudieran ver la horrible runa de la posesión y el corte ensangrentado que la atravesaba.

—Esto —dijo, manteniendo su tono de voz inexpresivo— es la marca de Lilith. Así es como me controlaba.

Alec movió la cabeza; estaba muy trastornado.

—Jace, normalmente, la única forma que existe para cortar una relación demoníaca es matando al demonio que ejerce el control. Lilith es uno de los demonios más poderosos que ha existido nunca...

—Está muerta —dijo Clary de repente—. Simon la mató. O supongo que podría decirse que la mató la Marca de Caín.

Todos se quedaron mirando a Simon.

—¿Y ustedes dos? ¿Cómo acabaron aquí? —preguntó él, poniéndose a la defensiva.

—Buscándote —respondió Isabelle—. Encontramos la tarjeta de visita que debió de darte Lilith. En tu departamento. Jordan nos dejó entrar. Está con Maia, abajo. —Se estremeció—. Lilith ha hecho unas cosas... no te lo creerías... horripilantes.

Alec levantó las manos.

—Un poco de tranquilidad. Vamos a explicar primero lo que nos ha pasado a nosotros y después, Simon y Clary, expliquen ustedes lo que les ha pasado.

La explicación llevó menos tiempo de lo que Clary pensaba, con Isabelle tomando la palabra en su mayor parte y acompañando su discurso con amplios gestos que amenazaron, en alguna que otra ocasión, con cortar con su látigo las extremidades libres de protección de sus amigos. Alec aprovechó la oportunidad para salir a la terraza y enviar un mensaje de fuego a la Clave, comunicando su paradero y solicitando refuerzos. Jace se hizo a un lado sin decir palabra, dejándolo solo, y también cuando entró de nuevo. Tampoco dijo nada cuando Clary y Simon explicaron lo sucedido en la terraza, ni siquiera cuando llegaron a la parte en que Clary mencionó que Raziel había resucitado a Jace en Idris. Fue Izzy quien finalmente interrumpió a Clary cuando ésta empezaba a explicar que Lilith era la «madre» de Sebastian y conservaba su cuerpo en una urna de cristal.

—¿Sebastian? —Isabelle azotó el suelo con su látigo, con tanta fuerza que abrió una grieta en el mármol—. ¿Que Sebastian está ahí fuera? ¿Y que no está muerto? —Se volvió hacia Jace, que estaba apoyado en las puertas de cristal, cruzado de brazos, inexpresivo—. Yo lo vi morir. Vi a Jace partirle la espalda por la mitad, y lo vi caer al río. ¿Y ahora me dices que está vivo ahí fuera?

—No —dijo Simon, apresurándose a tranquilizarla—. Su cuerpo está allí, pero no está vivo. Lilith no consiguió completar la ceremonia. —Simon le puso una mano en el hombro, pero ella se la retiró. Se había quedado blanca como un muerto, con dos puntos rojos ardiendo en sus mejillas.

—Que no esté del todo vivo no es suficientemente muerto para mí —dijo Isabelle—. Voy a salir para cortarlo en mil pedazos. —Se volvió en dirección a las puertas.

—¡Iz! —Simon le puso la mano en el hombro—. Izzy, no.

—¿No? —Lo miró con incredulidad—. Dame un motivo por el que no debería cortarlo hasta convertirlo en confeti de papelitos en los que esté escrito «cabrón inútil».

La mirada de Simon recorrió la estancia, posándose por un instante en Jace, como si esperara que interviniera para añadir un comentario. Pero no lo hizo, ni siquiera se movió. Al final, Simon dijo:

—Mira, entiendes el ritual, ¿no es eso? El hecho de que Jace fuera devuelto de la muerte, dio a Lilith poder para resucitar a Sebastian. Pero para hacerlo, necesitaba a Jace aquí y con vida, a modo de... ¿cómo lo llamó?

—A modo de contrapeso —intervino Clary.

—Esa marca que tiene Jace en el pecho, la marca de Lilith...
—Con un gesto aparentemente inconsciente, Simon se tocó el pecho,

a la altura del corazón—. Pues Sebastian también la tiene. Las vi destellar las dos a la vez cuando Jace entró en el círculo.

Isabelle, agitando nerviosamente su látigo en su flanco, mordiéndose con sus dientes el rojo labio inferior, dijo con impaciencia:

—¿Y?

—Pues que creo que estaba estableciendo un vínculo entre ellos —dijo Simon—. Si Jace moría, Sebastian no podría vivir. De modo que si hicieras pedacitos a Sebastian...

—Podría hacerle daño a Jace —dijo Clary; sus palabras surgieron solas en el momento en que cayó en la cuenta—. Oh, Dios mío. Oh, Izzy, no puedes hacerlo.

—¿Y tenemos que dejar que viva? —dijo Isabelle con incredulidad.

—Hazlo picadillo, si quieres —dijo Jace—. Tienes mi permiso.

—Cállate —dijo Alec—. Deja de comportarte como si tu vida no te importara en lo más mínimo. Iz, ¿acaso no has escuchado nada? Sebastian no está vivo.

—Pero tampoco está muerto. No lo suficiente muerto.

—Necesitamos a la Clave —dijo Alec—. Necesitamos entregarlo a los Hermanos Silenciosos. Ellos pueden cortar su conexión con Jace, y después de esto derrama toda la sangre que te venga en gana, Iz. Es hijo de Valentine. Y es un asesino. Todo el mundo perdió a alguien en la batalla de Alacante, o conoce a alguien que lo perdió. ¿Crees que se mostrarán benévolos con él? Lo harán pedacitos lentamente mientras siga con vida.

Isabelle se quedó mirando a su hermano. Muy poco a poco, se le llenaron los ojos de lágrimas, que empezaron a resbalar por sus mejillas, veteando la suciedad y la sangre que cubría su piel.

—Lo odio —dijo—. Odio cuando tienes razón.

Alec atrajo a su hermana hacia él y le estampó un beso en la frente.

—Lo sé.

Isabelle le apretujó la mano a su hermano y lo soltó en seguida.

—De acuerdo —dijo—. No tocaré a Sebastian. Pero no soporto estar tan cerca de él. —Miró en dirección a las puertas de cristal, donde aún seguía Jace—. Vamos abajo. Esperaremos a la Clave en el vestíbulo. Y tenemos que ir a buscar a Maia y a Jordan; seguramente estarán preguntándose dónde nos hemos metido.

Simon tosió para aclararse la garganta.

—Alguien debería quedarse aquí para vigilar... vigilar las cosas. Me quedo yo.

—No —dijo Jace—. Tú baja. Me quedo yo. Todo ha sido por mi culpa. Debería haberme asegurado de que Sebastian estaba muerto cuando tuve la oportunidad de hacerlo. Y por lo que al resto se refiere...

Su voz se fue apagando. Pero Clary lo recordó acariciándole la cara en un oscuro pasillo del Instituto, lo recordó susurrando: «*Mea culpa, mea culpa, mea maxima culpa*».

«Por mi culpa, por mi culpa, por mi grandísima culpa.»

Volteó de cara a los demás; Isabelle había llamado ya el elevador, el botón estaba iluminado. Clary oía el zumbido lejano del elevador, que subía. Isabelle arrugó la frente.

—Alec, quizá deberías quedarte aquí arriba con Jace.

—No necesito ayuda —dijo Jace—. No hay nada que hacer. No me pasará nada.

Isabelle levantó las manos cuando el elevador anunció su llegada con un *ping*.

—De acuerdo. Tú ganas. Quédate furioso aquí arriba solo, si eso es lo que quieres. —Entró en el elevador, Simon y Alec la siguieron. Clary fue la última en subir, volteando para mirar a Jace. De nuevo estaba mirando a través de las puertas, pero lo vio reflejado en ellas. Su boca era una línea exangüe, sus ojos oscuros.

«Jace», pensó cuando las puertas del elevador empezaron a cerrarse. Deseaba que volteara, que la mirara. No lo hizo, pero sintió de repente unas manos fuertes sobre sus hombros, empujándola hacia adelante. Oyó a Isabelle que decía: «Alec, ¿qué demonios haces...?» en el momento en que ella tropezaba cruzando de nuevo las puertas del elevador y se volvía para mirar. Las puertas estaban cerrándose a sus espaldas, pero a través de ellas pudo ver a Alec. Estaba lanzándole una media sonrisita y hacía un gesto de indiferencia, como queriendo decir: «¿Qué otra cosa podía yo hacer?». Clary avanzó, pero ya era demasiado tarde; las puertas del elevador se habían cerrado.

Y estaba sola en la habitación con Jace.

La habitación estaba repleta de cadáveres, figuras encogidas vestidas con pants grises con capucha, lanzadas, aplastadas o derrumbadas contra la pared. Maia estaba junto a la ventana, respirando con dificultad, mirando con incredulidad la escena que se desplegaba delante de ella. Había tomado parte en la batalla del bosque Brocelind en Idris, y entonces creyó que aquello sería lo más terrible que vería en su vida. Pero esto era peor. La sangre que brotaba de los seguidores del culto muertos no era icor de demonio; era sangre humana. Y los bebés... silenciosos y muertos en sus cunas, con sus manitas en forma de garra dobladas la una encima de la otra, como muñecos...

Se miró las manos. Tenía aún las garras extendidas, manchadas de sangre desde la punta hasta la raíz; las replegó, y la sangre resbaló por sus palmas, manchándole las muñecas. Iba descalza y tenía los pies sucios de sangre, y en el hombro tenía un largo corte, rezumando aún líquido rojo, aunque ya había empezado a cicatrizar. A pesar de la rápida curación que proporcionaba la licantropía, sabía que a la mañana siguiente se levantaría llena de moretones. En los seres lobo, los moretones rara vez duraban más de un día. Recordó cuando era humana y su hermano Daniel era un experto en pellizcarle con fiereza en lugares donde los moretones quedaban ocultos.

—Maia. —Jordan acababa de entrar por una de las puertas inacabadas, apartando un montón de cables que colgaban por delante. Se enderezó y se acercó a ella, abriéndose camino entre los cadáveres—. ¿Te encuentras bien?

La mirada de preocupación de Jordan le provocó a Maia un nudo en el estómago.

—¿Dónde están Isabelle y Alec?

Jordan movió la cabeza de lado a lado. Había sufrido daños menos visibles que los de ella. Su gruesa chamarra de piel lo había protegido, igual que los jeans y las botas. Tenía un arañazo en la mejilla, sangre seca en su pelo castaño claro y manchando también el cuchillo que llevaba en la mano.

—He buscado por toda la planta. No los he visto. En las otras habitaciones hay un par de cuerpos más. Deben de haber...

La noche se iluminó como un cuchillo serafín. Las ventanas se quedaron blancas y una luz brillante inundó la habitación. Por un instante, Maia pensó que el mundo ardía en llamas, y le dio la impresión de que Jordan, que estaba avanzando hacia ella entre la luz, casi desaparecía, blanco sobre blanco, en un reluciente campo de plata. Se oyó gritar, y retrocedió a ciegas, golpeándose la cabeza contra el cristal de la ventana. Se tapó los ojos con las manos...

Y la luz se esfumó. Maia bajó las manos; el mundo daba vueltas a su alrededor. Palpó a tientas y encontró a Jordan. Lo abrazó... Se abalanzó sobre él, como solía hacer cuando él iba a buscarla a su casa y la tomaba en brazos, enredando los dedos entre los rizos de su cabeza.

Entonces era más delgado, sus hombros más estrechos. Sus huesos estaban ahora recubiertos de músculo y abrazarlo era como abrazar algo absolutamente sólido, una columna de granito en medio de una tormenta de arena en el desierto. Se aferró a él, y escuchó el latido de su corazón bajo su oído mientras él le acariciaba el cabello, una caricia ruda y tranquilizadora a la vez, reconfortante y... familiar.

—Maia... No pasa nada...

Ella levantó la cabeza y acercó la boca a la de él. Jordan había cambiado en muchos sentidos, pero la sensación de besarlo era la misma, su boca tan cálida como siempre. Él se quedó rígido por un segundo, sorprendido, y a continuación la atrajo hacia sí, mientras sus manos trazaban lentos círculos en la espalda desnuda de ella. Maia recordó su primer beso. Ella le había dado sus aretes para que él los guardara en la guantera del coche, y la mano de Jordan había temblado de tal modo que los aretes le habían caído y había empezado a disculparse y a disculparse sin parar, hasta que ella le había dado un beso para acallarlo. Aquel día pensó que era el chico más dulce que había conocido en su vida.

Y después, mordieron a Jordan y todo cambió.

Se apartó, mareada y respirando con dificultad. Él la soltó al instante y se quedó mirándola, boquiabierto, aturdido. Detrás de él, a través de la ventana, Maia veía la ciudad; casi esperaba encontrarla arrasada, un desierto blanco y devastado al otro lado de la ventana, pero todo estaba exactamente igual. No había cambiado nada. Las luces parpadeaban en los edificios de la otra acera, se oía el débil sonido del tráfico.

—Deberíamos irnos —dijo—. Deberíamos ir a buscar a los demás.

—Maia —dijo él—. ¿Por qué acabas de besarme?

—No lo sé —respondió ella—. ¿Crees que deberíamos mirar en los elevadores?

—Maia...

—No lo sé, Jordan —dijo Maia—. No sé por qué te he besado, y no sé si volveré a hacerlo, pero lo que sí sé es que estoy asustada y preocupada por mis amigos y que quiero salir de aquí. ¿Entendido?

Jordan asintió. Daba la impresión de que tenía un millón de cosas que decir, pero decidió no decirlas y Maia se sintió agradecida. Se pasó la mano por su alborotado pelo, manchado de yeso blanco, y dijo:

—Entendido.

Silencio. Jace continuaba apoyado en la puerta, sólo que ahora tenía la frente presionando el cristal, los ojos cerrados. Clary se preguntó si se habría dado cuenta de que estaba allí con él. Avanzó un paso, pero antes de que le diera tiempo a decir algo, él empujó las puertas y salió al jardín.

Se quedó quieta un momento, mirándolo. Podía llamar el elevador, claro está, bajar, esperar a la Clave en el vestíbulo junto con los demás. Si Jace no quería hablar, era que no quería hablar. No podía obligarlo a hacerlo. Si Alec estaba en lo cierto, y lo que estaba haciendo era castigarse, tendría que esperar hasta que lo superara.

Se volvió hacia el elevador y se detuvo. Una llamita de rabia se encendió en su interior, le ardían los ojos. «No», pensó. No tenía que permitirle que se comportara así. Tal vez podía comportarse con los demás de aquella manera, pero con ella no. Le debía una conducta mejor. Se debían los dos un comportamiento mejor.

Dio media vuelta y se encaminó hacia las puertas. El tobillo seguía doliéndole, pero las *iratzes* que Alec le había puesto empezaban a funcionar. El dolor de su cuerpo se había apagado hasta convertirse en un malestar amortiguado y latente. Llegó a las puertas y empujó para abrirlas. Salió a la terraza e hizo una mueca de disgusto cuando sus pies descalzos entraron en contacto con los gélidos mosaicos.

En seguida vio a Jace; estaba arrodillado cerca de los peldaños, sobre los mosaicos manchados de sangre e icor y que relucían por la sal depositada en ellas. Se levantó cuando ella se aproximó y se volteó, con algo brillante colgando de su mano.

El anillo de los Morgenstern, en su cadena.

Se había levantado el viento y azotaba su pelo dorado oscuro contra su rostro. Lo retiró con impaciencia y dijo:

—Acabo de acordarme de que nos habíamos dejado esto aquí.

Su voz sonó sorprendentemente normal.

—¿Y por eso querías quedarte? —le preguntó Clary—. ¿Para recuperarlo?

Giró la mano, y la cadena giró con ella, sus dedos cerrándose sobre el anillo.

—Estoy unido a él. Es una estupidez, lo sé.

—Podrías haberlo dicho, o Alec podría haberse quedado...

—Mi lugar no está con el resto de ustedes —dijo de repente—. Después de lo que hice, no merezco *iratzes*, ni curaciones, ni abrazos, ni consuelo, ni nada de lo que mis amigos piensen que necesito. Mejor quedarme aquí arriba con él. —Movió la barbilla en dirección al lugar donde el cuerpo inmóvil de Sebastian yacía en el interior del ataúd abierto, sobre su pedestal de piedra—. Y de lo que más seguro estoy es de que no te merezco.

Clary se cruzó de brazos.

—¿Te has parado a pensar lo que yo me merezco? ¿Que tal vez me merezco una oportunidad de poder hablar contigo sobre todo lo que ha pasado?

Se quedó mirándola. Estaban apenas a un metro el uno del otro, pero era como si entre ellos se hubiera abierto una distancia inefable.

—No sé por qué quieres siquiera mirarme, y mucho menos hablar conmigo.

—Jace —dijo Clary—. Esas cosas que hiciste... no eras tú.

Él dudó. El cielo era tan negro, las ventanas iluminadas de los rascacielos cercanos tan brillantes, que era como si se encontraran en medio de una red de joyas relucientes.

—Si no era yo —dijo—, entonces ¿por qué soy capaz de recordar todo lo que hice? Cuando una persona está poseída, y se recupera, no recuerda lo que hizo cuando el demonio habitaba en ella. Pero yo lo recuerdo todo. —Dio media vuelta y echó a andar hacia la pared del jardín de la terraza. Clary lo siguió, aliviada por la distancia interpuesta entre ellos y el cuerpo de Sebastian, escondido ahora de la vista por una hilera de arbustos.

—¡Jace! —gritó, y él volteó, dando la espalda al muro, derrumbándose contra él. Detrás, la electricidad de toda una ciudad iluminaba la noche como las torres del demonio de Alacante—. Recuerdas porque ella quería que lo recordaras —dijo Clary, llegando a donde se había quedado él, jadeante—. Lo hizo para torturarte igual que consiguió que Simon hiciera lo que ella quería. Quería que vieras cómo hacías daño a tus seres queridos.

—Lo veía —dijo en voz baja—. Era como si una parte de mí estuviera a cierta distancia, mirando y gritándome que parara. Pero el resto de mi persona se sentía perfectamente en paz consigo misma y con la sensación de estar haciendo lo correcto. Como si fuera lo único que yo podía hacer. Me pregunto si es así como se sentía Valentine con respecto a todo lo que hacía. Como si fuera tan fácil hacer lo correcto. —Dejó de mirarla—. No lo soporto —dijo—. No tendrías que estar aquí conmigo. Deberías irte.

Pero en lugar de irse, Clary se acercó a él y se apoyó también en la pared. Se envolvió el cuerpo con los brazos, no dejaba de temblar. Al final, a regañadientes, Jace volteó la cabeza para mirarla de nuevo.

—Clary...

—Tú no eres quién para decidir —dijo ella— adónde tengo que ir, ni cuándo.

—Lo sé. —Tenía la voz rota—. Siempre lo he sabido. No sé por qué tuve que enamorarme de alguien más necio que yo.

Clary se quedó un instante en silencio. El corazón encogido al escuchar aquella palabra: «enamorado».

—Todo eso que me has dicho en la terraza de la Fundición —dijo en un susurro—, ¿lo decías en serio?

Sus ojos dorados se ofuscaron.

—¿Qué cosas?

«Que me querías», estuvo a punto de decir ella, pero pensándolo bien... no se lo había dicho, ¿verdad? No había pronunciado aquellas palabras. Lo había dado a entender. Y la verdad del hecho, que se querían, era algo que ella sabía con la misma claridad con la que conocía su propio nombre.

—Me preguntaste si te querría si fueras como Sebastian, como Valentine.

—Y tú me respondiste que en ese caso no sería yo. Pero mira cómo te has equivocado —dijo, la amargura tiñendo su voz—. Lo que he hecho esta noche...

Clary avanzó hacia él; Jace se puso tenso, pero no se movió. Lo tomó por la camisa, se inclinó hacia él y le dijo, pronunciando con extrema claridad todas y cada una de sus palabras:

—Ése no eras tú.

—Dile eso a tu madre —dijo Jace—. Díselo a Luke cuando te pregunten de dónde ha salido esto. —Le tocó con delicadeza la clavícula; la herida ya estaba curada, pero la piel y la tela del vestido seguían manchadas de sangre oscura.

—Se lo diré —dijo ella—. Les diré que fue culpa mía.

Él se quedó mirándola, con los ojos dorados llenos de incredulidad.

—No puedes mentirles.

—Y no lo haré. Te volví a la vida —dijo—. Estabas muerto y te devolví a la vida. Fui yo quien desestabilizó el equilibrio, no tú. Yo abrí la puerta para Lilith y su estúpido ritual. Podría haber pedido cualquier cosa, y te pedí a ti. —Le agarró con más fuerza de la camisa, sus dedos estaban blancos del frío y la presión—. Y volvería a hacerlo. Te quiero, Jace Wayland... Herondale... Lightwood... como se te antoje llamarte. Me da lo mismo. Te amo y siempre te amaré, y fingir lo contrario no es más que una pérdida de tiempo.

La mirada de dolor que atravesó el rostro de Jace fue tan expresiva, que a Clary se le encogió el corazón. Jace tomó entonces la cara de ella entre sus manos. Tenía las palmas calientes.

—¿Recuerdas cuando te dije que no sabía si Dios existía o no pero que, fuera lo que fuera, íbamos completamente por nuestra cuenta y riesgo? —dijo, su voz sonaba más cálida que nunca—. Sigo sin conocer la respuesta; lo único que sabía era que existía una cosa llamada fe, y que yo no merecía poseerla. Y después apareciste tú. Tú lo cambiaste todo. ¿Recuerdas aquella frase de Dante que te cité en el parque, «*L'amor che move il sole e l'altre stelle*»?

Los labios de Clary esbozaron una leve sonrisa cuando levantó la cabeza para mirarlo.

—Sigo sin hablar italiano.

—Eran las últimas líneas de *Paradiso*... Paraíso. «Mas ya movía mi deseo y mi voluntad, el amor que mueve el sol y las demás estrellas.» Dante intentaba explicar la fe, me parece, como un amor aplastante, y tal vez sea una blasfemia, pero creo que yo te amo así. Llegaste a mi vida y de repente tuve una verdad a la que aferrarme: que yo te amaba y tú me amabas.

Aunque estaba mirándola, su visión era distante, como si estuviera fija en algo muy remoto.

—Entonces empecé a tener los sueños —prosiguió—. Y pensé que a lo mejor me había equivocado. Que no te merecía. Que no me merecía ser completamente feliz... Dios, ¿y quién se merece eso? Y después de lo de esta noche...

—Para. —Durante todo aquel tiempo había estado agarrándolo por la camisa; pero dejó de estar tan tensa y apoyó las manos sobre su pecho. Notaba su corazón acelerado bajo la yema de los dedos; las mejillas de Jace encendidas, y no sólo por el frío—. Jace, con todo lo que ha sucedido esta noche, hay una cosa que sé seguro. Y es que no eras tú quien hacía esas cosas. Creo de forma absoluta e incontrovertible que eres bueno. Y eso no cambiará.

Jace respiró hondo, estremeciéndose.

—No sé siquiera cómo intentar merecerme eso.

—No tienes por qué hacerlo. Tengo fe suficiente en ti —dijo ella—, en nosotros dos.

Las manos de Jace se deslizaron entre el cabello de ella. El vaho de su respiración se interponía entre ellos, como una nube blanca.

—Te he extrañado tanto —dijo él, besándola; su boca era delicada, no desesperada y hambrienta como se había mostrado las últimas veces que la había besado, sino tierna y suave.

Ella cerró los ojos y el mundo giró a su alrededor como un torniquete. Acariciándole el pecho en dirección ascendente, estiró los brazos para enlazar las manos por detrás de su cuello y se puso de puntillas para poder besarlo. Las manos de él se deslizaron por el cuerpo de Clary, por encima de la piel la seda, y ella se estremeció, apoyándose en él, segura de que ambos sabían a sangre, cenizas y sal, pero no importaba; el mundo, la ciudad y todas sus luces y su vida parecían haberse reducido a aquello, a Jace y a ella, el corazón ardiente de un universo congelado.

Pero él se apartó, a regañadientes. Y ella se dio cuenta del motivo unos instantes después. El sonido de los claxonazos de los coches y el rechinar de las llantas frenando en la calle se oía incluso desde allí arriba.

—La Clave —dijo Jace con resignación, aunque tuvo que toser para aclararse la garganta antes de hablar. Tenía la cara encendida, y Clary se imaginó que la suya estaría igual—. Ya están aquí.

Sin soltarle la mano, Clary miró por el borde de la pared de la azotea y vio varios coches negros estacionados delante del andamio. La gente empezaba a salir de ellos. Resultaba difícil reconocerlos desde aquella altura, pero Clary creyó ver a Maryse y a varias personas más vestidas con equipo de combate. Un instante después, la camioneta de Luke se plantó con estruendo encima de la acera y Jocelyn salió corriendo de ella. Clary la reconocería, simplemente por su forma de moverse, desde una distancia muy superior a la que se encontraba.

Clary se volvió hacia Jace.

—Mi madre —dijo—. Será mejor que baje. No quiero que suba y vea... y lo vea. —Movió la barbilla en dirección al ataúd de Sebastian.

Jace le retiró el pelo de la cara.

—No quiero perderte de vista.

—Entonces, ven conmigo.

—No. Alguien tiene que quedarse aquí. —Le tomó la mano, le dio la vuelta y depositó en ella el anillo de los Morgenstern, la cadenita agrupándose como metal líquido. El cierre se había doblado cuando Clary se la había arrancado, pero Jace había conseguido devolverlo a su forma original—. Tómalo, por favor.

Clary bajó la vista y, a continuación, con incertidumbre, volvió a mirarlo a la cara.

—Me gustaría haber comprendido lo que significaba para ti.

Él hizo un leve gesto de indiferencia.

—Lo llevé durante diez años —dijo—. Contiene una parte de mí, significa que te confío mi pasado y todos los secretos que incluye ese pasado. Y además —acarició una de las estrellas grabadas en el borde— «el amor que mueve el sol y todas las demás estrellas». Imagínate que las estrellas significan eso, no Morgenstern.

A modo de respuesta, ella volvió a pasarse la cadenita por la cabeza y el anillo ocupó su sitio acostumbrado, por debajo de la clavícula. Fue como una pieza de rompecabezas que encaja de nuevo en su lugar. Por un momento, sus miradas se encontraron en una comunicación desprovista de palabras, más intensa en cierto sentido de lo que había sido su contacto físico; ella retuvo mentalmente la imagen de él como si estuviera memorizándola: su cabello dorado alborotado, las sombras proyectadas por las pestañas, los círculos de un dorado más oscuro en el interior del tono ambarino claro de sus ojos.

—En seguida vuelvo —dijo. Le apretó la mano—. Cinco minutos.

—Ve —dijo él, soltándole la mano, y ella dio media vuelta y echó a andar por el caminito. En el momento en que se alejó de él, volvió a sentir frío, y cuando llegó a las puertas del edificio, estaba congelada. Se detuvo antes de abrir la puerta y se volvió para mirarlo, pero Jace no era más que una sombra, iluminada a contraluz por el resplandor del perfil de Nueva York. «El amor que mueve el sol y todas las demás estrellas», pensó, y entonces, como si le respondiera un eco, escuchó las palabras de Lilith: «Ese tipo de amor capaz de consumir el mundo o llevarlo a la gloria». Sintió un escalofrío, y no sólo como consecuencia de la temperatura ambiental. Buscó a Jace con la mirada, pero había desaparecido entre las sombras; dio media vuelta y entró; la puerta se cerró a sus espaldas.

Alec había subido a buscar a Jordan y a Maia, y Simon e Isabelle se habían quedado solos, sentados el uno junto al otro en el sofá verde del vestíbulo. Isabelle sujetaba en la mano la luz mágica de Alec, que iluminaba la estancia con un resplandor casi espectral, encendiendo danzarinas motas de fuego en la lámpara que colgaba del techo.

Poca cosa había dicho Isabelle desde que su hermano los había dejado allí. Tenía la cabeza inclinada, su pelo oscuro cayéndole hacia adelante, la mirada fija en sus manos. Eran manos delicadas, de largos dedos, aunque llenos de durezas, como los de su hermano. Simon no se había dado cuenta hasta aquel momento de que en la mano derecha lucía un anillo de plata, con un motivo de llamas grabado en él y una letra L en el centro. Le recordó al instante el anillo que Clary llevaba colgado al cuello, con su motivo de estrellas.

—Es el anillo de la familia Lightwood —dijo Isabelle, percatándose de que Simon estaba mirándolo—. Cada familia tiene un emblema. El nuestro es el fuego.

«Va contigo», pensó Simon. Izzy era como fuego, con su llameante vestido granate, con su humor variable como las chispas. En la azotea casi había pensado que iba a estrangularlo cuando lo había abrazado de aquella manera y le había llamado todos los nombres imaginables mientras se aferraba a él como si nunca lo fuera a soltar. Pero ahora tenía la mirada perdida en la lejanía, casi tan inalcanzable como una estrella. Resultaba muy desconcertante.

«Sé que amas a tus amigos cazadores de sombras —le había dicho Camille—. Igual que el halcón ama al amo que lo mantiene cautivo y cegado.»

—Eso que nos has dicho —dijo, titubeando, mirando cómo Isabelle enrollaba un mechón de pelo en su dedo índice—, allí arriba en la terraza, eso de que no sabías que Clary y Jace estaban en este lugar. Que habías venido aquí por mí... ¿era verdad?

Isabelle levantó la vista, colocándose el mechón de pelo detrás de la oreja.

—Pues claro que es verdad —dijo, indignada—. Cuando vimos que te habías ido de la fiesta... y sabiendo que llevabas días en peligro, y que Camille se había escapado... —Se interrumpió de repente—. Y con Jordan como responsable de ti que empezaba a asustarse.

—¿De modo que fue idea suya venir a por mí?

Isabelle lo miró un prolongado momento. Sus ojos eran insondables y oscuros.

—Fui yo quien se dio cuenta de que te habías ido —dijo—. Fui yo la que quiso ir a buscarte.

Simon tosió para aclararse la garganta. Se sentía extrañamente mareado.

—Pero ¿por qué? Tenía entendido que ahora me odiabas.

No tenía que haber dicho aquello. Isabelle movió la cabeza de un lado a otro, con su oscuro pelo volando, y se apartó un poco de él en el asiento.

—Oh, Simon. No seas burro.

—Iz. —Alargó el brazo y le tocó la muñeca, dubitativo. Ella no se retiró, sino que simplemente se quedó mirándolo—. Camille me dijo una cosa en el Santuario. Me dijo que los cazadores de sombras no querían a los subterráneos, que se limitaban a utilizarlos. Dijo que los nefilim nunca harían por mí lo que yo pudiera llegar a hacer por ellos. Pero tú lo has hecho. Viniste por mí. Viniste por mí.

—Pues claro que lo hice —dijo sin apenas voz—. Cuando pensé que podía haberte ocurrido alguna cosa...

Simon se inclinó hacia ella, sus caras estaban a escasos centímetros la una de la otra. Veía en sus ojos negros el reflejo de las chispas de la lámpara de techo. Isabelle tenía la boca entreabierta y Simon notaba el calor de su aliento. Por primera vez desde que se había convertido en vampiro, sentía calor, como una descarga eléctrica que pasaba entre los dos.

—Isabelle —dijo. No Iz, ni Izzy. Isabelle—. ¿Puedo...?

El elevador sonó; se abrieron las puertas y aparecieron Alec, Maia y Jordan. Alec observó receloso cómo Simon e Isabelle se separaban,

401

pero antes de que pudiera decir cualquier cosa, las dobles puertas del vestíbulo se abrieron y empezaron a irrumpir cazadores de sombras. Simon reconoció a Kadir y a Maryse, que de inmediato corrió hacia Isabelle y la tomó por los hombros exigiéndole saber qué había pasado.

Simon se levantó y se apartó, incómodo... y estuvo a punto de caer derribado al suelo por Magnus, que atravesaba corriendo el vestíbulo para reunirse con Alec. Ni siquiera vio a Simon. «Al fin y al cabo, de aquí a cien años, doscientos, quedaremos sólo tú y yo», le había dicho Magnus en el Santuario. Sintiéndose amargamente solo entre aquella multitud de cazadores de sombras, Simon se recostó en la pared con la remota esperanza de que nadie se percatara de su presencia.

Alec levantó la vista en el momento en que Magnus llegó a su lado, lo tomó y lo atrajo hacia él. Recorrió con los dedos la cara de Alec como si estuviera buscando golpes o daños, murmurando casi para sus adentros:

—¿Cómo has podido... irte de esta manera y sin siquiera decírmelo? Podría haberte ayudado...

—Para. —Alec se apartó, en un gesto rebelde.

Magnus se controló, su voz se serenó.

—Lo siento —dijo—. No debería haber abandonado la fiesta. Tendría que haberme quedado contigo. Camille ha desaparecido. Nadie tiene la menor idea de adónde ha ido, y como es imposible seguirle la pista a un vampiro... —Se encogió de hombros.

Alec alejó de su cabeza la imagen de Camille, encadenada a la tubería, mirándolo con aquellos salvajes ojos verdes.

—Da lo mismo —dijo—. Ella no importa. Sé que sólo intentabas ayudar. No estoy enojado contigo porque te fueras de la fiesta.

—Pero estabas enojado —dijo Magnus—. Sé que lo estabas. Por eso estaba yo tan preocupado. Salir corriendo y ponerte en peligro sólo porque te habías enojado conmigo...

—Soy un cazador de sombras —dijo Alec—. Me dedico a esto,

Magnus. No es por ti. La próxima vez tendrás que enamorarte de un agente de seguros, si no...

—Alexander —dijo Magnus—. No habrá una próxima vez. —Presionó la frente contra la de Alec, unos ojos verde dorados mirando fijamente a unos ojos azules.

A Alec se le aceleró el corazón.

—¿Por qué no? —dijo—. Tú vivirás eternamente. Nadie vive eternamente.

—Ya sé que dije eso —dijo Magnus—. Pero Alexander...

—Deja ya de llamarme así —dijo Alec—. Alexander es como me llaman mis padres. Y supongo que es todo un avance por tu parte haber aceptado de un modo tan fatalista mi mortalidad (todo en este mundo muere, bla, bla, bla), pero ¿cómo crees que me hace sentir eso a mí? Las parejas normales tienen esperanzas: esperan envejecer juntos, esperan vivir una larga vida y morir al mismo tiempo, pero nosotros no podemos esperar nada de todo eso. Ni siquiera sé qué quieres.

Alec no estaba seguro de qué respuesta esperaba —si enojo o una actitud defensiva, o quizá incluso una salida humorística—, pero la voz de Magnus se limitó a bajar de volumen y se quebró ligeramente cuando dijo:

—Alex... Alec. Lo único que puedo hacer es pedirte disculpas si te di la impresión de que había aceptado la idea de tu muerte. Lo intenté, creí haberlo hecho... y aun así me imaginaba teniéndote a mi lado durante cincuenta o sesenta años más. Pensé que entonces estaría preparado para abandonarte. Pero se trata de ti, y ahora me doy cuenta de que nunca estaré más preparado para perderte de lo que lo estoy ahora. —Tomó con delicadeza la cara de Alec—. Y no lo estoy en absoluto.

—Y entonces ¿qué hacemos? —musitó Alec.

Magnus hizo un gesto de indiferencia y de pronto, sonrió; con su pelo negro alborotado y el destello de sus ojos verde dorados, parecía un adolescente travieso.

—Lo que hace todo el mundo —respondió—. Como tú has dicho: tener esperanza.

Alec y Magnus habían empezado a besarse en un rincón del vestíbulo y Simon no sabía muy bien hacia dónde mirar. No quería que pensaran que estaba observándolos durante lo que a todas luces era un momento de intimidad, pero a dondequiera que mirara se tropezaba con las miradas hostiles de los cazadores de sombras. A pesar de haber combatido a su lado contra Camille, ninguno de ellos lo miraba con una simpatía especial. Una cosa era que Isabelle lo aceptara y lo tuviera en cierta estima, pero la masa de los cazadores de sombras no tenía nada que ver. Adivinaba qué estarían pensando. «Vampiro, subterráneo, enemigo», estaba escrito en sus caras. Fue un verdadero alivio cuando vio que volvían a abrirse las puertas e irrumpía Jocelyn, todavía con el vestido azul de la fiesta. Luke apareció unos pasos detrás de ella.

—¡Simon! —exclamó ella en cuanto lo vio. Corrió hacia él y, sorprendiéndolo, lo abrazó con fuerza un buen rato antes de soltarlo—. ¿Dónde está Clary, Simon? ¿Está...?

Simon abrió la boca, pero no salió de ella ningún sonido. ¿Cómo explicarle a Jocelyn, precisamente a ella, lo que había pasado aquella noche? A Jocelyn, que se quedaría horrorizada cuando se enterara de que el daño que había hecho Lilith, los niños que había asesinado, la sangre que había derramado, había sido todo con la intención de crear más criaturas como el hijo muerto de Jocelyn, cuyo cuerpo yacía ahora en un ataúd en la terraza donde se encontraban Clary y Jace...

«No puedo contarle nada de todo esto —pensó—. No puedo.» Miró a Luke, que estaba detrás de ella, y cuyos ojos azules descansaban expectantes en él. Detrás de la familia de Clary, veía a los cazadores de sombras arremolinándose en torno a Isabelle, mientras ella relataba los sucesos de la noche.

—Yo... —dijo, sin saber por dónde empezar, y entonces volvieron a abrirse las puertas del elevador y apareció Clary. Iba descalza, su precioso vestido de seda se había convertido en ensangrentados harapos, los moretones estaban desapareciendo ya de sus brazos y piernas desnudas. Pero sonreía... Estaba radiante, incluso más feliz de lo que Simon la había visto en muchas semanas.

—¡Mamá! —exclamó, y Jocelyn corrió hacia ella para abrazarla. Clary sonrió a Simon por encima del hombro de su madre. Simon echó un vistazo al vestíbulo. Alec y Magnus seguían abrazados, y Maia y Jordan habían desaparecido. Isabelle seguía rodeada de cazadores de sombras, y Simon podía escuchar los gritos sofocados de horror y asombro que emitía el grupo al escuchar su relato. Se imaginaba que en el fondo Isabelle estaría disfrutando. Le encantaba ser el centro de atención, fuera cual fuera el motivo.

Notó una mano en su hombro. Era Luke.

—¿Estás bien, Simon?

Simon levantó la vista para mirarlo. Luke tenía el aspecto de siempre: sólido, profesional; inspiraba confianza. En absoluto molesto porque su fiesta de compromiso se hubiera visto interrumpida por una urgencia tan dramática y repentina.

El padre de Simon había muerto hacía tanto tiempo que apenas lo recordaba. Rebecca se acordaba de algunos detalles —qué llevaba y que le ayudaba a construir torres jugando a construcciones—, pero Simon no. Era una de las cosas que siempre había pensado que tenía en común con Clary, que los había unido: los padres de ambos habían fallecido, y ambos habían sido criados por madres solteras y fuertes.

Al menos una de esas cosas había resultado ser cierta, pensó Simon. Aunque su madre había salido con hombres, Simon nunca había tenido una presencia paternal constante en su vida, exceptuando a Luke. Suponía que, en cierto sentido, Clary y él habían compartido a Luke. Y la manada de lobos seguía también el liderazgo de Luke. Para tratarse de un soltero sin hijos, Luke tenía un montón de personas a quienes cuidar.

—No lo sé —respondió Simon, dándole a Luke la respuesta sincera que le gustaría pensar que habría dado a su padre—. No creo.

Luke movió a Simon para mirarlo frente a frente.

—Estás lleno de sangre —dijo—. Y me imagino que no es tuya, porque... —Hizo un ademán en dirección a la Marca que Simon lucía en la frente—. Pero, oye —dijo con voz bondadosa—, incluso ensangrentado y con la Marca de Caín, sigues siendo Simon. ¿Puedes contarme qué ha pasado?

—La sangre no es mía, tienes razón —dijo Simon con voz ronca—. Pero es una larga historia. —Ladeó la cabeza para mirar a Luke; siempre se había preguntado si algún día daría otro estirón, si crecería unos centímetros más de aquel metro setenta y dos que medía ahora, para poder mirar a Luke, y qué decir de Jace, directo a los ojos. Pero eso ya no sucedería nunca—. Luke —dijo—, ¿crees que es posible hacer algo tan malo, aun sin querer hacerlo, de lo que nunca puedes llegar a recuperarte? ¿Algo que nadie pueda perdonarte?

Luke lo miró en silencio durante un buen rato. Y dijo a continuación:

—Piensa en alguien a quien quieras, Simon. A quien quieras de verdad. ¿Podría esa persona hacerte alguna cosa por la cual dejaras de quererla para siempre?

Por la cabeza de Simon desfiló un seguido de imágenes, como las páginas de un libro animado: Clary, volviéndose para sonreírle por encima del hombro; su hermana, haciéndole cosquillas cuando era pequeño; su madre, dormida en el sofá con la mantita tapándole los hombros; Izzy...

Desterró en seguida aquellas ideas. Clary no había hecho nada tan terrible para que él tuviera que darle su perdón; ni ninguna de las personas que estaba imaginándose. Pensó en Clary, perdonando a su madre por haberle robado los recuerdos. Pensó en Jace, lo que había hecho en la azotea, el aspecto que tenía después. Había hecho lo que había hecho sin voluntad propia, pero Simon dudaba de que Jace fuera capaz de perdonarse, a pesar de todo. Y después pensó en

Jordan, que no se había perdonado lo que le había hecho a Maia, pero que había seguido igualmente adelante, uniéndose a los *Praetor Lupus*, ayudando a los demás.

—He mordido a alguien —dijo. En el instante en que aquellas palabras salieron de su boca, deseó poder tragárselas. Se armó de valor a la espera de la mirada horrorizada de Luke, pero no pasó nada.

—¿Vive? —dijo Luke—. Me refiero a la persona que mordiste. ¿Ha sobrevivido?

—Yo... —¿Cómo explicarle lo de Maureen? Lilith se lo había ordenado, de todos modos, pero Simon no estaba del todo seguro de que hubieran visto ya sus últimas fechorías—. No la maté.

Luke hizo un gesto afirmativo.

—Ya sabes cómo lo hacen los seres lobo para convertirse en líderes de la manada —dijo—. Tienen que matar al actual líder de la manada. Yo lo he hecho dos veces. Tengo las cicatrices que lo demuestran. —Se retiró un poco el cuello de la camisa, y Simon pudo ver el extremo de una gruesa cicatriz blanca de aspecto irregular, como si le hubieran clavado unas garras—. La segunda vez fue un movimiento calculado. Matar a sangre fría. Quería convertirme en el líder, y así lo hice. —Se encogió de hombros—. Eres un vampiro. Tu naturaleza te lleva a querer beber sangre. Te has reprimido mucho tiempo de hacerlo. Sé que puedes estar bajo la luz del sol, Simon, y que te enorgulleces de ser un chico humano normal, pero sigues siendo lo que eres. Igual que yo. Cuanto más trates de reprimir tu verdadera naturaleza, más te controlará ella a ti. Sé lo que eres. Nadie que te quiera de verdad lo impedirá.

Simon dijo con voz ronca:

—Mi madre...

—Clary me contó lo que sucedió con tu madre, y que duermes en casa de Jordan Kyle —dijo Luke—. Mira, tu madre cambiará de opinión, Simon. Igual que hizo Amatis conmigo. Sigues siendo su hijo. Hablaré con ella, si quieres que lo haga.

Simon negó con la cabeza. A su madre siempre le había gustado

Luke. Enfrentarse al hecho de que Luke era un hombre lobo sólo empeoraría las cosas, no al revés.

Luke asintió, como si hubiera entendido sus pensamientos.

—Si no quieres volver a casa de Jordan, puedes quedarte en mi sofá esta noche. Estoy seguro de que Clary se alegraría de tenerte en casa y mañana podríamos hablar de lo que hacemos con tu madre.

Simon se irguió. Miró a Isabelle, que estaba en la otra punta del vestíbulo, el brillo de su látigo, el resplandor del dije que llevaba en el cuello, el ágil movimiento de sus manos mientras hablaba. Isabelle, que no tenía miedo a nada. Pensó en su madre, en cómo se había apartado de él, en el terror que reflejaban sus ojos. Había estado escondiéndose de aquel recuerdo, huyendo de él desde entonces. Pero había llegado el momento de dejar de correr.

—No —dijo—. Gracias, pero creo que no necesito un lugar donde ir a dormir esta noche. Creo... que iré a mi casa.

Jace se había quedado solo en la terraza de la azotea y contemplaba la ciudad; el East River, una serpiente negra plateada culebreando entre Brooklyn y Manhattan. Sus manos, sus labios, seguían calientes por el contacto con Clary, pero el viento que soplaba desde el río era gélido y el calor se desvanecía con rapidez. Sin chamarra, el aire atravesaba el fino tejido de su camisa como la hoja de un cuchillo.

Respiró hondo, llenando sus pulmones de aire frío, y lo exhaló lentamente. Sentía tensión en todo el cuerpo. Esperaba oír el sonido del elevador, de las puertas abriéndose, los cazadores de sombras irrumpiendo en el jardín. Al principio se mostrarían compasivos, pensó, se preocuparían por él. Pero después, cuando comprendieran lo sucedido, llegaría el escaqueo, los intercambios de miradas maliciosas cuando creyeran que no estaba mirando. Había estado poseído —no sólo por un demonio, sino por un demonio mayor—, había actuado contra la Clave, había amenazado y herido a otro cazador de sombras.

Pensó en cómo lo miraría Jocelyn cuando se enterara de lo que le había hecho a Clary. Luke lo comprendería, lo perdonaría. Pero Jocelyn... Nunca había sido capaz de armarse del valor necesario para hablar con franqueza con ella, para pronunciar las palabras que sabía que podrían tranquilizarla. «Amo a tu hija, más de lo que jamás creí que podría llegar a amar a nadie. Jamás le haría daño.»

Ella se limitaría a mirarlo, pensaba, con aquellos ojos verdes tan parecidos a los de Clary. Querría algo más que aquello. Querría oírle decir lo que no estaba tan seguro de que fuera cierto.

«Yo no soy como Valentine.»

«¿Estás seguro? —Fue como si el aire transportara las palabras, un susurro dirigido única y exclusivamente a sus oídos—. No conociste a tu madre. No conociste a tu padre. Le entregaste tu corazón a Valentine cuando eras pequeño, como todos los niños hacen, y te convertiste en una parte de él. No puedes separar eso de tu persona como si lo cortaras limpiamente con un cuchillo.»

Tenía la mano izquierda fría. Bajó la vista y vio, para su sorpresa, que había tomado el cuchillo —el cuchillo de plata grabada de su verdadero padre— y que lo tenía en la mano. La hoja, pese a haber sido consumida por la sangre de Lilith, volvía a estar entera y brillaba como una promesa. Por su pecho empezó a extenderse un frío que nada tenía que ver con la temperatura ambiente. ¿Cuántas veces se había despertado así, jadeando y sudoroso, con el cuchillo en la mano? Y con Clary, siempre con Clary, muerta a sus pies.

Pero Lilith estaba muerta. Todo había terminado. Intentó guardar el cuchillo en su cinturón, pero era como si la mano no quisiera obedecer la orden que su cabeza estaba dándole. Sintió un calor punzante en el pecho, un dolor virulento. Bajó la vista y vio que la línea ensangrentada que había partido por la mitad la marca de Lilith, allí donde Clary le había cortado con el cuchillo, había cicatrizado. La marca brillaba rojiza sobre su pecho.

Jace dejó correr la idea de guardar el cuchillo en el cinturón. Estaba aplicando tanta fuerza a la empuñadura que sus nudillos se habían puesto blancos y su muñeca empezaba a torcerse hacia dentro, tratando de apuntar el puñal contra sí mismo. El corazón le latía con fuerza. No había aceptado que le aplicaran *iratzes*. ¿Cómo era posible que la Marca se hubiera curado tan rápido? Si pudiera volver a cortarla, desfigurarla, aunque fuera sólo temporalmente...

Pero la mano no le obedecía. Y su brazo permaneció rígido en su costado mientras su cuerpo giraba, contra su voluntad, en dirección al pedestal donde yacía el cuerpo de Sebastian.

El ataúd había empezado a brillar, con una luz turbia y verdosa, casi el resplandor de una luz mágica, pero aquella luz tenía algo de doloroso, algo que parecía perforar el ojo. Jace intentó retroceder, pero sus piernas no respondieron. Un sudor frío empezó a resbalarle por la espalda. Y una voz susurró en su cabeza:

«Ven aquí».

Era la voz de Sebastian.

«¿Te creías libre porque Lilith ya no está? El mordisco del vampiro me ha despertado; y la sangre de Lilith que corre por mis venas te llama. Ven aquí.»

Jace intentó quedarse clavado, pero su cuerpo lo traicionaba, arrastrándolo hacia adelante, por mucho que su mente consciente luchara contra ello. Aunque intentara recular, sus pies estaban guiándolo hacia el ataúd. El círculo pintado en el suelo lanzó fogonazos verdes cuando lo atravesó y el ataúd respondió con un segundo destello de luz esmeralda. Y llegó a su lado y miró el interior.

Jace se mordió el labio con fuerza, confiando en que el dolor lo hiciera salir de aquel estado de ensueño en el que estaba sumido. Saboreó su propia sangre mientras miraba a Sebastian, que flotaba en el agua como un cadáver ahogado. *Éstas son las perlas que fueron sus ojos*. Su pelo era como una alga incolora, sus párpados cerrados estaban azules. La boca tenía el perfil frío y duro de la boca de su padre. Era como estar mirando a un Valentine joven.

Sin querer, completamente en contra de su voluntad, las manos de Jace empezaron a ascender. Su mano izquierda acercó el filo del

410

cuchillo a la parte interior de su muñeca derecha, en el punto donde se cruzaban la línea de la vida y la del amor.

Las palabras salieron de sus propios labios. Las oyó como si se pronunciaran desde una distancia inmensa. No eran en ningún idioma que conociera o comprendiera, pero sabía lo que eran: cánticos rituales. Su cabeza estaba gritándole a su cuerpo que parara, pero era imposible. Descendió su mano izquierda, agarrando su cuchillo con fuerza. La hoja abrió un corte limpio, seguro, superficial, en la palma de su mano derecha. Empezó a sangrar de forma casi instantánea. Intentó retirar la mano, intentó replegar el brazo, pero era como si estuviera encajonado en cemento. Y mientras miraba horrorizado, las primeras gotas de sangre salpicaron la cara de Sebastian.

Los ojos de Sebastian se abrieron de repente. Eran negros, más negros que los de Valentine, tan negros como los de la diablesa que había dicho ser su madre. Se quedaron clavados en Jace, como grandes espejos oscuros, devolviéndole el reflejo de su cara, contorsionada e irreconocible, su boca conformando las palabras del ritual, vomitando como un río de negras aguas un balbuceo ininteligible.

La sangre fluía ahora en abundancia, confiriéndole al líquido turbio del interior del ataúd un color rojo más oscuro. Sebastian se movió. El agua sanguinolenta se agitó y se derramó hacia el exterior cuando Sebastian se sentó, con los ojos negros clavados en Jace.

«La segunda parte del ritual —dijo su voz en el interior de la cabeza de Jace— ya está casi completa.»

El agua caía como lágrimas. Su pelo claro, pegado a su frente, parecía carecer por completo de color. Levantó una mano y la extendió, y Jace, contrariando al grito que resonaba en su cabeza, le presentó el cuchillo, la hoja en primer lugar. Sebastian deslizó la mano por toda la longitud de la fría y afilada hoja. La sangre brotó del corte que acababa de abrirse en su palma. Jaló el cuchillo y tomó la mano de Jace, agarrándola con fuerza.

Era lo último que Jace se esperaba. Y era incapaz de moverse para retirarse. Sintió todos y cada uno de los fríos dedos de Sebastian en-

411

lazando su mano, presionando sus respectivos cortes sangrantes. Fue como ser agarrado por una mano de frío metal. Experimentó un escalofrío, y luego otro, temblores físicos imponentes, tan dolorosos que daba la impresión de que estaban doblándole al revés el cuerpo. Intentó gritar...

Y el grito murió en su garganta. Bajó la vista hacia su mano, y hacia la de Sebastian, unidas. La sangre corría entre sus dedos y descendía por sus muñecas, elegante como un encaje rojo. Brillaba bajo la fría luz eléctrica de la ciudad. No se movía como un líquido, sino como si cables rojos en movimiento unieran sus manos en una alianza granate.

Una curiosa sensación de paz embargó entonces a Jace. Fue como si desapareciera el universo y se encontrara en la cumbre de una montaña, mientras el mundo se extendía ante él, completamente suyo si así lo quería. Las luces de la ciudad ya no eran eléctricas, sino que se habían transformado en un millón de estrellas que parecían diamantes. Lo iluminaban con un resplandor benevolente que decía: «Esto es bueno. Esto es lo que tu padre habría querido».

Vio mentalmente a Clary, su cara pálida, su cabello rojo, su boca en movimiento, dando forma a las palabras: «En seguida vuelvo. Cinco minutos».

Y entonces su voz empezó a desvanecerse al mismo tiempo que otra se alzaba por encima de ella, sofocándola. La imagen mental se alejó, desvaneciéndose e implorando en la oscuridad, igual que Eurídice se desvaneció cuando Orfeo se giró para mirarla una última vez. La veía, con los blancos brazos tendidos hacia él, pero después las sombras se cernieron sobre ella y desapareció.

En la cabeza de Jace hablaba otra voz, una voz conocida, odiada en su día, pero ahora extrañamente bienvenida. La voz de Sebastian. Era como si corriera por su sangre, por la sangre que pasaba de la mano de Sebastian a la suya, como una ardiente cadena.

«Ahora somos uno, hermanito, tú y yo», dijo Sebastian.

«Somos uno.»

AGRADECIMIENTOS

Como siempre, la familia ofrece el apoyo esencial necesario para que una novela vea la luz: mi marido, Josh, mi madre y mi padre, Jim Hill y Kate Connor; la familia Eson; Melanie, Jonathan y Helen Lewis, Florence y Joyce. Este libro, más incluso que cualquier otro, fue el producto de un trabajo en grupo intenso, por lo que quiero dar las gracias a Delia Sherman, Holly Black, Sarah Rees Brennan, Justine Larbalestier, Elka Cloke, Robin Wasserman y, con una mención especial, a Maureen Johnson por prestarme su nombre para el personaje de Maureen. Gracias a Margie Longoria por apoyar Project Book Babe: Michael Garza, el propietario de Big Apple Deli, tiene el nombre de su hijo, Michael Eliseo Joe Garza. Como siempre, mi agradecimiento para mi agente, Barry Goldblatt, mi editora, Karen Wojtyla, y para Emily Fabre, por realizar cambios mucho tiempo después de que pudieran realizarse cambios, Cliff Nielson y Russell Gordon por sus bellas portadas, y a los equipos de Simon and Schuster y Walker Books por hacer posible el resto de la magia. Y por último, mi agradecimiento a *Linus* y *Lucy*, mis gatos, que sólo vomitaron una vez sobre mi manuscrito.

Ciudad de los ángeles caídos fue escrita con el programa Scrivener en San Miguel de Allende, México.

ÍNDICE